W0196840

Die Pläne der Trickster

Katharina Klinski

1. Auflage, 2019
© 2019 K.v.Klinski-Berger
Herausgeber: K.v.Klinski-Berger
Elly-Heuss-Weg 7, 76227 Karlsruhe
Titelbild: Hermine Kögler, Velbert
Lektorat: Martina Leiber, Karlsruhe
Illustration: K.v.Klinski-Berger, Karlsruhe
Druckerei: GGP Media GmbH, Pößneck
Printed in Germany
ISBN 978-3-00-064330-9
www.aitialith.de

Katharina Klinski

Die Pläne der Trickster

Für meine Tochter Anna

Inhaltsverzeichnis

Zoes Traumfänger

Die silberne Vogelspinne lief schwerfällig auf das offene Fenster zu, den flachen Vorderkörper dicht an der Hauswand. Es war ungewöhnlich kalt für Anfang September, knapp vier Grad über null. Drinnen würde es wärmer sein.

Auf der Fensterbank drehte sie sich nach ihren Schwestern um. Ein verschwommenes Leuchten hinter dem Losbaum verriet ihr, dass sie menschliche Gestalt angenommen hatten. Mit ihrer Hilfe wäre es leichter, doch sie missbilligten den Plan.

Die Spinne wandte sich dem offenen Fenster zu und lauschte. Das Mädchen atmete gleichmäßig. Noch schlief es tief. Sobald es träumte, würde der Traumfänger seinen vollen Schutz entfalten. Dann konnte sie den Zauber nicht mehr brechen.

Eilig krabbelte die Spinne hinein. Auf Holz und Tapete fanden ihre Krallen guten Halt. An der Zimmerdecke nutzte sie ihre Spinndrüsen. Dutzende klebriger Spinnweben quollen aus ihren samtenen Fußsohlen, hafteten sich an die Decke und hinterließen zwei parallele Spuren winziger Seidenbüschel, eine Handspanne voneinander entfernt.

Der warme Atem des Mädchens stieg in die Höhe und kreiste um den Traumfänger, ein tropfenförmig gebogener Weidenzweig, umwickelt mit einem faserigen Lederband. Kunstvoll verknüpfte Sehnen füllten sein Inneres. An geflochtenen Büffelhaaren baumelten Eulenfedern, Muscheln und Edelsteine. Die Knoten, an denen sie hingen, schienen Schwachstellen zu sein. Dort, beschloss die Spinne, würde sie angreifen.

An der Unterkante des Weidenreifs spann sie feine silberne Fäden in die äußeren Maschen. Sofort leuchteten die Sehnen auf, heller und heller, bis das zarte Gespinst in schimmerndem Rauch verpuffte. Überrascht musterte die Spinne das Netz. Der Traumfänger widersetzte sich ihr sogar im Tiefschlaf! »Das kann ja heiter werden«, stöhnte sie und fing von vorne an.

Immer wieder lösten sich ihre Spinnweben auf, doch sie ließ sich nicht beirren. Unablässig füllte sie die Maschen, bis der Traumfänger endlich an Kraft verlor. Kurz bevor das Mädchen zu träumen begann, war ihr Werk vollbracht. Ein silbriger Flor durchwob das Geflecht, nahm die Träume in sich auf und offenbarte sie der Spinne.

Aus dem Garten erklang das Knacken von Zweigen.

»Klotho!«, hörte sie ihre Schwester Lachesis rufen.

»Leise!«, mahnte die andere, Atropos.

Klotho löste sich vom Traumfänger. Nun konnten sie die Träume des Mädchens von überallher sehen. Eilig verließ sie das Haus, bevor es aufwachte.

Nebelschwaden zogen vom Flussufer die verwilderte Böschung hinauf. Auf dem Rasen hinter den Apfelbeeren sanken sie zu einer dünnen Schicht zusammen. Durch diesen Nebelteppich pflügte sich die Spinne, geradewegs auf Atropos und Lachesis zu. Der kalte Dunst wand sich an ihren weißen Gewändern empor. Unter dem zarten Stoff zeichneten sich ihre hageren Körper ab. Lange silbrigweiße Haare, fein wie Spinnweben, umrahmten ihre fahlen Gesichter.

Unmittelbar vor ihnen erhob sich Klotho in ihrer menschlichen Gestalt. Sie war kleiner als ihre Schwestern. Sonst glichen sich die drei vollkommen, fast durchscheinend und farblos wie der Nebel.

»Es wäre besser, wenn sie stirbt«, zischte Atropos, die Größte. »Setzt sie den Aitialith ein, ist unsere Macht dahin.« Ihre eisblauen Augen blickten ungerührt zum offenen Fenster.

»Das haben wir doch schon geklärt«, fuhr Klotho ihre Schwester an. »Es ist nicht nötig, Zoe zu töten. Wir müssen sie nur daran hindern, den Aitialith zu benutzen.«

»Das ist zu unsicher.«

»Der Kodex ...«

»Immer schiebst du den Kodex vor. Diese Regeln sind vollkommen übertrieben. Erhält sie den Aitialith, kommt alles heraus.«

»Es reicht!«, fuhr Lachesis dazwischen. »Wir werden sie im Auge behalten. Sobald der Aitialith auftaucht, holen wir ihn uns.«

∗ ∗ ∗

Zoe träumte vom ersten Schultag nach den Sommerferien: Sie saß allein in ihrem alten Klassenzimmer. Ein Mann in einem langen schwarzen Umhang riss die Tür auf und stürmte an ihr vorbei zum Lehrerpult. Sein Gesicht lag verborgen im Schatten der Kapuze. Er nahm ein Stück Kreide aus der Ablage und zeichnete ein täuschend echtes Tor an die Tafel.

»Sind Sie unser neuer Klassenlehrer?«, fragte Zoe.

»Lehrer?«, lachte er und rasselte mit einem Schlüsselbund vor ihrer Nase herum. »Ich bin Janus, der Hüter der Türen.«

»Der Hausmeister?«, vergewisserte sich Zoe. Janus ließ den Schlüsselbund sinken. »Hausmeister?«, polterte er entrüstet. »Was bringen sie euch an dieser Schule bei?«

»Ich bin doch erst in der achten Klasse!«

»Dann hoffe ich, dass du nächstes Mal besser Bescheid weißt.« Er steckte einen der Schlüssel in das gezeichnete Schlüsselloch, trat einen Schritt zurück und breitete seine Arme aus. »Da ist es, das Tor in die Traumzeit.«

Mit einem durchdringenden Quietschen schwangen die Torflügel auf. Eine Flut von rotem Sand quoll Zoe entgegen und begrub sie bis zum Hals.

»Ich bin so gut!«, jauchzte Janus.

Zoe spürte, wie sich etwas an ihren Beinen hochzog. Sie versuchte, sich zu befreien, doch je heftiger sie zappelte, umso fester umschloss sie der Sand. Vor ihr erhob sich ein Hügel. Feiner Sand rann durch langes blondes Haar. Ein Kopf tauchte auf und grüne Augen strahlten sie an.

»Papa!«, rief sie.

»Ihr habt eine Minute«, ermahnte sie Janus.

Zoes Vater nahm ihr Gesicht in beide Hände. »Hör mir gut zu! Ich weiß nicht, ob ich jemals wieder mit dir sprechen kann. Du bist in Gefahr. Sie beobachten dich.«

»Bleibst du bei mir, Papa?«, wisperte Zoe. Sie hatte ihre Arme befreit und umschlang ihn.

»Ich kann nicht.« Er schüttelte traurig den Kopf und drückte sie fest an sich, nur einen Moment, dann löste er sanft ihre Arme und sah sie eindringlich an. »Geh deinen eigenen Weg! Ganz gleich, wie es auch scheinen mag. Du kannst dein Leben selbst bestimmen.«

»Bitte bleib bei mir!«, bettelte Zoe.

»Es wird Zeit«, drängte Janus. Kaum hatte er ausgesprochen, floss der Sand zurück ins Tor und riss ihren Vater mit sich. »Ich liebe dich«, rief er noch, bevor er verschwand. Das Tor schloss sich und wurde wieder zu einem Bild auf der Tafel. »Papa!«, schrie Zoe und schreckte aus dem Traum auf.

Zwei Raben erhoben sich krächzend in den dämmrigen Himmel. »Schnell!«, flüsterte Zoe, sprang auf und lief zum Schreibtisch. »Sonst vergesse ich, wie er aussieht.« Sie schüttete die Farbstifte aus dem Mäppchen und zeichnete ein Gesicht. »Lange blonde Haare«, murmelte sie. »Er hat glatte, lange blonde Haare, so wie ich. Und er

hat dunkelgrüne Augen und eine schmale, gerade Nase, so wie ich.«
Zoe hielt inne und betrachtete ihre Zeichnung. Sie hatte sich selbst
gemalt. Enttäuscht wandte sie sich zum Nachttisch um. An der
Wand darüber hingen die anderen Bilder von ihrem Vater.

Früher hatte sie oft von ihm geträumt. Nach jedem dieser Träume
hatte sie ein Bild von ihm gezeichnet. Zu ihrem Leidwesen sahen
alle unterschiedlich aus. Eines Tages war ein Paket mit einem
Traumfänger gekommen, adressiert an Zoe, ohne Absender. Sie
glaubte fest daran, dass ihr Vater es geschickt hatte. Vor ihrer Geburt
war er auf eine Reise gegangen und nie zurückgekehrt. Das hatte
ihre Mutter erzählt. Es gab weder Fotos noch Briefe von ihm, nur
den Traumfänger. Seit er über ihrem Bett hing, hatte sie nicht mehr
von ihrem Vater geträumt.

»Buh!«, ertönte es hinter ihr. Zoe fuhr herum. Draußen am Fenster stand Felix. Die Morgensonne ließ seine braunen Augen golden
aufleuchten. Flink kletterte er auf die Fensterbank und sprang mit
einem großen Satz ins Zimmer.

»Kannst du nicht vorne rumkommen?« Zoe griff hastig nach
ihren Kleidern und schob sich an ihm vorbei ins Bad.

»Warum bist du denn heute so empfindlich?«, rief Felix ihr
hinterher und zupfte sich ein paar Fussel von der Jeans.

»Das weißt du doch«, erwiderte Zoe durch die geschlossene Tür.
»Seit gestern ist meine Mutter drei Wochen lang in Portugal. Jetzt
bin ich ganz allein im Haus.«

»Sturmfreie Bude!«, jubelte Felix, »wie cool!« Er schnappte sich
die Dose Haargel vom Schminktisch, nahm eine kleine Portion und
brachte seine braunen Locken in Form. »Ich wäre froh, wenn meine
Mutter mal für eine Weile verschwinden würde.«

Kritisch musterte er sein Outfit im Spiegel über Zoes Schminktisch. Die hellgraue Sweatjacke über dem aschfarbenen Poloshirt
hatte er mit einem schmalen blauen Schal aufgepeppt. Seine
Sommerbräune kam dadurch gut zur Geltung. Er war kompakt,

aber athletisch, ein guter Sportler. Im Großen und Ganzen war er zufrieden mit seinem Aussehen. Er fand nur, dass er für einen Dreizehnjährigen ziemlich klein war.

Zoe schlüpfte in ein himbeerrotes Shirt und ihre abgewetzte Lieblingsjeans. Die war fast zu kurz, aber da sie kaum Hosen für ihre schlanke Figur fand, hatte ihre Mutter sie bisher nicht überreden können, sie auszumustern. Ihr letzter Streit fiel Zoe wieder ein. Ihre Mutter hatte kurzfristig eine Dienstreise antreten müssen und keine Betreuung für Zoe gefunden. Wäre es nach ihr gegangen, hätte ihre Schwester diese Aufgabe übernommen.

Tante Hulda hatte selbst keine Kinder, daher bemutterte sie ihre Nichte gerne. Bei dem Gedanken an die Mahlzeiten, die ihre Tante zubereitete, schauderte Zoe. Zwar schmeckte die Gänseblümchenpastete ganz gut, aber die schleimige Brennnesselsuppe und der bittere Löwenzahnsalat verdarben ihr für Tage den Appetit. Obendrein mischte sich Tante Hulda in alles ein. Zoe sollte nur Kleidung aus Biobaumwolle tragen, am besten ungefärbt. Bei ihr durfte sie ihre Haare nicht mit dem Apfelshampoo waschen und musste ihre Zähne mit einer grauen Kräuterpaste putzen. Nichts konnte sie selbst entscheiden. Alles wollte Tante Hulda bestimmen. Es war zwar ein bisschen unheimlich, so lange allein zu Hause zu bleiben, aber drei Wochen mit Tante Hulda zu verbringen, war zweifellos schlimmer.

Beim Zähneputzen mit ihrer minzfrischen Zahnpasta schwor sich Zoe, ihrer Mutter zu beweisen, dass sie allein zurechtkam. So schwer war das nicht. Zweimal täglich Zähne putzen, Obst und Gemüse essen, wenig fernsehen, die Toilette immer mit der Klobürste reinigen und das Zimmer aufräumen. Ihre Mutter würde stolz auf sie sein. Nie wieder sollte Tante Hulda ihr vorschreiben, was sie zu tun und zu lassen hatte.

Felix inspizierte den Inhalt des Kühlschranks. Im obersten Fach stapelten sich bis oben hin Käse, Schinken und Salami. In der Ablage darunter standen Becher mit Joghurt und Quark zwischen allerlei Broten und einer Frühstücksdose.

»Wo ist denn der Süßkram?« Er zog die Schublade auf. Sie war bis oben hin mit Tomaten und Gurken gefüllt.

»Unter dem Gemüse«, antwortete Zoe auf dem Weg in ihr Zimmer. »Mama glaubt, so nascht sie weniger.« Sie setzte sich an den Schminktisch und schaltete die Beleuchtung am Spiegel an, um nachzusehen, ob der Pickel verheilt war, den sie am Vortag ausgedrückt hatte. Nur ein kleiner roter Fleck war auf ihrem Kinn zurückgeblieben. Sie betupfte ihn mit einem Abdeckstift.

Felix tauchte mit einem Kuchenriegel in der Zimmertür auf. »Voll der Fressomat, euer Kühlschrank.« Er riss seinen Mund für einen großen Bissen auf.

Zoe gähnte.

»Aha!« Er ließ die Cremeschnitte sinken. »Lange geglotzt?«

»Gar nicht. Mein Traumfänger ist kaputt.«

Er musterte den Weidenreif. »Sieht aus wie immer. Könnte mal geputzt werden.«

»Er funktioniert nicht mehr.«

Felix lachte.

»Das ist nicht lustig. Ich hatte einen Albtraum.«

»So ein Unsinn.«

»Das ist überhaupt kein Unsinn!«, entgegnete Zoe. »Das ist uralte Indianermagie. Der Traumfänger fängt alle schlechten Träume ein und lässt nur die guten durch das Loch in der Mitte entweichen. Seit er über meinem Bett hängt, hatte ich keine Albträume mehr, bis heute.«

»Weil du daran glaubst, haben sie aufgehört«, sagte Felix. »Inzwischen bist du älter geworden und weißt, dass das Quatsch ist. Deshalb funktioniert es nicht mehr.«

Zoe überging Felix' Einwand und fuhr fort: »Vor langer Zeit hatte eine Indianerin ein kleines Kind, das jede Nacht weinte, weil es Albträume hatte. Da bat sie die weise Spinnenfrau um Hilfe. Diese nahm einen Weidenzweig und bog ihn zu einem Ring. Dann verwandelte sie sich in eine Spinne und webte ein Netz hinein. An den Ring knüpfte sie magische Dinge: die Federn einer weisen Eule für die Kraft der Luft, eine Muschel mit der Macht des Wassers, einen Stein mit dem Geist der Erde und einen mit dem Geist des Feuers. So entstand der erste Traumfänger. Die Indianerin hängte ihn über dem Kopf ihres Kindes auf. Von dieser Nacht an hatte es keine Albträume mehr.«

»Das ist ein Mythos.« Felix schob sich den Rest der Kuchenschnitte in den Mund und leckte sich die Schokolade von den Fingern.

»Mythen haben oft einen wahren Kern.« Zoe fuhr sich trotzig mit der Bürste durch die Haare. Felix verdrehte die Augen. Obwohl sie reichlich Zeit hatten, behauptete er: »Wir müssen los.«

Ohne auf die Uhr zu sehen, schnappte sich Zoe ihre Schultasche. Auf Felix' Zeitgefühl war Verlass. Seit fünf Jahren liefen sie gemeinsam zur Schule. Er kam immer so früh, dass sie sich nicht hetzen musste, und gab das Kommando zum Start so, dass sie pünktlich waren.

Im Flur ließ Zoe sich Zeit, ihre Sweatjacke und die Sneaker anzuziehen, bis Felix das Messingschild mit der Gravur »Zoe und Vita Corban« poliert hatte. Es war ein Geschenk von ihm, und immer, wenn er daran vorbeikam, rieb er es mit dem Ärmel blank.

Felix stammte aus einer der ältesten Familien in Portus, einer Großstadt am Nordrand des Schwarzwalds. Sein Vater, Gerik Dynhoger, leitete das Familienunternehmen zur Verarbeitung von Edelmetallen in achter Generation. Die Dynhogers lebten drei Häuserblocks entfernt in einer prächtigen Villa. Sie hatten mehrere Hausangestellte, etliche Autos und einen Swimmingpool. Trotz all dieses

Luxus war Felix bescheiden geblieben. Das war einer der Gründe, warum Zoe ihn so mochte.

»Was hast du denn geträumt?« Er hauchte das Schild an und wischte ein letztes Mal darüber, dann trat er zur Seite und ließ Zoe aus dem Haus.

»Da war ein Typ in einem schwarzen Umhang, Janus, oder so.« Sie schloss ab und stieg die drei Stufen zu dem schmalen Weg durch den Vorgarten hinunter.

»Janus?« Felix sprang in das Blumenbeet, das von der Stechpalme bis zum Gartentor reichte.

»Oder so.«

Er hüpfte von einem Trittstein zum nächsten und sprang mit einem langen Satz über die frisch gepflanzten Veilchen vor Zoe auf den Weg. Mit einer tiefen Verbeugung öffnete er das Tor und säuselte: »Mylady.«

Zoe schritt hoheitsvoll hindurch.

»Und dann?«

»Er hat ein Tor in die Traumzeit an die Tafel gezeichnet. Daraus kam eine Menge Sand und mittendrin steckte mein Vater. Er hat mich vor irgendwas gewarnt.« Sie seufzte. »Ich weiß aber nicht mehr wovor. Ich wollte nur, dass er bei mir bleibt. Da hab ich nicht so genau zugehört.«

»Woher weißt du, dass es dein Vater war?«

Traurig zuckte Zoe mit den Achseln. Tränen traten ihr in die Augen. Felix hätte sie gerne getröstet, wusste aber nicht wie. Stattdessen boxte er sie freundschaftlich in die Seite. »Lass uns heute Nachmittag ins Café Fama gehen. Im Internet finden wir bestimmt was zu deinem Traum.« Zoe musste lächeln. Felix' Mutter hatte eine Firma beauftragt, eine Kindersicherung auf seinem Computer zu installieren. Außer Babyseiten und Lernprogrammen konnte er so gut wie nichts damit anfangen. Daher hielten sie sich häufig im Internetcafé neben dem Ärztehaus in der Rabenstraße auf. Zoe selbst besaß keinen Computer. Bei Bedarf nutzte sie das Notebook ihrer Mutter, doch das hatte Vita Corban mit nach Portugal genommen.

»Wenn ich ein Smartphone hätte«, sagte Felix, »könnte ich sofort nachsehen, aber meine Eltern sind total stur.«

»Meine Mutter auch. Es ist unfair. Alle haben ein Handy nur wir nicht.«

Auf der Hälfte des Schulweges hörten sie hinter sich einen Motor aufheulen. Felix stöhnte: »Was hab ich jetzt schon wieder vergessen?«

Ein signalroter Sportwagen raste an ihnen vorbei, bremste mit quietschenden Reifen und setzte zurück. Felix' Mutter riss die Fahrertür auf und rief: »Zwockele!« Er schlug die Hände vors Gesicht.

»Zwockele?«, kicherte Zoe. »Das ist neu.«

»Gestern hat sie mich wieder mal gemessen.« Felix schaute sich um, ob jemand den peinlichen Auftritt seiner Mutter beobachtet hatte. Niemand war zu sehen.

»Mama!«, raunte er. »Nicht so laut!«

»Du hast dein Pausenbrot liegenlassen«, trällerte sie und trippelte mit ihren weißen Plüschpantoffeln über den Asphalt. Ihre Aufmachung überraschte Zoe. Die sonst so stilvoll gekleidete zierliche Frau trug einen blassgelben Bademantel. Zwar war sie wie üblich dezent geschminkt, doch ihre schulterlangen braunen Haare ragten wirr aus einer großen Haarkralle oben auf ihrem Kopf.

»Wie siehst du denn aus?«

»Ich bin noch nicht fertig.« Sie verstaute ein übergroßes Paket in Felix' Schultasche, kniff ihn in die Wangen, küsste ihn auf die Stirn und huschte zurück zu ihrem Wagen. Die Gangschaltung krachte, dann preschte Aglaia Dynhoger davon.

»Zum Glück hat sie es diesmal so schnell gemerkt«, sagte Felix. »So ein Auftritt direkt vor der Schule wäre mein Ende.« Auf seiner Stirn glitzerte perlmuttfarbener Lippenstift. Zoe zog ein Taschentuch aus ihrer Jackentasche und streckte es ihm hin. »Meine Mutter kann es auch nicht lassen.«

»Was?« Er nahm das Tuch und rieb sich die Stirn sauber.

»Diese Knutscherei.«

Noch warf die Sonne lange Schatten auf die Hügel der Stadt. In ihrem Zentrum flossen die Nagold und die Würm in die Enz. In seiner langen Geschichte war Portus mehrmals zerstört und wieder aufgebaut worden. Deswegen waren die Bauten aus Stahl, Beton und Glas in der Innenstadt viel moderner als die stattlichen Villen auf ihrem Schulweg.

Zoe und Felix liefen den Hügel hinunter und durch den Stadtgarten, einen Park am Ufer der Nagold, in dessen Zentrum die Schule lag. Vor fast zweitausend Jahren hatten die Römer ihren Grundstein gelegt, Gerüchten zufolge auf einer heiligen Stätte der Kelten.

Im Laufe der Jahrhunderte war das Gebäude nach und nach ergänzt worden. Der jüngste Anbau, die vorgelagerte Eingangshalle, war zweihundert Jahre alt. Die Säulen um den Vorbau erinnerten an einen antiken Tempel. Der Säulengang an den Flanken war nur wenige Schritte breit und öffnete sich an der Vorderseite zu einer luftigen Vorhalle. Obwohl die Seitenflügel dreihundert Jahre älter waren, passten sie gut zum Eingangsbereich. Ihre geradlinigen Formen verliehen beiden ein schlichtes, aber elegantes Aussehen.

Eine dichte Hecke grenzte den weitläufigen Schulhof vom Park ab, nur durchbrochen von zwei Kieswegen, die in nördliche und südliche Richtung führten. Im Gestrüpp an einem ausgetrampelten Pfad durch diese Hecke wartete Ixodida. Ein unerträglicher Hunger quälte sie. Seit fünf Jahren hatte sie nichts gegessen. Sie konnte weitere fünf Jahre ertragen, bevor sie zugrunde ging, doch vorher würde das Mädchen hoffentlich vorbeikommen. Die Schwester hatte ihr eingeschärft, dass sie nur sein Blut trinken durfte. Sie hatte Ixodida mit seinem Geruch vertraut gemacht und im Gebüsch zurückgelassen. Sie hatte versprochen, dass das Mädchen kommen würde, aber nicht gesagt, wann.

Mit den sechs hinteren Beinen krallte sich Ixodida an der Spitze eines Blattes fest. Die beiden Vorderbeine spreizte sie zur Seite ab, um das Mädchen zu orten. Überall um sich herum witterte sie Atem, Schweiß und Urin. Viele Menschen kamen vorbei. Ihr Blut wäre gut genug. Was wäre, wenn sie einen anderen Wirt wählte? Ixodida verwarf den Gedanken. Die Schwester duldete keinen Ungehorsam. Sie musste warten.

Zoe und Felix nahmen die Abkürzung durch die Büsche. Ixodida erkannte den Duft. Das Mädchen nahte! Sie fühlte die Erschütterung und spürte die Körperwärme. Ein raues Gewebe strich über sie. Sie ließ los und krallte sich daran fest. Endlich würde sie ihren Hunger stillen! Sofort machte sie sich daran, nach einer geeigneten Stelle mit dünner Haut zu suchen. Warm musste sie sein, vielleicht sogar ein bisschen feucht.

Zoe trat auf den Kiesweg und wurde umgerannt. Ein älterer Junge, der an der Hecke entlang spurtete, hatte sie nicht rechtzeitig gesehen. Felix sprang vor, um sie zu halten. Zu spät. Sie stürzte, fing sich mit den Händen ab und blieb auf dem Boden sitzen.

»Entschuldige«, keuchte der Junge und half ihr wieder auf die Beine. »Ich hab dich nicht gesehen. Hast du dir wehgetan?« Er war mittelgroß und sportlich, trug Jeans, Turnschuhe und eine braune Lederjacke. Unter seiner beigen Kappe quollen schwarze Locken hervor.

Die Steine hatten Zoes Haut aufgeschürft. Es tat weh, doch sie wollte sich nichts anmerken lassen. »Alles okay«, sagte sie und versteckte ihre Hände hinter dem Rücken.

»Sehr tapfer.« Er nickte anerkennend und streckte ihr die Hand hin. »Ich heiße Hugo.«

»Zoe.« Sie schüttelte seine Hand. Es brannte so sehr, dass sie ihren Griff schnell wieder lösen wollte, doch er machte keine Anstalten, loszulassen. »Kann ich meine Hand wiederhaben?« Sein Lächeln verschwand. »Erstaunlich«, murmelte er und ließ sie los.

Was meinte er? Zoe sah an sich hinunter. Ihre Kleidung? Oder hatte er den Pickel gesehen? Sie befühlte ihr Kinn. Der Junge drehte sich ruckartig um und lief weiter Richtung Schule. Obwohl er lässig davonschlenderte, bewegte er sich rasend schnell auf eine große Menschenmenge zu. Warum sah der Schulhof trotz dieses Getümmels so leer aus?

»Oha!«, rief Felix. »Die haben den Baum plattgemacht!«

Jemand hatte dem alten Olivenbaum am Haupteingang der Schule alle Äste abgehackt. Der knorrige Stamm ragte kahl aus der Menschenmenge. An diesem Anblick ergötzte sich eine riesenhafte Gestalt, die sich zwischen den Sträuchern am Rand des Schulhofs versteckte. Ihr platinblondes Haar fiel in dünnen Strähnen über den Kragen des schwarzen Mantels. Auf ihrem ebenmäßigen Gesicht lag ein begieriges Lächeln. Schadenfroh blinzelte sie mit eisengrauen Augen in die Morgensonne, die spitze Nase verächtlich gekräuselt. Als der Junge zwischen den Schülern und Lehrern verschwand, löste sie sich aus dem Schatten und folgte ihm.

Mutwillige Zerstörung

Frau Direktor Steinkauz umkreiste den Baumstamm. Trotz ihrer hünenhaften Figur bewegte sie sich geschmeidig, fast anmutig. Ihr taubenblauer Hosenanzug saß perfekt. Die üppigen schwarzen Haare hatte sie zu einem enormen Knoten geschlungen, den ein breites Haarband zusammenhielt. Die muskulösen Arme vor der Brust verschränkt warf sie zornige Blicke in die Runde. Hektikflecken verunzierten ihre Alabasterhaut. Die Flügel ihrer Hakennase bebten. Jedem, den sie mit ihren nachtblauen Augen ansah, lief ein kalter Schauer über den Rücken. Dennoch drängten sich die Schüler nach vorne, um nichts zu verpassen.

Mitten im Gewühl glitt die Hand eines Diebes unbemerkt in eine fremde Tasche. Kurz darauf tauchte er in der Menge unter. Niemand beachtete ihn, denn alle starrten gebannt auf die Direktorin. Diese brach unvermittelt aus ihrer Kreisbahn aus. Vor ihr entstand eine Lücke und gab die Sicht auf die Statue frei. Zoe schlug die Hand vor den Mund, um nicht laut loszulachen. Die große weiße Marmoreule am rechten Ausläufer der Freitreppe war mit Graffiti besprüht. Irgendein Witzbold hatte ihr ein blaues Auge und Narben verpasst. Ein Verband aus Toilettenpapier krönte ihr Haupt und auf dem Sockel stand: »Beulen für die Eulen.« Einige Schüler lachten leise. Blitzartig fuhr Frau Steinkauz herum und sah sie missbilligend an. Das Gekicher erstarb und die Menge wich zurück. Die Direktorin wandte sich der Statue zu, stützte sich auf den Sockel und senkte den Kopf.

Felix zog es zum Olivenbaum hin. Er umrundete den Stamm und strich mit den Händen über die Kerben. Zur Schule hin verdichteten sich die Einschnitte zu einer breiten, zerklüfteten Spalte. Dort hatten die Täter versucht, den Baum zu fällen. Er untersuchte die Trennflächen der Äste. Sägemale bedeckten fast den gesamten Querschnitt. Der Rest war gebrochen und hatte Holzfasern aus dem Stamm gerissen.

Zwischen den silbergrünen Blättern und Zweigen am Boden schimmerte es golden. Auf dem Kies lag ein Stift. Zwei Schlangen wanden sich um die glänzende Hülse. Den Abschluss bildete ein Flügelpaar. Felix probierte ihn auf der Handfläche aus und malte feine goldfarbige Kringel auf seine Haut.

Der Hausmeister schloss das Portal auf und die Schüler strömten hinein. Gleich darauf drangen aufgeregte Rufe aus der Eingangshalle. Einige Mädchen stürzten nach Luft schnappend wieder heraus. Frau Steinkauz fuhr herum und preschte die Treppe hinauf. In der Halle entfuhr ihr ein wütender Schrei. Felix steckte den Stift in seine Hosentasche und eilte zum Eingang. In der Vorhalle holte er Zoe ein. Geschickt schlängelten sie sich zwischen den Schülern hindurch, die den Eingang verstopften.

Der Teppich, der fast die gesamte linke Wand der Eingangshalle bedeckte, war mit braunem Schleim beschmiert, von dem ein fauliger Geruch ausging. Der Hausmeister öffnete die Fenster neben dem Eingangstor, aber der Gestank ließ sich nicht vertreiben. Felix näselte: »Das stinkt wie Schweinescheiße!« Zoe nickte mit angehaltenem Atem.

Das halbe Lehrerkollegium hatte sich vor dem Teppich versammelt. Neben Frau Steinkauz wirkten sie schmächtig, abgesehen von Herrn Kules, dem Sportlehrer, der die Direktorin um eine Handbreit überragte. Sanft nahm er sie am Arm und führte sie durch die Menge. »Lass mich einmal etwas für dich tun«, hörte Zoe ihn im Vorbeigehen sagen.

Mit ein paar Schritten Abstand folgte ihnen die Lehrerschar die Treppe hinauf Richtung Lehrerzimmer. Nur Frau Wala, die Lehrerin für Naturphänomene, blieb zurück. Sie wankte auf den Teppich zu und stützte sich mit beiden Händen darauf ab. Ihre Finger versanken tief in der schmierigen Masse.

Zoe eilte zu ihr und fragte: »Geht es Ihnen gut?«

Frau Wala antwortete nicht. Finster stierte sie auf den Schleim. Kupferfarbene Locken hingen ihr wirr ins blasse Gesicht. Ihre sonst so fröhlich leuchtenden grünen Augen hatten ein dumpfes Grau angenommen. »Das Gewebe reißt!«, verkündete sie mit hohler Stimme. Zoe musterte die zähflüssige Masse, die kaum merklich zu Boden floss. An einigen Stellen schimmerte der Teppich durch. Außer dem Schmutz schien er unversehrt.

»Ich glaube, der hält«, sagte Zoe.

»Du musst gewahren.«

»Wie bitte?«

»Ergründen!«

»Ich verstehe Sie nicht.«

Die Lehrerin wandte sich Zoe mit hoch erhobenen Fäusten zu und stieß ein ungehaltenes Grollen aus. Zwischen ihren Fingern quoll Schleim hervor. Zoe wich zurück, doch Frau Wala packte sie an den Schultern und zog sie dicht an sich heran. »Such hier!«, raunte sie, ließ Zoe los und rannte davon.

Mit spitzen Fingern half Felix Zoe, die verdreckte Jacke auszuziehen. Sie kehrten das Innere nach außen und Zoe stopfte das zusammengeknüllte Kleidungsstück in das große Außenfach ihrer Schultasche. Dann stiegen sie die Treppe hinauf. Von der obersten Stufe blickte Zoe zurück. Das Gedränge hatte sich inzwischen aufgelöst. Durch das Eingangstor strömten die Schüler herein. Der Anblick des Teppichs zog sie magisch an, doch der Gestank vertrieb sie wieder.

Der Junge mit der beigen Kappe, der Zoe umgerannt hatte, stand am Eingang und wühlte in seinen Taschen. Die meisten Neuankömmlinge sahen ihn rechtzeitig und wichen ihm aus. Frau Weber lief fast in ihn hinein. Mit einem ungeheueren Satz sprang die rundliche Lehrerin beiseite. Einen Moment lang rang sie um Fassung, dann fing sie sich wieder. Sie strich die bunten Lagen ihres Kleids glatt und richtete die roten und grünen Strähnen ihrer mausgrauen Dauerwelle. Betont gelassen schritt sie um den Jungen herum. Dieser war ganz mit sich selbst beschäftigt. Er schien nicht zu finden, was er suchte. Fluchend stürmte er die Treppe herauf, an Zoe vorbei, Richtung Sekretariat.

Felix war vorausgegangen. Zoe warf einen letzten Blick auf den Teppich, dann folgte sie ihm. Ihr Weg führte durch eine Arkade rund um den überdachten Innenhof. In dem Garten hinter den verglasten Spitzbögen wucherten Bäume und Sträucher dem Licht entgegen. Sie bog ab in den rechten Seitenflügel, vorbei an Lehrerzimmer und Hausmeister. Das weiß gestrichene Netzgewölbe des Bogengangs wirkte filigran und war doch massiv. Halbsäulen an den Wänden umrahmten die schweren Holztüren. Die Schüler davor waren in lebhafte Plaudereien vertieft, erfüllt mit der heiteren Gelassenheit der ersten Schultage.

Zoe näherte sich ihrem Klassenzimmer am Ende des Gangs. Der Anblick ihrer Klassenkameraden war vertraut, aber gleichzeitig auch seltsam fremd. Ein paar von ihnen kämpften mit Akne. Bei Silvester und einigen anderen entdeckte sie sogar feine Härchen über der Oberlippe. Fast alle Jungen waren vor den Ferien kleiner gewesen als sie, außer Neidhard. Nun hatten die meisten sie eingeholt. Bei Lukas waren vor allem die Gliedmaßen gewachsen. Ungelenk stakste er auf Felix zu, der an einer der Halbsäulen neben der Tür zum Klassenzimmer lehnte.

»Die Eule sieht lustig aus«, sagte Felix, als Zoe sich neben ihn stellte.

»Und wie«, stimmte sie zu, »aber es ist schade um den Olivenbaum.« Erst jetzt bemerkte sie, dass Felix sie inzwischen ebenfalls überragte.

»Es ist eine Schande«, mischte sich Lukas ein. Sein struppiges rotblondes Haar war auf der einen Seite des Kopfs vom Schlafen platt gedrückt. Auf der anderen stand es nach allen Seiten ab. Neidhard schob ihn beiseite und pflanzte sich vor ihnen auf. Er war fast einen Kopf größer als Zoe und doppelt so schwer. Mit seinen kurz geschorenen dunkelblonden Haaren sah er ein bisschen gemein aus, aber dieser Eindruck verflog, sobald er anfing zu sprechen, denn er hatte die Stimme einer Maus.

»Habt ihr schon den Neuen gesehen?«, piepste Neidhard. »Finlay heißt er. Sitzengeblieben. Viola kennt den schon. Wundert mich nicht. Ist genau so ein Giftzwerg wie sie. Hat Galina von ihrem Platz vertrieben. Die sitzt jetzt ganz hinten in der Ecke.« Er stellte sich dicht neben Zoe, drückte sich an sie und legte seinen Arm um ihre Schulter. Unauffällig versuchte Zoe, von ihm wegzurücken. Zu ihrer Erleichterung kam Frau Steinkauz mit energischen Schritten den Flur entlang. Sie betrat das Klassenzimmer und erreichte exakt mit dem Gongschlag das Lehrerpult. Noch bevor alle auf ihren Plätzen saßen, begrüßte sie die Klasse und begann mit dem Unterricht. »Warum geht ihr zur Schule?«, fragte sie in einem gellenden Befehlston. Vor Schreck schossen etliche Finger in die Höhe.

Die eingeschüchterten Mienen der Achtklässler zügelten den Groll der Direktorin. »In meinen Philosophiestunden müsst ihr euch nicht melden«, informierte sie die Schüler betont freundlich. »Solange ihr nicht durcheinanderredet, könnt ihr einfach sagen, was ihr denkt.« Die Finger sanken zögerlich. Niemand traute sich, zu sprechen, doch die Lehrerin wartete geduldig.

»Weil wir müssen«, antwortete Felix.

Sie nickte. »In Deutschland herrscht Schulpflicht. Das ist nicht überall so. In einigen Ländern besteht nur eine Bildungspflicht. Der Unterricht kann dort auch zu Hause stattfinden. In manchen Ländern gibt es weder Schul- noch Bildungspflicht.« Frau Steinkauz verschränkte ihre Hände hinter dem Rücken und fragte: »Was, glaubt ihr, machen die Kinder und Jugendlichen in diesen Ländern, wenn sie nicht regelmäßig die Schule besuchen?«

»Eine Party?«, erwiderte Viola. Angriffslustig sah das zartgliedrige Mädchen die Lehrerin an. Ihre dunklen Haare hoben sich scharf von der blassen Haut ab. Der Junge neben ihr musste Finlay sein. Zoe kannte ihn nur vom Sehen. Er hatte glatte schwarze Haare und kleidete sich genauso düster wie Viola.

»Sie arbeiten!«, korrigierte Lukas.

»Es sind fast zweihundert Millionen«, ergänzte Frau Steinkauz. »Diese Kinder zwischen fünf und vierzehn Jahren leben vor allem in Asien, Afrika oder Lateinamerika. Sie arbeiten auf dem Feld, als Straßenverkäufer oder als Dienstmädchen, werden schlecht bezahlt und oft auch schlecht behandelt.«

»Einer hat immer die Arschkarte«, gähnte Viola und lehnte sich gelangweilt zurück. Erwartungsvolle Stille trat ein. Frau Direktor Steinkauz hatte den Ruf, eine strenge, aber gerechte Lehrerin zu sein. Wie sie auf Violas streitbare Art reagieren würde, konnte keiner von ihnen einschätzen.

Frau Steinkauz runzelte die Stirn. »Was willst du damit sagen?«

»Das ist Schicksal.« Viola richtete sich wieder auf. »Ich kann nichts dafür, dass mein Alter Kohle hat.«

»Die Frage nach dem Schicksal ist sehr interessant.« Frau Steinkauz notierte etwas in ihrem kleinen roten Buch. »Da du darüber so gut Bescheid weißt, hältst du in der nächsten Philosophiestunde ein Referat über das Schicksal.«

Viola schien das nicht zu beeindrucken. Sie zuckte nur mit den Schultern.

Frau Steinkauz nahm das Thema wieder auf: »Gibt es noch einen anderen Grund, die Schule zu besuchen?«

»Damit wir etwas lernen«, schlug Neidhard vor. »Am Ende wissen wir alles, was wir wissen müssen.«

»Was ist denn Wissen?«, fragte Frau Steinkauz. »Was fällt euch zu dem Wort ›Wissen‹ ein?«

»Was ich nicht weiß, macht mich nicht heiß«, antwortete Kaspar und rief ein allgemeines Gelächter hervor. Er sah sich zufrieden um. Ab und an brachte er mit seinen Zwischenrufen ganze Unterrichtsstunden zum Scheitern. Dabei sah er so unschuldig aus. Die blauen Augen, blonden Locken und die leicht gebräunte Haut verliehen ihm ein engelsgleiches Aussehen.

»Wissen ist Macht und nichts wissen macht auch nichts«, fügte Neidhard hinzu, doch sein Spruch ging im Lärm unter.

»Ich weiß, dass ich nichts weiß«, rief Felix, als sich die meisten beruhigt hatten, und das Gelächter flammte wieder auf.

Frau Steinkauz griff Felix' Vorschlag auf: »Das stammt von Sokrates, einem der größten Philosophen der griechischen Antike.« Zum ersten Mal an diesem Tag huschte ein Lächeln über ihr Gesicht. »Er will damit sagen, dass er kein wahrhaftiges Wissen besitzt. Sehen wir uns das an einem Beispiel an.« Sie legte einen Gegenstand auf den Tisch.

»Was ist das?«, fragte sie.

»Ein Apfel«, antwortete Felix.

»Das ist eine Birne«, entgegnete Neidhard.

»Spinn nicht rum, du Nacktschnecke!«, giftete Viola. »Das sieht doch jeder, dass das ein Apfel ist.« Wieder lachte die ganze Klasse. Neidhard lief rot an und begann zu schwitzen, wie immer, wenn er sich ärgerte. Beleidigt kniff er den Mund zusammen.

Frau Steinkauz gab der Diskussion einen Anstoß: »Woher wisst ihr, dass das ein Apfel ist?«

»Es sieht aus wie ein Apfel, also ist es auch ein Apfel«, behauptete Felix.

»Müssen wir jetzt beweisen, dass ein Apfel ein Apfel ist?«, nörgelte Viola.

»Er könnte aus Holz sein«, wandte Lukas ein. »Eigentlich wäre es dann gar kein Apfel, sondern ein Stück Holz.«

»Schneiden wir ihn auf!«, schlug Felix vor.

Mit einem Messer teilte Frau Steinkauz die Frucht quer zum Stiel in zwei Hälften. Auf den Schnittflächen prangten sternförmig fünf Kerngehäuse. Saft tropfte auf den Tisch.

»Er ist auf jeden Fall echt«, überlegte Felix laut. »Um ganz sicherzugehen, müssten wir ihn natürlich essen.« Frau Steinkauz nickte, schnitt dünne Scheiben ab und verteilte sie in der Klasse.

»Das schmeckt ...«, Felix stutzte, »... nach Birne!«

»Sag ich doch!«, triumphierte Neidhard. »Das ist eine Nashi-Birne. Die sieht wie ein Apfel aus.«

»Es könnte aber auch ein Apfel sein, der nach Birne schmeckt!«, verteidigte Felix seine Meinung.

»Oder«, ergänzte Kaspar in bedeutungsschwerem Ton, »es ist eine unbekannte Frucht, die wie ein Apfel aussieht und wie eine Birne schmeckt.«

»Es ist eine Birne«, bestätigte Frau Steinkauz. »Warum fiel es euch so schwer, das herauszufinden?«

»Wir meinten, dass es sich um einen Apfel handelt, weil die Frucht wie einer aussah«, analysierte Zoe. »Wegen des Geschmacks vermuteten wir, dass es eine Birne sein könnte. Im Mund hat es sich nach Birne angefühlt.« Sie roch an ihrem Stück und stellte fest: »Birne!«

Die Lehrerin nickte zufrieden.

»Bis auf die Augen«, schlussfolgerte Zoe, »haben meine Sinne mir mitgeteilt, dass es eine Birne ist. Gewöhnlich vertraue ich ihnen.

Sicher kann ich mir jedoch nicht sein, denn meine Sinne könnten mich täuschen.«

»Und genau das ist das Problem«, erläuterte Frau Steinkauz. »Auf dem Weg in das Bewusstsein werden unsere Sinneseindrücke beurteilt und gefiltert. Dadurch werden wir manchmal zu Annahmen verleitet, die nicht gerechtfertigt oder nicht wahr sind. Da jede Erkenntnis auf unserer Wahrnehmung beruht, gibt es Zweifel daran, ob es überhaupt ein wahrhaftiges Wissen geben kann.«

»Aber die Physik«, platzte Lukas aufgebracht heraus, »die Chemie und die Biologie erklären die ganze Welt. Wir machen einen Gentest. Dann wissen wir genau, was das für eine Frucht ist.«

»Mithilfe der Wissenschaften lassen sich viele Fragen beantworten«, räumte die Lehrerin ein. »Aber die Wissenschaft beruht auf einigen Annahmen, die wir nicht beweisen können. Wir glauben zum Beispiel, dass die Vorgänge in der Natur regelmäßig sind, und dass wir verstehen, was wir beobachten. Wir sind fest davon überzeugt, dass unsere Art zu denken ausreicht, um die Natur zu begreifen, und wir gehen davon aus, dass wir fähig sind, treffende Theorien aufzustellen.«

Lukas' Sommersprossen verschwanden unter einer hitzigen Wangenröte. Er riss seine hellblauen Augen weit auf und ereiferte sich: »Die Wissenschaft ist wichtig!«

»Aber ja doch, Lukas!«, bekräftigte Frau Steinkauz. »Gerade in der heutigen Zeit, in der die ganze Welt über das Internet vernetzt ist und Fake News die Menschen in die Irre führen, brauchen wir eine verlässliche Quelle für Wissen. Die Wissenschaft ermöglicht es uns, sachlich zu entscheiden, da sie alles überprüfbare Wissen umfasst, das zurzeit als irrtumsfrei gilt. Aber es ist auch wichtig, das vermeintlich begründete Wissen immer wieder infrage zu stellen, denn ab und an werfen auch heute noch neue Erkenntnisse gängige Überzeugungen über den Haufen.«

Die Stunde verging wie im Flug. Zoe hatte sich Philosophie komplizierter vorgestellt. Philosophen dachten darüber nach, wie man auf eine Frage die richtige Antwort findet, wie Menschen sich verhalten sollen und warum wir und das Universum überhaupt da sind.

Kurz vor dem Ende der Stunde kam Frau Steinkauz auf ihre ursprüngliche Frage zurück und beendete den Unterricht mit einer Antwort: »Ihr geht in die Schule, um frei zu sein. Das Wissen, das in der Schule vermittelt wird, ermöglicht es euch, freie Entscheidungen zu treffen.« Mit der letzten Silbe schlug der Gong. Frau Steinkauz packte ihre Sachen und verließ ohne ein weiteres Wort den Raum.

In der Pause sah sich Zoe im Klassenzimmer um. Vor den Sommerferien war die Modernisierung der Schule das Hauptgesprächsthema gewesen. Viel hatte sich nicht getan. Am auffälligsten waren die neuen Fenster. Die weißen Kunststoffrahmen passten zwar nicht zu den antiken Fenstersimsen, es würde aber, hoffte Zoe, im Winter nicht mehr so ziehen. Die Wände waren lediglich frisch gestrichen worden, wieder weiß. Alle Landkarten, Zeittafeln und Schaubilder hingen an ihrem alten Platz. Auch die alten Holztische, die Tafel und der Schrank waren geblieben.

»Schau mal, was ich unter dem Olivenbaum gefunden habe!«, sagte Felix und zeigte Zoe den Stift. »Ganz schön schwer. Glaubst du, der ist aus Gold?« Zoe wog den Stift in der Hand und gab ihn dann zurück. »Wenn er aus Gold ist, dann ist er bestimmt wertvoll.« Felix hielt ihn ins Licht.

Neidhard drehte sich zu ihnen um. »Was hast du da?«, piepste er, ließ sich mit seinem Stuhl zurückkippen und schnappte nach dem Stift. Er war zu langsam. Felix steckte ihn flugs in seine Hosentasche.

»Gib her!« Neidhard schob den Tisch mit einem Ruck auf Felix zu. Der sprang auf, doch diesmal war Neidhard schneller. Bevor

Felix das Klassenzimmer verlassen konnte, drängte Neidhard ihn an Zoe vorbei ans Fenster.

»Hör auf!«, rief Zoe und zerrte an Neidhards Armen. Er stieß sie so heftig weg, dass sie über ihren Stuhl stolperte und auf ihre verletzten Hände fiel.

»So, mein Freundchen«, quietschte Neidhard grimmig. »Jetzt zeigst du mir, was du da hast.« Mit der einen Hand packte er Felix am Hals, mit der anderen griff er in seine Tasche.

»Lass mich in Ruhe!« Felix umklammerte den Stift. Auf keinen Fall würde er ihn loslassen. Die goldenen Schlangen kribbelten in seiner Hand. Er spürte, wie sein Wunsch in das Metall floss und Neidhards Groll erstickte. Der entspannte sich und ließ Felix los. »Na gut«, hauchte er mit einem seligen Lächeln, schob den Tisch wieder an seinen Platz und setzte sich friedlich hin.

»Wie hast du das gemacht?« Zoe ließ sich auf ihren Stuhl gleiten und pustete auf ihre Handflächen. Für gewöhnlich ging Neidhard einem so lange auf den Geist, bis er hatte, was er wollte. Dass er so schnell aufgab, war ungewöhnlich.

»Keine Ahnung«, flüsterte Felix. Er dachte an seinen Wunsch und das seltsame Kribbeln. Fest umklammerte er den Stift in seiner Tasche.

Fantastischer Unterricht

Kurz nach dem Gong wehte Frau Wala wie ein warmer Sommerwind ins Klassenzimmer. Der blumig-fruchtige Duft, der die zierliche Lehrerin stets umgab, erfüllte den Raum. »Guten Morgen«, begrüßte sie fröhlich ihre Schüler. »Es ist schön, euch wiederzusehen.« Der Zwischenfall in der Eingangshalle hatte keine Spuren an ihr hinterlassen. Ihre weiße Leinenbluse und die helle Jeans waren sauber. Sie zog einen Haargummi aus der Hosentasche und band ihre kupferfarbenen Locken zu einem Pferdeschwanz zusammen. »Hattet ihr schöne Ferien?«

Die meisten nannten beliebte Urlaubsziele wie Italien, Kroatien oder die Ostsee, das Meer, die Berge oder den Garten zu Hause. Lukas zählte die Stationen seiner Studienreise durch Griechenland auf. Neidhard berichtete von dem Ferienlager, in das ihn seine Eltern jedes Jahr schickten. Frau Wala hörte aufmerksam zu. Sie wartete geduldig, bis der überwiegende Teil der Klasse von allein verstummte. Schließlich unterbrach sie: »Ich habe eine Überraschung für euch.« Sie streifte ein Paar seidener Handschuhe über. »Mein lieber Freund Hephaistos hat mir ein Physitop konstruiert, eine Art Physiklabor, nur ein bisschen pfiffiger. Heute weihen wir es ein.« Auf ein Handzeichen hin, als wische sie über eine beschlagene Scheibe, erschien vor ihr ein halbtransparenter Bildschirm. Ein Raunen ging durch den Raum. Ein solches Gerät kannten die Schüler nur aus dem Kino.

»Mit dieser Konsole steuere ich das Physitop«, erklärte Frau Wala und drückte auf eine der Tasten. Die Fenster verdunkelten sich. Das Klassenzimmer setzte sich in Bewegung. Zuerst schoss es seitwärts, sodass Zoe beinahe vom Stuhl fiel. Felix klammerte sich an der Sitzfläche fest und Kaspar schlang seine Beine um das Tischbein. Neidhard landete unsanft auf dem Fußboden. Die Klasse schrie.

Das Zimmer schwenkte nach vorne. Neidhard schlitterte auf dem Hosenboden gegen die Wand. Dabei riss er mehrere Schultaschen mit. Zoe rutschte mitsamt ihrem Stuhl rückwärts. Die Tische wurden zusammengeschoben. Der vordere Teil der Klasse kreischte, dass die Tafel zitterte. Die Schüler in der letzten Reihe stießen nur ein dumpfes Stöhnen aus.

Noch einmal änderte der Raum die Richtung. Er sackte ab und die Stühle hoben sich. Alle sogen scharf die Luft ein. Bevor das Geschrei wieder losging, stoppte das Klassenzimmer abrupt und die Schüler landeten mit einem lauten Poltern unsanft auf dem Boden. Neidhard war unter einem Berg von Taschen begraben. Der Rest der Klasse saß verstört auf den Stühlen. Frau Wala hatte die ganze Zeit ungestört auf ihrem Platz gestanden.

»Das war wohl etwas zackig«, kicherte sie. »Beim nächsten Mal geht es bestimmt schon besser.« Sie drückte eine weitere Taste. Die Zimmerwände sprangen in hohem Bogen ab. Wie Luftballons zischten und trudelten die Wände schrumpfend durch einen tiefschwarzen Raum. Die Decke schraubte sich in die Höhe. Unversehens wendete sie und hielt auf Zoe zu, rauschte knapp an ihr vorbei und fegte Neidhard, der sich gerade wieder hingesetzt hatte, vom Stuhl. Daraufhin rutschte einer nach dem anderen unauffällig unter seinen Tisch. Schaukelnd schwebten die Teile des Klassenzimmers zu Boden. Ein erleichtertes Seufzen entfuhr den Schülern.

»Seid so gut und hebt die Wände auf, wir brauchen sie nachher noch«, bat Frau Wala. Lukas sprang unter seinem Tisch hervor und sammelte die verschrumpelten Wände ein, die jetzt kaum größer waren als Schulhefte. Frau Wala faltete sie zusammen und steckte sie in ihre Hosentasche. Stirnrunzelnd betrachtete sie die Konsole. »Er hat viele Spezialeffekte eingebaut«, murmelte sie. »Man kann sie ausschalten. Ich weiß nur nicht mehr, wo.«

Nach und nach kamen die Schüler unter ihren Tischen hervor und staunten. Die Tafel, die Lampen und die Bilder hingen in der Luft. Hoch über ihnen wölbte sich eine schwarze Kuppel, unterteilt in ein Raster aus Dreiecken. Der Boden bestand aus den gleichen dreieckigen Platten, glasartig, dunkel, durchsetzt mit feinen grauen Schlieren.

»Obsidian«, bemerkte Frau Wala. »Hephaistos schwört auf Obsidian. Vulkanisches Glas sei das einzig wahre Material für seine geodätischen Kuppeln, meint er.« Sie wandte sich wieder der Konsole zu und rieb sich das Kinn. »Die Möbel? Welche Taste war das bloß? Ach, was soll's. Wir werden es einfach ausprobieren.« Sie drückte eine Taste und die Einrichtung verschwand mitsamt den Schultaschen.

»In den vergangenen zwei Jahren haben wir uns mit Naturphänomenen auseinandergesetzt«, fuhr sie fort. »Wer kann mir sagen, was Naturphänomene sind?«

Lukas schnippte aufgeregt mit dem Finger, wartete aber nicht, bis er aufgerufen wurde. »Das ist alles, was wir mit unseren Sinnen wahrnehmen«, platzte er heraus.

Frau Wala nickte. »Im Physikunterricht setzen wir die Erforschung der Natur fort. Hin und wieder nutzen wir dafür das Physitop, eine Maschine, die die Natur nachbildet, vom kleinsten Teilchen bis zum größten Sternensystem.«

Während Frau Wala aufzählte, mit welchen Themen sie sich im Laufe des Schuljahrs beschäftigen würden, entspannte sich Zoe allmählich. Felix lehnte sich zu ihr hinüber und flüsterte: »Coole Spezialeffekte! Ich glaube, das wird mein Lieblingsfach.«

Zoe betrachtete misstrauisch die Kuppel aus schwarzem Glas. Das Physitop war eine Maschine, hatte Frau Wala gesagt. Gewiss waren es Spezialeffekte. Was sollte es sonst sein? Sie konnten ja nicht wirklich mit dem Klassenzimmer durch die Gegend fliegen. Mit einem leisen Schnaufen schüttelte sie ihre Zweifel ab und konzentrierte sich wieder auf den Unterricht.

»Natur ist alles, was nicht von Menschen erschaffen wurde«, definierte die Lehrerin. »Die Naturwissenschaften erforschen und erklären die Natur. Die Gesetze, nach denen sie funktioniert, ermittelt die Physik. Biologie ist die Lehre vom Leben. Den Aufbau und die Umwandlung von Stoffen behandelt die Chemie. Es gibt weitere Naturwissenschaften, wie zum Beispiel die Medizin, die Geowissenschaften oder die Astronomie.« Sie streckte ihre Hand aus. Über der Handfläche bildete sich eine kleine, leuchtende Kugel. Ihre Oberfläche sah flüssig aus. Zoe trat näher heran. Wärme breitete sich auf ihrem Gesicht aus. Die Kugel dehnte sich aus und wurde schnell so heiß, dass Zoe zurückwich.

»Die Sonne«, erklärte Frau Wala, »ist unentbehrlich für das Leben auf der Erde. Sie ist eine Gaskugel. In ihrem Inneren verschmelzen jeweils zwei Wasserstoffatome zu einem Heliumatom. Dabei wird Energie frei.«

»Das nennt man Kernfusion«, rief Lukas. Er holte Luft für eine Erläuterung, da versetzte ihm Viola einen Stoß und raunte: »Schnauze!«

Die Lehrerin lehnte sich zurück und hielt die kleine Sonne so weit wie möglich von sich weg. »Ich sollte sie jetzt an den Himmel setzen, sonst verbrenne ich mir die Finger.« Sie ging in die Knie, holte aus und warf die Sonne nach oben. Mit einem Schmatzen saugte sich die gleißende Kugel einige Meter über ihnen an der Decke fest und tauchte die Kuppel in ein strahlendes Blau.

»Die Sonne gibt Energie in Form von Licht ab«, fuhr Frau Wala fort. »Das Licht benötigt etwa acht Minuten, um die Erde zu erreichen. Es versorgt uns mit Helligkeit und Wärme. Diese nehmen wir mit unseren Augen und unserer Haut wahr. Um sie zu verstehen, benötigen wir nicht nur die Physik, sondern auch die Biologie.« Sie hob die Hand und eine kleine Erdkugel erschien, die rasch an Größe zunahm und die Schüler zurückdrängte.

Frau Wala zog ihre Hand zurück. Die Erdkugel schlug donnernd auf dem Boden ein und versank fast vollständig darin. Zurück blieb eine große Wasserfläche, umgeben von schmalen Landstreifen.

»Mehr als siebzig Prozent der Erdoberfläche sind mit Wasser bedeckt. Durch die Sonnenwärme verdunstet es. Die kleinsten Wasserteilchen, die Wassermoleküle, schweben dann in der Luft.« Sie hielt ihre Hand flach ausgestreckt über den Ozean, aber nichts geschah. Verwundert betrachtete sie die Handschuhe, schüttelte ihre Hand, schwenkte sie hin und her, bewegte die Finger, ohne Erfolg.

»Ich werde das ein wenig beschleunigen.« Sie trat an die Konsole und drückte einige Tasten. Das Wasser begann zu brodeln.

»Der Wasserdampf steigt in die Höhe«, fuhr sie fort und deutete in den Himmel. »Er kondensiert, das heißt, er wird zu winzigen Wassertropfen. Normalerweise entsteht nicht so viel Dampf wie bei diesem Experiment.« Unter der Kuppel bildete sich eine Wolke, quoll auf, breitete sich aus und verdunkelte den Himmel. Sie hing so tief, dass Irmelind, die Größte in der Klasse, sich bücken musste.

Zoe spürte einen Tropfen auf der Stirn, ein zweiter traf Felix. Es begann zu regnen! Frau Wala legte ihre Hand an die Wolke. Dadurch riss sie auf und entleerte sich in einem großen Schwall. Das Wasser durchdrang ihre Kleider und lief in die Schuhe, sammelte sich am Boden und floss durch die Ritzen zwischen den Platten ab. Alle waren vollkommen durchnässt, nur Frau Wala war trocken geblieben.

»Ein Wolkenbruch!«, rief die Lehrerin. »Wie ungeschickt von mir! Ich muss mir dringend noch einmal zeigen lassen, wie diese Handschuhe genau funktionieren.« Sie eilte zur Konsole. Wieder drückte sie einige Tasten und der Ozean verschwand. Ein warmer Wind kam auf, der über Zoe und die anderen hinwegstrich und ihre Kleidung so schnell trocknete, dass sie dabei zusehen konnten.

Felix machte die Stunde Spaß. Er schlenderte umher und riss Witze. Viola stieß derbe Flüche aus, während sie ihre Haare auswrang. Iolanthe fragte jeden nach einer Bürste. Kaspar versuchte, Lukas abzuwimmeln, der ihm einen Vortrag über Physik halten wollte, und Neidhard folgte der Lehrerin, die sich um die Klasse kümmerte.

Nachdem Frau Wala sich vergewissert hatte, dass es allen gut ging, nahm sie den Unterricht wieder auf: »Wir stellen uns jetzt vor, ein sanfter Regen hätte die Erde benetzt.«

Der schwarze Boden verlor seinen Glanz. Die glatte Fläche bröckelte und färbte sich braun. Zoe ging in die Hocke, nahm eine Handvoll, zerrieb sie zwischen den Fingern und roch daran. Die feuchte, krümelige Masse duftete nach Sommerregen. Es war Erde! Diese Spezialeffekte wirkten unglaublich echt.

Frau Wala hielt eine braune Olive hoch. »Diese Olive hat einen Kern.« Sie öffnete die Frucht und steckte den Kern in die Erde. »Er trägt Leben in sich. Wenn wir ihn mit Wasser und Wärme versorgen, keimt er. Erhält der Sämling Licht und Nahrung, wächst er zu einem Olivenbaum heran.« Sie hielt ihre Hand über die Stelle. Ein Keim reckte sich aus dem Boden. Überall sprossen Pflanzen. Es wuchs eine Wiese und in ihrer Mitte ein Baum.

Die Klasse setzte sich in einem Kreis ins Gras. Der Baum breitete sein silbergrünes Blätterdach über ihnen aus. »Mit Hilfe der Wurzeln«, fuhr Frau Wala fort, »versorgen sich die Pflanzen mit Wasser. Die Blätter nehmen die Energie der Sonne und das Kohlendioxid aus der Luft auf. In ihren Zellen entsteht daraus Zucker. Das Abfallprodukt, der Sauerstoff, wird wieder an die Luft abgegeben. Weiß jemand, wie man diesen Vorgang nennt?« Lukas schnippte hektisch mit den Fingern.

»Fotosynthese«, antwortete er, als Frau Wala ihn aufrief. Viola, die schräg hinter ihm saß, äffte ihn nach. Kaspar und Neidhard kicherten. Die Lehrerin legte einen Finger auf die Lippen und deutete in die Baumkrone. Ein leises Zwitschern war zu hören. Vögel saßen in den Ästen. Bienen flogen von Blüte zu Blüte. In einer Astgabel entdeckte Zoe eine Spinne in ihrem Netz.

»In einem Baum finden viele Tiere Unterschlupf«, erklärte Frau Wala. »Spinnen, Insekten und Vögel fressen Früchte, Blätter, Holz oder andere Tiere und sie atmen Sauerstoff. In den Zellen der Tiere reagieren die Nährstoffe, die sie mit der Nahrung aufnehmen, mit dem Sauerstoff. Dabei wird die Energie frei, die sie zum Leben brauchen.«

»Das nennt man Zellatmung«, fiel Lukas ihr ins Wort. Frau Wala nickte. Viola stopfte ihm eine Handvoll Erde in den Kragen. Er zuckte, sagte aber nichts. Unauffällig versuchte er, die Erde aus dem Hemd zu schütteln. Irritiert beobachtete die Lehrerin Lukas' Verrenkungen, dann deutete sie hinauf zur Sonne.

»Das Sonnenlicht besteht aus vielen einzelnen Lichtstrahlen, die sich wellenartig ausbreiten.« Frau Wala bewegte ihre Hand schlangenförmig auf und ab. »Der Abstand zwischen zwei aufeinanderfolgenden Wellenbergen ist die Wellenlänge.« Sie führte ihre Hand in einer ausladenden Bewegung auf und ab. »Welche Farbe wir sehen, hängt von der Wellenlänge ab. Blaues Licht hat eine kurze Wellenlänge, rotes Licht eine lange. Wenn wir gleichzeitig Licht aller Wellenlängen sehen, erscheint es uns weiß. Sobald das Licht aber zum Beispiel in einem bestimmten Winkel auf einen Wassertropfen trifft, werden die Lichtstrahlen verschiedener Wellenlängen voneinander getrennt und wir sehen die sogenannten Spektralfarben: Rot, Orange, Gelb, Grün, Blau und Violett.«

»Wie bei einem Regenbogen«, fiel Lukas ein, doch Frau Wala fuhr unbeirrt fort: »Tagsüber steht die Sonne hoch am Himmel und der Weg des Lichts durch die Gashülle um die Erde, die Atmosphäre, ist kurz. Die Lichtstrahlen treffen auf Luftteilchen wie Stickstoff oder Sauerstoff und werden von ihnen abgelenkt. Diesen Vorgang nennt man Streuung. Da das blaue Licht von den Luftteilchen am stärksten gestreut wird, erscheinen uns der Himmel blau und die Sonne gelb. Ohne die Luft wäre der Himmel schwarz und wir sähen die Sonne als weiße Scheibe.« Sie deutete in den Himmel, führte ihre Hand langsam nach unten und ließ die Sonne sinken. Als sie den Horizont berührte, wurde die Kuppel in ein strahlendes Rot getaucht.

»Das rote Licht wird nicht so stark gestreut wie das blaue«, rief Lukas. »Das heißt, es durchdringt die Luft fast ungehindert. Wenn am Abend die Sonne hinter dem Horizont verschwindet, hat das Licht einen längeren Weg durch die Lufthülle der Erde. Das blaue Licht wird auf diesem Weg zu einem großen Teil weggestreut, sodass wir vor allem rotes Licht sehen.«

»Danke, Lukas«, antwortete Frau Wala. »Das war eine sehr schöne Erklärung für das Abendrot.«

Viola zischte: »Klugscheißer! Du nervst!«

»Du nervst selbst!«, flüsterte Lukas, damit Viola es nicht hörte. Nicht leise genug. Verärgert kniff sie die Augen zusammen und rückte an ihn heran. Sie zwickte, zog und schubste ihn, aber er wehrte sich nicht, sondern duckte sich nur weg.

Frau Wala schnippte mit den Fingern. Die Sonne verschwand. Mond und Sterne leuchteten auf. In der Mitte des Sitzkreises erschien ein Lagerfeuer.

»Eine Verbrennung ist ein chemischer Vorgang«, erläuterte sie. »Ein brennbarer Stoff wie Holz zersetzt sich unter der Hitze und die sich entwickelnden Gase reagieren mit dem Sauerstoff der Luft. Dabei werden Wärme und Licht abgegeben. Außerdem entstehen Kohlendioxid und andere Gase. Übrig bleibt nur Asche. Sie besteht aus den nicht brennbaren Mineralstoffen.«

Felix achtete nicht mehr auf den Unterricht, sondern beobachtete, wie Viola Lukas ärgerte. Der goldene Stift fiel ihm ein. Würde er bei Viola ebenfalls wirken? Unauffällig schob sich Felix hinter sie und hielt den Stift an ihren Rücken. »Vertragt euch!«, wünschte er sich und schloss die Augen. Seine Hand kribbelte. Statt Lukas weiter zu drangsalieren, half Viola ihm, die Erde zu beseitigen. Er sah sie argwöhnisch an.

»Warum steigt der Rauch hoch?«, fragte sie ihn mit zuckersüßer Stimme.

»Wärme ist die Bewegung der kleinsten Teilchen eines Stoffes, also der Moleküle«, antwortete Lukas zaghaft und sah sich nach Anzeichen für einen gemeinen Scherz um. Viola wirkte friedlich und die anderen hörten Frau Wala zu, deshalb fuhr er fort: »Je wärmer die Luft wird, umso heftiger bewegen sich die Luftmoleküle. Dadurch entfernen sie sich voneinander. Die Luft dehnt sich aus, sie wird dünner und leichter. Deswegen schwebt sie nach oben.« Viola hing an seinen Lippen. Das brachte Lukas völlig aus der Fassung. Stotternd erzählte er ihr alles, was er über Wärme wusste. Felix war begeistert. Dieser Stift war der Hammer!

Das Feuer prasselte leise. Die meisten blickten gedankenverloren in die Flammen. Am Baumstamm lehnte Silvester, die nackten Füße in der Erde vergraben. Seine Leinenschuhe hingen an den Schnürsenkeln zusammengebunden um seinen Hals. Einige Jungen hatten sich hinter dem Baum zurückgezogen und spielten Karten. Abseits der Gruppe saß wie immer Galina, die sich nie beteiligte und niemals auffiel. Iolanthe kämmte ihre Haare mit den Fingern und Irmelind knabberte an einem Müsliriegel. Kaum etwas hatte sich geändert in den Sommerferien, fand Zoe, abgesehen davon, dass Viola seit ein paar Minuten seltsam nett zu Lukas war. »Der Himmel ist gar nicht blau?«, hörte Zoe sie fragen.

»Nein«, antwortete Lukas. »Er sieht nur so aus.«

Genau das, überlegte Zoe, hatte Frau Steinkauz gemeint, als sie sagte, unsere Sinne verleiten uns manchmal zu fehlerhaften Annahmen. An sonnigen Tagen schien es so, als wäre der Himmel eine blaue Kuppel. Stattdessen umhüllte eine Luftschicht die Erde, die das blaue Licht in unser Auge leitete. Es war eine Illusion der Natur, so wie der Regenbogen oder die Fata Morgana. Zoe wusste zwar nicht, wie diese Luftspiegelungen zustande kamen, aber es war logisch, dass Schiffe nicht durch die Wüste fuhren. Die optischen Täuschungen in dem Buch ihrer Mutter beeindruckten sie ebenfalls. Das Aussehen von Objekten veränderte sich, je nachdem, wie ihre Umgebung gestaltet war. Dunkle Gegenstände erschienen in der Dunkelheit heller, große wirkten neben kleinen noch größer. Im Gehirn werden die eingehenden Sinnesreize verarbeitet, hatte ihre Mutter erklärt. Sie erreichen das Bewusstsein erst, wenn sie so aufbereitet sind, dass der Mensch in seinem Lebensraum zurechtkommt.

»Wahnsinn!«, riss Felix sie aus ihren Gedanken. »Die Welt ist eine Maschine. Alles hängt zusammen, die Sonne, das Licht und das Wasser, die Pflanzen und die Tiere, wie in einem riesigen Netz.«

»Was hat denn das mit einer Maschine zu tun?«

»Ein Zahnrad dreht das nächste.«

»Du meinst, die Sonne ist ein Rad in einer Maschine?«

»So wie das Licht und das Wasser.«

Zoe grinste.

»Lach nicht! Darum können die Forscher alles erklären.«

»Alles?«

»Na ja, einiges ist noch nicht erforscht.«

»Manches kann man nicht erklären.«

»Wie dein Traumfänger?«, spöttelte Felix.

»Der hat funktioniert! Ich kann es nur nicht beweisen.«

»Weil es nicht beweisbar ist.«

»Vielleicht gibt es Dinge, die nicht bewiesen werden können, weil es nicht möglich ist, sie zu beweisen.«

»Wie dein Traumfänger?«

Zoe blies empört die Backen auf.

»Schon gut«, beschwichtigte er und meldete sich. »Ich kläre das.«
Frau Wala nickte Felix zu und er brachte Zoes Frage vor: »Gibt es so
etwas wie Nichtbeweisbarkeit?«

»Ja! Da seid ihr aber tief in die Mathematik abgedriftet. Mithilfe
der Logik lässt sich diese Frage recht anschaulich beantworten, aber
jetzt haben wir keine Zeit mehr. Morgen früh im Mathematikunterricht gehe ich darauf ein.« Sie stand auf. Mit einem Handzeichen,
als scheuche sie den Baum davon, ließ sie die Landschaft verschwinden. Es erschien die Kuppel aus Obsidian.

»Ich brauche Freiwillige!«, rief sie. Eifrig sprang Lukas auf. Frau
Wala streckte ihm die schlaffen Wände entgegen und sagte: »Der
Raum muss wieder aufgeblasen werden.«

»Aber das geht doch nicht«, protestierte er. »Die sind viel zu
groß.«

»Das war ein Scherz«, lachte Frau Wala. »Entschuldige bitte! Wir
benutzen die Reset-Taste.«

Mit einem Tastendruck nahmen die Wände ihre ursprüngliche
Größe an und kehrten an ihren Platz zurück, ebenso die Möbel.
Frau Wala wartete, bis alle an ihren Tischen saßen, dann startete sie
die Rückfahrt. Diesmal bewegten sie sich sanfter. Dennoch klammerten sich die meisten an ihre Stühle. Neidhard lehnte sich lässig
zurück. Ein letzter Ruck schob ihn vom Stuhl. Die Klasse brach in
ein erleichtertes Lachen aus. Frau Wala beendete die Stunde, verabschiedete sich und verließ das Klassenzimmer kurz vor Pausen-
beginn. Sofort erhob sich ein lautes Geplapper. In kleinen Gruppen
schlenderten die Schüler hinaus.

Unglaubliche Beobachtungen

Der Zeiger der Uhr sprang auf zehn Uhr vierundzwanzig. Zoe durchwühlte ihre Schultasche nach dem Salamibrot, das sie am Vorabend belegt hatte. In einer Minute begann die große Pause. Wenn sie sich beeilte, konnte sie einen Platz auf einer der Steinbänke am Rand des Schulhofs ergattern. Von dort aus beobachtete sie den Trubel am liebsten.

Zwischen ihrem Kalender und dem Federmäppchen fand sie eine zerknüllte Tüte. Die Brotdose hatte sie im Kühlschrank vergessen! Sie warf das Papierknäuel in den Abfalleimer und kramte die Flasche Wasser unter ihren Turnschuhen hervor. Für die Sportstunde würde sie Leitungswasser nachfüllen. Zoe trank einen Schluck und sah aus dem Fenster. Von ihrem Platz aus konnte sie fast den gesamten Schulhof sehen. Neben den Überresten des Olivenbaums suchte Hugo den Boden ab. Mit gesenktem Kopf lief er hin und her und um den Baumstamm herum. Sonst sah sie niemanden. Zoe beugte sich zur Seite. Hinter dem Baumstamm entdeckte sie eine riesige platinblonde Frau. Wegen ihres bodenlangen dunklen Mantels war sie Zoe nicht sofort aufgefallen. Wie ein Schatten schmiegte er sich an die Rinde.

Hugo wandte sich dem Baumstamm zu. Die Frau trat ihm entgegen und redete auf ihn ein. Er drehte sich weg und ließ sie stehen. Sie folgte ihm, da nahm er Anlauf, machte einen langen Satz und hob vom Boden ab. Zoe traute ihren Augen nicht. Hugo flog! Dann war er fort. Kurz darauf verschwand auch die Frau. Zoe sprang auf und starrte in den Park hinaus. Wo waren sie hin? »Das gibt's nicht«, murmelte sie. »Menschen können nicht einfach so verschwinden.«

Nach und nach füllte sich der Schulhof. Grübelnd betrachtete Zoe das Gewimmel. War es eine Sinnestäuschung gewesen? Eine Art Fata Morgana? Im Hochsommer hatte sie solche Luftspiegelungen auf dem heißen Asphalt beobachtet. Meist waren es flache, glänzende Stellen, als fließe Wasser über die Straße. Im September gab es in Deutschland vermutlich keine Fata Morgana mehr, schon gar nicht auf einem Kiesboden. Hatte sie sich alles nur eingebildet?

Am Ende der großen Pause stand sie noch immer in Gedanken versunken am Fenster. Im Klassenzimmer wurde es unruhig. Die anderen kamen zurück, holten ihre Zeichensachen und gingen zum Kunstunterricht. Zoe achtete nicht darauf, sie merkte nicht einmal, dass Felix sie ansprach. Da nahm er kurzerhand ihre beiden Schultaschen, packte sie am Arm und zog sie mit sich zum Treppenhaus.

»Ich habe etwas Merkwürdiges gesehen«, begann sie, brach dann aber ab und beschleunigte ihren Schritt. Bevor sie Felix davon erzählte, wollte sie nachlesen, welche Arten von Sinnestäuschungen es gab. Felix stieg schmunzelnd hinter ihr her die Treppe hinauf. Er war es gewohnt, dass sie hin und wieder einen Satz begann, den sie nicht beendete.

Die Wärme aus dem verglasten Dachgeschoss staute sich bis ins dritte Stockwerk hinunter und trieb Zoe auf den letzten Stufen den Schweiß auf die Stirn. Auf dem Treppenabsatz vor dem Zeichensaal blieb sie stehen und hob die Arme. Felix lief an ihr vorbei durch die geöffnete Doppelflügeltür auf die hufeisenförmig angeordneten Zeichentische zu.

Frau Weber wartete zwischen ihrem Pult und dem Fenster zum Innenhof. Ihr langes Kleid flatterte im Luftzug, der durch die geöffneten Dachfenster zog. Drinnen war es womöglich kühler, überlegte Zoe, wischte sich ein paar Schweißperlen von der Stirn und trat ein. Eine angenehme Frische strich über ihre Haut.

Felix stellte die Schultaschen unter den Ecktisch und gesellte sich zu Lukas, der einen Streit zwischen Finlay und den Zwillingen Jennifer und Winifred verfolgte. Der Neue hatte sich neben Viola gesetzt, sodass die Zwillinge nicht mehr an einem Tisch saßen.

»Heul doch!«, fuhr er Jennifer an, die sich in ein Taschentuch schnäuzte.

»Lass sie!«, entgegnete Winifred. »Wir müssen zusammensitzen.«

»Tut ihr doch.«

»Nicht bei Gruppenarbeiten.«

»Na und?« Er verschränkte die Arme und beugte sich zurück. »Was seid ihr überhaupt für Freaks? Seht aus wie ausgebleichte Neger.« Er lachte, aber niemand lachte mit. Frau Wala hatte ihnen schon in der fünften Klasse erklärt, was es mit den Zwillingen auf sich hatte. Die beiden stammten zwar aus Afrika, doch ihre Körper konnten keinen Farbstoff bilden. Deswegen war ihre Haut so rosig und ihre Augen von einem durchscheinenden Blau, dass sie manchmal rötlich erschienen. Albinismus, hatte Frau Wala gesagt, hieß diese Besonderheit. Ihre Augen reagierten empfindlich auf Licht. Deshalb trugen sie selbsttönende Brillen. Ansonsten, fand Zoe, waren sie so normal wie alle anderen in der Klasse.

»Seid ihr überhaupt Mädchen? Mit diesen kurz geschorenen Haaren seht ihr aus wie Kerle.«

Winifred lief rot an. Ihre lichtblonden Haare stachen grell ab vom dunklen Purpur ihrer Kopfhaut.

»Kinder!«, rief Frau Weber und drängte sich zwischen sie. »Was ist denn mit euch los? Ihr seid ja ganz aufgewühlt.« Sie legte ihre Arme um die beiden und drückte sie an sich. »Ihr kommt doch nicht etwa vom Sport.«

»Wir hatten Physik bei Frau Wala«, fiepte Neidhard.

»Im Physitop«, ergänzte Lukas.

»Ach!«, klagte Frau Weber. »Seit Jahren bitte ich Hephaistos, mein Atelier zu modernisieren. Nie hat er Zeit. Er könnte das Morphotop wenigstens reparieren. Ihr werdet schon sehen.« Sie ließ Winifred und Finlay los. »Kommt alle mit!«

»Das klingt gar nicht gut«, flüsterte Zoe, aber Felix beruhigt sie: »Schlimmer als ein Physitop, das die Lehrerin nicht bedienen kann, ist ein kaputtes Morphotop sicher auch nicht.«

Frau Weber führte die Klasse in den Nordwestflügel, vorbei an den Kleiderständern mit den Arbeitskitteln rund um die frei stehende Waschinsel. Hinter einer Reihe von Staffeleien lehnten unfertige Gemälde an Regalen voller Kunstwerke aus Holz oder Ton. Es roch nach frischer Farbe. An den Werkbänken hingen der Größe nach geordnet Hämmer und Meißel, Spachtel und Sägen. Holzspäne knisterten leise unter Zoes Schuhen. Sie freute sich auf die kommende Stunde.

Auf ihrem Weg öffnete Frau Weber die Glastüren zu der schmalen Dachterrasse links und rechts des tonnenförmigen Glasdachs. Am Ende des Zeichensaals versammelte sie die Klasse um sich. »Es ist nicht schade um den Teppich in der Eingangshalle«, schimpfte sie und öffnete die Tür zur quadratischen Dachterrasse an der Stirnseite des Raums. »Da wir uns in diesem Jahr auch mit der Kunst der Antike beschäftigen, werde ich euch zeigen, warum.« Aus der obersten Schublade einer schlichten Holzkommode neben der Tür nahm Frau Weber ein Paar unförmige graue Ofenhandschuhe. Sie schlüpfte hinein und streckte die Hände in die Höhe. »Seht euch diese Dinger an! Ich habe den Hauch von Handschuh gesehen, den Hephaistos für das Physitop konstruiert hat. Wenn das Morphotop wenigstens einwandfrei funktionieren würde!« Erregt fuchtelte sie in der Luft herum. Vor ihr sprang eine Falltür auf. Alle duckten sich, doch es ruckelte nur ein altes Schaltpult aus dem Boden. Einer nach dem anderen entspannte sich. »Mechanisch!«, klagte sie, schob eine

Fotografie des Teppichs in einen Einschub an der Vorderseite und zog an einem seitlich angebrachten Hebel. Mattgrüne Lackplättchen splitterten vom angerosteten Gehäuse ab. An der stählernen Mittelstrebe des Glasdachs öffnete sich eine Klappe. Eine schwarze Leinwand entrollte sich, genau über Zoe. Sie wehrte das schwere Leinengewebe mit ihrem Unterarm ab. Es traf Neidhard an der Schulter. Zoe vernahm sein Fluchen auf der anderen Seite, kam aber nicht dazu, sich zu entschuldigen, denn Frau Weber fuhr unbeirrt fort: »Ein Morphotop ist eine Maschine, die aus Bildern einen dreidimensionalen Raum erzeugt. Daher können wir jede bildhafte Darstellung betreten. Heute besichtigen wir den Wandteppich der Eingangshalle. Denkt daran, dass das Morphotop defekt ist. Haltet euren Mund geschlossen, bis alle drin sind, sonst könntet ihr an den Teppichfusseln ersticken.«

Mit kreisenden Armbewegungen scheuchte sie die Klasse an die Leinwand. Neidhard rammte Zoe seinen Ellenbogen in den Rücken und drückte sie unsanft gegen das Gewebe. Die Oberfläche gab nach. Sie stolperte hindurch und fand sich am Ufer eines Waldsees wieder. Das düstere Gewässer schluckte die wenigen Sonnenstrahlen, die durch das dichte Blätterdach fielen. Der undurchdringliche Wald reichte rundherum bis weit ins Wasser hinein. Nur am Fuß eines spärlich bewachsenen Hügels öffnete sich das Dickicht zu einer kleinen Lichtung. In einem der Baumstämme klaffte ein langer Spalt, durch den Neidhard trat, dicht gefolgt von Felix. Hinter ihnen drängte nach und nach der Rest der Klasse auf die Lichtung. Zoe und Felix wichen entlang des Waldrandes aus. Neidhard wurde ins Wasser geschoben. Er wollte etwas rufen, doch bevor er einen Ton von sich geben konnte, füllte sich sein Mund mit dunkelgrünen Fasern. Panisch riss er sich die Fussel aus dem Mund. Vergeblich.

Frau Weber betrat als Letzte den Teppich und bemerkte sofort, was Neidhard quälte. »Kinder!« Eilig zog sie den Spalt hinter sich zu und schob sich zu ihm durch. »Ihr solltet doch den Mund zulassen.«

Sie strich ihm liebevoll über den Kopf. »Jetzt ist es vorbei. Das passiert immer nur beim Rein- und Rausgehen. Du kannst sie ausspucken.« Neidhard hustete und würgte die Fussel heraus. Erst kicherten einige, dann lachte die ganze Klasse laut los. Neidhard begann zu schwitzen und fuhr Zoe an: »Du blöde Kuh!« Wütend stapfte er aus dem Wasser und versetzte ihr einen heftigen Stoß.

»Kinder!« Frau Weber schob ihren fülligen Körper zwischen sie. »Streitet nicht. Seht euch lieber Tantalos an.« Sie deutete zur Mitte des kleinen Sees. Dort tauchte ein alter Mann aus dem Wasser auf, in Lumpen und so ausgemergelt, als habe er seit Monaten nichts gegessen. Über ihm senkten sich Äste herab, üppig behangen mit Feigen und Aprikosen.

»Der Teppich in der Eingangshalle zeigt die Strafen der griechischen Götter für den Hochmut der Menschen.« Frau Weber klatschte in die Hände. Stockend beugte sich der Mann nach unten, um zu trinken, doch das Wasser wich vor ihm zurück. Als er den Boden berührte, war es bis auf eine kleine Pfütze versickert.

»Einst war Tantalos bei den Göttern so hoch angesehen, dass sie ihn an ihre Tafel luden. Er hingegen verriet die Geheimnisse der Unsterblichen an die Menschen, stahl Nektar und Ambrosia, die Speise der Götter. Um ihre Allwissenheit zu testen, tötete er sogar seinen eigenen Sohn und setzte ihn den Göttern zum Essen vor. Fast alle bemerkten den Frevel und Klotho erweckte den Jüngling zum Leben. Zur Strafe steht Tantalos nun für immer in einem Teich. Wenn es ihn dürstet und er sich bückt, senkt sich das Wasser, sodass er durstig bleibt. Die Zweige über ihm hängen voller reifer Früchte. Sobald er sich streckt, um sie zu pflücken, heben sie sich, damit er seinen Hunger niemals stillen kann. Aufgrund dieser Sage nennen wir großes Leid ›Tantalusqualen‹.« Der Mann richtete sich auf und das Wasser stieg wieder. Träge griff er nach den Früchten, doch die Zweige wichen zurück.

Über Zoe rumpelte es. »Achtung!«, rief Frau Weber und schob die Klasse ins Wasser. Gerade rechtzeitig, denn am Fuß des Hügels, wo sie eben noch gestanden waren, schlug ein Felsbrocken ein.

»Sisyphos war ein Trickster«, fuhr Frau Weber fort, »ein Schelm, der sogar den Tod überlistete.«

»Den Tod?«, rief Lukas. »Das geht gar nicht.«

»Das ist eine Sage, du Hirn«, stöhnte Viola.

»Er hielt ihn gefangen«, erklärte Frau Weber, »sodass niemand mehr starb. Zur Strafe wälzt er bis in alle Ewigkeit einen Felsen auf einen Hügel hinauf. Immer, wenn er fast oben ist, entgleitet ihm der Fels und er muss von vorn anfangen. Deshalb heißt eine Arbeit, die nie fertig wird, Sisyphosarbeit.« Ein abgemagerter, in Stofffetzen gehüllter Mann trottete den Hügel herunter und rollte den Felsen unter Stöhnen wieder hinauf.

»Warum lässt er ihn nicht liegen?«, wunderte sich Zoe.

»Es ist sein Schicksal. Dem kann er nicht entfliehen.«

»Und wenn er sich hinsetzt und einfach nichts tut?«

»Das kann er nicht, denn er hat keinen freien Willen.«

Grübelnd beobachtete Zoe, wie der Mann sich abmühte. Wenn er keinen freien Willen hatte, war ihm dann egal, was er tat? Was würde sie tun? Den Stein liegenlassen, logisch. Solange sie über den Sinn oder Unsinn einer Sache nachdenken konnte, war sie auch in der Lage, eine eigene Entscheidung zu treffen.

»Igitt!«, schrie auf einmal Neidhard, der neben einem Busch stand. »Eine Spinne!« Er hob den Arm, um zuzuschlagen, doch Frau Weber fuhr dazwischen.

»Du darfst das Bild nicht beschädigen!«, ermahnte sie ihn. »Einst webte ein junges Mädchen besser als die Göttin Athene. Das erboste die Göttin so sehr, dass sie das Mädchen in eine Spinne verwandelte.« Frau Weber seufzte. »Das war sicherlich die ungerechteste Strafe, die je ein Mensch erdulden musste.« Einen Moment lang betrachtete sie bekümmert die Spinne, dann tastete sie die Baumstämme am Waldrand ab. »Ich denke, das ist genug für heute. Hier muss irgendwo der Ausgang sein. Denkt bitte daran, dass ihr beim Hinausgehen den Mund geschlossen haltet.« Schlagartig klappten alle Münder zu. Sie fand den Durchgang in den Zeichensaal und einer nach dem anderen verließ die räumliche Abbildung des Teppichs.

»Wir sind ja gar nicht nass«, staunte Lukas und befühlte seine Kleidung. Frau Weber zog die Handschuhe aus und meinte: »Natürlich nicht. Ich bin ja schon froh, dass die Bilder Gestalt annehmen. Es grenzt an ein Wunder, dass sie sich bewegen. Mehr kann man aus dieser Schrottkiste nicht herausholen.« Sie zog die Handschuhe aus. Die Leinwand rollte sich ein und das Schaltpult versank unter lautem Knirschen im Boden. Frau Weber verstaute die Handschuhe in der Schublade und führte die Klasse zurück zu den Zeichentischen.

»Nun kommen wir endlich zur Kunst«, kündigte sie auf dem Weg durch den Seitenflügel an. »Wir bleiben beim Thema ›Weben‹. Mehr gebe ich nicht vor. Ich möchte, dass ihr euch Gedanken über die Aufgabe macht und eine Zeichnung dazu anfertigt, farbig oder schwarz-weiß. Abgabe ist wie immer in zwei Wochen. Es gibt natürlich eine gute Note, wenn jemand gut zeichnen kann. Eine einmalige Idee ist aber genauso viel wert. Ihr seid die Künstler. Wenn ihr sagt, dass der Himmel grün ist, dann ist der Himmel grün.« Sie hatten die Zeichentische erreicht. Die Lehrerin verteilte große Papierbögen und wünschte ihnen viel Spaß, trat hinter das Lehrerpult vor der fahrbaren Tafel und ordnete ihre Unterlagen.

»Ich schätze, da kommt nichts mehr«, stellte Felix fest.

Lukas nahm seinen Platz rechts neben Felix ein und jammerte: »Der Himmel ist nie grün. Er ist blau oder rot, niemals grün. Ich verstehe das nicht! Was sollen wir denn jetzt machen?«

»Nerv nicht!«, fuhr Viola ihn an und setzte sich zwischen ihn und Finlay. »Denk dir was aus!« Eingeschüchtert beugte sich Lukas über sein Blatt, fing aber nicht an zu zeichnen.

»Warum sitzt du überhaupt neben dem Nerd?«, fragte Finlay. Er stemmte seine Beine gegen die Fußstütze und hielt sich am Tisch fest, damit Winifred ihn nicht wegschieben konnte. Sie zerrte an der Lehne seines Zeichenhockers und wiederholte immer wieder: »Das ist mein Platz.«

»Finde dich damit ab!«, herrschte Viola sie an.

Felix tastete nach dem Stift in seiner Hosentasche, doch Iolanthe kam ihm zuvor. »Wir tauschen die Plätze«, schlug sie vor. »Dann sitzt ihr wieder an einem Tisch.« Winifred rüttelte an Finlays Lehne.

»Komm schon«, bat Jennifer und räumte Winifreds Schultasche auf ihre rechte Seite. »Galina musste sich auch woanders hinsetzen.«

»Glück gehabt!«, brummte Winifred und gab Finlay einen letzten Stoß.

Die meisten Schüler vertieften sich in ihre Kunstwerke. Lukas moserte leise vor sich hin. Sobald er lauter wurde, fuhr ihm Viola über den Mund. Wütend hackte sie mit dem Stift auf ihr Blatt ein und knurrte: »Scheißthema!«

Zoe gefiel es. Beim Stichwort Weben war ihr auf Anhieb der Traumfänger eingefallen. »Ich male, wie die Spinnenfrau den ersten Traumfänger gewebt hat«, flüsterte sie Felix zu und machte sich an die Arbeit.

»Nicht schlecht«, lobte er. »Ich nehme die Vernetzung der Natur, so wie Frau Wala es vorhin gezeigt hat. Das ist ja auch so eine Art Gewebe.«

Geschäftige Stille herrschte im Raum. Zoe zeichnete blattfüllend die Umrisse ihres Traumfängers. Die hauchdünnen Bleistiftstriche wollte sie erst zum Schluss farbig gestalten. Hinter dem Netz im

Weidenring sollte man später die weise Indianerin sehen, halb Mensch, halb Spinne.

Leise Schritte ließen Zoe aufsehen. Es war Frau Wala. Sie flüsterte Frau Weber etwas zu, woraufhin die Kunstlehrerin hinauseilte. Frau Wala blieb, um die Klasse zu beaufsichtigen.

Die Störung hatte Zoe abgelenkt. Sie lehnte sich zurück und sah sich um. Von ihrem Platz aus konnte sie fast den gesamten Zeichensaal überblicken. Zwar saß sie mit dem Rücken zur Tür, dafür hatte sie freie Sicht auf die Baumkronen im Innenhof. Ein Schwarm gelber Schmetterlinge flatterte vor dem sattgrünen Blätterdach herum. »Schöner wäre es ohne diese blöden Folien auf der anderen Seite«, dachte sie mit einem Blick auf die milchige Abdeckung der Glasfront zum gegenüberliegenden Seitenflügel. Was sich dort wohl verbarg?

Felix summte vor sich hin. Er widmete sich ganz seinem Naturgewebe. Lukas malte eifrig und Viola traktierte ihre Stifte. Neidhard redete leise auf Kaspar ein. Der ließ es über sich ergehen. Am Lehrerpult saß Frau Wala. Ruhelos schob sie die Gegenstände hin und her, öffnete und schloss Schubladen, stellte Frau Webers Tasche von der einen auf die andere Seite. Nachdem Zoe die Lehrerin eine Zeit lang beobachtet hatte, versuchte sie, weiterzumalen, konnte sich aber nicht mehr konzentrieren. Sie fand es eigenartig, dass Frau Wala so unruhig war, und schaute wieder auf. Die Lehrerin griff in Frau Webers Jackentasche und nahm etwas heraus. Zoe hielt den Atem an. Hatte Frau Wala ihre Kollegin bestohlen?

Der Gong schlug. Frau Weber kam zurück. Sie hatte kaum den Raum betreten, da hastete Frau Wala hinaus. Zoe rollte ihr Blatt zusammen und packte die Zeichensachen ein. An ihr vorbei strömte die Klasse aus dem Saal. Sie blieb an ihrem Platz stehen und beobachtete Frau Weber. Die Lehrerin durchwühlte ihre Jackentaschen. »Was mache ich denn jetzt?«, überlegte Zoe. Sie wollte nicht petzen, doch nun ging Frau Weber auf alle viere, krabbelte um ihren Stuhl und tastete den Boden ab.

Zoe näherte sich dem Lehrerpult und fragte: »Kann ich Ihnen helfen?« Frau Weber beachtete sie nicht. Ächzend kroch sie unter dem Tisch hervor, schob Zoe wortlos zur Seite und hetzte aus dem Zeichensaal.

»Dann eben nicht«, dachte Zoe und beeilte sich, zurück ins Klassenzimmer zu kommen. Die Englischstunde würde gleich beginnen und mit Herrn Schreiber war nicht zu spaßen. Sie hatte Glück und schlüpfte direkt hinter ihm gerade noch ins Klassenzimmer. »Das war knapp, mein Fräulein!«, bemerkte er scharf und schloss die Tür. Seinen schmalen Mund umspielte ein spöttisches Lächeln. »Auch in diesem Jahr gilt: Strafarbeit für jeden, der die Tür nach mir öffnet.« Zwischen seinen dunklen Knopfaugen ragte eine spitze Nase hervor. Seine schulterlangen schwarzen Haare waren streng zurückgekämmt und mit Gel fixiert. Er schob die Ärmel seines grauen Rollkragenpullovers hoch und sagte: »Here we go.«

Vom Unterricht bekam Zoe nicht viel mit. Sie dachte die ganze Zeit über an Frau Walas seltsames Verhalten und an Hugos Verschwinden. Sollte sie Felix davon erzählen? Als der Gong zur Mittagspause erklang, beschloss sie, erst einmal etwas zu essen.

Mit knurrenden Mägen machten sich Zoe und Felix auf den Weg in den Wintergarten. In dem gläsernen Anbau auf der Ostseite der Schule verbrachten die Schüler ihre Mittagspausen und Freistunden, wenn sie sich nicht gerade im Park aufhielten. Nach einem kurzen Halt bei den Toiletten betraten sie den lichtdurchfluteten Raum. Schmiedeeiserne Blumenornamente rankten sich in geschwungenen Linien über das Glasdach. Der größte Teil lag im Schatten, nur die obersten Glaselemente wurden von der Sonne beschienen. Vom farbigen Lichtspiel verzaubert blieb Zoe an der Tür stehen.

»Jugendstil«, belehrte sie Lukas. »Zur Jahrhundertwende vom neunzehnten zum zwanzigsten Jahrhundert wurde so gebaut. Ich finde es kitschig, aber die Lichtbrechungseffekte sind imposant. Durch den speziellen Schliff der Glaseinsätze wird das Licht in seine Spektralfarben zerlegt.«

»Mach dich vom Acker, Klugscheißer!« Viola stieß Lukas zwischen Zoe und Felix hindurch in den Wintergarten hinein und stolzierte an ihnen vorbei. Am Büfett drängelte sie sich vor und belud ihren Teller. Verblüfft beobachteten die älteren Schüler der Kursstufe das schlecht gelaunte Mädchen. Die dunkel geschminkte Augenpartie täuschte über ihre schmale Statur hinweg. Die Purpurtöne ihrer Kleidung verliehen den brombeerfarbenen Haaren einen bedrohlichen Schimmer. Sie presste die schwarz-roten Lippen aufeinander und steuerte mit ihrem Tablett direkt auf einen Tisch an der Fensterfront zu.

Zoe und Felix stellten sich am Büfett an. Sie störten sich nicht an der Schlange davor. Oft brauchten sie die Zeit, sich in Ruhe für ein Gericht zu entscheiden. Montags erübrigte sich der Blick auf die Tafel hinter der Theke. Am Anfang jeder Woche gab es entweder Spaghetti mit Tomatensoße oder Kartoffelsuppe mit Würstchen. Zoe entschied sich für die Nudeln, Apfelsaftschorle und eine Schale Obstsalat.

Felix zapfte Zitronenlimonade aus dem Automaten neben den Besteckkästen. Zoe sah sich nach einem Sitzplatz um. Nur an Violas Tisch waren noch zwei Stühle frei. »Lass uns warten, bis wir woanders einen Platz finden«, schlug sie vor.

»Keine Panik!« Felix steuerte auf Violas Tisch zu. »Sie wird uns schon nichts tun.« Ohne zu fragen, setzte er sich zu ihr. Zoe zögerte kurz, dann nahm sie neben ihm Platz. Viola sah auf. Ihr Gesicht verdunkelte sich. »Da ist besetzt!«, fuhr sie Felix an. Gelassen sah er von seinem Essen auf. »Wer sitzt denn hier?«

»Das geht dich nichts an!«

»Wenn der Besitzer kommt ...«, Felix schob sich gemächlich einen Löffel Kartoffelsuppe in den Mund, schluckte in aller Ruhe hinunter und trank etwas Limonade, »... gehen wir sofort.« Er sah Viola herausfordernd an. Unentschlossen ließ sie ihren Blick auf ihm ruhen. Der warme Ockerton ihrer Augen verwirrte Zoe. Er passte nicht zu ihrer düsteren Aufmachung. Unvermittelt wandte sich Viola an Zoe: »Wie kannst du dir überhaupt das Schulgeld leisten?«

»Sie hat ein Stipendium«, antwortete Felix.

»Kann sie nicht selbst antworten?«

»Kann ich schon, will ich aber nicht!« Zoes Herz schlug bis zum Hals.

»Und was sind das für komische Klamotten?«, stichelte Viola weiter. »Hat deine Mami die auf dem Flohmarkt gekauft?«

»Sie zieht das an, was ihr gefällt«, verteidigte Felix seine Freundin. »Du traust dich doch nur, Sachen anzuziehen, auf denen ein Markenname steht. Für mehr reicht dein Geschmack eben nicht. Mache ich dich deswegen blöd an?« Viola packte ihr Tablett und stürzte davon.

»Das war nett von dir«, bedankte sich Zoe, »aber ich hätte mich auch selbst wehren können.«

»Weiß ich.«

»Ich schätze, jetzt stehen wir auf ihrer schwarzen Liste.«

»Und wenn schon.« Felix biss ein großes Stück von seiner Wurst ab. »Was will sie tun? Uns zu Tode nörgeln?«

* * *

Ixodida war stundenlang über Stoff gekrabbelt. Nun hatte sie endlich Haut gefunden. Die Stelle war nicht die beste, weder warm noch feucht, aber das war ihr mittlerweile egal. Die Haut war dünn genug, um sich hindurchzubohren. Bald konnte sie sich satt essen. Das war das Einzige, was zählte. Mit ihren Kieferklauen ritzte sie Zoes Haut ein und schob ihren Stachel ein Stück hinein. Noch hatte sie nicht tief genug gebohrt. Sie musste weiterritzen und immer wieder den Stachel nachschieben, bis er tief in der Haut verankert war. Seine Widerhaken verhinderten, dass er herausrutschte. Bevor sie anfinge zu saugen, würde sie in die Wunde spucken. Der Speichel klebte den Stachel fest, betäubte die Stelle und sorgte dafür, dass er nicht verstopfte. »Bald!«, dachte Ixodida. »Bald!«

Der Spinnengott und die Traumzeit

Nachmittags hatten sie Sport. Das Gebäude im Norden der Schule, in dem die Turnhalle untergebracht war, ähnelte einer mittelalterlichen Kirche. Dank der wuchtigen Mauern und kleinen Rundbogenfenster war es darin auch im Sommer angenehm kühl. Ein unterirdisches Gewölbe, von den Schülern Gruft genannt, verband das Hauptgebäude mit der Turnhalle, den Umkleiden, Lagerräumen und der Küche. Über eine breite Treppe erreichten Zoe und Felix die Turnhalle. Von der bunt bemalten Holzdecke hingen lange Seile herab. Zwei Reihen hoher Säulen mit Rundbögen grenzten Gänge ab, in denen die Turngeräte offen lagerten. Beim Anblick der Basketballkörbe, Volleyballnetze und Hockeyschläger wollte Felix am liebsten sofort loslaufen.

»Da seid ihr ja, ihr Smartphone-Junkies!«, begrüßte sie Herr Kules, ihr Sportlehrer. Er lief locker auf der Stelle, die Arme leicht angewinkelt. Unter dem weinroten Trainingsanzug zeichnete sich sein durchtrainierter Körper ab. »Ich schätze mal, nur eure Daumen sind in Form. Auf geht's!« Mit einem kräftigen Sprung drehte er der Klasse den Rücken zu und lief in mäßigem Tempo voran. Als Erstes folgten Felix und andere sportliche Jungen wie Silvester. Neidhard und Lukas ließen sich zurückfallen. Die meisten Mädchen hielten sich im Mittelfeld auf. Nur Viola und Miltraud liefen vorne mit. Hinter ihnen befand sich Zoe. Nach wenigen Metern war sie schon außer Atem. Im Gegensatz zu ihrem Sportlehrer. Der kündigte während des Laufens den Stoff für das kommende Schuljahr an. Am Ende der Halle eröffnete er: »Wir beginnen heute mit einem Intervalltraining. Das heißt, eine Strecke lauft ihr langsam, so wie eben. Zurück wird gesprintet, so schnell ihr könnt.« Sein kantiger Unterkiefer klappte weit nach unten, als er rief: »Und los!«

Die vorderste Reihe machte auf der Stelle eine Kehrtwende und preschte los, mitten durch den trägen Rest der Klasse. Einige nutzten den Schwung und ließen sich mitziehen, doch der überwiegende Teil benötigte eine Weile, um in Gang zu kommen. Drei Runden später überholte die Spitzengruppe die Nachhut. Herr Kules behielt zu jeder Zeit den Überblick. »Keine Müdigkeit vorschützen«, brüllte er, sobald einer von ihnen erlahmte. Dabei hoben sich seine buschigen Augenbrauen und legten die Stirn in Falten. Lukas, der sich die gesamte Doppelstunde über zwischen den Geräten versteckte, entging ihm.

Nach der Sportstunde schleppte sich Zoe mit zitternden Beinen aus der Halle. Mühsam hangelte sie sich am Treppengeländer zur Gruft hinunter. Den anderen erging es nicht besser. Sogar Felix hielt sich am Geländer fest. Neidhard blieb auf der obersten Stufe stehen und wimmerte. Viola schob ihn unsanft zur Seite und tönte: »Stellt euch nicht so an, ihr Weicheier!« Mit zusammengepressten Lippen stieg sie die Treppe hinab. Kaspar rutschte auf dem Hosenboden Stufe für Stufe hinter ihr her. Lukas sprang munter um sie herum, bis Viola ihn wütend anfauchte. Kleinlaut floh er in die Umkleide.

Frisch geduscht und umgezogen brachen Zoe und Felix zum Internetcafé auf. Die Nachmittagssonne schien durch das weit geöffnete Tor bis in die Eingangshalle. Auf der Freitreppe blieben sie stehen, um ihre Augen an das helle Licht zu gewöhnen. Es war kurz nach vier Uhr, Ende der letzten Stunde. Lehrer und Schüler strömten aus dem Gebäude, über den Schulhof, in alle Richtungen davon.

»Achtung!« Frau Weber sauste an ihnen vorbei die Treppe hinunter. Sie raffte ihr Kleid hoch und stapfte über den Kies. Kurz vor der Hecke überholte sie Frau Wala, stellte sich ihr in den Weg und redete hektisch auf sie ein. Hinter den beiden blitzte kaum merklich ein Licht auf. Felix beschattete seine Augen mit der Hand. Im Gebüsch versteckte sich eine riesenhafte Gestalt mit platinblondem Haar. »Den Mann hab ich schon mal gesehen«, sagte er.

»Wen?« Zoe blinzelte ins Gegenlicht.

»Jetzt ist er weg.« Felix starrte auf die Stelle, an der er den blonden Riesen entdeckt hatte.

»Wer denn?«

»Ein riesiger Mann.« Zoe fiel die große Pause wieder ein. Auf dem Weg zum Café Fama erzählte sie Felix, wie Hugo und die blonde Frau verschwunden waren.

»Das geht doch gar nicht«, erwiderte Felix, aber dann dachte er an das Gefühl, das der Stift auf seiner Haut hinterlassen hatte, und daran, wie er die streitsüchtige Viola damit hatte besänftigen können. Vor der Galerie Fogo, neben dem Café Fama, blieb er stehen, holte den goldenen Stift aus der Tasche und berichtete, wie er Neidhard und Viola beruhigt hatte: »Ich habe mir nur gewünscht, dass Viola sich mit Lukas vertragen soll, und schon war sie richtig nett zu ihm.«

Zoe sah Felix prüfend an. Er blieb ernst. So unwahrscheinlich die Geschichte klang, sie glaubte ihm, zumal sie sich in der Physikstunde bereits darüber gewundert hatte.

»Ob der Stift aus Gold ist?« Felix blickte zum Eingang der Galerie hinüber. »Das ist doch ein Goldschmied. Wir könnten ihn fragen.« Im Schaufenster gab es weder Auslagen noch Dekoration, es war ganz mit schwarzem Samt verhangen. »Ich finde es hier unheimlich«, gestand Zoe. »Lass uns lieber weitergehen.«

Vor dem Café Fama stand ein Straßenkünstler, nur mit einem Bast-röckchen bekleidet, auf einer Muschel aus Pappmaschee. »Oh ja!«, rief Zoe und zupfte Felix am Ärmel.

»Müssen wir diesem Spinner jedes Mal zuhören?«

Ohne zu antworten, zog sie Felix hinter sich her.

Das sonnengegerbte Gesicht und die gebräunten Unterarme und Waden des schmächtigen Mannes passten nicht zu seinem sonst bleichen Körper. Wegen des verfilzten Haarknäuels am Hinterkopf vermutete Zoe, dass er seine Haare seit Monaten nicht mehr gekämmt hatte. Mit seinem schmalen Oberkörper und den spindel-dürren Armen wirkte er schwächlich, doch das täuschte. Voller Energie begann er zu erzählen: »Am Anfang gab es nur den alten Spinnengott Areop-Enap und den grenzenlosen Ozean im unend-lichen Raum. Bei einer seiner Wanderungen stieß Areop-Enap auf eine Muschel. Nachdem er einen Zauber gesprochen hatte, öffnete sich ein kleiner Spalt und er kletterte hinein. In der Muschel war es eng und dunkel, denn es gab noch keinen Himmel, keine Sonne und keinen Mond. Areop-Enap fand eine Schnecke und fragte sie, ob sie das Dach etwas anheben könnte.«

»So ein Unsinn!« Felix trat ungeduldig von einem Fuß auf den anderen. Er sah Zoe flehend an, aber sie hörte gebannt zu.

»Die Schnecke hob das Dach an. Dann formte der alte Spinnen-gott aus ihr den Mond. In seinem Licht entdeckte er den Wurm Rigi. Areop-Enap bat den Wurm, die obere Hälfte der Muschel weiter anzuheben, damit er aufrecht stehen könnte. So entstand der Himmel. Die untere Muschelhälfte wurde zur Erde.«

Die Tomate traf den Straßenkünstler an der Stirn. Sie zerplatzte, glitt über sein Gesicht und fiel zu Boden. Der Saft rann langsam seine Wangen hinunter. Viola krümmte sich vor Lachen, griff in die Papiertüte in Neidhards Arm und zog eine zweite Tomate heraus. Finlay holte zum Wurf aus.

Vor der Hauswand des Café Fama zeichnete sich eine Frau ab. Niemand bemerkte ihr Erscheinen. Ihr Gewand, ihre Haare, selbst ihre Haut nahmen die Farben der Wand an, rostrot wie die Backsteine und grau wie der Mörtel dazwischen. Sie blickte auf Lukas, der hinter Neidhard stand, und verblasste so unauffällig, wie sie erschienen war. Lukas stolperte und stürzte auf Finlay. Der drehte sich im Wurf und traf Neidhard an der Schläfe. Mit einem wütenden Schrei warf sich Neidhard auf Finlay und stieß ihn gegen Irmelind, die vor Schreck ihren Döner Kebab hochwarf. Das Fladenbrot öffnete sich. Fein geschnittenes Hammelfleisch, Kohl, Zwiebeln und Knoblauchsoße regneten auf die Umstehenden. Im Handumdrehen war eine wilde Prügelei im Gange. Felix und Zoe retteten sich ins Café Fama. Von der anderen Straßenseite aus sah Viola fasziniert zu.

»Sieh nur, wie sie sich freut!«, empörte sich Zoe. Mit dem festen Vorsatz, Viola die Meinung zu sagen, riss sie die Tür wieder auf.

»Rein oder raus!«, rief der junge Mann hinter der Theke.

»Rein.« Felix löste Zoes Hand vom Griff.

»Raus!«

»Sieh mal dein Bild an!«

Zoe hob ihren linken Arm. In der Aufregung hatte sie die zusammengerollte Zeichnung geknickt. »Verdammt!«, schimpfte sie. »Jetzt muss ich noch mal von vorn anfangen.« Mürrisch beobachtete sie, wie die Menge sich allmählich zerstreute. Der Straßenkünstler lud die Muschel auf einen Handwagen. Lukas sammelte seine Schulsachen ein, die überall auf dem Gehweg verstreut lagen. Irmelind beschimpfte Neidhard, Finlay folgte Viola in die Fleischerei.

»Oder willst du nicht mehr rausfinden, was dein Traum bedeutet?« Felix ließ die Tür zufallen und schnippte lässig ein Stück Zwiebel von ihrer Schulter. »Komm! Mein Account ist aufgeladen.«

Die einzigen beiden freien Computer standen in der Ecke zwischen den Toiletten und dem Hinterzimmer. Da diese Räume einen unangenehmen Geruch verströmten, sobald sich ihre Türen öffneten, bevorzugte Zoe eigentlich die Fensterplätze. Warten wollte sie aber auch nicht. Daher beschloss sie, die Luft anzuhalten, falls jemand einen der Räume betrat.

»Bestimmt gibt es diese Traumzeit und diesen Janus gar nicht«, knurrte sie und gab die Benutzerdaten ein.

»Das werden wir ja sehen.« Felix entsperrte seinen Computer. »Ich suche nach Janus und du schaust mal, was du zur Traumzeit findest.«

Halbherzig rief Zoe eine Suchmaschine auf. »Traumzeit«, was konnte das schon sein? Die Zeit der Träume? Sie dachte an ihren Vater. Wovor hatte er sie gewarnt? Sie lehnte sich zurück. »Du bist in Gefahr!« Hatte er das gesagt? Ihr Blick fiel auf die schmale Theke am Schaufenster links neben der Eingangstür. Der Mann dahinter schäumte Milch auf, wahrscheinlich für das ältere Paar an dem langen Tisch vor dem Regal mit den Spielen. Die Gäste an den acht anderen Computerplätzen waren mit Getränken versorgt, auch das Pärchen auf dem Sofa. Gleich würde die Bedienung zu ihnen kommen. Eine Cola wäre gut, überlegte sie, dazu einer der leckeren Schokoladenkekse aus der Auslage. Heute konnte sie es sich leisten, denn ihre Mutter hatte einen Umschlag mit Geld dagelassen.

Das Zischen und Rattern der Espressomaschine übertönte die Hintergrundmusik. Der Duft des Kaffees wirkte anregend, obwohl sie keinen trank, zu bitter, fand sie, und zu sauer, aber sie roch ihn gerne. Zoe schloss für einen Moment die Augen und sog den Duft ein, dann vertiefte sie sich in die Suche nach Informationen zur Traumzeit. Das Ergebnis überraschte sie. Die Suchmaschine lieferte mehr als eine Viertelmillion Treffer. Zuerst überflog sie den Artikel in Wikipedia. Dann konzentrierte sie sich auf Internetseiten über australische Legenden.

»Schau mal, wer da kommt«, flüsterte Felix. Frau Steinkauz betrat zusammen mit Hugo das Café. Sie stürmten an ihnen vorbei ins Hinterzimmer. Zoe hielt die Luft an.

»Wer war das?«, polterte Frau Steinkauz los und schlug die Tür hinter sich zu.

»Die dreht ganz schön am Rad«, stellte Felix fest.

Zoe nickte, die Lippen fest aufeinandergepresst.

»Wer auch immer ihr Allerheiligstes verwüstet hat, wird büßen müssen, wenn sie ihn erwischt«, überlegte Felix.

Vorsichtig testete Zoe, ob sie wieder normal atmen konnte. Verwundert sog sie mehr Luft ein. Normalerweise entströmte dem Hinterzimmer der Geruch nach saurer Milch. Diesmal roch sie nichts dergleichen.

»Wie will sie das in einem Internetcafé herausfinden?«

»Keine Ahnung. Aber ich habe etwas herausgefunden.« Zoe wandte sich dem Bildschirm zu und las vor: »Die Traumzeit gehört zur Mythologie der Aborigines, der australischen Ureinwohner. Für sie ist es die Zeit der Schöpfung, die Zeit, in der sich das Land formte und das Leben begann. Die Aborigines glauben zwar, dass es Himmel und Erde schon immer gegeben hat, doch viele ihrer Geschichten handeln davon, wie die Menschen und die Tiere entstanden sind. Sie glauben, dass ihre Ahnen die Welt, so wie sie heute ist, erschufen. In der Traumzeit durchwanderten diese Ahnen eine kahle, dunkle Fläche. Vor ihren Wanderungen träumten sie die Abenteuer des nächsten Tages und diese Träume wurden wahr. So schufen die Ahnen alle Teile der Natur: die Sonne, den Mond und die Sterne. Sie erträumten die Tiere, die Pflanzen und die Menschen, alles gleichzeitig. Jedes Ding konnte sich in ein anderes verwandeln. Eine Pflanze konnte zu einem Tier werden, ein Tier zu einem Menschen. Während die Welt sich formte, wurden die Ahnen müde, zogen sich in die Erde, die Wolken, in die Pflanzen und Tiere zurück und dort sind sie noch heute.« Zoe seufzte entzückt. »Wie schön! Übernatürliche Wesen erträumen die Welt. Wäre doch möglich. Die Welt entstand aus den Träumen der Götter.«

Felix war das Thema leid. »Das ist Mythologie«, wandte er ein. »Mythen sind genauso wenig wahr wie Sagen, Legenden oder Märchen. Die Entstehung der Welt kann naturwissenschaftlich erklärt werden.«

»Kann!« Zoe blitzte ihn herausfordernd an. »Muss aber nicht.«

»Ich habe etwas zu Janus gefunden«, lenkte er ab und drehte ihr seinen Bildschirm entgegen. »Janus ist der römische Gott des Anfangs und des Endes, der Ein- und Ausgänge, der Türen und der Tore. Er wird immer mit einem Doppelgesicht dargestellt, sodass er gleichzeitig nach vorne und nach hinten sehen kann. Diesen Doppelkopf nennt man Januskopf. Er ist ein Symbol der Zwiespältigkeit. Auf einigen Bildern hat er einen Stab und einen Schlüsselbund. Die Schlüssel hütet er als Wächter der Himmelspforte. Er bewegt die Angeln des Weltalls und schließt den Himmel auf und zu. Außerdem ist der Monat Januar nach ihm benannt.«

»Und was bedeutet jetzt mein Traum?« Zoe fand, dass sie nichts Nützliches herausgefunden hatten. Felix zuckte mit den Achseln und mutmaßte: »Janus schließt den Himmel auf. Ich denke, du hast geträumt, dass dein Vater im Himmel ist.«

»Mein Vater ist nicht tot«, fuhr Zoe auf. »Ich habe noch nie von einem Janus oder der Traumzeit gehört. Wie kann ich denn von Dingen träumen, die ich gar nicht kenne? In meinem Traum hatte er einen Schlüsselbund und er hat eine Tür geöffnet. Das konnte ich überhaupt nicht wissen.«

Ehe Zoe sich in Rage reden konnte, legte Felix ihr beschwichtigend seine Hand auf die Schulter. »Vielleicht hast du früher schon einmal von Janus gehört und kannst dich einfach nicht mehr daran erinnern.«

Zoe schüttelte seine Hand ab. »Das bringt nichts. Es war schließlich nur ein Traum. Ich sollte mich deswegen nicht verrückt machen.« Sie meldete sich vom Computer ab und packte ihre Sachen zusammen. »Lass uns gehen.« Felix beendete ebenfalls seine Sitzung.

Die Tür zum Hinterzimmer wurde aufgerissen. Frau Steinkauz schoss heraus und an ihnen vorbei. Hugo musste fast rennen, um mit ihr Schritt zu halten. Mit ihnen quollen kleine durchsichtige Blasen aus der Tür, die wie Seifenblasen in allen Regenbogenfarben schimmerten. Eine von ihnen schwebte genau vor Felix' Augen, doch er nahm sie nicht wahr. Auch Zoe sah sie nicht. Die Blase verweilte kurz, glitt dann zum Fenster, durchdrang das Glas und flog die Straße entlang.

Auf dem Heimweg hätte Zoe gerne ihre Jacke angezogen, aber sie war zu verschmutzt. Zwischen den Häusern war es kühl. Sie blickte fröstelnd den Hügel hinauf. Nur die Dächer der höher gelegenen Gebäude lagen noch in der Sonne. Darüber glitzerten Tausende silberner Fäden, als bestünde der Himmel aus einem leuchtenden Gewebe.

»Elfenhaare«, schwärmte sie.

»Baldachinspinnen«, korrigierte Felix. »Es ist Altweibersommer.«

»Das weiß ich!«

»Warum sagst du's dann?«

»Weil es schön ist.«

Er stöhnte.

»Was?«, fuhr Zoe ihn an.

»Ach nichts!« Felix flüchtete in den nächsten Hauseingang und ging in die Hocke. »Angriff der fliegenden Spinnen. Geh in Deckung!«

»Ich frage mich, warum sie das machen.«

»Angreifen?«

»Nein!« Sie lief schmunzelnd an ihm vorbei. »Ich frage mich, warum sie fliegen.«

»Ist doch egal.« Felix schloss zu Zoe auf. »Du musst nicht alles hinterfragen, nur weil wir jetzt in der Schule Philosophie haben.«

»Überleg mal: Millionen klitzekleiner Spinnen klettern auf einen vorspringenden Punkt, spinnen einen Faden in die Luft und der Wind trägt sie an ihrem Fadenfloß davon. Dafür müssen sie doch einen Grund haben.«

»Ich glaube nicht, dass sie wissen, was sie tun. Die Spinnen machen es einfach und es scheint zu funktionieren, sonst wären sie längst ausgestorben.«

»Sie müssen denken, um etwas zu tun.«

»Spinnen denken nicht, nicht so wie wir.«

Zoe lief stumm neben ihm her und fragte sich, ob Sisyphos sich wie eine Spinne verhielt, ob er den Felsbrocken den Berg hinaufwälzte, ohne zu denken. In diesem Fall wäre es keine Strafe, denn die erforderte, dass man sich wenigstens darüber ärgerte. Wenn er aber nachdachte, müsste er den Stein liegenlassen. Die Sage ergab keinen Sinn.

Felix überlegte, was es wohl zum Abendessen gab. Als hätte Zoe seine Gedanken gelesen, fragte sie: »Kommst du mit rein? Ich schiebe uns eine Pizza in den Ofen.«

Kurz vor sieben Uhr war die Pizza fertig, doch Zoe kam nicht dazu, sie zu essen, denn ihre Mutter rief an, eine Stunde früher als besprochen. Felix wollte nicht stören. Er nahm sich ein großes Stück Pizza, verabschiedete sich leise und ging.

Zoe machte es sich auf dem kleinen Sofa in ihrem Zimmer bequem und berichtete von ihrem ersten Schultag. Auf ihre angewinkelten Knie legte sie das Foto von ihrer Mutter, das immer am Spiegel vom Schminktisch klemmte. Es war zwar nicht mehr aktuell, gab ihr jedoch das Gefühl, sie wäre bei ihr. Damals hatte ihre Mutter noch einen Kurzhaarschnitt getragen. Mittlerweile waren ihre glatten dunkelblonden Haare achsellang. Vitas Augen waren nicht ganz so grün wie ihre, aber die vollen Lippen und die hohen Wangenknochen hatte Zoe von ihrer Mutter geerbt.

Je länger Zoe sprach, umso schweigsamer wurde Vita.

»Mama? Du sagst ja gar nichts mehr.«

»Ich sollte zurückkommen.«

»Warum denn?«

»Weil ich auf dich aufpassen muss.«

»Ich bin doch kein Kind mehr.« Zoe legte das Bild auf den Schminktisch.

»Lass mich wenigstens Hulda Bescheid sagen.«

»Ich bin alt genug, um ein paar Tage alleine zu bleiben.«

»Was ist, wenn du krank wirst?«

»Dann geh ich zum Arzt.«

»Und wenn du einen Unfall hast?«

»Was soll das denn für ein Unfall sein?«

»Irgendeiner!«

»Dann bringt mich Felix zum Arzt.«

»Was machst du, wenn mit dem Haus was ist?«

»Was meinst du?«

»Ein Rohrbruch zum Beispiel.«

Zoe kicherte.

»Kann doch sein.«

In einem solchen Fall war Felix keine Hilfe, überlegte Zoe und lenkte ein: »Dann ruf ich Tante Hulda an.«

Vita machte sich Vorwürfe, dass sie das Projekt übernommen hatte, ohne vorher Zoes Betreuung geregelt zu haben. Das würde ihr nie wieder passieren. Nun galt es, das Schlimmste zu verhindern. Wenn Zoe sich zutraute, allein zu bleiben, war es wichtig, dass es ihr gelang, damit sie das Vertrauen in sich selbst nicht verlor.

»Trink genug!«, trug Vita ihr auf.

»Mach ich.«

»Lass niemanden rein! Geh mit niemandem mit!«

»Mama! Ich bin doch kein Baby mehr!«

»Und ganz wichtig: Mach dein Fenster zu!«

Zoe sah durch das offene Fenster hinaus in den Garten. Welcher Dieb wäre so dumm, bei ihnen einzubrechen? Es gab ja nichts zu holen.

»Du musst dir keine Sorgen machen.«

Vita seufzte.

»Ich geh jetzt auch ganz brav ins Bett.«

»Na gut. Ich hab dich lieb.«

»Ich weiß.«

Schweren Herzens legte Vita auf.

Zoe machte sich bettfertig, schlüpfte unter die Decke und atmete die kalte Nachtluft ein. Mit offenem Fenster konnte sie viel besser schlafen. Sie würde es nicht schließen. Die Augen fielen ihr zu. Es war ein anstrengender Tag gewesen. Der Traum und die Zerstörungen in der Schule, das Physitop und der Ausflug in den Teppich, Hugos Verschwinden und der Stift, den Felix gefunden hatte. Noch ein tiefer Atemzug und sie war eingeschlafen.

∗ ∗ ∗

Ixodida hatte ihren Auftrag erfüllt. Fest in Zoes Haut verankert saugte sie sich voll. In zehn Tagen würde sie sich mit einem Durchmesser von mehr als zwei Zentimetern fallen lassen und auf das Männchen warten. Die Schwester hatte versprochen, dass ein Männchen kommen würde. Dann ginge ihr größter Wunsch in Erfüllung. Sie könnte endlich Eier legen.

Das Lügner-Paradoxon

Zoe fuhr im Bett hoch. Hatte sie sich befreit? Ja! Das Spinnennetz war weg. »Ein Albtraum!«, stöhnte sie. »Schon wieder.« Sie fror. Ihre Bettdecke war auf den Boden gerutscht. Sie zog sie hoch und wickelte sich fest darin ein, doch sie konnte nicht mehr einschlafen. Als Felix durch ihr Fenster kletterte, saß Zoe fertig angezogen in der Küche und aß die Reste vom Vortag. Er verteilte eine Portion Gel in seinen Haaren und setzte sich zu ihr an den Küchentisch.

»Kalte Pizza?« Er verzog den Mund. »Dir graut's vor nichts!«

»Das schmeckt gut.« Sie streckte ihm das angebissene Stück entgegen. Felix lehnte ab und nahm sich eine Scheibe Schokoladenkuchen von der Tortenplatte.

»Was glaubst du, was heute alles passiert?«, nuschelte Zoe.

»Wenn die Schule noch steht, wird es bestimmt ein ganz normaler Tag.«

Auf dem Schulhof standen die Schüler in kleinen Gruppen um den verwüsteten Olivenbaum herum. Zwischen ihnen schwebten schillernde Blasen, die denen glichen, die am Tag zuvor aus dem Hinterzimmer des Café Fama entwichen waren. Niemand nahm sie wahr, als seien sie unsichtbar.

Zoe und Felix gesellten sich zu Lukas und Kaspar.

»Ich habe meinen Eltern vom Physitop erzählt«, berichtete Lukas. »Sie haben mir nicht geglaubt.«

»Meine Eltern haben mir noch nicht einmal den zerhackten Olivenbaum abgenommen«, beschwerte sich Kaspar.

»Was denkt ihr, wer das war?«, fragte Felix.

»Ich habe gehört, dass sich ein Erzfeind von Frau Steinkauz an ihr rächen wollte.« Kaspar lachte. »Vielleicht für eine schlechte Philosophiestunde.«

»Ich habe etwas ganz anderes gehört.« Lukas senkte seine Stimme. »Es soll nur ein Ablenkungsmanöver für ein viel größeres Verbrechen gewesen sein.«

»Das müssten wir aber doch schon längst mitbekommen haben«, entgegnete Felix. »Es sei denn, es wird vertuscht.«

»Eine Geheimorganisation.« Kaspar duckte sich und spähte verstohlen an Felix vorbei. »Agenten unterwandern die Schule und verpassen allen eine Gehirnwäsche.«

»So ein Unsinn!« Zoe wandte sich zum Gehen. Die drei Jungen folgten ihr die Freitreppe hinauf und stellten dabei abenteuerliche Vermutungen über die Hintergründe der Zerstörung an. Durch die geöffneten Fenster der Eingangshalle schlug ihnen ein übler Geruch entgegen. Zoe hielt die Luft an und durchquerte zügig den Raum. Vor dem besudelten Wandteppich stand ein Gerüst. An einer der Seitenstreben stützte sich Frau Wala ab. Die Lehrerin schien jeden Moment zu stürzen, doch Zoe widerstand dem Drang, ihr zu Hilfe zu eilen. Nicht nur wegen des Gestanks, sondern auch, weil sie keine weitere saubere Jacke mehr besaß.

Mit gesenktem Kopf schlenderte Zoe den Gang entlang und lauschte aufmerksam den Gerüchten, die überall um sie herum die Runde machten. Manchmal blieb sie kurz stehen. Kaspar und Lukas liefen voraus. Felix verhinderte, dass sie in jemand hineinlief, indem er ab und an sanft ihre Richtung änderte. Vor dem Klassenzimmer verstellte ihnen Viola den Weg und fragte: »Hast du eigentlich noch eine andere Hose?«

»Hör einfach nicht hin«, riet Felix. Viola wollte etwas erwidern, starrte dann aber mit offenem Mund an ihnen vorbei. Frau Memorete, die neue Lehrerin für Geografie und Geschichte, stelzte auf sie zu. Ihre dünnen Arme schlenkerten um ihren flachen Körper. Alles an ihr war grau: ihre hüftlangen Haare, der locker fallende Hosenanzug, die Tasche über ihrer Schulter und die flachen Halbschuhe. Sogar die Haut ihres runden Gesichts wies einen leichten Graustich auf. Die hochgewachsene Lehrerin hatte die Klasse fast erreicht, da rissen sich die Schüler von ihrem Anblick los und liefen ins Klassenzimmer.

Frau Memorete begrüßte die Klasse und setzte sich an das Lehrerpult. Ein verhaltenes Kichern ertönte. Ihr Rumpf war so kurz, dass sie im Sitzen kleiner war als Viola. Wie eine Spinne im Netz hockte sie mit eng angewinkelten Beinen auf dem Stuhl.

»Meine Körpergröße sorgt überall für Heiterkeit«, bemerkte sie leidenschaftslos. Das Kichern erstarb. »Bevor wir uns dem Lehrplan zuwenden, den Klimazonen der Erde, sehen wir uns zum Aufwärmen an, wie das Sonnensystem entstand. Eure Fragen stellt ihr bitte am Ende der Stunde. Ich dulde keine Unterbrechungen. Habe ich mich klar ausgedrückt?«

Kaspar beugte sich zu Zoe zurück und flüsterte: »Mitarbeit nicht erwünscht. Dann kann ich ja ein kleines Nickerchen machen.«

»Kaspar!« Frau Memorete erhob sich und baute sich vor ihm auf. »Ich fände es schade, wenn du meinen Unterricht verschläfst.« Ihre dunkle Stimme donnerte auf ihn herab. »Falls du jedoch beabsichtigst, deine Mitschüler mit deinem Geschwätz abzulenken, ziehe ich es vor, dass du schläfst.« Sie riss ihre hellgrauen Augen auf. »Ist das klar?« Kaspar entschuldigte sich leise und Frau Memorete kehrte an ihren Platz zurück. »Gibt es weitere derartige Beiträge?«

Niemand meldete sich zu Wort, also begann Frau Memorete mit ihrem Vortrag: »Unser Sonnensystem entstand vor fünf Milliarden Jahren aus einer Gas- und Staubwolke.« Die Gedanken der Lehrerin schlängelten sich durch den Raum wie hauchdünne silberne Wurzeln. Unbemerkt flossen sie aus ihr heraus und umschlangen die

Schüler. Einer der Gedanken erreichte Zoe, wand sich um sie, verschmolz mit ihr und vermittelte, was Worte allein nicht zeigen können.

Zoe trudelte am Rand einer Staubwolke schwerelos durchs Weltall. Es war unangenehm kalt. Um sie herum herrschte vollkommene Stille. Sie versuchte zu atmen, aber es gelang ihr nicht. Zunächst hatte sie Angst, doch dann gewöhnte sie sich an das unwirkliche Gefühl, im luftleeren Raum zu schweben.

In der Wolke entwickelte sich ein Strudel, der den Staub in sich hineinsog. Er erfasste die gesamte Wolke, die sich nach und nach zu einer Scheibe abflachte. Im Zentrum ballte sich die Materie zusammen und bildete einen glühenden Kern. Leuchtende Fontänen schossen aus ihm heraus. Danach strahlte er in einem gleißenden Licht. Ein Stern war geboren: die Sonne.

Auf einer Kreisbahn aus dem übrigen Staub umrundete Zoe die Sonne und ließ sich von ihren Strahlen wärmen. Um sie herum stießen Staubkörner aneinander. Aus ihnen formten sich Klumpen, Steine, Felsen, bis sich die Wolke aufgelöst hatte. Es entstand eine riesige glutheiße Kugel, die Erde.

Schwärme von Gesteinsbrocken prasselten auf die rote Glut des jungen Planeten und heizten ihn auf, bis er sich verflüssigte. Sogar ein kleinerer Planet prallte darauf. Die Massen schienen zu verdampfen und hüllten Zoe in eine Staubwolke ein. Als sie wieder etwas erkennen konnte, war die Erde um einiges größer geworden. Die Überreste des Zusammenstoßes verdichteten sich zu einer Kugel, die die Erde umkreiste, dem Mond.

Allmählich kühlte die Erde ab. Es bildete sich eine feste Schicht aus Stein. Immer wieder zerrissen einschlagende Felsbrocken die dünne Hülle. Große Teile der Kruste versanken in kochendem Gestein und hinterließen Meere brodelnder Glut, doch die Erdkruste wuchs. Ab und an riss sie wieder auf und spie flüssiges Gestein, aber diese Ausbrüche ließen mit der Zeit nach.

Frau Memorete beobachtete die Schüler. Manche saßen regungslos da, den Blick in die Ferne gerichtet. Die meisten hielten ihre Augen geschlossen. Ihre Körper bogen sich mal zur einen, mal zur anderen Seite. »Ja«, hauchte die Lehrerin, »ihr seid Sternenstaub.« Sie wollte die Klasse hinunterführen, um zu sehen, wie sich die Erdoberfläche entwickelt hatte, da fiel ihr Blick auf Zoe. Die ungewöhnlich starke Verbindung mit der Schülerin verwunderte sie. Frau Memorete beschloss, das Mädchen im Auge zu behalten.

Zoe schwebte hinunter. Auf der Erde war es heiß und feucht. Sie konnte nach wie vor nicht atmen, aber die Geräusche kehrten zurück. Wolken bildeten sich. Es regnete. Blitz und Donner begleiteten die nicht enden wollenden Unwetter. Täler füllten sich mit Wasser, Meere entstanden. Landmassen glitten durch die Ozeane, brachen auseinander, trafen zusammen und warfen Berge auf. Von Zeit zu Zeit riss die Wolkendecke auf und die Sonne beschien eine karge Landschaft aus Wasser und Fels. Dann färbten sich die Ufer grün. Im Meer hatte das Leben mit Bakterien und Algen begonnen.

Kurz nachdem der Gong erklungen war, verließ Frau Memorete zufrieden lächelnd den Raum. Ihre Verbindung zu den Schülern löste sich auf. Vor Zoes Augen erschien das Klassenzimmer. Lukas schilderte lautstark, wie sich das Leben in den Urzeitmeeren entwickelt hatte. Irmelind biss in ein belegtes Brot und Iolanthe wühlte in ihrer Schultasche. Eine normale Pause. Nur Kaspar war ruhiger als sonst.

»He, Neidhard«, rief Viola. »Ich habe deine Vorfahren gesehen: schleimige Algen.« Sie lachte laut los. Neidhard fing sofort an zu schwitzen. Mit hochrotem Kopf stürzte er sich auf Viola und drückte sie an die Wand. Felix griff nach dem Stift.

»Was willst du jetzt machen?«, höhnte sie. »Erstickst du mich mit deiner Schwabbelmasse?«

Neidhard zitterte vor Wut, doch sie sah ihn nur verächtlich an. Felix stellte sich dicht neben ihn und sprach leise auf ihn ein. Den Stift hielt er fest in seiner Hand. Er wünschte sich, dass der Streit aufhörte, spürte, wie der Wunsch in das Metall floss, aber nichts geschah. Er schloss die Augen und konzentrierte sich. Der Stift brannte schmerzhaft in seiner Hand. Er biss die Zähne zusammen. Freunde mussten sie nicht werden. Sie sollten nur nicht mehr aufeinander losgehen.

Endlich ließ Neidhard von ihr ab. Er hob seine Faust und fuchtelte mit dem ausgestreckten Zeigefinger vor ihrem Gesicht herum. »Du!«, fiepte er. Lachend ahmte Viola ihn nach. Felix kümmerte sich nicht darum. Er zog sich zwischen zwei Säulen im Gang zurück, um in Ruhe seine schmerzende Hand zu untersuchen. Zoe schaute ihm über die Schulter. »Was ist?«, fragte sie.

»Ich hab mich verbrannt.« Felix zeigte ihr seine Handfläche. Auf der Haut leuchtete ein kleiner goldener Fleck. Er versuchte, ihn abzureiben, doch die Farbe ging nicht weg. Zoe strich mit dem Finger darüber. »Als wäre die Haut aus Metall«, staunte sie. Felix betrachtete die glänzende Stelle genauer. Es sah so aus, als hätte sich seine Haut verwandelt, aber das war natürlich vollkommener Unsinn.

Der Gong schlug. »Guten Morgen«, rief Frau Wala noch im Gang. Voller Energie betrat sie das Klassenzimmer und verkündete: »Am Donnerstag haben wir einen Projekttag. Wir werden die Stadtbibliothek besuchen.« Sie verteilte eine Einverständniserklärung für die Eltern. »Es reicht, wenn ihr Getränke mitbringt. Das Mittagessen nehmen wir im Café Prosa in der Bibliothek ein. Wir treffen uns am

Donnerstagmorgen um neun vor dem Haupteingang. Frau Weber wird uns begleiten. Habt ihr Fragen?« Alle schüttelten den Kopf, auch Zoe, dabei raunte sie: »Und jetzt?«

»Cool bleiben«, flüsterte Felix. »Uns fällt schon was ein.«

»Felix?« Frau Wala sah ihn auffordernd an.

»Anwesend!«, rief er und grinste.

Frau Wala sah sich um. Da niemand die Hand hob, begann sie den Mathematikunterricht mit Felix' Frage vom Vortag: »Gibt es Nichtbeweisbarkeit, also etwas, das wahr ist, aber nicht bewiesen werden kann? Um das zu beantworten, müssen wir vorab die Begriffe ›Grundsatz‹ und ›Axiom‹ klären. Fangen wir mit dem Wort ›Grundsatz‹ an. Was ist das?«

»Ein Grundsatz ist eine feste Regel«, meldete sich Lukas, »wie die goldene Regel: Was du nicht willst, dass man dir tu, das füg auch keinem andern zu.«

»Sehr gut«, lobte Frau Wala. »Das ist ein ethischer Grundsatz. Könnt ihr den Begriff genauer definieren?«

»Ein Grundsatz ist eine Regel, auf der alles Weitere beruht«, schlug Neidhard vor.

»Fast perfekt.« Frau Wala lächelte zufrieden. »Was meinst du mit ›alles Weitere‹?«

»Alle weiteren Handlungen oder Gedanken«, ergänzte Neidhard.

Frau Wala schrieb an die Tafel: »Ein Grundsatz ist eine Regel, die einer Sache zugrunde liegt, nach der diese Sache ausgerichtet ist oder die sie kennzeichnet.« Anschließend erklärte sie: »Bei der Sache handelt es sich um ein festgelegtes Thema wie zum Beispiel das menschliche Zusammenleben, die Wissenschaft allgemein oder einzelne Teilbereiche der Mathematik.« Sie gab der Klasse etwas Zeit, um den Satz zu erfassen. Natürlich war allen der Sinn des Wortes »Grundsatz« von Anfang an klar gewesen, das war ihr bewusst. Aber es war nicht leicht, die Bedeutung solcher Begriffe treffend zu formulieren.

Niemand meldete sich, also ging Frau Wala zum Begriff »Axiom« über: »Axiome sind Grundsätze, die als richtig anerkannt wurden und nicht bewiesen werden müssen.«

»Der Satz vom Widerspruch«, platzte Lukas heraus. »Zwei Aussagen, die sich widersprechen, können nicht beide stimmen.« Frau Wala wiederholte den Satz leicht verändert: »Ein Satz und seine Verneinung können nicht gleichzeitig wahr sein. Das ist ein Axiom der Logik. Kannst du dazu ein Beispiel nennen?« Lukas zuckte zuerst mit der Schulter, riet dann aber: »Kaspar ist blond und Kaspar ist nicht blond?« Frau Wala nickte beeindruckt. Kaspar strich sich gekünstelt über die Locken und Viola stöhnte: »Was für ein Schwachsinn.«

Die Lehrerin hörte ein ungeduldiges Raunen und versuchte, den Begriff »Axiom« anders zu erklären: »Ein Beispiel aus der Arithmetik, dem Rechnen mit Zahlen, ist vermutlich leichter verständlich. Es gibt fünf Axiome, die die natürlichen Zahlen und ihre Eigenschaften beschreiben. Eines dieser sogenannten Peano-Axiome lautet: Jede natürliche Zahl hat einen Nachfolger, also auf eins folgt zwei, dann drei, vier und so fort.«

»Das ist doch logisch«, unterbrach Neidhard die Lehrerin. »Wozu braucht man dazu Axiome?«

»Um uns zu beschäftigen«, kicherte Kaspar, »wenn den Lehrern mal der Stoff ausgeht.«

»Im Ernst!« Neidhard gab Kaspar einen Schubs. »Ist jetzt alles, was sowieso klar ist, ein Axiom?«

»Früher war das die Bedeutung«, bestätigte Frau Wala. »Es gibt allerdings viele Fälle in der Geschichte der Wissenschaft, in denen sich Aussagen als falsch erwiesen haben, von denen man anfänglich annahm, dass sie keiner weiteren Prüfung bedürfen, weil sie klar ersichtlich erschienen.«

»Die Erde ist eine Scheibe!«, rief Lukas und löste damit eine wahre Flut von Vorschlägen aus.

»Die Sonne dreht sich um die Erde.«

»Das Atom ist unteilbar.«

»Bienen sind schwarz-gelb gestreift.«

»Quatsch!«, rief Neidhard. »Und die Biene Maja?«

»Die Biene Maja«, spottete Viola, »hat nicht einmal sechs Beine, du Oberbiologe.« Neidhard begann zu schwitzen.

»Es gibt verschiedene Arten von Bienen«, griff Frau Wala ein. »Die gestreiften haben eher eine beige oder bräunliche Färbung.« Sie seufzte und fragte sich, ob sie der Klasse nicht zu viel abverlangte.

»Wir sind ein bisschen vom Thema abgekommen«, fuhr Frau Wala fort. »Es geht um Axiome. Heutzutage sind Axiome die grundlegenden Gesetze einer Theorie. Mithilfe der jeweiligen Axiome können wir ein Thema genau und übersichtlich, aber nicht so aufwendig beschreiben.«

»Dann ist es eine Art Sprache?«, fragte Felix.

»Richtig!«

»Und die Peano-Axiome sind die Sprache der Arithmetik«, tönte Lukas. »Die Axiome sind die Regeln, wie man die Zahlen verwendet, so wie die Grammatik festlegt, wie man mit Wörtern umgeht.«

»Perfekt!«

»Reicht es nicht, wenn wir rechnen können?«, warf Neidhard ein. »So eine Sprache ist doch total überflüssig.«

»Bei diesen sogenannten formalen Sprachen geht es nicht um die Verständigung zwischen Menschen«, entgegnete Frau Wala. »Man benötigt sie für die Steuerung von Maschinen. Ohne formale Sprachen gäbe es keine Computer, also auch keine Smartphones.« Amüsiert beobachtete sie, wie die meisten unwillkürlich an ihre Jackentaschen griffen. Handys waren an der Schule strengstens verboten.

Natürlich hatten die Schüler sie trotzdem bei sich. Sie achteten jedoch gewissenhaft darauf, dass der Ton ausgestellt war.

»Jetzt kommen wir zur eigentlichen Frage«, kündigte Frau Wala an, wischte die Tafel und schrieb das Wort »Nichtbeweisbarkeit« an. »Vor fast hundert Jahren schlug der Mathematiker David Hilbert vor, die gesamte Mathematik mithilfe eines einzigen Systems aus Axiomen zu beschreiben, um zu beweisen, dass sie frei von Widersprüchen ist.«

»Das ist ja wohl klar«, rühmte Lukas sein Lieblingsfach. »Die Mathematik ist perfekt.«

»So einfach ist es leider nicht.« Frau Wala schmunzelte. »Mit mathematischen Mitteln lässt sich nicht beweisen, dass die Mathematik keine Widersprüche enthält.«

»Erst quälen die Lehrer uns damit«, murrte Viola, »und jetzt ist alles falsch?«

»Nein. Das heißt nicht, dass die Mathematik fehlerhafte Ergebnisse liefert. Die Mathematiker können es nur nicht beweisen.«

»Und woher wissen wir, was wahr ist?«, hakte Felix nach.

»Einiges wurde mit Computerprogrammen überprüft.« Frau Wala überlegte kurz, dann fiel ihr ein Beispiel ein. »Ihr kennt doch die Primzahlen.« Lukas konnte sich nicht zurückhalten: »Zahlen, die nur durch sich selbst und durch eins teilbar sind, also zwei, drei, fünf, sieben, elf, dreizehn, siebzehn ...«

»Danke«, bremste ihn Frau Wala. »Vor ungefähr dreihundert Jahren lebte ein Mathematiker namens Christian Goldbach, der vermutete, dass jede gerade Zahl größer als zwei die Summe zweier Primzahlen ist. Mittels Computer wurde das für alle Zahlen bis vier Trillionen, also eine Vier mit achtzehn Nullen, ausgerechnet. Die Aussage scheint wahr zu sein. Bewiesen hat man sie aber nicht.«

»Das bedeutet doch nur, dass noch niemand den Beweis gefunden hat«, wandte Lukas ein. »Es heißt nicht, dass es unmöglich ist.«

»Es kann sein«, gab Frau Wala zu, »dass irgendwann für die Goldbachsche Vermutung ein Beweis gefunden wird.« Sie stockte. Zoe erkannte, dass die Lehrerin den Faden verloren hatte, und half aus: »Nichtbeweisbarkeit.«

»Danke!« Frau Wala atmete kurz durch. Ihren Schülern den Unvollständigkeitssatz zu erklären, erwies sich als schwieriger, als sie gedacht hatte. Immer wieder kamen sie vom Thema ab. Aber sie gab nicht auf. Sie hatten es fast geschafft. »Mit einem System von Axiomen«, fasste sie noch einmal zusammen, »kann ein Thema, wie zum Beispiel die Arithmetik, also das Rechnen mit Zahlen, beschrieben werden.«

»Und dann wollte Hilbert«, fiel Lukas ihr begeistert ins Wort, »eine einzige, riesengroße Zusammenstellung von Axiomen für die gesamte Mathematik aufstellen.«

»Genau«, bestätigte Frau Wala. »Für die Arithmetik hat aber der Mathematiker Kurt Gödel gezeigt, dass es Aussagen gibt, die weder bewiesen noch widerlegt werden können.«

»Wie?« Lukas konnte nicht verstehen, dass bewiesen werden kann, dass etwas nicht beweisbar ist.

»Gödel hat gezeigt, dass es paradoxe mathematische Aussagen gibt«, erläuterte Frau Wala. »Was ein Paradoxon ist, verdeutlicht folgender Satz am besten: Ich lüge.« Sie schrieb den Satz an die Tafel.

Kaspar dachte laut: »Wenn ich lüge, dann ist es gelogen, dass ich lüge. Das heißt, ich sage die Wahrheit, was bedeutet, dass ich lüge, aber das ist ja dann gelogen. Wenn ich aber lüge ...«

»Und was genau ist daran die Nichtbeweisbarkeit?«, fragte Viola in das aufkeimende Gekicher hinein.

»Gödel hat in der formalen Sprache der Mathematik einen Satz formuliert, der stark vereinfacht bedeutet: Dieser Satz ist nicht beweisbar.«

Kaspar prüfte die Aussage auf ihre Widersprüchlichkeit: »Wenn es wahr ist, dass der Satz nicht beweisbar ist, dann ist der Satz nicht beweisbar.« Enttäuscht, dass die Schlussfolgerung nicht automatisch in eine Endlosschleife führte, versuchte er es mit dem Gegenteil: »Wenn es nicht stimmt, dann ist der Satz beweisbar, wenn er aber beweisbar ist, wird bewiesen, dass der Satz nicht beweisbar ist.« Kaspar lachte einmal kurz auf, dann ging er wieder über auf das Lügner-Paradoxon: »Wenn ich lüge, dann ist es ja gelogen, dass ich lüge.«

Lukas rutschte nervös auf seinem Stuhl hin und her. Er konnte sich nicht damit anfreunden, dass die Mathematik nicht vollkommen war. Frau Wala versuchte, ihm zu erklären, dass jedes ausreichend große System von Axiomen entweder unvollständig oder widersprüchlich war, doch er blieb stur.

Der größte Teil der Klasse folgte dem Unterricht schon längst nicht mehr. Auch Zoe war mit ihren Gedanken woanders: Es war möglich, dass etwas wahr war, aber nicht bewiesen werden konnte. An manches musste man also einfach glauben. Das galt auch für Traumfänger. Sie nahm sich vor, die Nichtbeweisbarkeit zu erwähnen, wenn Felix sich wieder einmal über magische Dinge lustig machte.

Frau Wala beendete die Diskussion mit Lukas, als vor der Tafel für einen Augenblick schemenhaft eine Frau erschien. Sie nahm die Farbe des Hintergrunds an. Keiner bemerkte sie. Einen Herzschlag lang schweifte ihr Blick durch den Raum, dann verschwand sie wieder. Genau in diesem Moment traf ein Papierknäuel, das Viola nach Kaspar warf, auf den Finger, den Lukas für eine Frage hob. Es prallte ab, streifte Felix an der Stirn und fiel zu Boden. Felix bückte sich, um das Papier aufzuheben, und entdeckte einen kleinen Fleck an Zoes Fußknöchel.

»Da ist eine Zecke an deinem Knöchel«, flüsterte er.

»Wo?« Zoe untersuchte hektisch ihr Bein.

»Außen.«

Nun sah Zoe sie auch und stieß einen spitzen Schrei aus.

»Zoe!«, rief Frau Wala gereizt. »Was ist denn los?«

»Ich habe eine Zecke.« Sie sprang auf, humpelte nach vorne und zeigte ihren Knöchel. »Ist das eklig. Wer weiß, seit wann die mich aussaugt. Mir wird gerade ganz schlecht.«

»Am besten gehst du mit deiner Mutter zum Arzt.«

»Das geht nicht. Das muss raus. Jetzt sofort!«

Frau Wala stöhnte leise auf, holte eine Visitenkarte aus ihrer Tasche und gab sie Zoe. »Diese Ärztin hat ihre Praxis in der Nähe des Stadtgartens. Geh schon mal los! Ich rufe Dr. Buthida an und sage ihr Bescheid.« Sie zog ihr Handy aus der Jacke. Prompt ahmte Kaspar die Direktorin nach: »Mobiltelefone werde ich an dieser Schule nicht dulden!«

Auf der Tafel am Eingang des Ärztehauses neben dem Café Fama war Dr. Buthida nicht aufgeführt. Wo war die Praxis? Zoe prüfte die Adresse. Rabenstraße 11 stand auf der Karte. Sie ging die Liste der Ärzte ein weiteres Mal durch.

Die Tür öffnete sich. Eine schlanke Frau in einem wollweißen Kleid streckte den Kopf heraus. »Zoe?« Sie lächelte einladend. »Ich bin Dr. Buthida. Komm doch herein.« Zoe folgte ihr die Treppe hinauf in den ersten Stock. Bei jedem Schritt quietschten ihre fellgefütterten Clogs auf den polierten Steinstufen. Den weichen Strickstoff ihres langen Kleids hob sie leicht an. Darunter lugten dicke Wollsocken hervor.

Die Tür zur Praxis stand offen. Von der Decke hingen Kabel, einige mit Glühbirnen versehen. Umzugskartons stapelten sich an den Wänden. Daran lehnten zerlegte Möbel. »Ich praktiziere nicht mehr«, erklärte Dr. Buthida. »Sibylle wusste das nicht.«

»Sibylle?«

»Frau Wala.« Sie ging voran ins Sprechzimmer. »Ich habe sie lange nicht gesehen. Wie geht es ihr denn?«

»Gut«, antwortete Zoe, »denke ich.« Sie setzte sich auf die hölzerne Behandlungsliege. Durch die cremeweißen Vorhänge und die samtbezogenen Sitzmöbel sah der Raum wie ein Wohnzimmer aus. Der uralte Apothekerschrank und das Skelett daneben änderten nichts daran. Erst als Zoe die typischen Geräte mit den Kabeln und Bildschirmen hinter einer Stellwand entdeckte, stellte sich das Gefühl ein, beim Arzt zu sein.

»Lass mal sehen!« Dr. Buthida nahm auf einem Hocker vor der Liege Platz. Zoe streckte ihr Bein vor und zog die Hose etwas hoch. »Eine Zecke«, bemerkte die Ärztin und strich sanft über die Haut um den Stich. Ihre schlanken Finger fühlten sich angenehm kühl an. In die schulterlangen schwarzen Haare der Ärztin waren vereinzelt kleine Zöpfe geflochten. Der gerade Pony reichte bis an die dichten Augenbrauen. Mit einem Lidstrich hatte sie die Mandelform ihrer dunkelbraunen Augen hervorgehoben, sonst war sie ungeschminkt.

»Zecken sind Parasiten«, erklärte Dr. Buthida. »Sie lauern auf Gräsern und in Büschen an Waldrändern oder Wiesen, am liebsten an sonnigen Orten. Wenn der Wirt an ihnen vorbei streift, halten sie sich an ihm fest. Manchmal suchen sie dann stundenlang nach einer geeigneten Stelle.« Zoe spürte fast, wie eine Zecke auf ihr herumkrabbelte. Ein Schauer lief ihr über den Rücken.

»Bei den Menschen«, fuhr die Ärztin fort, »sitzen sie gerne in den Kniekehlen. Sie mögen aber auch die dünne Haut hinter den Ohren oder den Haaransatz. Am Fußknöchel findet man sie nicht so oft.« Sie schürzte ihre Lippen und zog die Zecke mit einer Pinzette heraus. Danach sah sie Zoe in die Augen und fragte teilnahmsvoll: »Fühlst du dich jetzt besser?« Zoe nickte erleichtert.

»Es sind Spinnentiere.« Die Ärztin legte die Zecke unter ein Mikroskop und ließ Zoe durchschauen. »Acht Beine, siehst du?« Das enge Sichtfeld des Mikroskops zwang Zoe, die Zecke anzusehen. An beiden Seiten des flachen, ovalen Hinterleibs saßen jeweils vier wulstige Gliederbeine. Der winzige Kopf bestand im Wesentlichen aus keulenförmigen Tastern und einem mit Widerhaken besetzten Stachel. Zoe wurde schlecht.

Dr. Buthida plauderte unbekümmert weiter: »Ein Weibchen kann Tausende von Eiern legen. Daraus schlüpfen Larven, die zwar aussehen wie Zecken, aber nur sechs Beine haben. Sie suchen sich zunächst einen kleinen Wirt, zum Beispiel eine Maus. Nach ihrer ersten Blutmahlzeit lassen sich die Larven auf den Boden fallen. Dort häuten sie sich. Nun haben sie acht Beine. Für ihre zweite Mahlzeit befallen sie ein größeres Tier, eine Katze zum Beispiel. Wenn sie sich ein weiteres Mal gehäutet haben, sind die Zecken erwachsen. Auf einem noch größeren Tier oder einem Menschen nehmen sie schließlich eine letzte Mahlzeit ein. Dann begatten die Männchen die Weibchen und sterben. Die Weibchen sterben erst nach der Eiablage.«

Angewidert stellte sich Zoe vor, wie die Zecke sie ausgesaugt hatte, womöglich mit Tausenden von Eiern im Leib, aus denen massenhaft Zecken schlüpfen würden. Ihr wurde schwindelig.

»Können Sie aufhören, über Zecken zu reden?«, bat Zoe.

»Entschuldige.« Die Ärztin reichte ihr ein Glas Wasser. »Eines muss ich dir aber dringend erklären. Die Zecken selbst sind nicht gefährlich, aber sie übertragen Krankheiten, mit denen nicht zu spaßen ist. Daher ist es sehr wichtig, dass du auf den Biss achtest. Wenn du dich irgendwie schlecht fühlst, Kopfschmerzen oder Fieber hast, musst du sofort vorbeikommen. Wenn sich dort ein roter Fleck bildet, ebenfalls. Versprichst du mir das?« Zoe nickte, trank das Glas aus, stellte es neben dem Mikroskop ab und stand auf. Dr. Buthida reichte ihr lächelnd die Hand. »Jetzt kannst du wieder in die Schule gehen.« Zoe bedankte sich artig, doch die Ärztin blickte zunehmend ernster drein.

»Lass mich den Biss noch mal sehen«, bat sie, ging vor Zoe in die Hocke und betrachtete nachdenklich ihren Knöchel.

»Ist da noch was?«, fragte Zoe.

»Mach dir keine Sorgen«, antwortete Dr. Buthida und holte eine kleine Dose aus einer der Schubladen des Apothekerschranks. »Ich behandle die Bissstelle mit einer speziellen Salbe.« Zoe legte ihren Fuß auf die Behandlungsliege und die Ärztin verteilte sanft einen erbsengroßen Klecks der zartgelben Creme auf dem Zeckenbiss. Eine angenehme Wärme breitete sich in Zoes Bein aus.

»Trag einmal am Tag etwas davon auf dem Biss auf«, ordnete Dr. Buthida an und drückte Zoe die Dose in die Hand. »Geh sparsam damit um. Die Salbe ist wertvoll. Und komm bitte am Montag wieder.«

Vor dem Café Fama begegnete Zoe der großen blonden Frau, die Hugo verfolgt hatte. Ihr hübsches Gesicht trug sowohl weibliche als auch männliche Züge. War sie aus dem Café gekommen? Zoe sah hinein. An einem der Computer saß Frau Weber. Über ihrem Kopf schwebten Seifenblasen. Statt langsam zu Boden zu sinken, flogen sie auf das Fenster zu und durchdrangen ohne Widerstand das Glas. Das war nicht möglich! Verblüfft legte Zoe ihre Hand auf die Fensterscheibe. Sie war glatt, hart und kühl. Eine der Blasen glitt dicht an ihrem Gesicht vorbei, zitterte und zerplatzte in viele kleine Blasen. »Die Seherin hortet Harz!«, ertönte eine Stimme nahe an ihrem Ohr. Erschrocken fuhr Zoe herum, konnte aber niemanden entdecken.

Die kleineren Blasen stiegen auf zu den anderen, die hoch oben am Himmel in den Wolken verschwanden. Fassungslos starrte Zoe ihnen hinterher. Als sie den Kopf wieder senkte, saß Frau Weber nicht mehr im Café. Aufgeregt lief Zoe in die Schule zurück. Davon musste sie Felix unbedingt erzählen. Die Warnung der Ärztin hatte sie längst vergessen.

* * *

Dr. Buthida stand am Fenster und beobachtete das helle Leuchten um Zoe, ein Zeichen dafür, dass das Schicksalsgewebe um sie herum zu dicht für einen Menschen war. In diesem Gewebe, dem sogenannten Fatum, war der Lauf der Dinge festgeschrieben. Viel zu viele Schicksalsfäden gingen von Zoe aus. Wie sollte das zarte Mädchen ein solch gewichtiges Schicksal tragen? Wer auch immer dafür verantwortlich war, musste zur Rechenschaft gezogen werden. Entrüstet ballte sie ihre Hände zu Fäusten. Der Kodex regelte den Umgang mit den Menschen. Ein derartiger Eingriff in das Leben des Mädchens war nicht zulässig. Allerdings würde es ebenfalls Missfallen auslösen, dass sie den Biss mit Ambrosia behandelt hatte. Die Ärztin seufzte. Nun konnte das Mädchen alles sehen! Und dann hatte sie Zoe auch noch die ganze Dose mitgegeben. War das klug gewesen? Dr. Buthida betrachtete die aufsteigenden Blasen. In letzter Zeit entwichen sie aus dem Café Fama immer häufiger. Wurde Pheme nachlässig? Gab es einen Zusammenhang mit dem Schicksal des Mädchens?

Sie beschloss, der Sache auf den Grund zu gehen. Ein Zittern durchlief ihren Körper. Seitlich unter ihren Armen bildeten sich Beulen, die aufplatzten. Aus den Öffnungen streckten sich auf jeder Seite vier lange Gliederbeine heraus. Stöhnend ging sie in die Knie. Ihre menschlichen Beine wuchsen zusammen und formten sich zu einem nach oben gebogenen Hinterleib. Die Haut und ihre Kleidung färbten sich schwarz. Eine feste Hülle wuchs um sie herum und ihre Knochen lösten sich auf. Dabei verkleinerte sie sich. Schließlich war die Verwandlung vollzogen. Leise huschte sie über den Boden und verschwand in einer Mauerspalte.

Geheimnisvolle Gespräche

Auf dem Weg ins Klassenzimmer kam Zoe am Lehrerzimmer vorbei. Die Tür stand einen Spalt offen, Stimmen drangen heraus. Unwillkürlich blieb sie stehen und lauschte. »Warum hast du den Aitialith gestohlen?«, hörte sie Frau Wala fragen.

»Sagen wir«, erwiderte eine junge Männerstimme, »ich war jemandem einen Gefallen schuldig. Woher weißt du überhaupt davon?« Die Stimme kam Zoe bekannt vor.

»Du vergisst, wer ich bin! Seit vielen Generationen hüten wir den Aitialith und warten, dass er sein Schicksal erfüllt. Zu Hephaistos brachten wir ihn nur, weil er bei uns nicht mehr sicher war. Wie konntest du ihn überlisten?«

»Berufsgeheimnis.«

»Deinetwegen ist das Mädchen in Gefahr!«

»Das ist doch nicht mein Problem. Wenn sie so mächtig ist, wie es den Anschein hat, wird sie es schon heil überstehen.«

»Sie ist vollkommen unerfahren!«

»Dann solltest du dich beeilen, denn das Fatum um das Mädchen verdichtet sich.«

Die Stimmen wurden unverständlich. Zoe trat näher an die Tür und hörte die Lehrerin sagen: »Hast du ihn etwa verloren?«

»Ich weiß es nicht. Er war auf einmal weg.«

»Ein Dieb hat den Dieb bestohlen?« Frau Wala lachte. »Viel Glück bei der Suche! Ich muss jetzt in den Unterricht.« Ihre Stimme näherte sich der Tür. Zoe wich zurück, aber nicht schnell genug. Die Tür flog auf und prallte an ihren Schuhen ab. »Seltsam.« Frau Wala gab der Tür von innen erneut einen Stoß. Zoe sprang zur Seite und drückte sich eng an die Wand. Das Türblatt kam auf sie zu, wendete direkt vor ihr, schwang ein kleines Stück zurück und blieb dann stehen. Zoe hielt die Luft an. Es war so still, dass sie glaubte, Frau Wala auf der anderen Seite der Tür atmen zu hören. Gedämpftes Lachen drang aus einem der Klassenzimmer. »Jetzt muss ich aber wirklich los«, murmelte Frau Wala. Zoe vernahm ihre verhallenden Schritte und atmete auf. Die Lehrerin ging in Richtung Innenhof. Und der Mann? Im Lehrerzimmer war es still. Mit wem hatte sie gesprochen? Zoe schlich vorsichtig um die Tür herum und spähte verstohlen hinein. Niemand war zu sehen. Sie trat ein. Auf dem Kühlschrank in der Ecke brodelte eine Kaffeemaschine. Hohe Regale bogen sich unter zahllosen Aktenordnern. Unterlagen stapelten sich auf dem langen Tisch in der Mitte des Raums. Wo war er? Es gab hier keine Möglichkeit, sich zu verstecken, keine weiteren Türen, und die Fenster waren geschlossen. Verwirrt zog sich Zoe zurück. Vor der Tür stolperte sie über einen kleinen Haufen Kieselsteine. Leise klackernd rollten sie über den Boden. Hastig schob Zoe die Steine zusammen, huschte hinaus und eilte den Flur entlang zum Klassenzimmer.

Die Stunde hatte bereits angefangen. Zoe entschuldigte sich, doch Herr Schreiber, der sie auch in Deutsch unterrichtete, wusste von ihrem Arztbesuch. Etwas außer Atem setzte sie sich an ihren Platz. Dem Unterricht konnte sie nicht folgen. Was war ein Aitialith und was ein Fatum? Wer war der Dieb und wohin war er verschwunden? Welches Mädchen war in Gefahr? Sie musste an ihren Vater denken. Er hatte sie gewarnt, aber das war nur ein Traum gewesen.

Die folgenden Stunden verliefen ruhig. Trotzdem fand Zoe keine Gelegenheit, Felix von den Seifenblasen und dem mitgehörten Gespräch im Lehrerzimmer zu erzählen. Erst auf dem Heimweg berichtete sie von dem Arztbesuch und ihrem Erlebnis vor dem Café.

»Es war, als wären sie lebendig«, beschrieb Zoe den Flug der Seifenblasen, »und als hätten sie ein Ziel.«

»Was für eine Medizin hast du denn genommen?«

»Nur die Salbe.« Zoe wühlte in ihrer Jackentasche.

»Schau mal!«, lenkte Felix sie ab. »Die Wala. Sieht so aus, als hätte sie Probleme.«

Vor der Galerie Fogo diskutierte die Lehrerin mit der großen, blonden Frau, der Zoe vor dem Café begegnet war.

»Das ist die Frau von heute früh«, meinte Zoe.

»Wieso Frau? Das ist ein Mann.«

»Mit so langen blonden Haaren?«

»So groß ist doch keine Frau.«

Zoe zögerte. Vor dem Café Fama hatte sie am Vormittag selbst festgestellt, dass das Geschlecht nicht eindeutig war.

»Egal«, entschied sie. »Es ist auf jeden Fall ein Riese.«

Der platinblonde Riese hinderte Frau Wala daran, die Galerie Fogo zu betreten. Jeden Versuch der zierlichen Lehrerin, an ihm vorbeizukommen, unterband er mit einem winzigen Schritt zur einen oder anderen Seite. Er sagte etwas zu ihr. Plötzlich drehte sie sich um und rannte davon, mitten durch die Zuschauermenge vor dem Café Fama. Der Riese lief ihr nach und streifte dabei den Straßenkünstler, der wie jeden Nachmittag seine kleine Bühne aufbaute, um eine Geschichte zu erzählen. Der schmächtige Mann mit den zotteligen Haaren ruderte mit den Armen und stürzte rücklings auf das kleine Indianerzelt hinter sich. Sofort rappelte er sich wieder auf und rückte seine runde Maske zurecht, ein Gesicht aus einfachen geometrischen Formen, umrandet von strahlenförmig angeordneten Federn. Die großflächigen Muster in Rot, Gelb und Blau auf seinem Körper waren verschmiert. Er bückte sich, um das Zelt wieder aufzustellen. Unter seinem weißen Lendenschurz schaute eine grüne Boxershorts hervor.

»Eine neue Geschichte«, frohlockte Zoe und steuerte auf die Menge zu. Am Rand, hinter Viola und Finlay, blieb sie stehen. »Diese Verkleidung kenne ich noch nicht.« Felix verdrehte die Augen und gesellte sich zu ihr.

Der Straßenkünstler räusperte sich und begann zu erzählen: »Am Anfang gab es nur den Schöpfer Taiowa und den endlosen Raum. Taiowa schuf Sotuknang und dieser formte neun Reiche in Raum und Zeit. Ein Reich für Taiowa, ein Reich für sich selbst und sieben Reiche für das Leben. Sotuknang erschuf auch Kokyangwuti, die Spinnenfrau. Sie sollte das Leben hervorbringen. Kokyangwuti ließ die Pflanzen und die Tiere entstehen. Danach erschuf sie den Menschen.«

Finlay hob den Arm und holte weit aus. Die Tomate in seiner Hand stoppte vor Zoes Gesicht. Ohne nachzudenken, schlug Zoe sie zur Seite. Halb zerquetscht landete sie auf Violas Kopf und rutschte ihr übers Ohr. Wutentbrannt fuhr Viola herum. Die Tomate fiel herunter und blieb auf dem Stift stecken, den Felix gezückt hatte, um sie zu besänftigen. »Das wirst du bereuen!«, keifte sie mit zusammengekniffenen Augen und stürmte davon.

Felix starrte auf den goldenen Schimmer, der sich über der Tomate ausbreitete. Der Saft lief seinen Arm hinunter und erstarrte zu einer zähen, glänzenden Masse. Aufgeregt zog er Zoe in den Eingang der Galerie Fogo. Protestierend stolperte sie hinter ihm her. Sie verstummte erst, als sie die goldene Tomate sah. »Was ist das?« Zoe strich vorsichtig mit dem Finger über den goldenen Klumpen.

»Das ist die Tomate.«

»Was hast du damit gemacht?«

»Nichts! Ich wollte nur Viola beruhigen.«

»Vielleicht ist das gar kein Stift.«

»Was soll es denn sonst sein?«

»Ein Zauberstab«, hauchte sie. Er lachte laut los.

»Was denkst du, was es ist?« Zoe sah ihn böse an.

»Keine Ahnung«, gluckste Felix. »Auf jeden Fall gibt es eine natürliche Erklärung dafür.«

»Was könnte eine natürliche Erklärung für die Umwandlung einer Tomate in Gold sein?«

»Ich weiß es nicht. Das heißt aber nicht, dass es keine Erklärung gibt.« Felix schob den Goldklumpen vom Stift herunter. Dabei zog er den erstarrten Tomatensaft von seiner Haut ab und riss die feinen Haare seines Unterarms heraus. »Verdammt!« Er verzog sein Gesicht.

»Geschieht dir recht.« Sie verschränkte trotzig ihre Arme.

»Na komm!« Felix versetzte ihr einen Knuff.

»Ist doch wahr.« Sie drehte sich von ihm weg.

Er steckte alles ein. »Lass uns heimgehen!«

Zoe trottete schmollend hinter Felix her. Nachdem sie die Bleichstraße überquert hatten, verlangsamte er seinen Schritt und sagte: »Es war ziemlich cool, Viola die Tomate an den Kopf zu werfen.«

»Das wollte ich nicht.«

»Viola ist das egal. Wir sollten aufpassen. Da kommt noch was.«

Wortlos liefen sie nebeneinander her. Nach einer Weile brach Zoe das Schweigen: »In der Geografiestunde war es so, als wäre ich tatsächlich dabei gewesen.«

»Der Wahnsinn!«, stimmte Felix ein. »Die Erde hat geglüht und gebrodelt. Ich bin durch die Zeit geflogen und habe gesehen, wie alles entstanden ist. Megagenial!«

»Es war fast so, als erinnerte ich mich daran.«

»Echt stark, wie die Memorete erzählen kann.«

»Vielleicht ist es ja Magie.«

»Magie ist was für Spinner.«

»Du bist blöd«, schimpfte Zoe. Felix griff in seine Tasche und holte den Stift heraus.

»Lass das doofe Ding stecken«, warnte sie ihn.

»Okay!« Felix ließ den Stift wieder in die Tasche gleiten. »Frieden?«

»Nur, wenn du dich nicht mehr über mich lustig machst.«

»Mach ich nicht«, versprach Felix.

Vor Zoes Zuhause verabschiedeten sie sich. Felix musste mit seiner Mutter zum Friseur. Missmutig sah sie ihm hinterher. Normalerweise erledigten sie nach der Schule gemeinsam ihre Hausaufgaben. Wenn sie keine aufhatten, streunten sie bei gutem Wetter durch das verwilderte Gelände am Ufer der Nagold, das sich an die Gärten anschloss. Sonst spielten sie Brettspiele, sahen fern oder chillten. Zoe wusste nicht so recht, was sie mit sich anfangen sollte, also durchsuchte sie die Gemüseschublade nach Süßigkeiten. Sie zog ihren Schlafanzug an, schlüpfte mit einer Packung Kekse unter die Bettdecke und rief ihre Mutter an, viel früher als vereinbart. Vita Corban war auf dem Weg in ihr Hotel und freute sich, zu hören, was Zoe erlebt hatte. Um ihre Mutter nicht zu beunruhigen, verschwieg Zoe, dass sie in der vergangenen Nacht schlecht geschlafen hatte. Sie erzählte von der fantastischen Geografiestunde. Die Zecke und den Arztbesuch erwähnte sie nicht, die Blasen, den Stift und das komische Gespräch im Lehrerzimmer ebenfalls. Dadurch konnte sie kaum etwas von ihrem Tag berichten. Selten musste sie ihrer Mutter so viel verschweigen. Dennoch war es fast neun Uhr, als sie auflegten.

Zoe träumte, in einem Spinnennetz gefangen zu sein. »Nicht bewegen«, dachte sie, »sonst kommt die Spinne.« Das Netz zitterte. Sie bemühte sich, stillzuhalten, doch es geriet mehr und mehr in Schwingung. »Das bin ich nicht«, erkannte sie und sah sich um. Vom Rand des Netzes her kam eine riesige, schwarze Spinne auf sie zu. Schreiend wachte sie auf und sah Felix, der sie schüttelte.

Wie jeden Morgen war er durch das Fenster geklettert und hatte sich bei Zoe gestylt. Dann wollte er sie wecken. Leise rief er ihren Namen. Sie reagierte nicht. Er rief lauter, aber sie rührte sich nicht. Sanft stieß er sie an. Als auch das nicht half, bekam er es mit der Angst zu tun. Er packte sie bei den Schultern und rüttelte sie wach. Zoe riss die Augen auf und schrie aus voller Kehle.

»Alles gut!«, rief er, doch sie schrie noch lauter. »Zoe!« Er schüttelte sie. »Ich bin's!« Sie schrie weiter. Was würde passieren, wenn die Nachbarn sie hörten? Felix wusste sich nicht anders zu helfen, als von einem Haufen Kleider neben dem Bett das erstbeste Teil zu nehmen und es ihr in den Mund zu stopfen. Spuckend und würgend hustete sie eine Socke aus.

»Es tut mir leid«, entschuldigte er sich. »Ich wusste nicht, wie ich dich sonst stoppen sollte.«

»Schon gut.« Schwerfällig hievte Zoe ihre Beine aus dem Bett. Sie fühlte sich so steif, dass sie noch nicht einmal aufstehen konnte. »Hilfst du mir?«, bat sie. »Ich kann mich überhaupt nicht bewegen.«

Felix zog Zoe auf die Beine. Ungelenkig stakste sie ins Badezimmer, schaltete den Heizlüfter an und stellte sich in den warmen Luftstrom. »Hoffentlich werde ich nicht krank«, dachte sie. »Ausgerechnet jetzt, wo Mama nicht da ist.« Ihre Mutter käme sofort zurück, wenn sie davon erfuhr, dessen war sie sich sicher. Tante Hulda hin oder her, niemals überließe sie es einem anderen, ihre Tochter gesund zu pflegen. Zoe rollte ihre Schultern, neigte den Kopf und ging leicht in die Knie. In der Wärme erlangte sie ihre Beweglichkeit nach und nach wieder. Erleichtert machte sie sich für die Schule fertig. Zwischendurch dehnte sie sich, wie Herr Kules es ihnen beigebracht hatte.

Nach einem prüfenden Blick in den Spiegel ging sie in die Küche, um zu frühstücken. Felix saß schon am Küchentisch und knabberte an den übrig gebliebenen Keksen.

»War nur die Kälte«, meinte sie.

»Dann mach das Fenster zu.«

»Ich mag die frische Luft.« Zoe öffnete den Kühlschrank. Joghurt, Käse, Schinken, nichts sagte ihr zu. Hatte sie sich mit den Süßigkeiten am Vorabend den Magen verdorben? Für den Fall, dass sie doch noch Appetit bekäme, packte sie das Salamibrot ein, das sie am Sonntagabend belegt hatte, dazu eine Flasche Wasser.

Auf dem Schulweg blieb Felix bei einem Strauch stehen. »Schau mal«, flüsterte er geheimnisvoll und hielt den Stift an ein Blatt. Erst entstand ein goldener Fleck und binnen Kurzem war der ganze Zweig golden. Zoe versuchte, das Blatt abzubrechen, aber es verbog sich nur.

»Es ist Gold.« Felix zog eine Handvoll goldener Gegenstände aus der Hosentasche: Kaffeebohnen, Erbsen und Steine. »Mit diesem Stift kann ich alles in Gold verwandeln. Ich bin extra mit meinem Vater ins Labor gefahren.«

»Du hast ihm den Stift gezeigt?«

»Ich bin doch nicht blöd! Ich habe ihm einen von den kleinen goldenen Steinen gezeigt und gesagt, dass ich ihn gefunden habe.« Ein lautes Krächzen lenkte ihren Blick nach oben. Zwei Raben kreisten hoch über ihren Köpfen im blauen Himmel. Einen Moment lang beobachteten sie die Vögel, dann setzten sie ihren Weg fort. Hier und da hinterließ Felix einen goldenen Fleck auf Mauern, Zäunen und Baumstämmen. Die Spur zog sich bis zum Stadtgarten.

Kurz bevor sie das Schulgelände erreichten, steckte er den Stift wieder ein. Die Raben ließen sich auf der Statue nieder, die mittlerweile gereinigt worden war. Die beiden erhoben ihre Hinterteile und markierten den Marmor mit frischem Kot.

Zoe erzählte Felix gerade von dem Telefonat mit ihrer Mutter, da legte sich eine Hand auf ihre Schulter.

»Sieh an, die kleine Zoe ist allein zu Hause«, piepste Neidhard. »Keine Sorge, dein Geheimnis ist bei mir in den allerbesten Händen.« Er kam ganz nah an ihr Gesicht. »Vorausgesetzt, du tust, was ich dir sage.« Zoe wandte sich abrupt ab und ließ Neidhard stehen. Felix warf ihm einen warnenden Blick zu und folgte ihr.

»Das wird dir leidtun«, fiepte Neidhard und ging ihnen in einigem Abstand hinterher.

Felix holte Zoe ein und meinte: »Wenn er zur Direx geht, fliegt alles auf. Dann steht ruckzuck das Jugendamt vor eurer Tür.«

Zoe seufzte und lief schneller, um den Vorsprung vor Neidhard zu halten.

Violas Rache

Frau Memorete begann den Unterricht, noch bevor sie ihr Pult erreicht hatte: »Im kommenden Halbjahr beschäftigen wir uns mit dem mittelalterlichen Europa und der frühen Neuzeit. In dieser ersten Geschichtsstunde jedoch gönnen wir uns eine kurze Wiederholung. Wenn es keine Fragen gibt, fange ich mit unserem kleinen Streifzug durch die Menschheitsgeschichte an.« Sie nahm Platz und sah sich um. Bei Zoes Anblick huschte ein Schatten der Verwunderung über ihr Gesicht. Einen Moment lang starrte sie Zoe unverhohlen an, dann wandte sie sich wieder der Klasse zu. »Häufig wird behauptet, der Mensch stamme vom Affen ab. Das ist inkorrekt, denn der Mensch ist ein Affe. Seine nächsten Verwandten sind die Schimpansen. Ihre Wege trennten sich vor mehr als sieben Millionen Jahren.«

Aus dem Kopf der Lehrerin wuchsen leuchtende Fäden. Entgeistert beobachtete Zoe, wie sich die hauchdünnen Gebilde durch den Raum schlängelten. Einer nach dem anderen wand sich um ihre Mitschüler, zuerst um Winifred, danach um Neidhard und Lukas, Kaspar und Felix. Schließlich schlang sich auch einer um Zoe. Sie spürte nichts, aber die Geschichte, die Frau Memorete erzählte, nahm Gestalt an. Das Klassenzimmer verschwand und ein Wald erschien. Auf einer sonnigen Lichtung lausten sich Affen gegenseitig. Eine Affenmutter trug ein Junges am Bauch, eine andere säugte ihr Kleines. Im Schatten der Bäume am Rand der Waldwiese maßen Halbwüchsige ihre Kräfte. Etwas abseits sonnte sich ein Affenweibchen. Ein Männchen näherte sich ihr und versuchte, zärtlich zu sein. Sie wies ihn ab. Immer wieder wollte er ihr näherkommen. Jedes Mal rückte sie von ihm weg. Schwankend erhob sich das Männchen und lief auf zwei Beinen zu einem Strauch mit Früchten. Er pflückte davon, so viel er tragen konnte. Das Weibchen sah ihm aufmerksam zu, nahm die Gabe an und ließ sich lausen.

Wie im Zeitraffer sah Zoe Generationen von Affen entstehen und vergehen. Im Laufe der Zeit wurde das Klima trockener. Mit dem Regen verschwanden die Bäume. Der dichte Wald wich einer offenen Savanne. Die Affen richteten sich immer häufiger auf, hielten sich aber weiterhin vor allem auf Bäumen auf. Bei einer Gruppe aufrecht gehender Affen, die überwiegend auf dem Boden lebten, verweilten sie. Eine Affenmutter saß mit ihrem Nachwuchs vor einem Termitenhügel und lehrte ihn das Angeln nach Insekten. Sie steckte einen dünnen Ast in einen der vielen Gänge und zog ihn wieder heraus. Es wimmelte darauf von Termiten. Sie leckte ihn ab und schob ihn wieder in den Bau. Die Kleinen versuchten, es ihrer Mutter nachzumachen. Die ersten Stöckchen, die sie sich suchten, waren zu dick für die Öffnung, doch im Nu beherrschten es auch die Jüngsten.

Ein halbwüchsiges Weibchen saß am Ufer eines Sees und beugte sich über das Wasser. Regungslos starrte sie auf die Oberfläche. Nach einer Weile tippte sie ins Wasser und betrachtete die Wellen auf ihrem Spiegelbild. Dann schnitt sie Grimassen und hielt sich Gras und Steine an den Kopf.

Unversehens wurde Zoe aus der Savanne zurück ins Klassenzimmer gezogen. Der Faden war gerissen. Das lose Ende schwebte vor ihrem Gesicht. Frau Memorete sah sie erstaunt an. Ein neuer silberner Faden trat aus ihrem Kopf heraus, schlängelte sich auf Zoe zu und wand sich um sie. Die Lehrerin nickte zufrieden. Ihre Schilderung hatte sie dabei nicht unterbrochen: »Vor zwei bis drei Millionen Jahren lebte in Ostafrika der Urmensch. Er stellte bereits einfache Werkzeuge aus Stein her, die zum Zerlegen der Beute genutzt wurden. Vor weniger als zwei Millionen Jahren entwickelte sich der

Frühmensch. Sein Gehirn war ein bisschen kleiner als das der heutigen Menschen, aber schon deutlich größer als das seiner Vorfahren.«

Wieder flog Zoe über eine Savanne. Sie beobachtete, wie die Urmenschen Werkzeuge fertigten, das Feuer bändigten und die Erde eroberten, doch es fesselte sie nicht mehr. Sie musste an die Geschichten des Straßenkünstlers vor dem Café Fama denken und verglich sie mit den wissenschaftlichen Erkenntnissen darüber, wie die Erde entstanden war. Die Erklärung der Wissenschaftler war logisch. Es war spannend, zu erleben, wie sich das Sonnensystem aus einer Staubwolke gebildet hatte, über einen langen Zeitraum, von sich aus, nur gesteuert durch physikalische Gesetze. Auch die Entwicklung der Menschen erschien ihr schlüssig. In Millionen von Jahren hatten sich ihre Vorfahren in kleinen Schritten fortentwickelt. Sie hatten Stück für Stück gelernt, zu denken und zu handeln, wie es heute für die Menschen üblich ist. Vielleicht hatte Felix recht und die Welt war eine Maschine. Sie selbst wäre dann ebenfalls eine Maschine. Eine schreckliche Vorstellung! Wie Sisyphos würde sie automatisch handeln, ohne freien Willen. So fühlte sie sich aber nicht. Sie machte sich Gedanken und fällte Entscheidungen. Alles, was sie tat, hatte einen Sinn. Und das fehlte den wissenschaftlichen Erklärungen: der Zweck. Warum gab es die Erde oder die Menschen? Deshalb fand sie die Schöpfungsmythen so anziehend. Götter erschufen die Welt und dafür hatten sie sicherlich einen Grund.

Nach und nach versank Zoe wieder in der Geschichte. Sie landete in einer Höhle. Die Bewohner trugen Schuhe und Kleidung aus Fell und sahen aus wie heutige Menschen. Vor der Höhle zerlegte eine Gruppe von Männern ein erlegtes Mammut. An einem Feuer stachen Frauen mit spitzen Knochen Löcher in Felle und nähten sie mit Sehnen zusammen. Andere flochten Gefäße aus Gräsern, die sie mit Beeren und Nüssen füllten. Eine der Frauen brachte ein Stück von einem Bienennest. Sofort war sie umringt von Kindern, die um Honig bettelten. Etwas abseits zerrieb ein alter Mann Ruß und Fett zu einer schwarzen Paste, die er auf einer Höhlenwand auftrug. Überall auf den Felsen prangten Bilder von Tieren und Menschen.

Das Bild verblasste. Zoe sah sich im Klassenzimmer um. Die Fäden waren verschwunden und die anderen in der Klasse wirkten entspannt. Frau Memorete fuhr fort: »Vor fast zweihunderttausend Jahren entstand der Jetztmensch, von dem die heute lebenden Menschen abstammen. Er besaß ein größeres Gehirn als seine Vorgänger, konnte viele Arten von Werkzeugen herstellen und entwickelte eine komplexe Sprache. Bis die ersten Menschen vor dreizehntausend Jahren sesshaft wurden, lebten sie als Wildbeuter von dem, was die Natur ihnen bot. Sie ernährten sich vor allem von Beeren, Nüssen, Pilzen, Körnern und Insekten. Meist übernahmen die Frauen das Sammeln. Die Männer jagten Großwild wie Bären und Auerochsen. Aber auch Vögel oder kleine Säugetiere standen auf ihrem Speiseplan. Ihre Kleidung bestand aus dem Fell der erlegten Tiere oder aus geflochtenem Gras. Sie wohnten in Höhlen, unter Felsvorsprüngen oder in Hütten aus Ästen und Zweigen, die sie mit Gras oder Tierfellen bedeckten.«

Die Klasse war überwältigt von den lebendigen Erinnerungen, die Frau Memorete in ihren Köpfen hinterließ. Der wirklichkeitsgetreue Blick in die Vergangenheit hielt sie noch immer in seinem Bann. Nur Zoe hatte sich daraus befreit. Sie stieß Felix an und fragte leise: »Hast du das gesehen?«

Er schreckte hoch. »Was?«

»Diese silbernen Fäden.«

Felix sah sich um, aber er konnte nichts entdecken. »Was für silberne Fäden? Ich sehe nichts.«

»Jetzt sind sie weg. Vorhin waren überall Fäden, so dünn wie Spinnweben.«

»Klar!«, lachte Felix. »Und Frau Memorete ist die Monsterspinne. Sie wickelt uns ein und saugt uns dann aus.«

»Im Ernst! Etwas stimmt nicht, diese Glitzerfäden, die komischen Seifenblasen im Café, dein Stift. Das ist doch alles merkwürdig.«

»Ich sehe weder Seifenblasen noch Glitzerfäden!«

»Und der Stift?«

»Wir finden sicher bald heraus, wie er funktioniert.«

»Denkst du, dass ich spinne?«

»Du bist nervös, weil deine Mutter weg ist.«

Beleidigt verschränkte Zoe die Arme und sah aus dem Fenster. Die beiden Raben flatterten aufgeregt über dem Kopf der Eule herum. Sie glitzerten im Sonnenschein, als wären ihre Federn mit Silber durchwirkt. Zoe sah sich die Lichtreflexe genauer an. Da waren sie wieder, die Fäden. Von den Raben aus führten sie in alle Richtungen. Je mehr sie sich darauf konzentrierte, umso deutlicher erkannte sie die Fäden. Sie stieß Felix den Ellenbogen in die Seite. »Jetzt sind sie wieder da. Schau, an den Raben, überall sind diese Glitzerfäden.«

Felix hielt sich ächzend die Seite. »Ich sehe nur zwei durchgeknallte Vögel.«

Der Gong beendete die Stunde. Die Raben flatterten noch immer aufgeregt auf und ab. Zoe stellte sich ans Fenster, um sie zu beobachten. Es sah lustig aus, wie sie auf der Eule herumzappelten. Dann sah sie den Grund für ihr merkwürdiges Verhalten: Sie wichen kleinen weißen Klumpen aus, die dicht am Kopf der Eule vorbeiflogen. Zoe presste ihr Gesicht an die Fensterscheibe, konnte aber nicht erkennen, woher die Geschosse kamen.

»Da ist Hugo mit dem Riesen«, sagte Felix, der neben sie getreten war, und deutete auf einen der Parkwege.

100

»Sie streiten.« Zoe beobachtete, wie sie heftig gestikulierend durch den Park gingen. Plötzlich drehte sich der Riese um und rannte weg. Hugo folgte ihm. Er hatte den blonden Riesen fast eingeholt, da geschah etwas Unglaubliches: Die Arme des Riesen wurden zu Flügeln. Mit zwei kräftigen Schlägen hob er ab und stieg in die Luft. Dort verwandelte er sich in einen Greifvogel. Dicht hinter ihm flog Hugo. Er behielt seine menschliche Gestalt.

»Das gibt's nicht«, murmelte Zoe und rieb sich die Augen.

»Weg sind sie«, staunte Felix.

»Wieso weg?« Zoe deutete in ihre Richtung. »Da hinten fliegen sie.«

»Du hast doch erzählt, dass sie verschwinden. Jetzt sind sie verschwunden.«

»Gestern! Heute fliegen sie.« Verblüfft sahen Zoe und Felix sich an. Es war verrückt genug, dass das, was sie sahen, unmöglich war. Warum stimmte es noch nicht einmal überein?

Die Pause war zu Ende, aber Frau Wala kam nicht. Stattdessen überbrachte Frau Steinkauz schlechte Nachrichten: »Frau Wala ist krank. Die Biologiestunde fällt aus.« Verhaltener Jubel erhob sich. »Kein Grund zur Freude«, tadelte die Direktorin die Klasse. »Herr Kules vertritt sie. Ihr habt also zwei statt einer Stunde Sport.«

»Das ist nicht fair«, protestierte Lukas, doch Frau Steinkauz unterband jeglichen Widerspruch: »Leise und zügig begebt ihr euch in die Umkleide. Sofort!«

Ihre Sportbeutel unter dem Arm verließ die Klasse gesittet den Raum. Auf dem Gang brach die Ordnung in sich zusammen. Grölend stürmten sie durch den Innenhof und die Treppe hinunter in die Gruft.

»Vermaledeite Mistviecher«, wetterte Frau Steinkauz mit Blick auf die Raben.

Im Umkleideraum bemerkte Zoe, dass sie ihre Wasserflasche vergessen hatte. Sie lief zurück ins Klassenzimmer. Durch das geöffnete Fenster bewarf Frau Steinkauz die Raben mit Kreide. »Macht, dass ihr wegkommt!«, rief sie. »Spioniert woanders!«

Die Würfe der Direktorin waren kraftvoll und genau, doch die Raben wichen geschickt aus. Sie krakeelten aus vollem Hals, als lachten sie die Lehrerin aus. Zoe schlich sich an ihren Sitzplatz. Frau Steinkauz wollte sicherlich nicht dabei beobachtet werden, wie sie mit Kreide nach Vögeln warf. Leise nahm sie ihre Flasche und huschte unbemerkt aus dem Klassenzimmer.

Die Holzbank in der Mitte des Umkleideraums war von einem Wirrwarr aus Taschen, Hosen und Handtüchern bedeckt. Zoe streifte sich die Schuhe von den Fersen und schob Iolanthes prall gefüllte Tasche zur Seite. Sie schüttete ihre Sportsachen aus dem Beutel, dann zog sie sich hastig um. Die Schnürsenkel ihrer Turnschuhe band sie hüpfend auf dem Weg zur Tür zu. Die Wasserflasche rutschte unter ihrem Arm heraus. Ihre Finger verfingen sich im Schnürsenkel. Sie kippte, zerrte ihre Finger aus den Schlaufen und hielt sich im letzten Moment am Heizungsrohr fest. Plötzlich hörte sie Stimmen in ihrem Kopf, als könne sie mit ihren Händen hören. Vor Schreck ließ sie das Rohr los und kippte gegen die Tür. Es wurde wieder still. Was war das? Sie zog sich an dem Rohr hoch. Prompt waren die Stimmen wieder da.

»Wo ist die Wala?«, fragte eine Stimme.

»Wir wissen es nicht«, antwortete eine andere.

»Ich bin mir sicher, dass sie den Aitialith hat. Ich habe sie zur Rede gestellt, aber sie ist mir entkommen.«

»Was liegt euch daran?«

»Eine alte Legende besagt, dass derjenige, der den Aitialith besitzt, Allwissenheit erlangt.«

»Macht interessiert mich nicht. Ich will nur Rache!«

Die Stimmen verklangen. Zoe packte das Rohr fester, doch jetzt hörte sie nur noch das Fließen des Wassers. Wieder ging es um diesen Aitialith. Was hatte Frau Wala damit zu tun? Grübelnd verließ sie den Umkleideraum.

Im Aufgang zur Turnhalle kam ihr Viola entgegen, eine prall gefüllte Papiertüte im Arm. »Jetzt bist du fällig«, sagte sie. Ihr folgte Finlay mit einem Volleyballnetz in der einen und einem Streifen Klebeband in der anderen Hand. Zoe machte kehrt, um den Weg durch den Schattengarten zu nehmen, aber im Treppenhaus lauerte Neidhard. Er drängte sie unsanft gegen eine der Säulen, sodass ihr Kopf an den Sandstein schlug. Finlay klebte ihr den Mund zu und wickelte das Netz mehrmals um die Säule herum, bis Zoe sich nicht mehr rühren konnte. Benommen ließ sie es über sich ergehen.

Viola baute sich mit einem gemeinen Grinsen vor ihr auf. Sie nahm eine Tomate aus der Tüte und zerquetschte sie genüsslich auf Zoes Stirn. Der Saft lief langsam ihre Wangen hinunter und tropfte ihr in den Kragen. Eine zweite Tomate zerdrückte sie auf ihrem Kopf. Sie rutschte durch Zoes Haare und klatschte auf den Boden. Viola leerte die ganze Tüte, bis Zoe über und über beschmiert war. »Das wird dir eine Lehre sein«, zischte sie und schritt davon. Neidhard und Finlay folgten ihr feixend.

Es musste kurz nach neun Uhr sein, schätzte Zoe. Bis zur nächsten Pause dauerte es noch zwanzig Minuten und auch dann war nicht sicher, ob sie entdeckt würde, wegen der Doppelstunde Sport. Durch die Tür zur Küche drang das Klappern der Pfannen. Es roch nach angebratenen Zwiebeln. Im September konnte das nur bedeuten, dass es mittags Zwiebelkuchen gab. Ihr Magen knurrte. Auf keinen Fall wollte sie eine Stunde lang Essen riechen. Zoe wand sich hin und her, zog und zerrte an dem Netz, aber es lockerte sich nicht. Stimmen drangen aus dem Treppenhaus.

»Es tut mir leid. Ich kann dir nicht helfen«, bedauerte Frau Weber.

»Ich brauche ihn«, sagte eine zweite Stimme.

»Wo hast du ihn denn verloren?«

Zoe versuchte trotz des zugeklebten Munds, zu rufen. Die Stimmen verstummten.

»Hast du das gehört?«, fragte Frau Weber. Sie kam die Treppe herunter. »Um Himmels willen, Kind! Was ist mit dir passiert?« Hinter Frau Weber tauchte Hugo auf. Gemeinsam befreiten sie Zoe aus dem Netz.

»Oje, oje, ojemine!«, jammerte Frau Weber.

»Wir gehen jetzt erst einmal zu Frau Steinkauz«, schlug Hugo vor und zupfte ihr ein paar Tomatenstücke aus den Haaren.

»Das ist ja fürchterlich«, klagte Frau Weber. »Wer macht denn so etwas?« Zoe schwieg. Hugo und Frau Weber führten sie die Treppe hinauf und durch den Innenhof zum Büro der Direktorin. Die Tür war nur angelehnt.

»Ich erwarte, dass du mir den Aitialith aushändigst«, forderte Frau Steinkauz. Hugo und Frau Weber blieben stehen und lauschten.

»Ich war's, der dir davon erzählt hat, erinnerst du dich?«, erwiderte eine tiefe, weiche Stimme. »Warum sollte ich den Aitialith stehlen?«

»Du hast mich nur benutzt, um an ihn heranzukommen. Du wusstest, dass ich ihn mir beschaffe. Du dachtest, ich wäre leichter zu bestehlen als Hephaistos.« Sie wurde mit jedem Wort lauter. Ihr Besucher lachte.

»Das war mein Plan«, gab er zu. »Mir war klar, dass du den kleinen Trickster schickst. Er kann alles besorgen. Aber ich habe ihm den Aitialith nicht gestohlen. Ich weiß nicht, wo er ist.«

»Du lügst!«, wetterte Frau Steinkauz. »Verschwinde und lass dich nie wieder blicken.« Sie riss die Tür auf. Der blonde Riese duckte sich unter dem Türrahmen hindurch und stürmte an Zoe vorbei.

104

»Was ist?«, bellte die Direktorin, als sie Frau Weber sah.

»Das Kind war an eine Säule gefesselt«, stotterte die Lehrerin.

Beim Anblick der völlig mit Tomaten besudelten Schülerin weiteten sich die Augen der Direktorin. Sie herrschte Zoe an: »So etwas werde ich an dieser Schule nicht dulden! Wer war das?« Erschrocken blickte Zoe auf den Boden und schwieg.

Frau Steinkauz schluckte den Ärger der letzten Tage hinunter. Ihre Gereiztheit war nicht dem Mädchen anzulasten. In einem ruhigen Gespräch unter vier Augen würde es schon damit herausrücken. Sie kehrte ihre sanfte Seite heraus. »Komm doch erst einmal herein«, forderte sie Zoe fürsorglich auf. Die Direktorin führte Zoe zu einem kleinen Sofa am Fenster und ließ sie Platz nehmen. Vom Handtuchspender über dem kleinen Waschbecken neben der Tür holte sie einige Papiertücher und reichte sie ihr. Sie selbst setzte sich in den Sessel auf der anderen Seite des alten Couchtischs und sah Zoe erwartungsvoll an.

Zoe wich dem Blick der Direktorin aus und schaute sich im Büro um. Gegenüber der Tür stand ein antiker Schreibtisch. Der Chefsessel dahinter sah viel bequemer aus als die beiden Holzstühle davor. Die Regale an der Wand waren bis zur Decke mit Büchern gefüllt. Um das Sofa herum erschien der Raum wie ein Museum für Handwerkskunst. Neben Vitrinen voller Werkzeug entdeckte sie uralte Spinnräder, Webrahmen und Geräte, die sie nicht kannte. Frau Steinkauz räusperte sich. Zoe wollte ein längeres Gespräch vermeiden und versicherte: »Ich weiß nicht, wer die waren.«

»Die? Es waren also mehrere?«

»Drei.«

»Und du kennst sie nicht?«

Zoe schluckte und antwortete: »Nein.« Sie wischte einige Tomatenstücke mit den Papiertüchern von ihrem Shirt.

»Du hast sie noch nie gesehen?«

»Nein«, versicherte Zoe, konnte ein Nicken aber nicht unterdrücken. Ihr Herz schlug so heftig, dass sie glaubte, Frau Steinkauz könnte es sehen.

Die Direktorin achtete genau auf Zoes Körpersprache. Das Mädchen vermied Blickkontakt. Die Stimmlage schien erhöht. Sie log! Was befürchtete sie? Wollte sie nicht als Petze dastehen? Frau Steinkauz setzte das Verhör fort: »Warum, glaubst du, haben sie das gemacht?«

»Vielleicht wurden sie selbst schlecht behandelt und jetzt lassen sie es an anderen aus, ohne es zu wollen.«

»Nun.« Frau Steinkauz legte die Fingerspitzen aneinander. »Einige Rechtswissenschaftler fordern eine Therapie statt einer Strafe. Wie könnten wir ihnen denn helfen?«

Zoe erinnerte sich an Sisyphos. »Wenn es ihr Schicksal ist, können wir ihnen nicht helfen. Vielleicht haben sie keinen freien Willen.«

»Wenn der Wille nicht frei ist«, wandte Frau Steinkauz ein, »gibt es auch keine Schuld. Wie stellst du dir eine Welt vor, in der niemand für sein Tun einstehen muss? Außerdem geht es im Strafrecht nicht um die Wahrheit, im Gegensatz zu den Naturwissenschaften. Es geht darum, dass Menschen für ihr Handeln geradestehen. Dabei spielt es keine Rolle, ob sie Willensfreiheit besitzen oder nicht.«

Zoe schaffte es immer wieder, vom Thema abzulenken. Kurz vor der großen Pause gab Frau Steinkauz für den Moment auf und schickte sie nach Hause. Erleichtert kehrte Zoe in den Umkleideraum zurück. Sie zog sich vorsichtig um und rollte das verschmutzte Shirt in der Sporthose ein. Im Klassenzimmer verstaute sie die Sportsachen im Außenfach ihrer Schultasche, das von der verdreckten Sweatjacke noch immer faulig roch. Dann machte sie sich auf den Heimweg.

Von der Freitreppe aus sah sie, wie Frau Steinkauz den Schulhof überquerte. Um der Direktorin nicht noch einmal über den Weg zu laufen, blieb sie auf der obersten Stufe stehen. Über ihr erklang ein leises Krächzen. Die Raben saßen auf dem Giebel der Vorhalle. Kaum hatten die beiden die Direktorin entdeckt, flatterten sie ein Stück in die Höhe, legten die Flügel an und stürzten sich auf sie. Frau Steinkauz duckte sich. Die Vögel rasten an ihr vorbei, breiteten ihre Flügel aus und schlitterten bäuchlings über den Kies. Blitzschnell fuhr Frau Steinkauz herum, griff in ihre Tasche, zog eine Steinschleuder samt Kieselsteinen heraus und zielte. Die Raben stiegen in die Luft. Sie schoss. Einer von ihnen trudelte, fing sich aber wieder. Federn segelten in den Kies. Laut krächzend flogen die beiden davon. Fassungslos starrte Zoe die Direktorin an. Frau Steinkauz steckte die Steinschleuder wieder in ihre Tasche, zupfte ihren Hosenanzug zurecht und bemerkte steif: »Der Kot beschädigt den Marmor.« Sie drehte sich um und lief in den Park.

Zoe trottete die Straße entlang, den Hügel hinauf. Der Weg erschien ihr steiler als sonst. Es war kalt und ihre Beine fühlten sich schwer an. Zu Hause ließ sie sich ein Bad ein, um sich aufzuwärmen. Danach legte sie sich ins Bett und versuchte zu lesen, doch die Buchstaben verschwammen ihr vor den Augen. Nach wenigen Minuten war sie eingeschlafen, das Buch fiel auf ihr Gesicht. Als am Abend das Telefon klingelte, wachte sie nicht auf. Ihre Mutter sprach besorgt auf den Anrufbeantworter.

Der Auftrag der Lehrerin

In ihren Träumen hing Zoe wieder in einem Spinnennetz. Ihre Arme und Beine hafteten an winzigen Leimtropfen, die in gleichmäßigen Abständen auf den Seidensträngen saßen. Vom Rand des Netzes krabbelte die schwarze Spinne auf sie zu. Panisch riss Zoe sich los und begann zu klettern. Schon klebte ihre Hand am nächsten Strang. »Verdammt!«, fluchte sie. »Wie macht die Spinne das?« Sie sah sich um. Nicht alle Fäden waren klebrig. Die Speichen und einige Spiralfäden trugen keine Leimtropfen. Daran hielt sich die Spinne mit ihren kleinen Krallen fest.

Zu spät erkannte Zoe den Trick. Die Spinne war über ihr. Acht Augen blickten ungerührt auf sie herab. Die riesigen Kieferklauen erhoben sich und fuhren auf sie nieder. Mit einem dumpfen Pochen prallten sie von ihr ab, wieder und wieder.

Das Klopfen der Klauen riss Zoe aus dem Traum. Sie schlug die Augen auf und sah Felix draußen vor dem Fenster stehen. Er trommelte mit zwei Stöcken einen Rhythmus auf das Fensterbrett. Erleichtert atmete sie durch und wollte aufstehen, konnte sich aber nicht bewegen. »Ich komme schon wieder nicht aus meinem Bett hinaus«, beklagte sie sich. Das Gefühl, hilflos zu sein, war ihr nicht geheuer. Wie gut, dass Felix sich um sie kümmerte. Was würde sie tun, wenn er nicht da wäre?

Er kletterte ins Zimmer und bemühte sich, sie aus dem Bett zu ziehen, doch Zoe war so steif, dass er sie kaum vom Fleck bewegen konnte. »Gestern ging es dir besser, nachdem du den Heizlüfter angestellt hattest«, bemerkte er und verschwand im Bad. Er kam mit dem Föhn zurück und blies heiße Luft unter ihre Decke.

»Hoffentlich werde ich nicht krank«, sagte Zoe matt. Das befürchtete Felix auch. Um sie abzulenken, witzelte er: »Wie ein Käfer liegst du im Bett. Solange es kalt ist, kann der sich auch nicht bewegen.«

Zoe kicherte.

»Siehst du!« Felix war erleichtert. »Ein bisschen heiße Luft, und gleich geht es dir wieder gut.«

Nach einer Weile konnte sie zwar aufstehen, war aber sehr schwach. Träge schlurfte sie in ihren rosafarbenen Plüschpantoffeln ins Badezimmer. Sie drehte den Heizlüfter voll auf, setzte sich mit der Zahnbürste in den warmen Luftstrom und putzte ihre Zähne. Mit zunehmender Wärme fühlte sie sich schnell besser.

Das rote Lämpchen des Anrufbeantworters auf der Kommode im Flur blinkte. Auf dem Weg in die Küche drückte Zoe den Wiedergabeknopf. Wo sie sei, hörte sie ihre Mutter besorgt fragen. Schlagartig war Zoe munter. »Verdammt!« Sie eilte zurück und wählte Vitas Nummer. Es meldete sich nur die Mailbox. Zoe entschuldigte sich, versicherte, dass es ihr gut ginge, und schwor einen feierlichen Eid, dass sie von nun an um acht Uhr abends zuverlässig zu Hause sein würde.

Mit Cornflakes und Milch setzte sich Zoe an den Küchentisch, doch der Appetit war ihr vergangen. Sie versuchte trotzdem, ein paar Bissen zu essen, da sie am Tag zuvor überhaupt nichts zu sich genommen hatte. Felix füllte sich ebenfalls eine Schüssel. »Was war denn gestern los?«, fragte er. »Ich hab gehört, dass du freibekommen hast.«

Zoe berichtete von Viola und den Tomaten.

Felix sprang auf und ballte empört die Fäuste. »Das darfst du dir nicht gefallen lassen!«

»Was soll ich tun? Am Ende verrät Neidhard, dass meine Mutter nicht da ist, und das darf nicht passieren.« Zoe wollte es auf sich beruhen lassen. Sie hoffte, dass Violas Rachegelüste befriedigt waren. Etwas anderes beschäftigte sie viel mehr. Sie erzählte Felix von den Stimmen im Heizungsrohr.

»Ich mache mir langsam Sorgen um dich«, gestand Felix. »Seit du bei dieser Ärztin warst, benimmst du dich eigenartig. Erst siehst du Sachen, die es nicht gibt. Jetzt glaubst du, dass du mit den Händen hören kannst. Zeig mir mal die Salbe, die sie dir gegeben hat.« Zoe holte die Dose aus der Jackentasche und Felix untersuchte sie. Es war eine kleine weiße Kunststoffdose ohne Aufschrift. Er öffnete sie und roch daran. »Riecht ein bisschen süßlich.« Er strich sich einen Klecks Salbe auf den Arm und schaute sich um. Die Küche sah aus wie immer. »Fühlt sich warm an. Sonst merke ich nichts.« Er gab ihr die Dose zurück. »Vielleicht wirkt es nicht so schnell.«

»Dir passieren auch komische Dinge«, sagte Zoe. »Ein Stift, der alles in Gold verwandeln kann, ist auch nicht normal.« Sie hatte noch nicht einmal die Hälfte der Cornflakes geschafft und stellte die Schüssel ins Spülbecken.

»Es ist aber der Stift, der seltsam ist, nicht ich.« Mit einem Grinsen griff er in seine Tasche. »Was soll ich dir vergolden?«

»Meinen Schmuck!« Die letzten Reste von Mattigkeit verflogen. Zoe lief in ihr Zimmer und kam mit zwei Händen voller Modeschmuck zurück. Felix verwandelte ein Stück nach dem anderen in pures Gold. Es gelang ihm viel besser als am Tag zuvor. Kaum berührte der Stift die Gegenstände, schon glänzten sie golden.

»Hast du geübt?«, fragte Zoe. Felix schüttelte den Kopf. Er war selbst erstaunt.

»Das reicht erst mal«, beschloss er, stand auf und steckte den Stift wieder in die Tasche. Zoe brachte die Schmuckstücke in ihr

Zimmer, schnappte sich die Schultasche und wollte aufbrechen, da fiel ihr Felix' bleiches Gesicht auf.

»Ich muss noch mal heim«, presste er zwischen den Zähnen hervor.

»Viel Zeit haben wir nicht mehr«, stellte Zoe fest, »sonst kommen wir zu spät zum Projekttag.« Sie ging zur Tür. Felix folgte ihr, langsam und ein bisschen breitbeinig.

»So wird das nichts. Was ist denn los?« Zuerst druckste Felix verlegen herum, dann antwortete er undeutlich: »Meine Unterhose ist aus Gold!« Zoe gab sich Mühe, ernst zu bleiben, konnte sich aber nicht zurückhalten und lachte schallend los. Felix verübelte es ihr nicht. Wäre nicht seine eigene Unterhose betroffen, hätte er mitgelacht. Steif bewegte er sich Richtung Haustür.

»Warte!«, rief Zoe zwischen zwei Lachanfällen. »So schaffen wir es nie bis zu dir nach Hause.« Sie holte eine Blechschere aus dem Keller und Felix zog sich damit ins Badezimmer zurück. Wütende Flüche drangen durch die Tür. Schließlich kam er mit der zerkleinerten Unterhose heraus. Sie beeilten sich, zu ihm nach Hause zu kommen. Er zog sich um, dann rannten sie zur Bibliothek. Immer wieder brach Zoe unvermittelt in Lachen aus und nach einer Weile hatte sie Felix angesteckt.

Vor dem Eingang der Bibliothek hatte Frau Weber die Klasse um sich geschart und las eine Liste mit Verhaltensregeln vor: leise sein, nicht von der Gruppe entfernen, nichts anfassen und vieles mehr. Wenn sie einer Regel besonderes Gewicht verleihen wollte, nickte sie energisch mit dem Kopf, sodass ihre Wangen zitterten. Ab und zu fuhr der Wind unter ihr geblümtes Kleid und blähte es auf. Zoe blickte in den Himmel. Flockige Quellwolken glitten über das bogenförmige Bibliotheksgebäude hinweg. Lange Reihen großer und kleiner Fenster durchbrachen den hellen Sandstein der Fassade.

Darunter waren jeweils hervorstehende Metallbänder eingelassen, die um das gesamte Gebäude herumführten.

Frau Weber war am Ende ihrer Liste angelangt und ließ die Klasse eintreten. Durch das Oberlichtauge der hohen Halle fiel Tageslicht herein und beleuchtete die Empore der weiträumigen Bücherei. Künstliche Lichtquellen leuchteten die Ecken aus.

»Frau Nona ist Bibliothekarin«, stellte Frau Weber eine knochige Frau vor. Ihre weißen Haare waren streng nach hinten gekämmt und zu einem flachen Knoten hochgesteckt. Die feinen schwarzen Streifen in der grauen Jacke und dem dazu passenden Rock verliefen tadellos senkrecht. »Sie wird uns heute erklären, wie man recherchiert, also Informationen zu einem bestimmten Thema sucht.« Ohne Begrüßung drehte sich die Bibliothekarin um und führte die Klasse die geschwungene Treppe am Ende der Halle hinauf in die zweite Ebene. Sie hasste derartige Veranstaltungen, vor allem für Schulklassen. Diese ständige Schwätzerei! Alles mussten diese Nervensägen mit ihren schmuddeligen Fingern anfassen.

Vor den deckenhohen Fenstern an der Vorderfront blieb sie stehen und sah die Schüler über den Rand ihrer Lesebrille an. Dabei fiel ihr Zoe auf. »Was für ein ungewöhnliches Fatum«, dachte sie, richtete ihre eisblauen Augen auf das Mädchen und begann: »Vor mehr als zweitausend Jahren gründete Ptolemaios das Museion, einen Ort zum Dichten, Forschen und Philosophieren. Später wurde es um eine Bibliothek erweitert, die zur berühmtesten Bibliothek der Antike werden sollte. Wer von euch weiß, welche ich meine?« Sie fixierte Zoe.

»Alexandria?«, mutmaßte Zoe und wünschte sich, sie möge woanders hinsehen.

»Exakt!« Ihre Miene blieb unbewegt. »Das Ziel war es, alle Schriften der damaligen Zeit zu sammeln.« Zoe ließ ihren Blick durch die

Bibliothek schweifen. Lange Reihen korallenroter Kastenregale leuchteten vor rosafarbenen Wänden. An den roten Tischen saßen vereinzelt Besucher und lasen im Licht grüner Schirmlampen. Ein grauer Teppich dämpfte die Schritte der Gäste. Zoe konzentrierte sich wieder auf Frau Nona. Ihr Gesicht wirkte verhärmt, sie sah aber nicht so alt aus, wie die weißen Haare vermuten ließen, und es glitzerte. Sie sah genauer hin. Da waren die gleichen silbernen Fäden, die sie auch an den Raben beobachtet hatte. Von der Bibliothekarin aus führten sie in alle Richtungen, als wäre sie ein Knoten in einem dichten Netz. Warum sah nur sie diese eigenartigen Fäden? Bildete sie sich das alles nur ein, wie Felix vermutete? Diese Vorstellung machte ihr Angst und sie zwang sich, das Glitzern zu ignorieren. Trotzig lenkte sie ihre Aufmerksamkeit wieder auf den Vortrag.

Frau Nona sprach nach wie vor über die Bibliothek von Alexandria: »Im Laufe von fünfhundertfünfzig Jahren sammelten sie vierhunderttausend Schriften. Zum Beispiel mussten Schiffe, die Schriftrollen mit sich führten, diese abgeben und von Schreibern kopieren lassen.«

»Mit der Hand?«, rief Kaspar dazwischen.

Frau Nona unterbrach ihren Vortrag und sah ihn ungehalten an. »Ja Kaspar! Mit der Hand.«

Im Lüftungsschacht unter dem Treppenaufgang zur dritten Ebene rumpelte es. Frau Nona eilte zu der vergitterten Öffnung, bückte sich und horchte. Das Poltern nahm zu. Mit einem lauten Rumoren schoss ein weißes Watteknäuel heraus, so groß wie ein Mensch. Das Gitter, das den Schacht verschlossen hatte, flog über die Regale und fegte einige Bildschirme von den Tischen. Das riesige flauschige Knäuel hüpfte ein paarmal auf und rollte Zoe vor die Füße. Die Watte sah einladend aus. Neugierig streckte sie ihre Hand aus. Zwei Arme schnellten aus der Watte und zogen sie hinein. Zoe schrie, aber eine Hand hielt ihr den Mund zu. Es war Frau Wala.

»Du musst gewahren.« Die Stimme der Lehrerin war schwach. »Der Aitialith ...« Entkräftet schloss sie ihre Augen und regte sich nicht mehr. Zoe drückte sich von ihr weg, um sich aus der Watte zu befreien, da wurde sie an den Füßen herausgezogen.

»Da drin ist Frau Wala«, japste sie.

Ein Schwarm von Händen zerrte an der Watte, um das Knäuel zu öffnen. Nach und nach wurde die Lehrerin sichtbar. Sie war bewusstlos und sah fürchterlich aus. Ihre Kleidung war zerrissen, ihr Körper übersät mit blauen Flecken, überall klebten seidene Fäden.

Die Schüler tuschelten beklommen. Was war mit Frau Wala passiert? Wie war sie in den Lüftungsschacht gekommen? Warum war sie in diese Watte eingewickelt? Ein Martinshorn ertönte. Der Notarzt kam, prüfte Atmung, Puls und ihre Augen. Die Sanitäter trafen ein und betteten sie auf eine Notfallliege. Als Frau Wala an Zoe vorbeigeschoben wurde, öffnete sie die Augen und flüsterte: »Der Aitialith. Hol ihn.« Sie versuchte, sich aufzurichten, doch der Arzt drückte sie zurück. »Ergründe«, fügte sie noch hinzu, dann verlor sie das Bewusstsein.

Zoe folgte ihnen bis zum Ausgang. Die Sanitäter hoben die Liege in den Krankenwagen und fuhren mit Blaulicht davon.

»Was meint sie damit?«, piepste Neidhard. Er stand direkt hinter Zoe und legte seinen Arm schwer auf ihre Schulter.

»Lass mich in Ruhe!« Sie schüttelte ihn ab.

»Erst sagst du mir, was sie meint, oder ich spreche mit Frau Steinkauz.«

»Ich weiß es nicht!«, beteuerte sie. »Ehrlich!« Neidhard zögerte. Zoe wirkte aufrichtig. Aber warum bat Frau Wala sie um etwas, das sie überhaupt nicht verstand? »Wenn du mich anlügst, setzt's was. Denk an die Tomaten!«

»Neidhard! So etwas tut man doch nicht«, tadelte ihn Frau Weber. »Warum hast du das arme Mädchen mit Tomaten beschmiert? Das muss ich Frau Steinkauz melden.« Sie schob ihn zur Seite und nahm

Zoes Gesicht in beide Hände. »Geht es dir gut, mein Kind?«, fragte sie fürsorglich, befühlte Zoes Stirn und drückte sie fest an sich. »Du bist ja ganz heiß! Das war ein Schrecken! Ich konnte nur noch deine Beine sehen. Ich dachte, dieses Wolldings frisst dich auf. Zum Glück ist dir nichts passiert!« Zoe wand sich aus der Umarmung. Die Lehrerin sprach weiter auf sie ein: »Was hat Frau Wala gesagt? Warum hat sie dich da hineingezogen? Hat sie etwas gesagt?« Wieder zog Frau Weber sie zu sich heran. Zoe ließ es über sich ergehen.

Neidhard ärgerte sich. Warum hatte er sich von Viola zu dieser Vergeltungsaktion mit den Tomaten überreden lassen? Nun musste er schon wieder ausbaden, was die anderen ihm eingebrockt hatten. Vor der Direktorin hatte er keine Angst, aber wenn sie seine Eltern informierte, konnte er sich auf etwas gefasst machen. Er begann zu schwitzen. An all dem war Zoe schuld.

Endlich gab Frau Weber Zoe frei und rief die Schüler zusammen. Obwohl niemand mehr bei der Sache war, bestand sie darauf, den Projekttag fortzuführen. Frau Nona gab sich keine Mühe und die Klasse bekam vom Recherchieren nicht viel mit. Mittags gab Frau Weber auf und schickte sie alle nach Hause.

»Wie war's denn in der Wattekugel?«, fragte Felix.

Zoe wusste nicht, was sie sagen sollte. »Komische Frage.«

»Hast recht.« Er vergrub seine Hände tief in den Hosentaschen und schlenderte neben ihr her, am Parkhotel vorbei auf die Fußgängerbrücke über die Enz zu. »Weich natürlich.« Er grinste.

»Das auch.« Sie lächelte.

»Was noch?«

»Sie hat gesagt, dass ich diesen Aitialith holen soll. Und dann hat sie noch irgendetwas gesagt, wie an dem Tag, an dem sie fast in den verschmierten Teppich gefallen wäre. Dann ist sie ohnmächtig geworden.«

»Aitia was?«, fragte Felix. Zoe berichtete von den Gesprächen, die sie unabsichtlich belauscht hatte.

»Cool!«, jubelte er. »Intrigen um Macht und Rache. Üble Machenschaften, Diebstahl und Betrug. Wie genial ist das denn? Das Ding ist bestimmt in der Eingangshalle. Lass uns gleich mal nachsehen.« Statt nach Hause liefen sie zur Schule.

Wer sucht, der findet

Auf dem kahlen Stumpf des Olivenbaums saßen die Raben und beobachteten die Putzkolonne. Zwei Frauen in hellblauen Kittelschürzen leerten die Mülleimer und sammelten den Abfall vom Boden auf. Der Hausmeister stand auf einer Leiter an der Marmoreule und entfernte mit einer Bürste den Kot. Zoe hörte die Raben leise glucksen, als amüsierten sie sich.

In der Eingangshalle sahen sich Zoe und Felix genau um. Im Aufgang zum Innenhof konnte nichts verborgen sein. Die Sandsteine der Wände fügten sich dicht aneinander und der schlichte hölzerne Handlauf war aus einem Stück gefertigt. Der Boden aus massiven Steinplatten war frisch gewischt. Unter den steinernen Bänken links und rechts der Treppe glänzte er noch feucht. Auch in der Nische gegenüber dem Teppich, in der eine Statue des griechischen Philosophen Aristoteles aufragte, fanden sie nichts.

»Schade.« Felix ließ enttäuscht die Schultern hängen. Zoe dachte nach. Was genau hatte Frau Wala gesagt? »Such hier.« Damals hatte sie vor dem Teppich gestanden. Zoe näherte sich dem notdürftig gereinigten Wandbehang. »Der stört«, murmelte sie. »Die Halle ist doch symmetrisch.« Sie zwängte sich hinter das Gerüst. »Hier sollte eine weitere Nische sein.« Die Ärmel über die Hände und die Jacke über den Kopf gezogen, um die braune Kruste nicht zu berühren, schob sich Zoe zwischen Teppich und Wand. Es roch ekelerregend. Felix folgte ihr. Die beiden tasteten sich langsam vorwärts und gelangten in eine Nische mit einem Sockel, auf dem ebenfalls eine Statue stand.

Durch den Teppich fielen vereinzelt Lichtstrahlen in die Dunkelheit. Am Boden entdeckte Zoe ein schwaches Leuchten. Sie ging in die Hocke und griff danach. Es wurde heller. Sie fühlte etwas Rundes, Hartes, wie ein Stein, nur nicht so kalt. Als sie es aufhob, zuckte ein feines silbriges Gewebe auf.

»Siehst du es jetzt?« Zoe hielt Felix den Stein entgegen.

»Was?«

»Diese leuchtenden Fäden.«

»Ich sehe nur das Licht, das durch den Teppich kommt.«

»Konzentrier dich!«, drängte Zoe.

»Wie denn, wenn da nichts ist?« Felix dachte daran, wie gerne er Zoe helfen würde. Drei hauchdünne silberne Fäden blitzten auf, die Zoe, ihn und ihre Hand verbanden.

»Wow!«, entfuhr es ihm.

Zoe war erleichtert. »Du siehst es also auch. Dann werde ich doch nicht verrückt.«

»Da wäre ich mir nicht so sicher«, feixte er. Sie knuffte ihn in die Seite und lachte. Felix horchte auf. »Sei mal still!«, flüsterte er. »Da ist jemand.«

»Ich hör nix.«

»Pst!« Er legte sein Ohr an den Teppich und vernahm eine weiche Männerstimme: »Du bist vielleicht ein guter Dieb, aber kannst du es mit meiner List aufnehmen?«

»Forderst du mich heraus?«, antwortete ein zweiter Mann. Seine Stimme klang seltsam vertraut. »Wie es dir beliebt.«

»Wer den Aitialith erlangt, dem schuldet der andere einen Dienst.«

»Ich kann mich nicht frei bewegen. Die Viecher sind hinter mir her.«

Die Stimmen wurden immer leiser. Felix wartete, bis er sich sicher war, dass sie weg waren. »Lass uns hier verschwinden!«, sagte er. »Es stinkt wirklich fürchterlich.«

Zoe und Felix kamen hinter dem Teppich hervor und verließen das Schulgebäude. Die Nachmittagssonne drang kaum durch den dünnen Wolkenschleier, der den Himmel vollkommen bedeckte. Der Schulhof war sauber und menschenleer. Die Reinigungskräfte hatten ganze Arbeit geleistet. Die Marmoreule erstrahlte in fleckenlosem Weiß. Die Raben waren nirgends zu sehen.

Es war kühl, aber Zoe war froh darüber. Der Gestank hatte bei ihr leichte Kopfschmerzen ausgelöst und die frische Luft tat ihr gut.

Im Park untersuchten sie ihren Fund. Er war gelb und durchsichtig. »Sieht aus wie ein Stück geschmolzenes Plastik«, meinte Felix. »Er ist auch nicht so schwer wie ein Stein.«

»Glaubst du, das ist der Aitialith?«

»Vielleicht. Die beiden Männer suchen ihn auch.«

»Wer?«

Felix berichtete, was er mitgehört hatte. Zoe konnte ihm kaum folgen. Die Kopfschmerzen quälten sie immer mehr.

»Sie haben darum gewettet, wer den Aitialith bekommt«, schloss er seine Schilderung.

»Wie konntest du das hören?« Zoe hatte nichts von dem verstanden, was vor dem Teppich gesprochen worden war. »Es liegt an der Salbe«, mutmaßte sie. »Seit ich bei Dr. Buthida war, sehe ich all diese eigenartigen Dinge, die du nicht siehst. Heute Morgen hast du etwas von der Salbe genommen und nun kannst du zumindest die Fäden sehen. Außerdem hörst du jetzt viel besser als ich, als wären deine Sinne geschärft. Die Salbe wirkt bei jedem anders, denke ich.«

»Und jetzt?«

»Keine Ahnung.« Genervt griff sie sich an die Schläfe.

»Meinst du, der Stein ist der Aitialith?«

»Dieser Plastikklumpen?« Zoe wog den kleinen gelben Stein in ihrer Hand. »Das ist bestimmt nur Müll, aber ich kann ihn ja mal behalten.« Matt fügte sie hinzu: »Vielleicht ist ja dein Stift der Aitialith.«

»Aber diese Leuchtfäden.«

»Was ist damit?«

»Sie verbinden uns mit dem Stein.«

»Und?«

»Das muss etwas bedeuten.« Zoe massierte sich die Stirn und stöhnte: »Ich sehe diese Fäden überall, aber das ist mir gerade total egal. Meine Kopfschmerzen sind abartig.«

Der Heimweg war eine Qual. Zoes Beine schmerzten. Vor Kälte zitterte sie am ganzen Leib. Zu Hause legte sie sich sofort ins Bett, samt Jacke und Schultasche. Sie war so entkräftet, dass sie sich nicht aufraffen konnte, ans Telefon zu gehen, als es klingelte. Ihre Mutter sprach wieder auf den Anrufbeantworter. Zoe bekam gerade noch mit, dass Vita weniger besorgt als verärgert war, dann war sie eingeschlafen. Ihre Faust entspannte sich. Das silberne Gewebe um den Stein glühte. Er glitt aus ihrer Hand und rutschte in die Falten der Bettdecke. Die Träume ließen nicht lange auf sich warten: Die Spinne stand mit hoch erhobenen Kieferklauen über ihr. Zoe war zu schwach, um sich zu wehren, und ergab sich ihrem Schicksal. Das Gift wirkte schnell und lähmte sie. Aus den Spinnwarzen am Hinterleib der Spinne quoll eine Flüssigkeit, die erstarrte und Fäden zog. Darin wickelte die Spinne Zoe ein, bis sie fest in einem Seidenkokon verpackt war.

Schatten huschten über die alten Holzdielen und verschwanden unter Zoes Bett. Dort wimmelte es von Skorpionen. Sie schwenkten ihre Scheren, krabbelten an den Bettpfosten hinauf auf die Matratze, über die Bettdecke auf das Kopfende zu.

Der erste Skorpion erreichte Zoe. Sie lag zusammengekrümmt am obersten Ende des Bettes. Mit ihrem linken Arm presste sie die Schultasche an ihren Bauch, der rechte lag schützend auf ihrem Kopf. Vor ihrer Hand ging der Skorpion in Stellung, den Schwanz hochgestreckt und weit nach vorne gebogen. Gift tropfte aus dem

Stachel. Er schoss vor. Ein großer schwarzer Skorpion fing ihn ab. Er trat aus dem Schatten in der Zimmerecke, packte den Angreifer mit seinen mächtigen Scheren und schleuderte ihn aus dem Fenster.

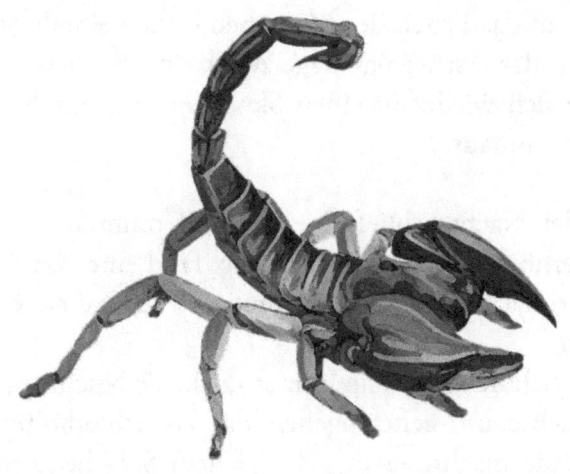

Zoes Beschützer baute sich über ihrem Kopf auf und fegte die kleinen Skorpione mit seinen Scheren von der Decke hinunter. Er drängte sie immer weiter zurück und schließlich gaben sie auf. Der große Skorpion richtete sich auf. Er wuchs. Sein harter Panzer wurde weich. Der Schwanz teilte sich in zwei menschliche Beine. Die Gliederbeine zogen sich zurück in den Leib und die Scheren verwandelten sich in Hände.

Dr. Buthida legte ihre Hand auf Zoes Stirn. »Fieber«, seufzte sie. »Du hast die Salbe nicht aufgetragen.« Sie griff in die Taschen ihres Wollkleids, holte ein Fläschchen heraus und träufelte eine klare Flüssigkeit auf Zoes Lippen. »Theriak«, murmelte sie. »Das wird dir ein wenig helfen.« Fürsorglich strich sie über Zoes Haare, dann setzte sie sich an den Schreibtisch und schrieb einen Zettel. Sie legte ihn, beschwert mit einem Buch, auf das Fensterbrett. Dabei fiel ihr Blick auf den Traumfänger. »Wer macht denn so was?«, fluchte sie und tastete die Fäden ab. »Ich werde herausfinden, wer ihr seid und welches Spiel ihr treibt. Geht die Zecke auf euer Konto? Es ist verboten, so in das Leben der Menschen einzugreifen!« Sie entfernte das Gespinst, das erst wenige Tage zuvor eingeflochten worden war, verwandelte sich wieder in einen Skorpion und huschte durch das offene Fenster hinaus.

Den Rest der Nacht schlief Zoe tief und traumlos. Am nächsten Morgen überhörte sie den Wecker. Felix fand eine Krankschreibung von Dr. Buthida auf dem Fensterbrett. Er steckte sie ein und ließ Zoe schlafen.

Nach der Schule schlief sie immer noch. Er beschloss, zu warten, bis sie aufwachte, um sicherzugehen, dass sie sich erholte. Mit einem Glas Limonade machte er es sich auf dem Sofa bequem und erledigte seine Hausaufgaben. Kurz vor sechs Uhr wachte Zoe auf. »Hallo«, flüsterte sie. »Ich hab dich gar nicht kommen hören. Ich bin ein bisschen krank.«

Felix schrieb die letzten Vokabeln in sein Heft. »Ein bisschen?« Er musterte ihre fiebrig roten Wangen. »Du siehst aus wie eine Grilltomate. Hast du wenigstens genug getrunken?« Er holte ein Glas Apfelsaft aus der Küche. »Am besten rufen wir deine Mutter an. Du bist viel zu krank, um hier allein zu sein. Wenn du mir ihre Nummer gibst, mach ich das für dich.«

»Nein!« Zoe richtete sich auf, sank jedoch wieder zurück auf das Kissen. »Dann kommt sie sofort nach Hause, aber diesen Auftrag darf sie nicht verlieren. Das bisschen Fieber wird schon nicht so schlimm sein. Morgen ist Samstag, dann kann ich mich ausruhen.«

»Na gut«, lenkte Felix ein. »Aber wenn es dir morgen nicht besser geht, rufen wir sie an.«

»Okay«, gab Zoe nach. »Dann steh ich jetzt mal auf und mach mich für die Schule fertig.«

»Es ist sechs Uhr. Die Schule ist längst aus.«

Zoe erbleichte. »Warum hast du mich nicht geweckt? Ich kann doch nicht einfach so zu Hause bleiben!«

»Wieso nicht? Ich habe die Krankschreibung abgegeben, die du auf das Fensterbrett gelegt hast.«

»Ich hab da nichts hingelegt.«

»Dann hast du es vergessen.«

»Ich war überhaupt nicht beim Arzt.«

Felix fragte nicht weiter nach. Es ging ihr besser und das war das Einzige, was zählte. Bevor sie sich in irgendetwas hineinsteigerte, wechselte er das Thema: »Frau Wala ist noch im Krankenhaus, bewusstlos. In der Zeitung steht etwas von einer Panne bei Wartungsarbeiten.« Er erzählte, welche Gerüchte über die Lehrerin an der Schule kursierten. Zoe schloss die Augen und schlief wieder ein.

Das Klingeln des Telefons weckte Zoe. Draußen dämmerte es. Felix war nicht mehr da. Schläfrig tappte sie in den Flur und hob ab. »Ich habe mir solche Sorgen gemacht«, meldete sich ihre Mutter. »Warum bist du denn nicht rangegangen?«

Zoe wollte nicht lügen. Das war ohnehin nicht ihre Stärke. Auf Anhieb fiel ihr aber nichts ein, das ebenso harmlos wie glaubwürdig klang. Sie versuchte, ihre Mutter abzulenken: »Vertraust du mir nicht?« Vita stutzte. Was verbarg ihre Tochter, dass sie so angriffslustig reagierte?

»Wir hatten vereinbart, dass du um acht zu Hause bist.«

»Es tut mir leid.« Zoe hatte den rettenden Einfall. »Der Akku war leer. Ich hab es erst heute gemerkt.« Und dann kam ihr eine geniale Idee. »Wenn ich ein Handy hätte, wäre das nicht passiert.«

»Du weißt, was ich davon halte.«

»Alle haben ein Smartphone.«

»Das ist kein Grund.«

»Dann könntest du mich aber immer erreichen.«

Vita schwieg.

»Und ich würde auch nicht so viel chatten.«

»Na gut.«

»Was?«

»Du bekommst ein Smartphone.«

»Echt?« Zoes Stimme überschlug sich vor Begeisterung.

»Ja«, lachte Vita.

Zoe bedankte sich überschwänglich und Vita bedauerte, ihr Gesicht nicht sehen zu können. Dann berichtete Zoe vom Ausflug in die Bibliothek. Recherchen interessierten Vita und so sprachen sie vor allem darüber, wie man im Internet zuverlässige Informationen findet. Dass Frau Wala in einem Watteknäuel aus dem Lüftungsrohr geschossen war und im Krankenhaus lag, ließ Zoe weg. Auch ihre Krankheit verschwieg sie. Es fiel ihr jedoch immer schwerer, denn ein bisschen Trost hätte ihr gutgetan.

Am nächsten Morgen fühlte sich Zoe besser. Sie konnte nur nicht aufstehen, weil ihre Arme und Beine zu steif waren. Neben dem Bett lag der Föhn, den Felix zwei Tage zuvor benutzt hatte, um sie aufzuwärmen. Er war noch mit der Steckdose verbunden. Mühsam streckte sie den Arm aus der Decke und zog ihn zu sich heran.

Sie musste eine ganze Weile warme Luft unter die Decke blasen, bis sie allmählich auftaute. Sobald sie sich bewegen konnte, holte sie die Heizdecke vom Speicher, legte sie in ihr Bett und schaltete sie ein. Zoe erinnerte sich daran, dass sie ihre Mutter ausgelacht hatte, als sie die Heizdecke mitbrachte. Jetzt war sie froh darüber, knabberte an einer Reiswaffel und genoss die behagliche Wärme.

Am späten Vormittag kam Felix, um nach ihr zu sehen. Sie spielten einige Runden Uno. Gegen Mittag wurde Zoe müde und schlief ein. Felix saß an ihrem Bett und beobachtete sie. Ihre Atemzüge waren gleichmäßig. Als er sicher war, dass sie schlief, stand er auf und durchsuchte ihr Zimmer.

Zoe schlug die Augen auf. Felix saß auf dem Sofa, ein Buch in den Händen. Er las aber nicht, sondern grübelte.

»Du bist ja noch da«, sagte sie leise und setzte sich schwerfällig im Bett auf. »Du kannst ruhig nach Hause gehen. Ich komme schon zurecht.«

»Ich mache dir etwas zu essen«, bot Felix an. Er fühlte sich mies. Hinter ihrem Rücken ihre Sachen zu durchwühlen, war nicht richtig. Eine Stunde später saßen beide auf dem Bett und aßen Ravioli in Tomatensoße.

»Die hast du köstlich aufgewärmt«, lachte Zoe. Sie hatte noch immer leichtes Fieber, aber es ging ihr viel besser.

»Warte erst mal ab, wie elegant ich den Pudding aus dem Becher stürze«, entgegnete Felix.

Nach dem Essen ging er nach Hause und Zoe telefonierte mit ihrer Mutter, bis sie müde wurde.

Erwachen der Sinne

Am nächsten Morgen fühlte sich Zoe ausgeruht. Die Träume waren ausgeblieben und sie hatte normale Temperatur. Da sie sich nicht richtig bewegen konnte, schaltete sie die Heizdecke ein. Den größten Teil des Sonntagvormittags verbrachte sie mit heißem Kakao im Bett und schmökerte in einem Ratgeber über Katzen. Wenn sie nun ein Smartphone bekam, stieg vielleicht auch ihre Aussicht auf ein Haustier.

Nachmittags kam Felix vorbei. Da Zoe wieder munter war, schlug er vor, bei ihm zu Hause am Computer ›Wurmi‹ zu spielen, ein uraltes Spiel aus den Achtzigern. Sein Vater hatte darauf bestanden, dass jeder Computer im Haus damit ausgestattet wurde. Nach anfänglichem Spötteln war ›Wurmi‹ weit nach vorne gerückt in der Liste ihrer Lieblingsspiele.

Bevor sie aufbrachen, rief Zoe vorsorglich ihre Mutter an. Das versprochene Smartphone wollte sie nicht aufs Spiel setzen. Die Mailbox sprang an und sie hinterließ eine Nachricht.

Kaum saßen die beiden in Felix' Zimmer, tänzelte seine Mutter herein und brachte einen Teller Kekse. »So könnt ihr doch gar nicht spielen«, meinte sie und blickte kopfschüttelnd auf den Arbeitstisch, der fast die gesamte Breite der Fensterfront einnahm. »Ich mach euch nur mal schnell ein bisschen Platz.« Sie ordnete Felix' Schulsachen und stellte die selbst gebastelten Actionfiguren in einer Linie auf. »Wir sollten dein Zimmer umgestalten.« Sie zog die dicken Vorhänge mit dem Sternenhimmelaufdruck auf. »Du bist zu alt für Textilien mit Motivdruck.« Felix seufzte. Seine Mutter schüttelte die

Bettdecke auf. »Supermanbettwäsche! Das ist nicht mehr angemessen. Irgendwann hast du ja mal eine Freundin.«

»Mama!« Felix verdrehte die Augen.

»Unser Innenarchitekt macht dir ein paar Vorschläge.« Sie öffnete die Balkontür. »Ich lüfte mal. Braucht ihr etwas?« Ohne eine Antwort abzuwarten, ging sie hinaus. Fünf Minuten später kam sie mit zwei Gläsern Limonade wieder, weitere fünf Minuten später mit einem zweiten Teller Kekse. Sie brachte saubere Wäsche und sortierte sie ein, schloss die Balkontür und drehte die Heizung auf. Eine Viertelstunde später drehte sie die Heizung wieder zu. Zwischendurch füllte sie die Gläser auf.

»Nächstes Mal gehen wir wieder ins Fama«, sagte Felix.

»Irgendwann muss sie ja den Haushalt machen.«

»Eben nicht! Das macht alles Magdalena.«

»Na, dann will sie sich um dich kümmern.« Zoe ließ den Bildschirm nicht aus den Augen, denn ihr Wurm hatte schon eine beachtliche Länge.

»Sie hört mir ja noch nicht einmal richtig zu. Deine Mutter hat zwar nicht so oft Zeit, aber dann redet ihr miteinander und sie hört dir zu. Und es ist vollkommen egal, welche Frage man ihr stellt, man bekommt immer eine Antwort.« Felix schluckte. Zoe wandte sich verwundert zu ihm um. So niedergeschlagen kannte sie ihn nicht. »Achtung!«, rief er, aber da hatte sich Zoes Wurm schon in den eigenen Schwanz gebissen. »Och«, brummte sie und überließ ihm die Tastatur.

Zoe und Felix vertieften sich in das Spiel. Sie merkten nicht, wie die Zeit verging. Die Sonne versank hinter den Hügeln und in Felix' Zimmer wurde es dämmrig. Zoes Magen knurrte. Zum Frühstück hatte sie nur Kakao getrunken und von den Keksen hatte sie kaum etwas gegessen. »Ich hab tierischen Kohldampf«, stellte sie fest.

»Du kannst ja bei uns essen.« Felix sah auf die Uhr. »Es ist gleich soweit. Ich sag nur kurz Bescheid.«

127

Die Villa Dynhoger stammte aus einer Zeit, in der Portus für seine Schmuckindustrie weltweit berühmt gewesen war. Die drei Flügel des Sandsteingebäudes umgaben einen quadratischen Innenhof. Der Swimmingpool darin reichte weit in den parkähnlichen Garten hinein. Die Panoramaterrasse auf dem zweistöckigen Mittelflügel bot einen herrlichen Ausblick auf das Nagoldtal. Zwei leicht ausschwingende Zufahrtsrampen führten hinunter in das Untergeschoss, in dem die geräumige Küche, die Tiefgarage und andere Wirtschaftsräume lagen.

In der Mitte des großzügigen Esszimmers stand eine festlich gedeckte Tafel. Die Speiseteller samt Vorspeisenteller und gefalteter Serviette ruhten auf silbernen Platztellern. Für jeden Gang verwendeten sie einen neuen Satz Besteck. Je nach Speise sahen die Messer, Gabeln oder Löffel unterschiedlich aus. Die benutzten Teller und das jeweilige Besteck wurden nach dem Gang abgeräumt.

Zoe und ihre Mutter aßen in der Küche, jeder von einem einzigen Teller. Sie hatten keine Lust, mehr Geschirr abzuwaschen als unbedingt nötig. Dafür war es bei ihnen immer lustig und vor allem ungezwungen. Sie hatten allerdings selten Gäste, im Gegensatz zu Herrn Dynhoger, der häufig seine Geschäftspartner bewirtete.

Vor dem Essen gab es einen Aperitif, den Gerik Dynhoger persönlich an der Bar mixte. Zoe staunte immer wieder über die verblüffende Ähnlichkeit von Felix und seinem Vater. Sie hatten die gleiche stämmige Figur, das gleiche verschmitzte Gesicht, bis hin zur Mimik. Ob Felix seine braunen Locken von ihm geerbt hatte, konnte sie nicht sehen, da sein Vater einen großen Teil seiner Haare verloren hatte. Der Rest war auf wenige Millimeter gestutzt.

Für Zoe und Felix bereitete Gerik Dynhoger alkoholfreie Caipirinhas zu. Sich und seiner Frau schenkte er ein Glas Champagner ein. Aglaia Dynhoger bot kleine Häppchen an. Der Lachsschaum auf Kräckern schmeckte Zoe am besten.

Die Mahlzeit begann mit einer Begrüßung durch die Köchin. Jedes Mal, wenn die füllige Italienerin Zoe sah, riss sie ihre kleinen Augen auf, schlug die Hände an die rundlichen Wangen und rief: »Mama mia, du musst mehr essen!«

Bei der Ankündigung der Speisenfolge gab sich Delizia Dimuso immer sehr förmlich. Nur der lockige schwarze Pferdeschwanz, der aus dem weißen Bandana quoll, wippte zwanglos auf und ab. Ihre weiße Kochjacke spannte so sehr, dass Zoe befürchtete, die Knöpfe würden jeden Moment abspringen. Auch die weiße Hose saß eng an den strammen Waden.

Serviert wurden die Speisen von einem Hausangestellten, den Felix James nannte, obwohl er Jakob hieß. Meistens bewegte sich der knorrige Mann, als habe er einen Stock verschluckt. Den linken Arm hielt er immer angewinkelt vor dem Bauch oder hinter dem Rücken. Auf seinem schmalen Kopf wuchsen nur noch vereinzelt Haare. Die wenigen, die ihm geblieben waren, hatte er akkurat auf dem Schädel drapiert.

Jakob Lonerich servierte die Vorspeise, Tomatensuppe. Sein faltenfreies Gesicht zeigte keine Regung. Mit behandschuhten Händen tauschte er die Vorspeisenteller gegen Suppenteller aus, das Familienwappen exakt nach oben gerichtet.

Für Delizias Tomatensuppe ließ Zoe jede Pizza stehen. Sie hatte einmal zugesehen, wie sie zubereitet wurde: klein gehackte Gemüsezwiebeln in Olivenöl angebraten, mit frischen Tomaten, Kräutern und Delizias Geheimgewürz stundenlang eingekocht. Ungeduldig wartete Zoe, bis Herr Dynhoger ihnen einen guten Appetit wünschte.

Der aromatische Duft der Suppe ließ Zoe die Aufregung der vergangenen Tage vergessen. Unwichtig waren die unerklärlichen Vorkommnisse, die Albträume und die Krankheit. Langsam senkte sie ihren Löffel in den Teller, führte ihn andächtig an den Mund und schlürfte leise. Frau Dynhoger runzelte missbilligend die Stirn. Felix stieß Zoe unauffällig an. Ein Tropfen lief ihr übers Kinn. Schnell wischte sie ihn mit dem Handrücken ab. Sie wollte die Tomatensuppe ablecken, da schmeckte sie die Suppe auf der Haut. »Das gibt es doch gar nicht«, dachte Zoe und erstarrte. »Man kann mit den Händen nicht schmecken.« Das Gefühl auf ihrer Haut erzeugte mehr Tomatengeschmack, als es auf ihrer Zunge jemals möglich gewesen wäre. Zoe vergaß, dass sie nicht allein war, und tauchte die ganze Hand mit weit gespreizten Fingern in den Suppenteller. Tomatenaroma durchflutete ihren Körper.

Herr Dynhoger sah entgeistert zu. Frau Dynhoger fiel vor Entsetzen der Löffel aus der Hand. Das Klirren ließ Felix hochfahren. Er befühlte Zoes Stirn. »Sie hat schon wieder hohes Fieber«, rief er und zog sie schnell vom Stuhl hoch. »Ich bringe sie besser nach Hause.« Bevor seine Eltern etwas erwidern konnten, hatte er Zoe aus dem Esszimmer geschoben.

Auf der Straße schimpfte Felix: »Bist du irre? Du weißt doch, wie streng meine Eltern sind. Ich darf ja nicht einmal die Krabben mit den Fingern schälen.«

»Das schmeckt fantastisch«, schwärmte Zoe und verteilte die Tomatensuppe auf ihren Unterarmen.

Felix brachte seine Freundin nach Hause. Allein hätte sie den Weg nicht bewältigt, da war er sich sicher. Schon nach wenigen Metern bog sie in die Auffahrt der Villa Visler ein und griff in die Lavendelsträucher, die den breiten Weg säumten. Sie drückte die blaugrünen Blätter so lange, bis sie schlaff von den Ästen hingen. Was war nur los mit ihr? Wurde sie nun doch verrückt? Ein krautig-süßer Duft stieg ihm in die Nase. Er lehnte sich an den Torbogen und entspannte sich. Sollte sie sich ruhig Zeit lassen. Er hatte es sowieso nicht eilig, nach Hause zu kommen.

Felix ließ Zoe ein paar Minuten lang im Lavendel wühlen, dann schob er sie weiter. An der nächsten Einfahrt hielt sie bei den Rosensträuchern an, pflückte eine rosafarbene Blüte und zerrieb die Blütenblätter zwischen ihren Händen. So ging es in einem fort. Alle paar Schritte entdeckte sie etwas Neues, das sie anfassen musste. Dabei drangen seltsame Laute wohligen Genusses aus ihrer Kehle.

Nach einer Stunde erreichten sie endlich Zoes Zuhause. Felix schob sie in den Vorgarten, schloss das Gartentor und atmete auf. Zoe breitete die Arme aus und jubelte: »Bei uns riecht es aber gut.«

»Gib mir mal deinen Schlüssel.«

Sie griff in ihre Jackentasche und verzog ihr Gesicht. »Der schmeckt ja scheußlich! Hol du ihn raus!«

Die Haustür klemmte. Felix zog an der Klinke und drehte gleichzeitig den Schlüssel, wie er es schon oft bei Zoe gesehen hatte. Das Schloss gab nach. Er stieß die Tür auf und wandte sich zu ihr um. Sie war weg.

Zoe umarmte den Stamm der hohen Tanne neben dem Gartenzaun und wollte ihn gar nicht mehr loslassen. Der Baum sei so lecker. Felix musste sie mit Nachdruck von der Tanne wegziehen. Harz klebte an ihren Händen und der Jacke.

Im Haus lief sie schnurstracks in die Küche und holte die Nussnugatcreme aus dem Schrank. Ihre Finger steckten schon darin, als Felix ihr das Glas entwand. Er führte sie ins Bad und stellte sie mit Kleidern unter die Dusche.

»Sorry!«, brummte er und drehte den Hahn auf.

Das kalte Wasser brachte Zoe zur Besinnung. Sie scheuchte Felix aus dem Bad, zog die nassen Kleider aus und stellte sich so lange unter die warme Dusche, bis der Boiler leer war. Nachdem sie ihren Pyjama angezogen und sich die Zähne geputzt hatte, setzte sie sich zu Felix in die Küche und erzählte ihm von den überwältigenden Geschmackserlebnissen auf der Haut.

»Und?« Sie lehnte sich zurück. »Was meinst du?«

Felix konnte sich nicht vorstellen, wie es war, mit den Händen zu schmecken. »Ich weiß nicht.« Er war müde. Es war sehr anstrengend gewesen, sie nach Hause zu bringen. »Lass uns morgen weiterreden!«

»In Ordnung.« Zoe begleitete ihn zur Tür. Felix sah sie prüfend an. »Dir geht es wieder gut, oder? Du tunkst deine Hände nicht in das nächstbeste Marmeladenglas, oder?«

»Keine Sorge!« Zoe lachte.

»Dann ist es ja gut«, sagte Felix und wandte sich zum Gehen. Zoe schaltete das Licht aus, legte sich ins Bett und schlief augenblicklich ein.

✳ ✳ ✳

Drei silberne Vogelspinnen krabbelten auf den Traumfänger. Er bot nur für zwei von ihnen genug Platz. Die dritte hielt sich mit den Vorderbeinen an dem Lederband fest, an dem der Weidenreif hing. Die Spinnen brachten sich in Position, jede mit ihren Spinnwarzen über einer anderen Masche. Auf ein Zischen der Kleinsten spannen sie gleichzeitig silberne Spinnweben in das grobe Geflecht aus Sehnen. Eine Masche nach der anderen füllte sich mit dem zarten Gewebe. Der Traumfänger konnte sie nicht abwehren. Sobald er ihnen die Träume wieder zeigte, zogen sich die Spinnen in den Garten zurück. Hinter dem Losbaum nahmen sie menschliche Gestalt an, drei hagere Frauen in weißen Gewändern.

»Es ist verlorene Zeit«, fauchte die Größte. Im eisigen Blau ihrer Augen spiegelte sich das Mondlicht. Ihre silberweißen Haare wehten ihr ins Gesicht.

»Die Träume werden uns zeigen, wo der Aitialith ist«, erwiderte die Kleinste.

»Das Mädchen träumt nur von Spinnen.«

»Hast du einen besseren Plan?«

»Sie muss sterben.«

»Wenn das rauskommt, können wir uns gleich zu Tantalos in den Tümpel setzen.«

»Wir machen es so, dass es natürlich aussieht.«

»Bist du etwa für diese Zecke verantwortlich, Atropos?«

»Klotho, meine Liebe, wie kommst du denn darauf?«

»Das reicht«, fuhr die Dritte dazwischen. »Wir beobachten das Mädchen. Die Menschen haben das Recht auf Leben und körperliche Unversehrtheit. Ihre Freiheit ist unverletzlich. Diesbezüglich ist der Kodex unmissverständlich.« Ein Windstoß fuhr in ihre weißen Gewänder. Die drei Gestalten zerflossen zu Nebel. Zurück blieb nur ein weißer Schleier, der langsam zu Boden sank.

* * *

Die Träume waren wieder da: Diesmal war sie selbst die Spinne. Zoe hatte ein großes Radnetz gesponnen. Nun saß sie am Rand und wartete auf die Beute. Der Wind strich über ihre Beine, wiegte sie hin und her. Sie achtete nicht darauf. Das Zittern des Netzes, wenn ihr Opfer sich zu befreien versuchte, fühlte sich anders an. Nach kurzer Zeit spürte sie eine Erschütterung. Sie eilte in die Richtung, aus der die Bewegung kam. Das Netz war leer.

Felix rüttelte Zoe wach. Sie riss die Augen auf und starrte ihn an. »Keine Socke«, flehte sie.

»Das war doch nur, weil du so geschrien hast.«

»Schon gut.« Zoe tastete nach dem Schalter der Heizdecke und stellte sie an. Ein paar Minuten später war sie aufgewärmt und schlug die Bettdecke zur Seite. Wolken weißer Seidenfäden flogen heraus und stoben wie Schneeflocken durch das Zimmer. Entsetzt beobachtete sie, wie die Fäden zu Boden schwebten.

Felix fing einige auf und rieb sie zwischen seinen Fingern. »Fühlt sich an wie diese Watte, in der Frau Wala war.«

»Ich hab doch nur geträumt, dass ich eine Spinne bin«, jammerte Zoe. »Was ist bloß los mit mir?« Mit einem Kloß im Hals flüchtete sie ins Badezimmer.

Felix sah ihr mitfühlend hinterher. Wie konnte er ihr helfen? Nachdenklich schob er die Spinnweben, die sich auf dem Boden absetzten, mit den Füßen zusammen und stieß dabei auf den Stein, den sie am Projekttag gefunden hatten. Er hob ihn auf und betrachtete die silbernen Fäden, die von ihm ausgingen. Es waren mehr als in der Woche zuvor.

Die leuchtenden Gelbtöne des Steins veränderten sich, je nachdem, wie er ihn hielt. »Eigentlich ganz hübsch«, dachte Felix. »Bis auf diesen Riss.« Er hielt den Stein gegen das Licht. Es war kein Riss, sondern ein hauchdünner Faden. Von ihm gingen die anderen aus.

Wilde Flüche drangen aus dem Bad. Er steckte den Stein in die Tasche und lief zur Badezimmertür. Zoe kam ihm entgegen und schimpfte: »Ich kann mir nicht einmal die Hände waschen. Die Seife schmeckt widerlich.« Sie raffte ihre Schulsachen zusammen und schlüpfte in ihre Sneaker. Ihre Hände zitterten zu sehr, um die Schnürsenkel zu binden, also stopfte Zoe sie seitlich in die Schuhe. Ihre Jacke lag durchnässt und mit Harz beschmiert im Badezimmer. Zoe schnappte sich die Sportjacke ihrer Mutter, schlüpfte hinein, krempelte die Ärmel hoch und betrachtete sich in dem großen Wandspiegel neben den Kleiderhaken im Flur.

»Zu groß«, brummte sie.

»Sieht doch gut aus«, meinte Felix.

»So kann ich nicht in die Schule.«

»Nimm eine von meinen.«

Zoe zögerte. Sie wollte nicht riskieren, dass jemand bemerkte, dass sie Felix' Kleidung trug. »Hast du denn eine, die keiner kennt?«, fragte sie.

»Klar. Meine Mutter hat mal wieder ein paar zur Auswahl liefern lassen. Von dem Zeug kann ich nichts gebrauchen.«

Zoe zögerte.

»Wenn wir noch mal zu mir wollen, müssen wir jetzt los.«

»Also gut!« Sie ließ die Jacke ihrer Mutter von den Schultern gleiten. »Sorry, dass ich gerade so ausgerastet bin.«

»Ist schon gut. Am besten gehen wir nach der Schule zu dieser Ärztin und fragen, was mit dir los ist.«

In Felix' Zimmer stand ein fahrbarer Garderobenständer voller neuer Kleidungsstücke. Zoe griff nach einer Sweatjacke in Hellrosa und lächelte.

»Genau!« Felix verdrehte die Augen. »Mädchenklamotten!« Er deutete auf die anderen Teile. »Rosa ist das neue Blau, meint meine Mutter. Schau dir das an! So was ziehe ich ganz bestimmt nicht an.«

Zoe schlüpfte in die Jacke. Sie saß wie angegossen. Umständlich tastete sie nach dem Preisschild in ihrem Nacken, aber Felix kam ihr zuvor, riss es ab und steckte es in seine Hosentasche.

»Ich will sie nicht geschenkt«, protestierte sie.

»Ich kläre das mit deiner Mutter. Jetzt müssen wir los.«

Er wandte sich zur Tür.

Verschollen im Physiklabor

Auf dem Weg in die Schule kaufte sich Zoe beim Bäcker in der Bleichstraße eine Apfeltasche. Gierig betrachtete sie die Füllung.

»Tu es nicht!«, warnte Felix sie. »Wenn du dir jetzt die Apfeltasche ins Gesicht schmierst, gehe ich nie wieder mit dir in die Schule.«

»Nur ein bisschen auf die Hand, ich schwöre es!« Zoe hatte ihren Finger schon in die Apfeltasche hineingebohrt. Genüsslich stocherte sie in der Füllung herum. »Das ist irre«, schwärmte sie, »das schmeckt wie Millionen Äpfel.« Felix sah ihr grübelnd zu. Hatte die Salbe, die sie von der Ärztin bekommen hatte, diese seltsame Wirkung? Vor vier Tagen hatte er selbst etwas davon genommen. Warum merkte er nichts? Er schien besser zu hören, aber das war nicht so besonders wie das, was mit Zoe geschah. Felix griff in seine Hosentasche. Da war der Stift. Seit Tagen hatte er sich nicht mehr getraut, ihn zu benutzen.

Kurz vor dem Gong erreichten sie das Klassenzimmer.

»Gibst du mir noch etwas von dieser Salbe?«, bat Felix. Zoe reichte ihm die Dose. »Es könnte ja sein, dass ich mehr davon brauche.« Er cremte sich die Hände und das Gesicht ein. Am Fenster stand Neidhard. Er hatte sie entdeckt und rief: »Lady Felixa macht sich schön!« Felix steckte die Dose in die Hosentasche und konterte: »Mit dir, du Nacktschnecke, kann man sich doch nicht über Körperpflege unterhalten.« Neidhard lief rot an und begann zu schwitzen. Wütend stapfte er auf Felix zu und packte ihn am

Kragen. In diesem Moment kam Frau Steinkauz herein. »Neidhard Ruhpuls!«, bellte sie. Erschrocken ließ Neidhard von Felix ab und setzte sich schnell an seinen Platz. Hatte Frau Weber der Direktorin schon verraten, dass er an der Tomatenaktion beteiligt gewesen war? Noch schien sie nichts zu wissen. Ohne ihn weiter zu beachten, begann sie mit dem Unterricht. Erleichtert lehnte er sich zurück. Vielleicht hatte Frau Weber es vergessen.

Violas Referat über das Schicksal endete mit den Worten: »Viele Menschen glauben, dass wir unser Leben selbst bestimmen können, aber das ist nur eine Illusion. Der Verlauf unseres Lebens wird durch höhere Mächte festgelegt. Das ist das Schicksal.« Mit einem resoluten Nicken klappte sie den Ordner mit ihren Notizen zu und ging zurück an ihren Platz.

»Das war ein sehr interessantes Referat«, lobte Frau Steinkauz. »Sind alle mit dem einverstanden, was Viola vorgetragen hat?«

»Der Zufall kann alles ändern«, meldete sich Neidhard. »Keine höhere Macht kann den Zufall vorherbestimmen, denn dann wäre es ja kein Zufall mehr.«

»Hast du nicht zugehört?«, fuhr Viola ihn an. »Der Zufall ist auch eine schicksalhafte Fügung. Raffst du's jetzt, du Schmalhirn?«

»Viola Egonyx!«, mahnte Frau Steinkauz. »Möchtest du nächste Woche ein Referat über Höflichkeit halten?«

»Soll ich jetzt Ihren gesamten Unterricht übernehmen?« Viola sah Frau Steinkauz aufsässig an. Deren Miene verfinsterte sich bedrohlich. Viola schwieg, hielt aber dem Blick der Lehrerin stand.

»Natürlich ist alles vorbestimmt«, unterbrach Lukas das Schweigen. »Das hat aber nichts mit einer höheren Macht zu tun. Jedes Ereignis ist die Folge dessen, was vorher geschah. Hätten wir einen Computer, der groß genug wäre, dass man die ganze Welt hineinprogrammieren könnte, den Ort und die Bewegung der Dinge, bis auf das Atom genau, dann könnte er daraus die Zukunft berechnen.«

»Bis ihr fertig seid, all diese Informationen einzugeben«, lachte Kaspar, »hat sich doch schon wieder alles geändert. Ihr würdet ewig nur Daten eingeben.«

»Wenn schon alles drin wäre«, beharrte Lukas, »dann könnte er die Zukunft ausrechnen.« Kaspar verdrehte die Augen und entgegnete: »Die Welt ist viel zu groß. Während dein Supercomputer ausrechnet, wie sich alles verändert, geschehen die Dinge doch schon. Bis der ein Ergebnis ausspuckt, ist alles, was er ausgerechnet hat, schon passiert.«

»Der Zufall«, setzte Neidhard erneut an.

»Du lernst es nicht, oder?«, fuhr Viola ihn an.

Neidhard verschränkte beleidigt die Arme vor der Brust und meinte: »Schon mal was von Chaostheorie gehört?«

»Klar«, grölte Kaspar. »Damit kenn ich mich aus.«

»Im Ernst!«, rief Neidhard. »Es gibt Dinge, wie zum Beispiel das Wetter, die können nicht vorhergesagt werden, weil klitzekleine Einflüsse alles komplett verändern können.«

»Und was hat das jetzt mit Zufall zu tun?«, fauchte Viola ihn an.

»Den Zufall kann man nicht vorhersagen«, behauptete Neidhard.

»Mit der Wahrscheinlichkeitsrechnung kann man auch zufällige Ereignisse berechnen«, warf Lukas ein.

»Deine Mathematik ist mir total egal.« Viola lehnte sich zurück. »Von Vorhersagen habe ich überhaupt nicht gesprochen. Euer Leben wird von einer höheren Macht bestimmt. Euer Weg ist festgelegt. Ganz gleich, was ihr tut oder was zufällig passiert, das Ende steht fest.«

Die Diskussion wurde chaotisch. Alle waren in hitzige Wortgefechte verwickelt. Einige waren davon überzeugt, dass eine höhere Macht die Zukunft festlegte. Felix und die meisten anderen glaubten, dass der Mensch den Verlauf seines Lebens selbst bestimmen konnte. Zoe fand, dass die Wahrheit irgendwo dazwischen liegen musste. Als der Gong ertönte, verabschiedete sich Frau Steinkauz, aber keiner merkte es. Sie nahm sich vor, bei der nächsten Gelegenheit auf das Thema zurückzukommen.

Zoe und Felix zogen sich ans Fenster zurück. »Wenn ich glauben müsste, dass mein Schicksal vorbestimmt ist, dann würde ich mich ganz anders verhalten«, sagte Zoe. Felix deutete hinaus in den Park. »Da sind wieder Hugo und dieser Riese.«

»Wo denn?«

»Da hinten.« Er drehte ihren Kopf in die entsprechende Richtung.

Durch eine Lücke zwischen den Bäumen sah sie weit entfernt zwei Personen, eine große und eine kleine. »Woher willst du wissen, dass das Hugo und der Riese sind?« Sie kniff ihre Augen zusammen, um mehr zu erkennen. »Das kann man doch gar nicht sehen.«

»Ich schon«, versicherte Felix. »Sie unterhalten sich. Jetzt geben sie sich die Hand.« Er riss die Augen auf. »Wow! Hugo fliegt. An seinen Füßen sind kleine Flügel gewachsen.«

So sehr sich Zoe auch anstrengte, sie sah zwar, dass eine der Personen in die Luft stieg, aber sie konnte nicht erkennen, wer es war. Über den fliegenden Menschen wunderte sie sich kaum. Zu viele unglaubliche Ereignisse waren ihnen in den vergangenen Tagen zugestoßen.

»Solche Schuhe brauche ich auch.« Felix breitete die Arme aus. »Dann fliege ich über Portus und spucke euch auf die Köpfe.«

»Du kannst ja noch nicht einmal mit deinem Stift umgehen«, neckte sie ihn. »Was glaubst du, was erst passiert, wenn du Flügelschuhe hast?« Felix setzte gerade zu einer passenden Antwort an, als Frau Weber das Klassenzimmer betrat.

»Wir haben jetzt aber Physik«, protestierte Lukas.

Iolanthe strich mit der Bürste durch ihr langes kastanienbraunes Haar. »Ich male sowieso lieber.«

Neidhard drehte sich zu ihr um und fiepte: »Lieber, als dich zu kämmen? Dass du noch Haare auf dem Kopf hast.«

»Blödmann!« Sie warf die Haarbürste in ihre Schultasche.

»Was ist denn mit Frau Wala?«, fragte Felix.

»Genaues wissen wir auch nicht.« Frau Weber stellte sich hinter das Lehrerpult und ordnete ihr Kleid. Passend zu dem großblumigen Veilchenaufdruck trug sie blonde und lilafarbene Strähnen im Haar. »Die Ärzte können nicht sagen, wann sie wieder aufwacht.«

Ein Tuscheln hob an. Frau Weber zog feine seidene Handschuhe aus ihrer Tasche, hielt sie in die Höhe und jauchzte: »Ich habe mir von Hephaistos zeigen lassen, wie das Physitop funktioniert, und jetzt machen wir einen kleinen Ausflug in die Welt der Wissenschaft.« Sie streifte die Handschuhe über, holte einige Zettel hervor, suchte einen heraus und las ihn durch. Bange Stille legte sich über die Klasse. Die Lehrerin hob ihre Hand auf Brusthöhe und vollführte eine Kreisbewegung, als putze sie die Fenster. Die Konsole erschien. Vorsorglich klammerten sich alle an den Stühlen fest. Sie las noch einmal nach und tippte ein paar Tasten. Das Zimmer setzte sich sanft in Bewegung.

Die meisten ließen zwar ihre Stühle los, hielten die Hände aber griffbereit. Zoe nahm kaum eine Erschütterung wahr und lockerte ebenfalls den Griff um ihre Sitzfläche. Ein kleiner Ruck und sie standen still. Erleichtert klatschte die Klasse Beifall. Frau Webers Gesicht erhellte sich. Sie las wieder in ihrer Zettelsammlung nach und schaltete die Wände aus. Sie verblassten lautlos. Die Lehrerin bat die Klasse, aufzustehen und zur Seite zu treten, dann ließ sie den Rest des Zimmers verschwinden.

»Ich verstehe nichts von Physik«, erklärte Frau Weber, »aber ich kenne mich mit Spinnen aus.« Sie kam um die Konsole herum.

»Alle Tiere, die einen Chitinpanzer mit untergliederten Beinen haben, nennt man Gliedertiere. Dazu zählen die Spinnentiere, Krebse, Insekten, Hundert- und Tausendfüßer. Zu den Spinnentieren gehören die Spinnen, Weberknechte, Skorpione, Pseudoskorpione und die Milben.« Frau Weber führte eine ausladende Bewegung mit dem Arm aus. Auf der runden Plattform unter der tiefschwarzen Kuppel aus Obsidian erschien eine Reihe von Spinnentieren, so groß wie Autos. Zoe wich einen Schritt zurück. Hinter ihr ließen sich Kaspar und Neidhard mit gespieltem Entsetzen fallen.

»Kinder! Die Tiere sind doch nicht echt. Das Physitop ist nur eine Maschine. Die Angst vor Spinnen ist übrigens anerzogen und völlig unbegründet. Man nennt sie ›Arachnophobie‹. Manche Völker kennen überhaupt keine Angst vor Spinnen, einigen sind sie heilig, andere essen sie sogar.«

Frau Weber führte sie zwischen den Spinnentieren hindurch über die Plattform und erklärte die wichtigsten Unterschiede. Vieles konnte Zoe auf einen Blick erkennen. Die Spinne hatte einen zweigeteilten Körper, der des Weberknechts war einteilig. Skorpione besaßen Scheren und einen Schwanz mit einem Stachel. Der Pseudoskorpion war kleiner, hatte auch Scheren, aber keinen Schwanz. Die Milbe war am kleinsten und hatte ebenfalls einen einteiligen Körper. Zoe hatte sie schon einmal gesehen, es war eine Zecke.

Kaspar blödelte vor dem Skorpion herum. Erst steckte er ihm seine Hand ins Maul und tat so, als fräße er sie auf. Dann hielt er seinen Hals in eine der Scheren und ließ die Zunge aus dem Mundwinkel hängen. Neidhard schlich sich hinter ihn und drückte die Schere zusammen. Kaspar fuhr herum und riss dabei den ganzen Scherenarm ab. In hohem Bogen flog er durch die Luft und landete laut klappernd vor Frau Webers Füßen. »Kinder!«, rief sie. »Ihr dürft hier nichts kaputt machen. Kommt her! Wir sehen uns die Spinne an.« Im Vorbeigehen grinste Neidhard Kaspar schadenfroh an.

»Spinnen sind keine Insekten«, erklärte Frau Weber. »Sie haben einen zweiteiligen Körper. Der Körper der Insekten ist dreiteilig. Darüber hinaus haben Insekten Fühler und die meisten haben Flügel, Spinnen nicht. Am besten erkennt man Spinnen an den acht Beinen.« Sie deutete auf ein fünftes, kürzeres Paar neben dem Kopf. »Die Taster sehen zwar aus wie kurze Beine, aber die Spinnen benutzen sie nicht zum Laufen. Sie fangen damit ihre Beute und halten sie fest. Es sind, wenn man so will, ihre Arme.« Sie trat näher an die Spinne heran und legte die Hand auf ihren Kopf. Rundherum ragten unterschiedlich große, schwarz glänzende, kugelförmige Augen heraus. »Viele Arten haben acht Augen. Es gibt aber auch Spinnen mit weniger und manche haben ihre Augen ganz verloren. Einige können gut sehen. Die meisten erkennen nur Bewegungen und unterscheiden hell und dunkel. Ihr wichtigster Sinn ist der Tastsinn, mit dem sie in der Dunkelheit die Bewegungen der Alarmfäden ihres Netzes spüren. Überall auf ihrem Körper tragen sie Tasthaare. Auf ihren Beinen haben sie Haare, mit denen sie hören können. An der Spitze der Beine und Taster besitzen sie welche zum Schmecken. An der Oberseite der Füße sitzen außerdem kleine Poren, mit denen sie riechen. Das, was wir mithilfe von Zunge, Nase und Ohren machen, tun Spinnen mit Händen und Füßen.«

Zoe sah entsetzt zu Felix hinüber, der auf der anderen Seite der Spinne stand. Das war die Erklärung. Sie verwandelte sich in eine Spinne! Es passte alles. Die ständigen Träume von Spinnen. Sie konnte mit den Händen hören und schmecken, fand morgens Spinnenseide in ihrem Bett. Es gab keine andere Möglichkeit. Felix sah, was Zoe dachte, und schüttelte den Kopf. Er kam zu ihr herüber und flüsterte: »Du verwandelst dich nicht in eine Spinne. Wir gehen heute Nachmittag zu dieser Ärztin und finden heraus, was mit dir los ist.«

Frau Weber zog an zwei dicken Wülsten, die unter den Augen der Spinne aus dem Kopf ragten. Dahinter kamen zwei glänzende, schwarze Krallen zum Vorschein. »Alle Spinnentiere haben solche Kieferklauen«, erklärte sie. »Damit spritzen sie Gift in ihre Opfer.«

Felix krabbelte unter den Kopf der Spinne und fragte: »Wie kann sie denn essen? Ich sehe keinen Mund.«

»Der Mund ist diese schmale Spalte.« Frau Weber ging in die Hocke und zeigte auf eine Ritze unterhalb der Kieferklauen. »Die Spinne kann mit ihrem Mund nur Flüssigkeiten aufnehmen. Nachdem sie die Beute mit ihrem Gift getötet oder gelähmt hat, erbricht sie Verdauungssaft darauf. Sobald das Tier sich aufgelöst hat, saugt sie es auf.«

Kaspar spielte den Vorgang nach. Mit seinen Armen formte er zwei erhobene Kieferklauen und hackte auf Neidhard ein. Der sackte in sich zusammen und blieb regungslos liegen. Kaspar sammelte eine Ladung Speichel und ließ ihn langsam aus dem Mund laufen. Im letzten Moment rollte sich Neidhard zur Seite und schimpfte: »Du Sau!« Der Speichel klatschte neben ihm auf den Boden.

»Kinder!«, mahnte Frau Weber. »Hört doch mit dem Unsinn auf!« Sie führte die Klasse um die Spinne herum und strich über die paarweise angeordneten Fortsätze am Hinterleib. »Mit diesen Spinnwarzen produzieren sie Spinnseide. Sie haben verschiedene Arten von Drüsen, die Fäden für unterschiedliche Zwecke herstellen: Fäden für das Netz, zum Beutefang, als Sicherheitsleinen, für den Kokonbau und als Fadenfloß.« Sie überlegte kurz. »Es wäre schön, wenn wir uns das einmal ansehen könnten.« Rasch durchsuchte sie die Zettelsammlung, fand die entsprechende Notiz aber nicht. »Es wird auch so gehen«, entschied sie und machte eine schraubenartige

Bewegung mit dem Finger. Aus vielen kleinen Spinndrüsen auf den Spinnwarzen quoll ein milchiger Saft, der an der Luft sofort erstarrte.

»Faszinierend!«, sagte Lukas und lehnte sich an eines der Gliederbeine. Die Spinne zog es weg, drehte sich um und hob ihre Kieferklauen. Wie gelähmt starrte er auf die Krallen, die auf ihn herabfuhren. Sie verfehlten ihn nur knapp und rammten sich in den Boden.

Auch die anderen Tiere waren zum Leben erweckt. Der Skorpion jagte Neidhard. Die unbeschädigte Schere schnappte nach seinem Hinterteil. Die Zecke krabbelte auf Kaspar zu, ihren riesigen Rüssel mit den Widerhaken auf seinen Bauch gerichtet.

Die Spinnentiere wuchsen. Frau Weber fuchtelte wild mit den Armen. Je heftiger sie ihre Hände bewegte, desto schneller vergrößerten sich die Tiere. Alle rannten kreischend durcheinander. Der Aufruhr trieb die Konsole in die Höhe. Das Geschrei ging Zoe durch Mark und Bein. Sie hielt sich die Ohren zu, doch es half nichts. Es drang durch ihre Haut.

Inzwischen waren die Schüler zu klein, um als Beute zu gelten. Die Spinnentiere fielen übereinander her und wuchsen aus der Kuppel hinaus. Die Klasse beruhigte sich, doch Frau Weber rannte weiter kreuz und quer durch den Raum. Aus dem Boden sprossen Schleimkugeln.

»Was ist denn das?«, schrie Kaspar.

»Deine Spucke«, rief Felix.

Staubkörner wurden so groß wie Steine. Haare wuchsen zu Baumstämmen heran. Dazwischen krabbelten unzählig viele winzige Spinnentierchen herum. Neidhard wich einer der Speichelpfützen aus, rutschte auf einem Spritzer aus und fiel hinein. Zoe wurde von drei kleineren Tropfen eingekeilt. Alle anderen hatten ebenfalls keine Möglichkeit mehr, auszuweichen. Nur Felix hatte mal wieder

Glück. Er befand sich an der einzigen trockenen Stelle weit und breit. Kurze Zeit später stand Zoe bis zu den Knien in einer der Pfützen. Viola reichte der Speichel bis zum Hals. Neidhard trieb auf einem großen See und brüllte wie am Spieß.

Zoe wurde übel. Der Speichel drang durch ihre Hose und benetzte ihre Haut. Der Geschmack verdorbener Milch kroch an ihren Beinen hoch und drehte ihr fast den Magen um.

»Kaspar!«, stöhnte sie voller Abscheu. »Was hast du gegessen?«

»Ein Käsebrot!«, rief er verwirrt.

Zoe war davon überzeugt, dass es nicht schlimmer kommen konnte, da entdeckte sie Frau Weber. Die Lehrerin starrte in die Pfütze, in der sie stand. Ein Schwarm länglicher Tierchen wuselte um ihre Beine. Ungläubig sah Zoe an sich hinunter. Auch um ihre Beine wimmelten sie herum. Sie waren in jeder Pfütze.

»Was ist das?«, zeterte Viola wild um sich tretend.

»Bakterien?«, überlegte Felix laut. »Ist das eklig!«

Das Geschrei, das nun losbrach, ließ die Kuppel erbeben. Frau Weber erwachte aus ihrer Starre. Hysterisch ruderte sie mit den Armen. Daraufhin schrumpfte alles um sie herum so schnell, dass Neidhard für einen Moment in der Luft schwebte. Unsanft landete er auf dem Boden und stieß ein schmerzerfülltes Heulen aus. Immer weiter verkleinerte sich ihre Umgebung. Erst sahen sie zu ihren Füßen die Schule, dann Portus, Deutschland und Europa verschwinden. Auf einmal schwebte die Erde vor ihnen, etwas später die Sonne und ihre acht Planeten. Weitere Sonnensysteme tauchten auf, es waren Tausende. Nach wenigen Augenblicken verschwammen sie in einem einzigen leuchtenden Bogen, der aus Millionen von Sonnen bestand. Auch dieser Bogen verkleinerte sich, bis er nur noch einer von vielen war. Spiralen aus Milliarden Sonnen wanden sich um ein hell strahlendes Zentrum. Immer weiter verkleinerte sich die Spiralscheibe und wurde Teil eines riesigen Schwarms leuchtender Spiralen. Dann kamen sie zur Ruhe. Sie sahen ein Geflecht aus unvorstellbar vielen leuchtenden Gebilden, die alle aus unglaublich vielen Sonnen bestanden. Irgendwo mittendrin war die Erde.

Frau Weber schleppte sich schluchzend in die Mitte der Plattform. Die Konsole schwebte direkt unter der Kuppel, unerreichbar für die Lehrerin. »Ich bringe uns jetzt ganz langsam zurück«, flüsterte sie mit brüchiger Stimme. »Das dauert länger, aber dafür bin ich vorsichtig.« Sie las alle ihre Zettel durch und setzte das Physitop in Bewegung.

Eine Galaxie nach der anderen zog an ihnen vorbei und eine Stunde nach der anderen verging. Die meisten saßen in kleinen Gruppen zusammen und starrten vor sich hin. Am Anfang hatten sie sich noch unterhalten, aber dann waren die Gespräche verstummt. Hin und wieder musste Zoe an den Unterricht denken, den sie verpassten. Sicherlich machte man sich Sorgen um sie. Warum kam keiner und holte sie hier heraus?

Mittlerweile befand sich die Konsole wieder an ihrem Platz. Mehrmals versuchte Lukas, der Lehrerin zu erklären, dass es eine Reset-Taste gab, aber sie reagierte nicht. Bewegungslos stand Frau Weber inmitten der Schüler, starrte in die Ferne und zählte leise Hunderte von Spinnenarten und ihre Besonderheiten auf.

»Es ist drei Uhr«, stöhnte Felix. »Wir sind jetzt seit sechs Stunden hier drin. Ich halte das nicht mehr aus.«

»Da!«, schrie plötzlich Lukas und zeigte auf einen winzig kleinen blauen Punkt. »Da ist die Erde.« Dann ging alles schnell. Die Erde wurde größer. Sie tauchten durch die Wolken. Die Dächer von Portus erschienen. Sie rauschten in das Schulgebäude hinein, sahen den Zeichensaal, mehrere Klassenzimmer und schließlich hatten die Spinnentiere wieder die richtige Größe. Wie zu Beginn der Stunde standen sie regungslos in einer Reihe. Die Schüler atmeten auf.

Frau Weber sah fürchterlich aus. Tränen liefen ihre Wangen hinab und hinterließen eine bunte Spur aus Schminke auf ihrem Gesicht. Ihr Kleid klebte schweißnass an ihrer Haut und ihre Hände zitterten. Sie stellte das Klassenzimmer wieder her und brachte sie zügig zurück. Kaum waren sie zum Stehen gekommen, wurde die Tür aufgerissen. Frau Steinkauz schoss herein und schnauzte Frau Weber an: »Sind Sie des Wahnsinns? Sie haben keine Genehmigung, das Physitop zu benutzen. Seit Stunden warten wir auf Ihre Rückkehr. Hephaistos war nicht zu erreichen. Mein Büro ist voller besorgter Eltern. Was sollte ich denen denn erzählen? Ihre Kinder sind bei einer Expedition im Physiklabor verschollen? Die Kunstlehrerin und das Klassenzimmer sind nicht auffindbar? Was, im Namen der Götter, haben Sie sich dabei gedacht?« Frau Weber war nur noch ein Häufchen Elend und zuckte bei jedem Wort zusammen. Mit gesenktem Kopf wurde sie von der Direktorin ins Lehrerzimmer gescheucht. Sie tat Zoe leid.

Viele Antworten und noch mehr Fragen

Kurz vor fünf Uhr nachmittags verließen Zoe und Felix die Schule. Der Himmel war bedeckt, es sah aber nicht nach Regen aus. Ein kühler Wind zog um das Gebäude. Erfrischend, fand Zoe, zog ihre neue Jacke fest um sich und stieg die Freitreppe hinab. Die beiden Raben auf der Marmoreule putzten ihr Gefieder.

»Lasst euch nicht von Frau Steinkauz erwischen«, warnte Zoe die Vögel. »Sie ist heute schlecht gelaunt.«

»Danke!«, hörte sie einen der Raben krächzen.

»Nein!« Zoe drehte sich ruckartig um und marschierte kopfschüttelnd Richtung Ärztehaus. »Vögel können nicht sprechen! Bloß nicht darüber nachdenken! Ich habe mich verhört.« Sie erhöhte ihr Tempo und Felix hatte Mühe, hinterherzukommen. Die Raben stiegen in die Höhe, kreisten kurz über der Schule und flogen dann Richtung Norden davon.

* * *

Im Gestrüpp neben dem Kiesweg huschte der blonde Riese von Strauch zu Strauch, Zoe und Felix dicht auf den Fersen. Er achtete sorgfältig darauf, nicht entdeckt zu werden. In einem unbeobachteten Moment würde er sich das Mädchen schnappen. Sie hatte als Letztes mit der Wala gesprochen und er musste herausfinden, was sie ihr gesagt hatte. Sein Mantel verfing sich in einem morschen Ast. Es knackte leise. Blitzschnell duckte sich der Riese. Der Junge hatte

148

es gehört, blieb stehen und drehte sich um. Er blickte genau in seine Richtung, schien ihn aber nicht zu sehen. Seine Haut wies die typischen Anzeichen der Ambrosia auf. »Keiner hält sich mehr an den Kodex.« Verbittert schüttelte der Riese den Kopf. »Und ich werde immer dafür bestraft.«

Zum Glück hatte das Mädchen es eilig. Sie bog in die Rabenstraße ein. Der Junge wandte sich ab und lief seiner Freundin hinterher. Vorsichtig schlich sich der Riese an den Rand des Gestrüpps. Die Raben waren nicht zu sehen. Konnte er es wagen, auf offener Straße zu laufen? »Was soll's«, flüsterte er und trat auf den Weg.

✳ ✳ ✳

Felix klingelte an der Praxis. Dr. Buthida öffnete ihnen die Tür und Zoe platzte heraus: »Ich verwandle mich in eine Spinne.«

»Wie kommst du denn darauf?« Die Ärztin ließ die beiden eintreten und ging ihnen voran in den Behandlungsraum.

»Ich träume ständig von Spinnen«, sagte Zoe. »Ich kann mit den Händen schmecken und hören und heute Morgen war mein Bett voll mit Spinnweben.« Sie schüttelte heftig den Kopf. »Das geht doch gar nicht! Ich will das alles nicht!«

»Langsam, eins nach dem anderen«, unterbrach Dr. Buthida ihren Redeschwall. »Erzähl mir alles von Anfang an.« Sie führte Zoe zum Sofa und drückte sie sanft hinein. Felix blieb im Türrahmen stehen.

Zoe atmete tief durch und begann zu erzählen: »Eigentlich hat alles am letzten Montag angefangen. Frau Wala wäre fast in den beschmierten Wandteppich gefallen. Sie sagte, dass ich dort suchen soll, aber das hab ich nicht ernst genommen. Sie hat ja noch nicht einmal gesagt, was. Und dann habe ich diese eigenartigen Gespräche belauscht, nicht absichtlich. In einem ging es um einen Diebstahl und um einen Aitialith, den irgendwie alle haben wollen, weil er

Allwissenheit verleiht. Im Umkleideraum habe ich auch eines mitgehört, im Heizungsrohr, mit meinen Händen.« Sie hielt der Ärztin ihre Hände entgegen, sie zitterten. »Mit den Händen kann man nicht hören. Was ist bloß mit mir los? Ich sehe lauter verrückte Dinge. Nachdem ich letzte Woche hier war, sind Seifenblasen aus dem Café geflogen, durch die Fensterscheibe hindurch, ohne zu platzen. In der Geschichtsstunde sind silberne Fäden aus dem Kopf von Frau Memorete gewachsen und haben mich gefesselt. Auf einmal war ich mittendrin in der Geschichte. Es war so, als wäre ich dabei gewesen. Dann sind diese komischen Raben auf Frau Steinkauz losgegangen, aber daran ist sie selbst schuld. Immer wirft sie mit Kreide nach ihnen. Und diese Raben können sprechen.« Zoe schluckte. In ihren Ohren erklang ein dumpfes Pfeifen. »Am Projekttag ist Frau Wala mitten in der Bibliothek in einer riesigen Wattekugel aus dem Lüftungsschacht geschossen. Sie hat mich in die Kugel hineingezogen und gesagt, ich soll den Aitialith holen, dann ist sie ohnmächtig geworden. Wir haben alles durchsucht und hinter dem Teppich einen Stein gefunden, der ganz viele von diesen silbernen Fäden hat. Überhaupt, überall sehe ich diese Fäden. Sogar Sie sind voll damit.« Zoe sprang hoch und lief vor dem Sofa auf und ab, die Hände zu Fäusten geballt. »Seit gestern kann ich auf einmal mit den Händen schmecken. Und seit mein Traumfänger nicht mehr funktioniert, träume ich ständig von Spinnen. Heute Morgen bin ich sogar in einem riesigen Haufen von Spinnweben aufgewacht.« Sie blieb stehen, sah die Ärztin mit Tränen in den Augen an und schluchzte: »Bald bin ich selbst eine Spinne.« Dr. Buthida stand auf, nahm sie in den Arm und flüsterte: »Ist ja schon gut. Das ist ziemlich viel auf einmal.« Sie strich sanft über Zoes Rücken und hielt sie fest, bis die Tränen versiegten.

Dr. Buthida führte Zoe zurück zum Sofa, reichte ihr eine Packung Papiertaschentücher und nahm im Sessel ihr gegenüber Platz. Felix hatte stumm zugehört. Nun setzte er sich neben Zoe und ergriff ihre Hand. Erst jetzt wurde ihm klar, wie viel sie in den letzten Tagen mitgemacht hatte. Und er hatte noch nicht einmal alles mitbekommen. Sogar, dass die Raben sprechen konnten, war ihm entgangen.

»Alles kann ich dir zwar nicht erklären«, sagte die Ärztin, »aber eines kann ich dir versprechen: In eine Spinne verwandelst du dich nicht.« Sie deutete auf das schimmernde Geflecht, das den Raum zwischen ihnen erfüllte. »Diese silbernen Fäden gehören zum Fatum, dem Schicksalsgewebe. Es durchdringt das ganze Universum, verbindet Ursache und Wirkung und führt aus der Vergangenheit in die Zukunft. Alles ist mit diesem Netz verbunden, jedes Lebewesen und jeder Gegenstand.« Sie betastete das Gewebe vor sich, griff nach einem der Fäden und zog daran. »Das hier ist unser Fatum. Es verbindet uns beide. Über dein Fatum bist du mit allem verbunden, was dich betrifft.«

»Wenn alle Dinge«, wandte Felix ein, »die etwas miteinander zu tun haben, verbunden sind, dann müsste es Unmengen solcher Fäden geben. Eigentlich müsste die ganze Welt so voll davon sein, dass man nichts anderes mehr erkennen kann. Ich sehe sie aber nur manchmal und auch nicht so viele.«

»Ihr seht nur wenige«, erklärte Dr. Buthida, »weil eure Fähigkeiten nicht vollständig entwickelt sind und weil ihr sie noch nicht beherrscht. Außerdem gibt es dicke und dünne, helle und dunkle, je nachdem, wie wichtig sie sind und wer sie betrachtet. Wenn ich euch ansehe, erkenne ich keine einzelnen Fäden mehr, sondern ein Leuchten.«

»Und warum können wir das Fatum jetzt sehen?« Zoe schnäuzte sich. Ihre Verzweiflung ließ nach und sie wurde neugierig.

»Das ist meine Schuld«, gestand die Ärztin. »Ambrosia, die Salbe, die ich dir gegeben habe, ermöglicht es, Dinge zu sehen, die sich normalerweise der menschlichen Wahrnehmung entziehen.«

»Ambrosia?«, fragte Felix. »Die Speise der Götter?«

»Sie kann auch als Salbe verwendet werden. Der Ambrosia verdanken die Götter ihre Unsterblichkeit. Sie macht schön und schützt den Körper vor dem Verfall. Die Ambrosia hat eure Fähigkeit aktiviert, das Fatum zu sehen. Durch sie verändern sich eure Sinne und ihr gewinnt neue hinzu.«

»Bei mir nicht«, bedauerte Felix. »Ich kann ein bisschen besser hören und sehen. Sonst hat sich nichts geändert.«

»Und der ...«, Stift hatte Zoe sagen wollen, aber sie brach ab, da Felix warnend ihre Hand drückte. Verwirrt sah sie ihn an. Warum sollte sie den verschweigen?

Die Ärztin hatte nichts bemerkt und fuhr fort: »Es können auch geistige Fähigkeiten sein.«

»Woher kommt das Netz?«, fragte Zoe und betrachtete das silberne Geflecht um sich herum. Sie konnte immer besser steuern, wie viel sie davon sah.

»Die Schicksalsgöttinnen weben das Fatum«, antwortete Dr. Buthida. »Die Moiren, Nornen, Parzen und viele andere. Sie gehören zu den ersten Göttern auf dieser Welt und spinnen den Lauf der Dinge.« Zoe starrte die Ärztin zweifelnd an. Schicksalsgötter? Meinte sie es ernst? Wurde ihr Leben von einer höheren Macht vorherbestimmt?

»Quatsch!«, lachte Felix. »Das Schicksal gibt es nicht und auch keine Götter! Es muss eine natürliche Erklärung geben.«

»Götter sind die natürliche Erklärung«, entgegnete Dr. Buthida geduldig. »Wer sonst sollte eine solche Vollendung ermöglichen, wenn nicht wir Götter? Seit Anbeginn der Zeit gestalten wir die Welt. Wir geben ihr den Stoff, die Form, die Bewegung und das Ziel.«

»Wir?«, vergewisserte sich Felix. Er sah die Ärztin argwöhnisch an. »Wollen Sie uns weismachen, dass Sie eine Göttin sind?«

»Ich bin Selket, die die Kehlen atmen lässt. Im alten Ägypten war ich bekannt als Schutzgöttin des menschlichen Lebens.« Fassungslos lauschte Zoe den Worten der Ärztin. Sie glaubte nicht so streng an die Wissenschaft wie Felix, hatte immer Magie für möglich gehalten, aber das überforderte sie.

»So ein Unsinn!« Felix war verärgert. Seine Freundin hatte genug um die Ohren. Musste diese Frau ihr einen solchen Blödsinn einreden? »Beweisen Sie es.«

Selket zögerte. Offenbarte sie sich den Menschen, verstieß sie erneut gegen den Kodex. Andererseits war der Schaden bereits angerichtet, und es half ihnen nicht, wenn sie im Ungewissen blieben. »Da du zu den Menschen gehörst, die nur glauben, was sie sehen, werde ich es dir beweisen.« Sie stand auf. Aus beiden Seiten ihres Körpers reckten sich vier lange Gliederbeine. Zoe und Felix erstarrten vor Schreck. Selket ging zu Boden. Ihre Beine wuchsen zusammen und krümmten sich zu einem Schwanz. Die Füße verschmolzen zu einem Giftstachel. Ihre Haut härtete aus, färbte sich schwarz und glänzend. Zoe und Felix wagten nicht, sich zu bewegen. Vor ihnen auf dem Boden saß ein riesiger Skorpion. Einen Moment lang rührte er sich nicht von der Stelle, dann verwandelte Selket sich wieder zurück. »Reicht das?« Sie strich sich die Haare glatt.

»Wenn ich ehrlich bin«, entgegnete Felix leise, »reicht das nicht. Sie haben bewiesen, dass Sie sich in einen Skorpion verwandeln können. Zugegeben, das ist extrem cool, aber Superman hat auch übermenschliche Fähigkeiten. Er ist megastark und unverwundbar und er hat den Hitzeblick. Deshalb ist er noch lange kein Gott.«

»Was erwartest du denn?«, fragte Zoe. »Superman ist eine Comicfigur. Alles gemalt. Das eben war echt.«

»Ich weiß nicht.« Felix zuckte mit den Achseln. »Eigentlich weiß ich gar nicht, was ein Gott überhaupt ist. Bei allen anderen Wesen ist es einfach. Zauberer können zaubern. Elfen sind schön, können fliegen und zaubern können sie auch, glaube ich. Zwerge sind klein und hässlich, leben in Höhlen und graben nach Edelsteinen. Vampire fliegen nachts umher und saugen Menschen aus. Aber was sind Götter?«

»Götter sind Mächte, die das übersteigen, was Menschen mit ihren Sinnen erfassen können«, antwortete Selket.

»Das ist keine richtige Erklärung. Was tun Götter?«

»Götter haben die Welt erschaffen. Götter sind die Welt.«

Zoe verstand, doch Felix hielt an den wissenschaftlichen Erkenntnissen fest: »Das Sonnensystem hat sich aus einer Staub- und Gaswolke geformt. Das Leben hat sich entwickelt, von allein. Früher haben die Menschen Mythen gebraucht, weil sie vieles nicht verstanden. Die Götter sind eine Erfindung der Menschen. Heute brauchen wir sie nicht mehr, denn wir können fast alles erklären. Und das, was wir nicht wissen, finden wir heraus.«

Selkets Gesicht versteinerte sich. Sie packte Zoe und Felix am Genick und zog sie vom Sofa hoch ans Fenster, sodass sie auf die Straße sehen mussten. »Ich bin Selket«, rief sie und ihre Stimme erfüllte Zoes gesamten Körper. »Ich lasse die Kehlen atmen.« Das Fatum um sie herum glühte. Schlagartig bekam Zoe keine Luft mehr. Die Fußgänger blieben stehen und griffen sich an den Hals. Panik erfasste Zoe. Sie sah bittend zu Selket auf. Das Leuchten ließ bereits nach. Ihre Kehle entspannte sich und langsam strömte wieder Luft in ihre Lunge. Felix lehnte kreidebleich am Fensterrahmen. »Also gut«, röchelte er. »Nehmen wir an, es gibt Götter.«

»Verzeiht«, bat Selket. »Das ist nicht meine Art, aber es ist wichtig, dass ihr mir glaubt, denn der Zeckenbiss war kein Zufall.« Ihre Augen verengten sich. »Jemand hatte die Zecke auf dich angesetzt.«

Felix kicherte: »Und jetzt kommt der Angriff der Killerläuse, oder was?«

»Hör auf!« Zoe stieß ihm ihren Ellenbogen in die Seite. »Das war echt ekelig.«

»Die Zecke hat einen Virus übertragen, der zu einer Hirnhautentzündung führen kann.«

154

Zoe erschrak.

»Sorry!«, murmelte Felix.

»Den ersten Krankheitsschub hast du überstanden. Wir müssen dich jetzt genau beobachten, denn der Infekt kann jederzeit wieder aufflammen. Du musst mit weiteren Schüben rechnen. Die Ambrosia kann derartige Infektionen im Keim ersticken, wenn man sie regelmäßig anwendet.« Die Göttin sah sie tadelnd an. »Hast du einmal am Tag etwas Salbe auf den Biss aufgetragen?« Zoe wurde es schlagartig heiß.

»Das hab ich vergessen«, gab sie zu.

»Vielleicht war das sogar gut so. Dein Fatum war vorher schon zu dicht für einen Menschen. Viele Schicksalsfäden laufen in dir zusammen. Als die Ambrosia zu wirken begann, ist dein Fatum förmlich explodiert. Für eine derartige Reaktion ist bei einer äußerlichen Anwendung eigentlich eine höhere Dosis nötig.« Sie setzte sich wieder in ihren Sessel. Zoe und Felix nahmen ihr gegenüber Platz.

»Die Zecke war nicht der einzige Versuch, dir zu schaden«, fuhr Selket fort. »Donnerstagnacht konnte ich im letzten Moment einen Anschlag verhindern. Jemand hatte eine ganze Horde Skorpione auf dich angesetzt. Sie saßen schon auf deinem Bett, als ich kam.«

Zoe erschauderte vor Entsetzen. »Wer macht denn so etwas? Ich habe doch niemandem etwas getan.«

»Das habe ich mich auch gefragt. Also habe ich versucht, etwas über deine Herkunft zu erfahren. Ich konnte nichts herausfinden. Deine Abstammung scheint ein wohlgehütetes Geheimnis zu sein.«

»Ein Geheimnis?«

»Viele Götter sind Verbindungen mit Lebewesen eingegangen, auch mit der unbelebten Natur. Diese Hinterlassenschaft vermischte sich im Laufe der Jahrmillionen.«

»Heißt das«, vergewisserte sich Felix, »dass wir die Nachfahren von Göttern sind?«

»So würde ich es nicht formulieren«, schränkte Selket ein. »Aber alle Lebewesen tragen ein göttliches Vermächtnis in sich. Die Ambrosia lässt es zutage treten.«

»Und welche Götter stecken in mir?«, fragte Zoe.

»Das wollte ich ermitteln«, sagte Selket. »Deine Mutter trägt das Erbe einiger germanischer und keltischer Gottheiten in sich, eine normale Mischung hier in der Gegend, nichts, das dein Fatum erklären könnte.« Selket machte eine kurze Pause. »Es muss an deinem Vater liegen, doch über ihn konnte ich nichts herausfinden.«

»Und jetzt?«, fragte Zoe. »Was soll ich jetzt tun?«

»Ich weiß es nicht.« Selket lehnte sich zurück und blickte schweigend aus dem Fenster. Zoe war frustriert. Was hatten sie herausgefunden? Nichts, das ihr half, zu verstehen, was mit ihr geschah. Felix versuchte, seine Gedanken zu ordnen. Für ihn gab es nur einen Schluss. Wenn es Götter gab, dann mussten sie ein Teil der Natur sein, einer, für den es bis jetzt keine wissenschaftliche Erklärung gab.

Selket stieß einen Seufzer aus. Sie richtete sich auf und wiegte den Kopf hin und her. »Eine Möglichkeit gibt es noch.« Zoe und Felix sahen sie erwartungsvoll an.

Die Göttin zog die Schultern hoch und schlug vor: »Wir könnten Pheme fragen.«

»Wer ist Pheme?«, wollte Felix wissen.

»Pheme ist das Gerücht.« Selket lehnte sich wieder zurück. »Ich weiß nicht.«

»Was ist das Problem?«, fragte Felix. Er hatte gerade die Existenz von Göttern akzeptiert. Da war es ihm egal, ob nun auch das Gerücht ein Wesen war.

»Ich verstehe schon.« Zoe nickte. »Bei Gerüchten weiß man nie, was stimmt und was nicht.«

»Genau«, sagte Selket. »Man darf nicht erwarten, von Pheme die Wahrheit zu erfahren. Meistens gibt sie aber einen Hinweis oder nennt eine grobe Richtung, die einem weiterhelfen kann.«

In Zoe keimte Hoffnung auf. »Also los!«, rief sie und stand auf. »Wo müssen wir hin?«

»Ins Café Fama.« Selket erhob sich ebenfalls.

»Das Gerücht lebt in einem Internetcafé?«, fragte Felix skeptisch.

»Wo sonst?«

In der Gerüchteküche

Das Café Fama war gut besucht. »Achtung!«, rief die Bedienung und schob sich mit einem schwer beladenen Tablett an Zoe vorbei. Der Duft von heißem Kakao stieg ihr in die Nase. Ihr Magen knurrte. Seit der Apfeltasche am Morgen hatte sie nichts mehr gegessen. Der Pflaumenkuchen in der Auslage sah verlockend aus. »Streusel! Mit Sahne!« Das Wasser lief ihr im Mund zusammen. Selket schob sie weiter Richtung Hinterzimmer. Felix öffnete die Tür. Der säuerliche Geruch von abgestandener Milch schlug ihnen entgegen. Schnell steckte Zoe ihre Hände in die Taschen. Der Appetit war ihr schlagartig vergangen. Durch die trüben Fenster zum Hinterhof fiel nur wenig Licht in die dämmrige Abstellkammer. Müllsäcke waren zu großen Haufen geschichtet. An den Wänden standen alte Tische und Stühle. Dazwischen stapelten sich ausrangierte Bildschirme.

»Hier wohnt Pheme?«, vergewisserte sich Felix.

Selket sah in das Zimmer und schüttelte den Kopf. »Maskierte Räume kann nicht jeder öffnen. Die Ambrosia scheint bei dir nicht voll zu wirken.« Sie griff an ihm vorbei, schloss die Tür und öffnete sie wieder.

Das Hinterzimmer hatte die Form einer Kugel angenommen, war luftig und hell. Der Gestank war verschwunden, der Müll ebenso. Eine halbrunde Plattform ragte von der Türschwelle aus in den Raum hinein. Sie traten ein.

* * *

Am Computer neben der Eingangstür meldete sich Neidhard bei einem Online-Spiel an. Als Zoe und Felix das Café Fama betraten, gefolgt von einer Frau, die er nicht kannte, hielt er inne und beobachtete, wie die drei im Hinterzimmer verschwanden. Was wollten sie dort? Er schlenderte zu der Tür und öffnete sie unauffällig. Der Raum war voller Müll. Zoe und die beiden anderen waren nicht mehr zu sehen. Wo waren sie? Grübelnd setzte er sich wieder an seinen Platz.

* * *

Von der Plattform führte eine Reihe freischwebender gläserner Platten quer durch den Raum bis zu einem weißen Kugelsessel, der im Zentrum schwebte. »Cool!«, rief Felix, sprang von einer Platte zur anderen und ließ sich in das flauschige Polster fallen. Der Sessel schwankte und drehte sich langsam schaukelnd im Kreis. »Abgefahren!« Die gewölbte Innenwand des Raums war ein einziger Bildschirm. Verschiedene Abschnitte zeigten rasche Abfolgen von Bildern aus allen Teilen der Welt, Portus im Abendrot, New York in der Mittagssonne und Bangkok bei Mondschein. Am Südpol unter ihnen ging die Polarnacht zu Ende, während der Nordpol hoch über ihnen für die nächsten sechs Monate in Dunkelheit versank.

»Die ganze Welt!«, staunte Felix.

»Weiß Pheme alles?«, fragte Zoe.

»Pheme ist nur das Gerücht«, erklärte Selket. »Tagsüber sitzt sie auf den Dächern und lauscht dem Gerede der Menschen. Nachts zieht sie durch die Welt. In Windeseile trägt sie das Gehörte weiter und verbreitet es. Hoch über der Erde hat sie eine Burg aus klingendem Erz mit tausend Fenstern. In ihren Ecken wispert es unaufhörlich.«

»Hör doch mit den alten Geschichten auf«, erklang ein Flüstern im Raum. Direkt vor Felix flirrte die Luft. Er sprang auf und eilte zurück zur Plattform. Das Flimmern verdichtete sich. Zuerst konnte Zoe nur die Umrisse weit ausgebreiteter Flügel erkennen, doch nach und nach wurde eine Gestalt sichtbar. Ihre langen schwarzen Haare waren von feinen weißen Strähnen durchsetzt, die sich unablässig bewegten. Auf ihrem hautengen Anzug setzte sich das wunderliche Muster fort. Schwarze und weiße Streifen wanderten über ihren Körper, breiteten sich auf der Haut und auf den Flügeln aus, nur nicht auf ihren seidenen Handschuhen. »Selket!«, raunte sie und zog die Flügel ein. »Du warst lange nicht mehr hier.«

Selket nickte kurz. »Umso schöner, dich zu sehen.« Sie deutete auf den gekrümmten Bildschirm, der sie umgab. »Du hast modernisiert, wie ich sehe.«

»Die Zeiten ändern sich«, seufzte Pheme. »Wir müssen uns anpassen. Als die Menschen vor sechstausend Jahren die Schrift erfanden, dachte ich, es könnte kaum schlimmer kommen. Tontafeln, Papyrus, Pergament und Papier!« Sie schüttelte den Kopf. »So überdauern Gerüchte Jahrtausende. Mit der Erfindung des Buchdrucks konnte ich gerade noch Schritt halten. Aber dann wurden die Gerüchte per Telefon über große Entfernungen verbreitet. Ich kann mich doch nicht zerreißen.« Pheme hob die Arme seitlich in die Höhe. »Ich mache das hier alles ganz allein. Und nun vernetzt sich die Menschheit über das Internet. Das ist zu viel!« Sie ließ sich in den Kugelsessel fallen. »Diese Flut an Informationen kann ich nicht bewältigen. Deshalb habe ich mich von Hephaistos auf den neuesten Stand bringen lassen. Trotzdem bleibt kaum Zeit, in Ruhe auf einem Dach zu sitzen und den Gesprächen zu lauschen.«

»Ein auffälliges Design«, meinte Selket mit einem Blick auf den Anzug. »Zebra oder Strichcode?«

»Du kennst doch Hephaistos.« Pheme zuckte mit den Schultern. »Die Daten lassen sich nicht anders verarbeiten, sagt er.« Sie lehnte sich zurück. »Wie kann ich dir behilflich sein?«

Selket legte Zoe ihre Hand auf den Rücken und sagte: »Diese junge Dame hat Probleme.« Phemes Augen weiteten sich. »Jetzt sehe ich es erst.« Sie schnellte hoch und lief zur Plattform. »Menschenkinder!« Sie beugte sich zu Zoe herunter und kam mit ihrem Gesicht dicht an sie heran. Von Nahem erkannte Zoe, dass die schwarzen und weißen Streifen aus einem gleichartigen, viel feineren Streifenmuster bestanden, das sich ständig wandelte.

»Ambrosia!«, bemerkte Pheme. »Du hast Mut!« Sie richtete sich auf. »Der Kodex ist da ziemlich deutlich!«

»Ich weiß«, brummte Selket. »Aber ihr Fatum ist zu dicht. Außerdem trachtet man ihr nach dem Leben. Ich habe versucht, etwas darüber herauszufinden, kann aber noch nicht einmal ihre Herkunft klären. Ein Hinweis von dir ist die einzige Möglichkeit, weiterzukommen.«

Pheme betrachtete das leuchtende Gewebe um Zoe. »In der Tat. Das Fatum ist erstaunlich dicht, zu dicht für einen Menschen.« Sie schnippte mit den Fingern. »Lasst uns in die Wolkenburg hinaufsteigen. Wir werden sehen, was so im Umlauf ist.«

Am Scheitelpunkt des kugelförmigen Raumes öffnete sich ein kreisförmiger Durchstieg. Daraus schraubte sich eine fast durchsichtige, schimmernde Wendeltreppe herab. Die einzelnen Stufen schwebten frei im Raum und führten weit in den Himmel hinauf.

»Wahnsinn!«, staunte Felix.

»Eine Schalltreppe«, erklärte Pheme. »Sie besteht aus verdichteter Luft. Bei jeder Berührung löst sich etwas davon und das hören wir dann. Hephaistos hat versucht, mir das zu erklären. Ich fürchte aber, ich habe es nicht verstanden. Es funktioniert so, wie man Eis aus Wasser macht, nur komplizierter. Es ist eine seiner neuesten Entwicklungen und er ist mächtig stolz darauf.«

»Und das hält?«, fragte Felix und betrachtete zweifelnd die Treppe.

»Natürlich hält das. Alles, was Hephaistos baut, hält.« Sie setzte einen Fuß auf die erste Stufe und ein heller Ton erklang. »Sorgen bereiten mir immer nur seine Spezialeffekte.«

161

Begleitet von einer wunderlichen Melodie stiegen sie hinter Pheme die Treppe hinauf. Der Ausstieg lag hoch über den Dächern von Portus. Zoe erklomm Stufe um Stufe. Sie merkte nicht, dass Felix vor ihr stoppte, und lief in ihn hinein. Mit den Armen rudernd versuchte sie, ihr Gleichgewicht zu halten, kippte aber zur Seite. Ein Luftstoß katapultierte sie unter einem üblen Misston zurück.

»Ich habe auf einer Sicherung bestanden«, sagte Pheme. »Hephaistos wollte eine freie Treppe bis in zwei Kilometer Höhe bauen. Er fand, dass eine Schallmauer sein Kunstwerk verunstaltet. Jetzt sehen wir ja, wo das geendet hätte. Gut, dass ich mich durchgesetzt habe.«

Felix ließ Selket ein paar Stufen vorangehen. Dann drehte er sich zu Zoe um und flüsterte: »Die spinnen, die Götter!« Er hatte noch nicht ausgesprochen, da fiel ihm Pheme ins Wort: »Ich sollte dich warnen, junger Mann. So leise kannst du gar nicht flüstern, dass ich dich nicht höre.« Mit einem verlegenen Grinsen stieg Felix weiter die Treppe hinauf. Zoe folgte ihm, die Hände immer an einer Stufe. Rasend schnell näherten sie sich dem Himmel.

Die Treppe mündete in eine ebene Fläche am Fuß einer Wolke. Vor ihnen türmte sich dichter Nebel zu einem hohen Berg auf. Inmitten des Dunstes erhob sich ein gläsernes Tor. Sie traten hindurch und gelangten in eine Halle. Die Melodie verstummte. Über ihnen reichte ein Schlot aus quellendem Weiß hoch hinauf. Nach unten hin verdichteten sich die wabernden Massen zu glatten grauen Wänden. Eng aneinandergereiht führten Tunnel in alle Richtungen. Ein kalter Wind zog an Zoe vorbei und wirbelte hauchzarte Eiskristalle auf. Die feinen Spitzen hinterließen ein Prickeln auf ihrer Haut. Fröstelnd rieb sie sich die Hände.

»Und das ist eine Burg aus Erz?«, fragte Felix. »Für mich sieht es eher nach Eis aus.«

»Es ist Eis«, antwortete Pheme. »Eine Burg aus Erz, sagt Hephaistos, sei zu schwer.« In der tiefsten Tonlage, die ihr möglich war, imitierte sie ihn: »Die Dichte, meine Liebe, die Dichte von Bronze ist zu hoch, fast das Zehnfache von Eis.«

»Was für ein Typ ist das eigentlich, dieser Hephaistos? Der muss echt genial sein.«

»Hephaistos«, antwortete Selket, »ist der griechische Gott des Feuers und der Schmiedekunst. In seinen unterirdischen Gewölben stellt er allerlei Geräte her. Er ist der geschickteste aller Götter. Was er nicht kann, kann keiner. Außerdem ist er ehrlich, treu und zuverlässig. Wenn man Probleme hat, kann man immer zu ihm kommen: Er findet für alles eine Lösung.«

»Ein Feuergott, der Eispaläste baut!«, lachte Felix. »Das hört sich ziemlich verrückt an.«

Pheme führte sie in einen der Tunnel hinein. »Ihr solltet ab jetzt möglichst wenig reden«, mahnte sie. »Was hier gesprochen wird, wandert um die Welt.«

Schweigend durchschritten sie Gänge aus matt leuchtendem Eis. Wie in einem Labyrinth verzweigte sich der Weg immer wieder und Zoe war sich sicher, dass sie niemals allein hinausfinden würde. Schließlich hielten sie vor einer Tür aus Eis.

»Wir betreten jetzt einen rufisolierten Raum«, sagte Pheme. »Solange die Tür geschlossen ist, können die Gerüchte nicht entweichen.« Sie schob die schwere Tür auf und ließ sie eintreten. »Wir treffen hier einige meiner Gefährten. Lasst euch nicht von ihnen berühren.«

Der quadratische Raum war fensterlos. Das Eis der Wände war glatt und so dick, dass kaum Licht hindurchdrang. In einer Ecke loderten drei bläuliche Flammen. Jede entsprang dem eisigen Boden in einem leuchtenden Punkt. In ihrem Flackern erkannte Zoe Fratzen, die gierig nach Neuem lechzten, ganz gleich, ob wahr oder nicht.

»Wer mich um Rat fragt, sollte wissen, was meine Natur ist«, fuhr Pheme fort. »Ein Gerücht entsteht immer aus einer Vermutung, einem Missverständnis oder aus boshafter Absicht. Man sieht ihm seine Quelle nicht an. Je neuer und aufregender es ist, umso schneller bewegt es sich fort. Auf seinem Weg verändert und vervielfältigt es sich, sodass am Ende etwas ganz anderes herauskommen kann. Achtet also auf den Anfang. Hört nicht auf das Ende. Jedes Gerücht hat seine eigenen Begleiter. Sie sind meistens nicht erwünscht und lassen sich selten vermeiden. Meine Gefährten heute sind Opinatio, die Vermutung, und Error, der Irrtum. Außerdem sehe ich Credulitas, die Leichtgläubigkeit. Das ist kein gutes Zeichen. Seht euch vor!«

Die leuchtenden Punkte glitten über den spiegelnden Boden auf Phemes Begleiter zu. Ihre fratzenhaften Flammen zogen sie hinter sich her. Zoe wich ihnen aus, um sich nicht berühren zu lassen, doch die lüsternen Fratzen züngelten an ihr hoch. Hilfesuchend sah sie sich nach Felix und Selket um. Sie wurden ebenso bedrängt. Rastlos flackerten die Flammen zwischen ihnen hin und her.

Pheme stand unbehelligt in der Mitte des Raumes. Auf ihrem Kopf wuchsen Beulen, die aufplatzten. Daraus sprossen Ohren, die sich bewegten und sich jedem Geräusch zuwandten. Auf ihrer Stirn öffnete sich ein Paar Lippen. Auf den Wangen, auf dem Kinn, überall in ihrem Gesicht taten sich wispernde Münder auf. Ein leises Tuscheln erfüllte den Raum und begann zu leuchten. Das Geflüster wurde sichtbar. Schimmernd sauste es von Wand zu Wand, wurde gespiegelt, gebrochen, geteilt und wieder zusammengefügt.

Nach und nach versammelte sich alles Raunen in einer einzigen großen Blase. Zoe erkannte sie sofort. Es war eine größere Ausgabe der kleinen Seifenblasen, die sie vor dem Café Fama in den Himmel hatte steigen sehen.

Die schillernde Blase schwebte in der Mitte des Raumes, zitterte kurz, blähte sich auf und zerplatzte. »Die Moira ist in Gefahr!«, ertönte eine helle, klare Stimme.

Wo eben noch eine einzige Blase geschwebt hatte, tanzten nun zehn kleinere in der Luft. Eine davon platzte und die Stimme sprach: »Die Moira ist eine Gefahr.« Nacheinander sprang eine nach der anderen in Stücke und immer sagte die Stimme etwas anderes. »Das Morgen ist in Gefahr!«, »Die Moira isst Seide!« Nach jedem Platzen waren die Blasen kleiner und aus jeder einzelnen entstanden zehn neue. Die Stimmen wurden leiser, und was sie sagten, hatte mit den ersten Worten nichts mehr zu tun.

Enttäuscht blickte Zoe auf eine Wolke klitzekleiner Gerüchteblasen. Sie verstand die Stimmen längst nicht mehr, doch das war ihr einerlei. Diese Gerüchte hatten ihre Fragen nicht beantwortet. Sie hatte nichts über ihre Herkunft erfahren und sie wusste noch immer nicht, was mit ihr geschah.

»Cool!«, flüsterte Felix und lauschte verzückt dem Schaum, zu dem die Blasenwolke zusammensank. »Der Mojito schmeckt gelb!« Er lachte. »Voll der Unsinn!«

Pheme öffnete die Tür. »Wenn die Gerüchte sich zu Schaum verdichten, richten sie keinen Schaden mehr an. Verlässt man den Raum zu früh, entweichen sie und verteilen sich unkontrolliert unter den Menschen.« Sie ließ die Schultern hängen und fügte leise hinzu: »In letzter Zeit passiert mir das leider immer häufiger.« Mit gesenktem Kopf führte Pheme sie in die Halle zurück. »Wollt ihr laufen oder rutschen?«, fragte sie beim Abschied.

»Rutschen!«, rief Felix sofort.

»Eine zwei Kilometer hohe Rutsche?«, fragte Zoe beunruhigt.

»Es ist vollkommen ungefährlich«, versicherte Pheme und führte sie zu dem Tunnel direkt neben dem Tor. »Es ist ein Tonrohr, wenn es mal schnell gehen muss.«

Selket rutschte zuerst, dann folgten Felix und Zoe. In einer weiten Spirale rasten sie der Erde entgegen. Eine leise Melodie begleitete ihren Weg. Felix kreischte vor Vergnügen. Kurz bevor sie die Erde erreichten, verlangsamte sich die Fahrt und sie landeten sanft auf der Plattform im Hinterzimmer des Cafés. Zoe war froh, wieder festen Boden unter den Füßen zu haben. Felix wäre am liebsten noch einmal hinaufgeklettert, aber die Treppe war verschwunden. Sie schulterten ihre Schultaschen und verließen das Hinterzimmer.

* * *

Inzwischen war es dunkel geworden. In der Eingangsnische des Beerdigungsinstituts ›Pietät Origo‹ wartete der blonde Riese darauf, dass Zoe und Felix das Café Fama wieder verließen. Zum Glück war der Laden den ganzen Nachmittag über geschlossen gewesen. Der arrogante Römer hätte ihn sonst sicherlich keinen Augenblick aus den Augen gelassen.

Was hatte Selket mit den Kindern zu schaffen? Waren die Ägypter ebenfalls hinter dem Aitialith her? Einerlei! Mit ihm und dem kleinen Griechen konnten sie es auf keinen Fall aufnehmen. Er würde trotzdem warten, denn er wollte keine Zeugen. Zu oft hatte er den Kodex verletzt. Erst wenn Selket und der Junge außer Sicht wären, würde er zuschlagen.

* * *

Auf der Straße meinte Selket: »Es tut mir leid. Ich hatte gehofft, wir erfahren etwas, das uns weiterhilft.«

»Wer ist denn die Moira?«, fragte Felix.

»Die Moiren sind die griechischen Schicksalsgöttinnen«, erklärte Selket. »Sie weben das Schicksal. Klotho, die Spinnerin, spinnt den Lebensfaden. Lachesis, die Zuteilerin, misst seine Länge. Und Atropos, die Unabwendbare, schneidet ihn ab. Es ist zwar nur ein Gerücht, dass eine von ihnen in Gefahr ist, aber ich sollte sie warnen.«

Zoe schöpfte neue Hoffnung. »Wenn die Moiren das Schicksal weben«, überlegte sie laut, »dann wissen sie, was mit mir geschieht.«

»Ich glaube nicht, dass sie dir helfen werden. Sie sind nicht besonders umgänglich.«

Zoe sah die Göttin enttäuscht an.

»Also gut«, versprach Selket. »Wir versuchen es. Morgen nach der Schule brechen wir auf.«

Die Hilfe der Raben

Ein scharfer Wind fegte zwischen den Häusern hindurch und wirbelte den Staub in den Ecken auf. Die Nasen dicht am Boden bogen zwei Wölfe in die Rabenstraße ein. Sie trotteten mitten auf der Fahrbahn in Richtung Café Fama. »Verdammt!«, fluchte der blonde Riese und zog sich tiefer in den dunklen Hauseingang zurück. »Freki und Geri!«

* * *

Selket zog Zoe und Felix zu sich heran und warnte sie: »Seht ihnen auf keinen Fall in die Augen, sonst verschlingen sie euch.«

Ein Reiter folgte den Wölfen. Um die breiten Schultern des kantigen Mannes lag ein schwarzblauer Umhang. Seine langen grauen Haare und der Bart flossen über den dunklen Stoff, wie Wolkenschleier, die den Nachthimmel durchziehen. Ein breitkrempiger Schlapphut verbarg sein Gesicht. Lautlos glitt sein Grauschimmel über den Asphalt.

»Sieh dir mal die Beine von dem Pferd an!«, sagte Zoe.

»Das sind ja acht.« Felix stieß einen leisen Pfiff aus.

»Und sie berühren kaum den Boden.«

Selket erklärte mit gedämpfter Stimme: »Das ist Odin auf Sleipnir.«

* * *

Neidhard hatte die Tür zum Hinterzimmer die ganze Zeit über nicht aus den Augen gelassen. Endlich kamen die drei wieder

168

heraus. Er duckte sich hinter dem Bildschirm und beobachtete, wie sie das Café verließen. Zu gerne wollte er wissen, was sie zu besprechen hatten. Er versuchte, von ihren Lippen abzulesen, doch es gelang ihm nicht. Auf einmal tauchte ein bärtiger Mann auf einem alten Motorrad auf. Zwei Schäferhunde liefen schnüffelnd vor ihm her. Der Mann hielt vor dem Café und sprach mit der Frau, die Zoe und Felix begleitete. Die Hunde positionierten sich an seiner Seite. Einer der beiden sah ihn direkt an. Seine Augen glichen einem bodenlosen Schlund und Neidhard hatte das Gefühl, in eine tiefe Finsternis hineingezogen zu werden. Hastig wandte er seinen Blick ab.

$$* \ * \ *$$

Odin brachte sein Pferd vor Selket zum Stehen. Die Wölfe gingen neben ihm in Stellung. Mit lautem Krächzen flogen zwei Raben heran und landeten auf seinem Arm. Es waren dieselben Vögel, die seit Tagen die Eule belagerten.

»Selket!«, rief er. Seine Stimme hallte tief im Magen wider. Obwohl der größte Teil seines Gesichts von der breiten Krempe beschattet wurde, konnte Zoe eine Augenklappe über dem linken Auge erkennen.

»Sei gegrüßt, Odin«, antwortete Selket. Sie verbeugte sich leicht und drückte dabei Zoe und Felix nach unten. »Was führt dich nach Portus?«

»Gerüchte!« Odin deutete missbilligend auf das Café Fama. »Schlamperei!« Er richtete seinen Blick wieder auf Selket. »Ein Mädchen!« Er beugte sich vor und musterte Zoe. »Ambrosia?«

»Ihr Fatum war auch vorher schon zu dicht für einen Menschen«, rechtfertigte sich Selket.

»Ist das so?« Er sah die Göttin tadelnd an.

»Man trachtet ihr nach dem Leben.«

Er schwieg.

»Es ist gegen den Kodex.«

Er nickte.

»Ich musste das verhindern.«

»Das ist deine Natur«, sprach Odin und wandte sich Zoe zu. Sein Schweigen hüllte sie ein und hinterließ ein Gefühl der Taubheit auf ihrer Haut. »Welch verworrenes Schicksal«, durchbrach er die Stille. »Die Raben werden dir Beistand leisten.« Die Vögel erhoben sich in die Luft, glitten hinüber zu Zoe und landeten auf ihren Schultern. Sie waren so groß und schwer, dass Zoes Beine drohten einzuknicken.

»Über die Ambrosia sprechen wir noch«, sagte Odin zu Selket, wendete Sleipnir und schwebte davon. Die Wölfe folgten ihm.

»Der ist ja nicht gerade gesprächig«, meinte Felix.

»Ich begleite euch nach Hause«, beschloss Selket.

»Bekommst du jetzt Ärger?«, fragte Zoe.

Die Göttin seufzte.

* * *

Wut und Enttäuschung ergriffen den blonden Riesen. Die Raben standen dem Mädchen zur Seite. Wie sollte er jetzt unbemerkt an sie herankommen? Aus seinem sicheren Versteck heraus beobachtete er, wie Selket, Zoe und Felix sich entfernten. Die Gelegenheit würde kommen. Er konnte warten.

* * *

»Ich kann mich nicht erinnern, dass Odin sich je von Hugin und Munin getrennt hätte«, erklärte Selket. »Hugin ist der Gedanke und Munin die Erinnerung. Morgens schickt Odin sie um die Welt, damit sie ihm von allen Ereignissen berichten.«

»Ich erinnere mich auch nicht«, krähte der Rabe auf Zoes linker Schulter.

»Dann erinnere dich mal daran, wie oft uns dein löchriges Gedächtnis im Stich gelassen hat!«, spöttelte der andere Rabe.

»Und wie oft, denkst du, hat uns dein Gedenke fast die letzte Feder gekostet?«, konterte Munin von links und pickte nach Hugin auf der rechten Seite, knapp an Zoes Nase vorbei. Hugin wich ihm aus und hackte blindlings zurück. Zoe zog den Kopf ein und bemühte sich, das Gleichgewicht zu halten. Die beiden Raben schlugen wild mit den Flügeln und beschimpften sich: »Du Besserwisser!«

»Klugschwätzer!«

»Rechthaber!«

»Schluss jetzt!«, befahl Selket. »Sonst werft ihr das Mädchen mit eurem Gezappel noch um.«

Auf der Stelle gingen die Raben dazu über, sich zu entschuldigen: »Es tut mir leid.«

»Ja, mir tut es auch leid.«

»Mir tut es aber viel mehr leid.«

»So leid, wie mir das tut, hat dir noch nie etwas leidgetan.«

»Schluss!«, rief Selket. »Noch ein Ton und ich binde euch die Schnäbel zu.«

»Womit ...«, setzte Hugin an, aber er verstummte, als er ihren strengen Blick sah.

»Wer ist Odin?«, fragte Felix.

»Das erklärt am besten Munin«, meinte Selket.

»Ich kann das aber auch«, krächzte Hugin.

»Nicht so gut wie ich«, prahlte Munin. »Am besten fange ich am Anfang an.«

»Bitte nicht am Anfang«, fiel Hugin dazwischen.

»Ich würde es aber gerne hören«, entgegnete Zoe.

»Du weißt nicht, was du sagst«, warnte Hugin.

»Ich höre Geschichten gerne von Anfang an«, erwiderte Zoe. »Also los!«

»Es war einmal vor langer Zeit«, begann Munin, »da gab es noch keine Erde und auch keinen Himmel. Am Anfang gab es nur Niflheim, den Ort der Kälte und der Finsternis. Keiner weiß, wer den Funken entzündete, aber schließlich entstand Muspelheim, der Ort des Feuers und der Hitze. Zwischen ihnen klaffte ein bodenloser Schlund, die gähnende Leere Ginnungagap. Dort hinein flossen gewaltige Nebelströme und gefroren zu Eis. Die Funken aus Muspelheim trafen auf die Kälte in Niflheim und es entbrannte ein Kampf zwischen Feuer und Eis. Aus ihm entstanden der böse Riese Ymir und die sanfte Kuh Audhumbla. Eines Tages fiel Ymir in tiefen Schlaf. Er schwitzte und aus seinem Schweiß wuchsen die ersten Frostriesen, ein Mann und eine Frau. Audhumbla leckte an dem salzigen Eis.«

Sie waren vor Zoes Haus angekommen.

»Bis morgen«, meinte Felix und wollte weitergehen. Munin wiederholte mit Nachdruck: »Audhumbla leckte an dem salzigen Eis.«

»Ich habe Hunger«, erklärte Felix.

»Ich bin aber noch nicht fertig.«

»Das macht mir nichts aus.«

»Aber mir.«

»Ich mach dir was zu essen«, schlug Zoe vor. »Komm doch mit rein!«

»Viel Spaß«, meinte Selket.

»Was soll das jetzt wieder heißen?«, krächzte Munin.

»Ich kenne den nordischen Schöpfungsmythos.«

»Nicht von mir. Daran würde ich mich erinnern.«

»Das ist doch egal.«

»Wie bitte?«, krächzte Munin. »Sag du mal was!«, forderte er Hugin auf, aber der zuckte nur mit den Flügeln. Munin schnaufte abfällig. »Meine Fassung ist die beste.«

Die Göttin lächelte. »Dann muss ich sie mir wohl anhören.«

»Unverfälscht!«

»Ich bleibe.«

»Das Original!«

»Munin!«, riefen sie gemeinsam.

»Was?«

»Wir bleiben alle hier!«

Zoe brühte Früchtetee auf und Felix machte ein paar belegte Brote. Hugin und Munin unterstützten ihn mit fachkundigen Anweisungen, wie viel Butter unter welchen Belag gehöre. Im Garten suchte der blonde Riese nach einem guten Versteck. Er würde warten, bis sie schliefen. Dann würde er sich das Mädchen holen.

Selket nahm in dem großen Lesesessel Platz. Zoe und Felix machten es sich auf dem Sofa bequem und Hugin hockte sich auf die Sofalehne. Munin ließ sich direkt neben dem Tablett auf dem Couchtisch nieder. Er war ein bisschen ungehalten, dass sie während seines Vortrages aßen, fuhr aber mit der Geschichte fort: »Audhumbla leckte an dem salzigen Eis. Ihre Zunge löste einen Mann heraus, den starken und schönen Riesen Buri. Er bekam einen Sohn namens Bor. Der wiederum zeugte drei Söhne: Odin, Wili und We. Von diesen drei Brüdern stammt das Göttergeschlecht der Asen ab. Sie zogen aus, um die Welt zu beherrschen.

Nach einiger Zeit kam es zu einem Streit mit Ymir und sie erschlugen ihn. Das Blut des Riesen überflutete die Welt und fast alle Frostriesen ertranken. Nur einer rettete sich und seine Frau in einem ausgehöhlten Baumstamm. Von ihm stammen die Reifriesen ab. Ymirs Körper warfen die drei Brüder in den Abgrund zwischen

Muspelheim und Niflheim. Aus seinem Blut entstanden die Flüsse und Meere, aus dem Fleisch die Erde, aus Knochen und Zähnen wurden Berge und Felsen. Aus seinem Schädel schufen sie die Wölbung des Himmels und aus dem Gehirn formten sie die Wolken. Seine Haare wurden zu Bäumen und die Augenbrauen bildeten einen Wall, der das Land der Menschen gegen das Meer und die Riesen schützen sollte.«

Das Telefon klingelte. Munin war so in seine Erzählung vertieft, dass er nicht bemerkte, dass Zoe leise aufstand und sich aus dem Raum schlich. Sie fand das Telefon unter ihrem Kopfkissen und hob ab.

»Wie war dein Tag?«, fragte Vita.

Zoe fiel nichts ein. Sie konnte ja schlecht sagen: »In unserem Wohnzimmer sitzt die ägyptische Skorpiongöttin Selket und lauscht den Geschichten von Munin, einer von Odins Raben. Vorhin waren wir bei Pheme im Wolkenschloss und morgen gehen wir zu den Moiren.« Wie ihre Mutter wohl reagieren würde? Nicht auszudenken!

Vita bemerkte Zoes Zögern. Ihre Tochter war dreizehn, vergegenwärtigte sie sich. Sie wurde erwachsen, musste herausfinden, wer sie war. Ihr Körper veränderte sich und die Hormone spielten verrückt. Natürlich hatte sie Geheimnisse.

»Mama?«

»Ich hab nur nachgedacht. Erzähl mal! Was hast du heute so erlebt?«

»Viola hat ein Referat über das Schicksal gehalten«, berichtete Zoe. »Sie behauptet, es gäbe eine höhere Macht, die unser Leben vorherbestimmt. Lukas meint auch, es stünde alles bereits fest, aber nicht wegen des Schicksals, sondern weil es für alles, was passiert, eine Ursache gibt. Ist das so?« Zoe war froh, dass ihr doch noch etwas Harmloses eingefallen war.

»Grob betrachtet stimmt das.« Vita war enttäuscht, dass Zoe ein sachliches Thema anschnitt. Sie hätte viel lieber über ihre Erlebnisse gesprochen. Aber wenigstens erzählte Zoe überhaupt etwas.

»Determinismus heißt diese Anschauung«, erklärte Vita. »Den Zusammenhang zwischen Ursache und Wirkung nennt man Kausalität. Schon vor fast zweihundert Jahren war der französische Mathematiker Laplace der Ansicht, dass eine allwissende Intelligenz die Zukunft vorhersagen könnte. Mithilfe der Naturgesetze wäre es diesem sogenannten ›Laplaceschen Dämon‹ möglich, aus den Anfangsbedingungen aller Teilchen, also Ort, Richtung und Geschwindigkeit, zukünftige Zustände zu berechnen.«

»Also steht alles, was passiert, schon fest? Das kann doch gar nicht sein! Genau jetzt kann ich entscheiden, ob ich weiter telefoniere oder ob ich ins Bett gehe, fernsehe, einen Kopfstand mache oder was auch immer. Wie kann man denn das vorhersagen?«

»Die harten Deterministen gehen davon aus, dass schon von vornherein feststeht, welche Wahl wir in den jeweiligen Situationen treffen, weil alle unsere Entscheidungen auf unseren Erfahrungen beruhen. Was auch immer du als Nächstes tust, es ergibt sich zwangsläufig aus dem, was du bis jetzt erlebt hast.«

»Dann sind wir Maschinen?«, vergewisserte sich Zoe. »Haben wir keinen freien Willen?« Vita wurde bewusst, dass sie einen Fehler gemacht hatte. Wissenschaft hin oder her, sie wollte ihrer Tochter auf keinen Fall vermitteln, dass sie keinen freien Willen hatte.

»Manche Prozesse in der Natur sind nicht determiniert. Einige Verhaltensweisen von kleinsten Teilchen, wie zum Beispiel Elektronen, sind nicht vorhersagbar, wo genau sie sich befinden oder wie sie sich bewegen.«

»Wenn die Elektronenforscher ...«

»Quantenphysiker«, verbesserte Vita.

»Ist doch egal. Wenn das Verhalten von diesen Teilchen nicht vorhergesagt werden kann, ändert das nichts daran, dass feststeht, was passiert, oder?«

Vita war ratlos. Im täglichen Leben stellten die Menschen immer wieder fest, dass alles eine Ursache hatte. In der Mehrzahl der Fälle untermauerte die Wissenschaft diese Sicht. Sogar über die Vorbestimmung quantenphysikalischer Naturvorgänge gab es unter den Experten keine Einigkeit.

»Bist du noch dran, Mama?«

»Entschuldige! Ich will nicht, dass du denkst, du hättest keinen freien Willen.«

»Es fühlt sich auch nicht so an.«

»Du weißt, dass du dein Leben selbst bestimmen kannst?«

»Na, klar!« Zoe klang überzeugter, als sie war. All diese wissenschaftlichen Erkenntnisse widersprachen ihrem Gefühl, frei entscheiden zu können. Dazu kamen die Erlebnisse der vergangenen Tage. Sie müsste einfach mal die Zeit haben, in Ruhe darüber nachzudenken. Das Gespräch verebbte.

Im Wohnzimmer stolzierte Munin fabulierend auf und ab. Selket hatte sich zurückgelehnt und hielt nur mit Mühe ihre Augen offen. Felix und Hugin waren schon eingeschlafen. Ihre Köpfe lehnten aneinander und der Rabe schnarchte leise.

Munin sprach von Asgard, dem Land der Asen. Er erzählte, wie die Götter hießen und wie sie miteinander verwandt waren. Dann kam er zu Walhalla, dem Ort der gefallenen Helden. Zoe hatte sich leise zum Sofa geschlichen und bemühte sich, ihm zuzuhören, doch nach ein paar Minuten wurden ihre Augenlider schwer.

»Munin«, unterbrach sie ihn.

»Jetzt nicht«, erwiderte er. »Ich muss alle Helden beim Namen nennen. Damit ehre ich sie.«

»Es hört aber keiner mehr zu. Erzähl uns die Geschichte ein anderes Mal zu Ende. Heute sind wir schon zu müde.« Munin entdeckte seinen schlafenden Bruder. Er flog auf die Sofalehne und zog ihn am Gefieder. Sofort wachte Hugin auf und krächzte in Felix' Ohr. Der sprang verwirrt vom Sofa hoch. »Du hast geschlafen!«, schnauzte Munin Felix an, hüpfte ihm hinterher und pickte ihn in den Fuß.

»Und du!«, wandte sich Munin an Selket. »Dir sind doch auch schon die Augen zugefallen!« Aufgebracht flatterte er durch das Wohnzimmer und beklagte sich über seinen Bruder, die Götter und den Rest der Welt. Unauffällig schlichen sie aus dem Raum und ließen den zeternden Raben allein zurück.

Selket und Felix verabschiedeten sich. In der Tür drehte sich Felix um. »Das nächste Mal höre ich auf dich, Hugin. Man muss nicht immer alles vom Anfang bis zum Ende hören. Eine kurze Zusammenfassung hätte gereicht.« Hugin lachte und Felix stimmte ein.

»Was soll das?«, krächzte Munin, der ihnen in den Flur gefolgt war. »Ich rede mir hier den Schnabel fusselig und ihr macht euch über mich lustig.«

Zoe räumte das Geschirr in die Küche. Da zwischen den Frühstücksschalen im Spülbecken kein Platz mehr war, stellte sie die Teller auf das Pizzablech neben den Topf mit den Ravioliresten. Zum Glück konnte ihre Mutter die Unordnung nicht sehen. Leere Puddingbecher lagen neben der großen Obstschüssel. Die Bananen darin waren schwarz und die Birnen überreif. Der Mülleimer quoll über mit Verpackungen, die sie weder zusammengefaltet noch sortiert hatte. Sie beschloss, am nächsten Tag aufzuräumen, schaltete das Licht aus und ging in ihr Zimmer. In der Dunkelheit glomm der Traumfänger.

»Der hat ja auch so ein Gewebe«, staunte sie. Hugin flog auf den Bettpfosten und beäugte das Geflecht aus Sehnen. »Ich denke, das

ist ein echter, keine Kopie.« Munin ließ sich auf dem anderen Bett-
pfosten nieder. »Ich erinnere mich an diesen Traumfänger«, sagte er.
»Das ist der erste, den Iktomi gewebt hat, ein wertvolles Stück.
Woher hast du ihn?«

»Von meinem Vater. Er funktioniert aber nicht mehr. Ich habe
fast jede Nacht Albträume.«

»Ich denke, das liegt an diesem Gewebe in den Maschen.«

»Daran kann ich mich auch nicht erinnern.«

»Nach Fatum sieht es nicht aus.«

Zoe zog den Traumfänger zu sich heran, um die zusätzlichen
Fäden zu entfernen, da blickte sie in ein Paar eisblauer Augen und
eine frostige Stimme befahl: »Erfülle dein Schicksal!« Sie schrie auf
und ließ den Traumfänger los.

»Was ist?«, fragte Hugin.

»Da war jemand«, keuchte sie. »Ich werde beobachtet.« Panisch
rannte sie in die Küche, streifte sich die Spülhandschuhe über und
holte die Feuerzange vom Kamin im Wohnzimmer. Sie stieg auf ihr
Bett, schlug den Traumfänger vom Haken und trug ihn aus dem
Haus. Am Gartenzaun ließ sie ihn samt der Zange fallen, riss sich
die Handschuhe von den Händen, lief in ihr Zimmer und verkroch
sich im Bett. Sie zog die Decke bis zum Hals hoch und sah sich um.
Abgesehen von einem dünnen Gewebe, das den Raum erfüllte,
konnte sie nichts Auffälliges entdecken.

»War das nicht etwas übertrieben?«, fragte Hugin. »Ich denke, es
hätte gereicht, ihn zu reinigen.«

»Was verstehst du denn schon von Angst«, schimpfte Munin.
»Wenn dir das Herz bis zum Hals schlägt und du heiß und heißer
wirst. Wenn deine Flügel zittern und alles anfängt, sich zu drehen.
Wenn die Geräusche lauter werden und die Lichter heller. Wenn du
deine Bewegungen nicht mehr steuern kannst. Dann gehorchen
auch dir die Gedanken nicht mehr.«

»Angsthase!«, krächzte Hugin. »Wenn du einen Moment lang nachdenken würdest, bevor du in Panik verfällst, könntest du feststellen, dass meistens alles nur halb so schlimm ist.«

»Du bist ein Großmaul«, keifte Munin. »Wir sprechen darüber, wenn du das nächste Mal vor einer Schrotflinte hocken bleibst, um zu überlegen, ob es sinnvoll ist, wegzufliegen.«

»Ich glaube, Hugin hat recht«, gestand Zoe. Sie dachte an ihren Vater und daran, dass der Traumfänger die einzige Erinnerung an ihn war. Zitternd ging sie in den Garten, nahm die Zange und brachte den Traumfänger zurück ins Haus. Sorgfältig brauste sie ihn in der Badewanne ab, schüttelte ihn trocken und hängte ihn wieder auf. Sie zog ihren Pyjama an, putzte sich die Zähne und ging ins Bett.

»Erzählt ihr mir was?«, bat Zoe. »Dann kann ich bestimmt besser einschlafen.«

»Was soll denn das heißen?« Munin hüpfte empört hin und her. »Meine Geschichten sind nicht zum Einschlafen.«

»So meine ich das nicht«, versuchte Zoe, ihn zu beruhigen, doch er drehte sich beleidigt weg.

»Jetzt mag ich nicht mehr«, brummte er und verschränkte die Flügel vor der Brust.

»Dann erzähle ich dir eine Geschichte«, bot Hugin an. Er machte es sich auf dem Bettpfosten am Fußende bequem. »Vor langer Zeit stand ein Medizinmann auf einem hohen Berg. Dort erschien ihm Iktomi, der große Lehrer der Weisheit, in Gestalt einer Spinne. Er nahm einen Weidenring und die Sehnen wilder Tiere und stellte daraus den ersten Traumfänger her. Dabei erzählte er vom Leben der Menschen. Sie kommen als Säuglinge auf die Welt, müssen gepflegt und behütet werden. Später sind sie erwachsen und sorgen für andere. Am Lebensabend sind sie alt und ihre Kinder kümmern sich um sie. Iktomi erzählte ihm von den Kräften, die den Menschen begegnen. Einige sind gut, andere böse. Hören die Menschen einer guten Kraft zu, werden sie in die richtige Richtung gelenkt. Hören sie aber auf eine böse Kraft, leitet diese sie in eine falsche Richtung. Iktomi gab dem Medizinmann den Traumfänger und erklärte ihm, wie dieser hilft, den rechten Weg zu finden. Das Netz kann die guten Gedanken einfangen, die schlechten jedoch verschwinden durch das Loch in der Mitte. Darum hängen auch heute noch über vielen Betten Traumfänger. Das Gute in den Träumen wird in dem Netz festgehalten und begleitet die Menschen. Das Böse rinnt durch das Loch in der Mitte.«

»Ich dachte, der Traumfänger fängt die bösen Träume und lässt die guten hindurch«, murmelte Zoe müde und glitt in einen tiefen, traumlosen Schlaf.

* * *

Der blonde Riese stand zwischen den Vogelbeerensträuchern und verfolgte die Vorgänge im Haus. Von seinem Versteck aus hatte er einen guten Blick auf die Terrasse vor dem Wohnzimmer. Auch das offene Fenster zum Zimmer des Mädchens und einen Teil des Vorgartens konnte er sehen. Selket und der Junge hatten sich verabschiedet. Das Wohnzimmerlicht erlosch. Dafür ging das Licht in der Küche kurz an. Dann hörte er leise Stimmen, hektische Schritte, Klappern vor dem Haus. Eine Tür fiel zu. Das Krächzen der Raben erklang. Wieder die Tür. Wieder die Raben. Der Riese zupfte ein paar orangefarbene Früchte von den Rispen und lehnte sich an den Gartenzaun. Es würde eine Weile dauern, bis er sich das Mädchen holen konnte. Er warf eine Beere hoch in die Luft, fing sie mit dem Mund auf und biss hinein. Sofort verzog er sein Gesicht und spuckte sie aus. Bitter! September war eindeutig zu früh für Vogelbeeren. Erst wenn der Frost kam, waren sie genießbar. Wann würde er es endlich lernen? Er warf die restlichen Beeren auf den Boden. Im Haus wurde es allmählich still.

Eine Wolke schob sich vor den Mond und tauchte den Garten in Dunkelheit. Der blonde Riese trat aus dem Gebüsch und näherte sich dem Haus. Schliefen die Raben? Er lauschte. Nichts war zu hören. Eine bessere Gelegenheit würde er nicht mehr bekommen. Sicherheitshalber würde er eine andere Gestalt annehmen. Falls die Raben aufwachten, konnten sie ihn wenigstens nicht erkennen. Er ging in die Hocke. Gliederbeine traten aus seinen Seiten, seine menschlichen Beine verschmolzen zu einer Kugel und seine Haut überzog sich mit einem Chitinpanzer. Als die Wolke sich vom Mond löste, kletterte eine große Spinne auf das offene Fenster zu. Die langen Beine und der schwarz-gelb gestreifte Hinterleib warfen einen gespenstisch verzerrten Schatten an die Hauswand. Auf dem Fensterbrett hielt die Spinne inne. Mit ihren acht Kugelaugen am silbrig behaarten Vorderleib musterte sie die Raben auf den Bettpfosten. Die Vögel bewegten sich nicht. Ob sie schliefen, konnte die Spinne nicht erkennen. »Diese verdammten Spinnenaugen taugen nichts!« Sie streckte eines ihrer Vorderbeine aus, um besser hören zu können. Ein wütendes Fauchen ertönte hinter ihr. Sie fuhr herum. Eine silberne Vogelspinne kam mit erhobenen Kieferklauen auf sie zu. Mit ihren kräftigen Vorderbeinen schnappte sie zu und zog die Wespenspinne unter sich. Diese wand sich geschickt aus der Umklammerung, bevor die Kieferklauen zustießen. Flink krabbelte sie auf ihre Angreiferin. Dabei spann sie ein breites Seidenband um deren Beine. Die plumpe Vogelspinne war dem Gegenangriff der wendigen Wespenspinne nicht gewachsen. Ihre haarigen Beine verfingen sich in den seidenen Fesseln. Sie kippte um. Die Wespenspinne stieß sie vom Rand des Fensterbretts und wandte sich wieder den Raben zu.

Sollte sie das Mädchen jetzt holen? Dazu musste sie wieder menschliche Gestalt annehmen. Wenn die Vögel sie entdeckten, käme zu dem andauernden Ärger mit Odin noch ein Kodexverstoß hinzu. Einer der Raben klapperte im Traum leise mit dem Schnabel.

Sein Schlaf war nicht tief genug. Es war zu gefährlich, das Mädchen zu holen. Außerdem kam es auf einen Tag mehr oder weniger nicht an. Die Wespenspinne huschte die Hauswand hinunter, über die Terrasse, in den Schatten der Vogelbeeren und verwandelte sich zurück. Der blonde Riese erhob sich und blickte zum Gestrüpp auf der anderen Seite des Gartens hinüber. Wer war die silberne Spinne?

✳ ✳ ✳

Hinter dem dichten Blattwerk des Losbaums gegenüber dem Küchenfenster stand Klotho und blickte auf den Vogelbeerenstrauch. Dorthin war die andere Spinne geflüchtet. Wer war das? Areop-Enap? Kokyangwuti? Unwahrscheinlich! Die Schöpfer verletzten nie den Kodex. Sie hatten ihn aufgestellt.

Konnte es Anansi sein? Der afrikanische Trickster trat ebenfalls in Gestalt einer Spinne auf. Gab es in Afrika überhaupt Wespenspinnen? Im Norden womöglich. Aber das war belanglos. Wichtig war, dass das Gewebe aus dem Traumfänger entfernt worden war. Die Verbindung war unterbrochen und sie hatte es nicht geschafft, sie wieder herzustellen. Diesmal hatten ihre Schwestern sie nicht begleitet. Sie zweifelten an ihrem Plan. Es war ihnen nicht zu verübeln, denn die Träume des Mädchens hatten nichts verraten.

Die sternförmigen weißen Blüten des Losbaums lugten aus ihren rosafarbenen Kelchen hervor. Klotho sog den süßen Duft nach Vanille ein. Sollte sie es noch einmal wagen? »Zu gefährlich!«, murmelte sie. »Ein anderes Mal.«

Der Duft des Bernsteins

Zoe und die Raben schliefen tief und fest, als Felix am nächsten Morgen durchs Fenster kletterte. Er schaltete die Heizdecke an und ließ sich auf dem Sofa nieder. Die Dose mit der Ambrosia in seiner Hosentasche drückte. Er zog sie heraus und stellte sie auf den Schminktisch neben das Haargel. Davon nahm er einen walnussgroßen Klumpen und brachte seine Locken in Form. Dabei lehnte er sich zurück und beobachtete die schnarchenden Raben. Ihre Schnäbel waren leicht geöffnet. Sie atmeten tief ein und mit einem langen, dumpfen »Och« wieder aus. Er war froh, dass die beiden auf Zoe achteten, obwohl er sich nicht sicher war, wie die Vögel ihnen helfen sollten. Wenigstens war Zoe dann nicht allein, wenn er selbst nicht bei ihr sein konnte.

Die Wärme der Heizdecke weckte Zoe. Erst einmal hielt sie ihre Augen geschlossen und horchte in sich hinein. Sie war ausgeschlafen und hatte keine Kopfschmerzen. Zaghaft veränderte sie ihre Lage. Es bereitete ihr keine Mühe. Sie krümmte ihre Finger. Auch das war kein Problem. Ihre Hand strich über den derben Stoff der Heizdecke. Wann hatte sie sie angeschaltet? Zoe dachte an den vorherigen Morgen und die Spinnweben in ihrem Bett. Was war diese Nacht geschehen? Sie riss die Augen auf, hob die Bettdecke an und starrte auf ihre Füße. Nichts! Nur die Fäden vom Vortag. Sie sah sich in ihrem Zimmer um. Nichts hatte sich geändert. Dann entdeckte sie Felix. Erleichtert sank sie zurück auf ihr Kissen. Er hatte die Decke angeschaltet. »Danke«, murmelte sie. Felix legte einen Finger an seinen Mund und deutete auf die schnarchenden Raben. »Nicht wecken«, formte er lautlos mit seinen Lippen. Sie nickte. So früh am Morgen hatte sie keine Lust auf die geschwätzigen Vögel. Sachte schlug sie die Bettdecke zurück und stand leise auf. Auf Zehenspitzen schlich sie in die Küche. Die Luft war frisch, aber nicht kalt. Zoe streckte sich. So gut hatte sie sich schon lange nicht mehr gefühlt. Das wollte sie ausnutzen und den Tag mit einem gesunden Frühstück beginnen, einem Müsli zum Beispiel, mit Joghurt und Früchten. Schwungvoll öffnete sie den Kühlschrank. Eine Flut von Seidenkokons quoll ihr entgegen. Sie stieß einen spitzen Schrei aus. Felix sprang auf und spurtete in die Küche. Die Raben schlugen die Augen auf und krächzten lauthals. Felix kehrte um und schloss die Tür, dann eilte er Zoe zu Hilfe.

»Nein, nein, nein!«, rief sie und versuchte vergeblich, die eingesponnenen Lebensmittel zurückzuschieben. »Verdammt!« Zoe gab auf, trat einen Schritt zurück und ließ sie herausfallen. Felix hob die seidenen Päckchen auf und räumte sie wieder in den Kühlschrank ein. Unterdessen öffnete Zoe alle Schubladen und Schränke. Sämtliche Gegenstände vom Messer bis zur Pfanne waren sorgfältig in Spinnenseide verpackt. Sie griff nach einem eingesponnenen Apfel auf dem Küchentisch und hielt ihn Felix entgegen. »Es ist egal, was Selket sagt. Nachts bin ich eine Spinne. Und dabei habe ich heute Nacht noch nicht einmal geträumt.«

Felix wusste nicht, was er sagen sollte. Es deutete alles darauf hin. Wie konnte er sie aufheitern? »Solange du mich nicht mit Verdauungssaft bespuckst«, witzelte er.

»Das ist nicht lustig.« Zoe sank auf den Küchenstuhl.

»Vielleicht wissen die Moiren mehr.«

»Und wenn nicht? Was dann?«

Er zuckte mit den Achseln.

»Gestern«, flüsterte Zoe, »als wir bei Selket und bei Pheme waren, habe ich gedacht, dass wir etwas bewirken können. Jetzt glaube ich, es ist mein Schicksal. Ich sollte mich damit abfinden.« Sie zupfte einige Fäden von dem Kokon ab und schob sie sich in den Mund.

»Schmeckt gut.« Felix sah ihr ratlos dabei zu, wie sie den Apfel auswickelte und die Hülle aufaß. In Zoes Zimmer rumorten die Raben.

Zoe legte den ausgewickelten Apfel zurück in die Schale zu dem eingesponnenen Obst, dann begab sie sich ins Badezimmer. Sie duschte mit ganz wenig Seife, trotzdem wurde ihr schlecht. Nach dem Anziehen wollte sie den Seifengeschmack mit einer Handvoll Honig überdecken, doch in dem Seidenpäckchen, das sie auswickelte, befand sich nur die Erdbeermarmelade. »Auch gut«, brummte sie und rieb sich die Hände damit ein. Die Dusche hatte sie ein wenig aufgemuntert und die Marmelade fühlte sich gut an. »Lecker!«, bemerkte sie und spülte die Hände unter fließendem Wasser ab. Felix sah ihr kopfschüttelnd zu. Auf seinen Schultern saßen die Raben und lamentierten.

»Du hast uns eingesperrt!«, beschwerte sich Munin.

»Kerkermeister!«, fiel Hugin ein.

»Jetzt haltet mal die Luft an!«, verteidigte sich Felix. »Das Fenster war offen. Ihr hättet jederzeit hinausfliegen können.«

»Das hätten wir schon«, gestand Munin ein, »aber wir wollten nicht. Wir wollten durch die Tür.«

»Selbst schuld«, lachte Felix. »Wenn ihr nicht so laut gewesen wärt, hätte ich die Tür nicht geschlossen.«

»Ich bin nicht laut«, krähte Hugin. »Er ist laut.«

»Was?«, rief Munin. »Du spinnst wohl!«

Felix schnappte seine Schultasche und flüchtete auf die Straße. Dort schubste er die Raben von seinen Schultern und sagte: »Wer schreit, der läuft.« Verblüfft sahen die Vögel ihn an. Kurz darauf kam Zoe aus dem Haus und sie gingen los. Die Raben hüpften hinter ihnen her und brummten übellaunig vor sich hin.

»Was hast du mit ihnen gemacht?«, fragte Zoe.

»Ich habe gesagt, dass sie laufen müssen, wenn sie herumschreien«, grinste Felix. »Ich habe nicht damit gerechnet, dass sie das ernst nehmen.« Flüsternd fügte er hinzu: »Sie könnten ja fliegen.«

»Das ist unfair«, grollte Hugin. »Wir haben viel kürzere Beine.«

»Meine Beine sind nicht kurz«, schnauzte Munin ihn an. »Meine Beine sind genau richtig. Deine Beine sind kurz.«

»Hast du einen Knick in der Optik?«, polterte Hugin. »Deine Beine sind ja wohl deutlich kürzer als meine.«

Das Gezänk begleitete Zoe und Felix bis in die Schule. Als sie die Freitreppe betraten, ließen sich die Vögel auf der Eule nieder. Noch in der Eingangshalle hörten sie die beiden streiten.

In der ersten Stunde hatten sie Geografie. »Woher wissen wir«, begann Frau Memorete den Unterricht, »wie sich die Erde entwickelt hat, die Pflanzen, Tiere oder ganze Kontinente?« Sie wartete nicht auf eine Antwort, sondern fuhr fort: »Man hat Fossilien gefunden, Überreste von Tieren und Pflanzen aus früheren Epochen der Erdgeschichte. Es gibt verschiedene Arten von Fossilien. Bei manchen ist der Körper vollständig erhalten, andere haben einen Hohlraum hinterlassen, der später aufgefüllt wurde. Manchmal findet man nicht das Lebewesen selbst, sondern nur dessen Spuren, wie Fußabdrücke, Nahrung, Kot, Eier oder Nester. Ein Fossil entsteht, wenn ein Tier oder eine Pflanze so schnell eingebettet wird, dass es nicht verwest oder gefressen werden kann. Ein Beispiel dafür sind Inklusen in Bernstein. Das sind Insekten, die im Harz von Urzeitkiefern eingeschlossen wurden. Das Harz versteinerte und die Form des Insekts blieb erhalten.«

Die Gedanken der Lehrerin schlängelten sich durch den Raum. Fasziniert beobachtete Zoe, wie ein Mitschüler nach dem anderen von ihnen erfasst und in die Geschichte gezogen wurde. Die Teilnahmslosigkeit in den Gesichtern wich eifriger Wachsamkeit. Sie beugten ihre Oberkörper vor, den Kopf seitwärts geneigt und den

Blick geradeaus gerichtet. Felix starrte entsetzt auf die silbernen Fäden, wich vor ihnen zurück, doch sie umschlangen auch ihn. Einer der Gedanken hatte Zoe erreicht und zog sie in eine vergangene Zeit, an einen fernen Ort.

Vor ihr tauchte ein dichter Kiefernwald auf. Es war heiß und schwül. Ein Sturm jagte schwarze Wolken über den Himmel. Die Bäume bogen sich. Plötzlich brach ein Ast und krachte direkt neben Zoe auf den Boden. Sie sah nach oben. Aus der Wunde am Stamm floss ein breiter Strom von Harz. Eine kleine Spinne wurde davon erfasst und mitgerissen. Immer mehr Harz quoll aus dem Baum und sammelte sich am Boden. Zoe wich zurück, doch der Strom schwoll zu schnell an. Schon stand sie bis zu den Knien im Harz. Ein weiterer Schwall floss den Baumstamm herab, stürzte auf sie ein und riss sie mit sich.

Das Bild verschwand schlagartig und sie befand sich wieder im Klassenzimmer. Felix saß wie erstarrt auf seinem Stuhl. Der Rest der Klasse sah die Lehrerin erwartungsvoll an. Frau Memorete blickte besorgt auf Zoe und Felix. Dieses Ereignis hatte sie nicht zeigen wollen. Die Urzeitkiefern hatten zwar mehr Harz produziert als heutige Kiefern, aber so viel war es auf keinen Fall gewesen. Lag das an dem Mädchen mit dem ungewöhnlichen Fatum? Der Junge neben ihr schien die Verbindung ebenfalls gesehen zu haben. Die Haut der beiden wies einen verdächtigen Schimmer auf. Offensichtlich ein Missbrauch von Ambrosia. Das sollte geklärt werden. Noch war sie nicht dazu gekommen, mit Frau Steinkauz über Zoe zu sprechen. Sie musste das dringend nachholen.

Frau Memorete entschied sich, mit allgemein üblichem Unterricht fortzufahren: »Die meisten Harzklumpen verwitterten. Sie härteten aus, trockneten, wurden rissig und zerfielen. Einige wurden durch Flüsse oder Sturmfluten ins Meer gespült. Das Wasser schützte das Harz vor Luft und Sonne. Schicht um Schicht wurde es von Ablagerungen bedeckt. Hunderttausende von Jahren lagerte es unter dem Druck der darüber liegenden Schichten und versteinerte.« Die Lehrerin hielt inne. Die zunehmende Teilnahmslosigkeit in den Gesichtern der Schüler war ihr unangenehm. Was sollte sie tun? Die Ersten sahen bereits aus dem Fenster. Wie hielten sterbliche Lehrer die Aufmerksamkeit der Schüler aufrecht? Sollte sie die Kinder mitmachen lassen? Diese Idee kam ihr seltsam vor. Wie konnte sie den Unterricht dann noch steuern? Etwas zum Anfassen wäre nicht schlecht. Aber was?

Die Schüler warteten darauf, dass Frau Memorete ihren Vortrag fortsetzte, doch sie saß starr auf ihrem Stuhl und blickte ins Leere. Kaspar ahmte sie nach. Er zog Arme und Beine krampfartig an sich heran und Neidhard kicherte albern. Plötzlich erhob sich die Lehrerin und eilte aus dem Raum. Sofort redeten alle durcheinander. Kaspar kletterte auf seinen Stuhl. Dann stelzte er unter lebhaften Verrenkungen von einem Tisch zum nächsten, vorbei an Neidhard und Winifred, über Lukas hinweg zu Iolanthe. Die schrie empört auf, als er auf ihre Haarbürste trat. Neidhard wollte es ihm gleichtun, da kam Frau Memorete auch schon zurück. Unter dem Arm trug sie eine alte Holzkiste. »Kaspar! Runter vom Tisch!«, donnerte sie. »Du auch, Neidhard!« Sie reichte Irmelind in der ersten Reihe die Kiste und herrschte die beiden Jungen an: »Zu mir nach vorne!«

Das große ruhige Mädchen mit den kurzen hellbraunen Haaren betrachtete den Inhalt. Sie krümmte ihren Rücken, sodass es fast so aussah, als hätte sie einen Buckel. Obwohl Irmelind erst dreizehn Jahre alt war, überragte sie alle anderen in der Klasse um mehr als einen Kopf. Sie nahm diese Haltung ein, um kleiner zu erscheinen, vermutete Zoe.

Irmelind gab der starken Miltraud die Kiste. Die sah nur kurz hinein und reichte sie, genauso wie die Zwillinge Jennifer und Winifred, zügig weiter, an Lukas, der den Inhalt ganz genau untersuchte. Neidhard und Kaspar, die als Nächstes an der Reihe gewesen wären, standen kleinlaut vor Frau Memorete, die sie leise tadelte.

Zoe reckte ihren Hals. Die Kiste enthielt gelbe Steine. Einige sahen verwittert aus, andere waren poliert, manche sogar zu Schmuckstücken verarbeitet, aber alle ähnelten dem Stein, den Zoe und Felix gefunden hatten.

»Wer weiß, woher das Wort elektrisch kommt?«, fragte Frau Memorete. Lukas gab die Kiste weiter an Silvester rechts neben sich und rief: »Elektrisch kommt von Elektron. Das sind kleine negativ geladene Teilchen, die um die Atomkerne fliegen.«

»Es ist andersherum«, entgegnete Frau Memorete. »Die Elektronen haben ihren Namen von diesen Steinen.« Sie hielt einen der gelben Steine hoch. »Das sind Bernsteine«, fuhr sie fort. »Die alten Griechen nannten diese Steine ›elektron‹. Sie besitzen eine besondere Eigenschaft. Wenn man sie an Wolle reibt, entwickeln sie eine Anziehungskraft.« Frau Memorete nahm ein Tuch, rieb einen der Steine daran und hielt ihn über ein paar Papierschnipsel. Die großen bewegten sich und die kleinen wurden zu dem Stein hinaufgezogen. »Diese Anziehungskraft des Bernsteins«, fuhr sie fort, »nannten die Wissenschaftler ›attractio electrica‹. Das heißt, Begriffe wie Elektrizität, elektronisch und so weiter verdanken ihren Namen dem Bernstein. Früher dachte man, er entstünde aus dem getrockneten Harn von Luchsen, und nannte ihn ›Luchsstein‹. Die Germanen nannten ihn Glaes, daher kommt unser Wort ›Glas‹, die Römer nannten ihn ›succinum‹, was Saft bedeutet. Sie vermuteten, dass er aus Baumsaft besteht. Die Bezeichnung ›Bernstein‹ kommt vom mittelniederdeutschen Wort ›bernestein‹ und heißt soviel wie ›brennender Stein‹.«

Frau Memorete ergriff einen der Steine mit einer Zange und hielt ein Feuerzeug daran. Er fing an zu brennen und verströmte einen angenehmen Geruch. Sie legte den Stein in eine Glasschale. »Ihr habt sicherlich bemerkt, dass er harzig riecht. Wegen dieses würzigen Dufts wurde er auch zum Räuchern verwendet. Bernstein gehört zu den ältesten Schmucksteinen, er ist aber kein Edelstein. Bernstein ist streng genommen überhaupt kein Stein, denn er ist nicht mineralisch.«

Die Lehrerin beschrieb die physikalischen und chemischen Eigenschaften von Bernstein, erste Fundstätten und das weltweite Vorkommen. Sie erläuterte Abbau und Handel sowie Verwendung, Verarbeitung und Pflege. Die Klasse lauschte zwar ruhig, aber auch ein wenig enttäuscht. Dieser Unterricht war mit den vorangegangenen Stunden nicht zu vergleichen. Alle waren froh, als die Stunde endete.

Kaum war der Gong verklungen, platzte Felix heraus: »Diese Fäden haben mich in einen Urwald gezogen.«

»Sag ich doch«, meinte Zoe. »Das ist etwas Magisches.«

Er reagierte wie gewohnt: »Magie gibt es nicht.«

»Nach allem, was wir in den letzten Tagen erlebt haben?«

Felix wusste nicht, was er antworten sollte. Selket, Pheme, Odin, die Raben und die Maschinen des Hephaistos, das war alles beeindruckend. Aber war es Magie? Was war Magie überhaupt? Wenn er das nächste Mal im Internet wäre, würde er sich genauer darüber informieren.

»Glaubst du, dieser Stein, den wir gefunden haben, ist ein Bernstein?«, wechselte Zoe das Thema.

»Wir wissen ja jetzt, wie man das testen kann«, meinte Felix, da fiel ihm ein, dass er den Stein noch immer in seiner Tasche hatte. »Der ist gestern aus deinem Bett gefallen. Ich habe ihn eingesteckt und vergessen.« Er griff in seine Hosentasche, holte den Stein heraus und gab ihn Zoe. Dabei streifte er den Stift. Vielleicht sollte er es mal wieder versuchen, ganz vorsichtig.

»Sieh mal!« Zoe hielt ihm den Stein vors Gesicht. »Die Fäden sind weg.« Felix betrachtete die matte Oberfläche. Die silbernen Fäden waren verschwunden. Nur ein schwaches Schimmern war geblieben.

»Wie kann das sein?«, grübelte er. »Lässt die Wirkung der Ambrosia nach?« Sie sahen hinaus zu den Raben auf der Marmoreule. Die silbernen Fäden, die sie umgaben, waren gut zu sehen.

»Dann ist er nicht mehr wichtig«, folgerte Zoe.

»Warum?«

»Weil er nicht mit dem Fatum verbunden ist.«

Herr Schreiber betrat das Klassenzimmer.

»Fünf Stunden Schreiber«, stöhnte Viola. »Das halt ich nicht aus.«

»Es wird Ihnen nichts anderes übrig bleiben, Fräulein Egonyx.« Er lächelte spöttisch.

»Wir haben jetzt aber Mathematik«, beschwerte sich Lukas.

»Können Sie das überhaupt?«, fragte Viola.

»Das muss ich nicht.« Er hielt einen Stapel Papier in die Höhe. »Wir schreiben einen Test.« Unter lautem Protest der Klasse verteilte er die Blätter. Erst nachdem er das letzte ausgegeben hatte, kehrte Ruhe ein.

Nach dem Mittagessen setzten sich Zoe und Felix auf eine der Steinbänke vor den Sträuchern am Rand des Schulhofs. Zoe legte den Stein auf den Boden und Felix zündete ihn an. Das Feuerzeug hatte Frau Memorete auf dem Lehrerpult liegenlassen.

Die kleine Flamme verströmte einen angenehm holzigen Duft. Schnell trat Zoe sie aus. »Ein Bernstein«, murmelte sie, hob den Stein wieder auf und hielt ihn gegen das Licht. Goldgelb schien die Sonne durch ihn hindurch. Ein warmer Luftstrom strich über ihre Hand. Er roch nach frisch gemähtem Gras.

* * *

Inmitten der Sträucher stand der blonde Riese und beobachtete Zoe und Felix. Es war viel einfacher, als er gedacht hatte. Das Mädchen hatte den Aitialith. Er konnte sich den Stein einfach schnappen. Da er nicht in das Leben des Mädchens eingriff, verletzte er noch nicht einmal den Kodex. Der Riese blickte hinüber zu der Marmoreule. Dort saßen die beiden Raben, beschäftigt mit der Pflege ihres Gefieders. Sie durften ihn nicht sehen. Welche Gestalt eignete sich am besten? Eine Elster? Unter den Menschen hielt sich hartnäckig das Gerücht, sie sei ein diebischer Vogel. Niemand wunderte sich, wenn das schlaue Tier einen Schmuckstein stibitzte.

Der Riese ging in die Hocke. Seine blonden Haare schmiegten sich eng an den Körper, wuchsen und breiteten sich darüber aus. Während seine Größe abnahm, vergröberte sich das Haar, spaltete sich fein verzweigt auf, bis ihn ein dichtes Federkleid bedeckte. Einige Federn an den Armen und am Rücken vergrößerten sich um ein Vielfaches, formten Flügel und einen langen Schwanz. Seine Füße wurden zu Krallen. Nase und Mund verschmolzen zu einem Schnabel. Von dort aus floss bläulich schimmerndes Schwarz über Kopf und Kehle, Rücken und Schwanz, erfasste den Mittelteil der Flügel und ihre äußersten Ränder. Der Bauch und ein Teil der Flügel bleichten aus, bis sie in reinem Weiß erstrahlten.

Zielstrebig hüpfte die Elster durch das dichte Unterholz. Einige Schritte neben der Bank verließ sie den Schutz der Sträucher. Das Mädchen hielt den Aitialith vor sich in die Höhe. Welch ein Glück! Die Elster schwang sich in die Luft, erst ein Stück hinauf, dann steuerte sie direkt auf den Bernstein zu. Mit nach vorne gerichteten Flügelschlägen bremste sie ihren Flug, die Krallen vorgestreckt, bereit, zuzugreifen, da hörte sie Schritte. Mit einem lauten »Tschack, tschack, tschack« drehte sie ab. Gleichzeitig verblasste im Laubwerk hinter Zoe der Umriss einer Frau, grün wie die Blätter, dunkel wie der Schatten zwischen den Sträuchern. Nur einen Herzschlag lang hatte sie sich gezeigt und den Bernstein betrachtet.

✳ ✳ ✳

Erschrocken von dem Angriff des Vogels hielt Zoe die Arme schützend vor ihr Gesicht, den Bernstein in der Faust.

»Hallo Zoe«, grüßte Hugo. »Ich habe dich lange nicht mehr gesehen.«

Zoe ließ die Arme sinken. »Hast du gefunden, was du suchst?«

Hugo stutzte. »Was suche ich denn?«

»Ich weiß es nicht. Du hast doch Frau Weber erzählt, dass du etwas suchst.«

»Ach das, nichts Besonderes«, winkte er ab. »Nur einen Stift. Er ist nicht viel wert, aber ich hänge daran. Und einen Bernstein. Der ist auch nichts wert. Habe ich mal gefunden.«

Zoe setzte zu einer Antwort an, doch Felix trat ihr ans Bein. Fast unmerklich schüttelte er den Kopf. Ihr Mund schnappte zu und ihre

Faust schloss sich fester um den Stein. Hugo sah sie erwartungsvoll an.

»Wir müssen jetzt in den Musikunterricht«, drängte Felix, stand auf, zog Zoe von der Bank hoch und schob sie Richtung Freitreppe. Hugo sah ihnen hinterher. Er war sich sicher, dass sie etwas wussten.

* * *

Der Riese hatte sich wieder zurückverwandelt. In seinem Versteck hinter der Hecke verfluchte er den Zufall. Es wäre so einfach gewesen. Musste dieser verdammte Trickster ausgerechnet jetzt auftauchen? Hatte er gesehen, dass das Mädchen den Aitialith besaß? Hoffentlich nicht! Kaum vorzustellen, welche Aufgabe der listige kleine Grieche ihm stellen würde, falls er das Spiel gewann. Sicherlich irgendeine Betrügerei, für die er selbst nicht den Kopf hinhalten wollte. Das musste er verhindern. Er durfte das Mädchen nicht mehr aus den Augen lassen. Bei der nächsten Gelegenheit würde er zuschlagen.

* * *

»Warum sollte ich nicht sagen, dass wir den Stein und den Stift haben?«, fragte Zoe.

»Er hat gelogen! Ein Stift, der alle möglichen Dinge in Gold verwandelt, muss wertvoll sein.«

»Wenn die Sachen ihm gehören, müssen wir sie zurückgeben.«

»Du kannst nicht sicher sein, dass die Sachen ihm gehören, nur weil er es behauptet.«

»Aber er hätte uns einiges erklären können.«

»Vielleicht«, räumte Felix ein. »Vielleicht ist der Bernstein der Aitialith. Oder es ist der Stift. Wie auch immer. Wenn dieser Aitialith allwissend macht, dann sind viele hinter ihm her. Überleg mal, was für eine Macht man damit hätte. Da würde sicher niemand zögern, ein bisschen zu schwindeln oder sogar noch viel Schlimmeres zu tun.«

»Ich glaube nicht, dass der Bernstein der Aitialith ist«, meinte Zoe. »Etwas, das so mächtig ist, müsste doch unheimlich viele dieser Fatumfäden haben.«

»Jedenfalls traue ich diesem Hugo nicht.«

»Wir warten am besten, bis Frau Wala wieder gesund ist. Sie kann uns bestimmt mehr über diesen Stein sagen.«

»Warum sollten wir Frau Wala vertrauen?«

»Sie hat mir doch gesagt, wo der Bernstein ist.«

»Sie hat dir nur gesagt, dass du irgendwo nach irgendetwas suchen sollst. Ob sie den Bernstein gemeint hat, wissen wir nicht.«

Ernüchtert stellte Zoe fest, dass Felix recht hatte. Es gab keinen Grund, Frau Wala zu trauen. Aber wem konnten sie überhaupt vertrauen?

Das Rätsel der Sphinx

Nach der Schule machten sich Zoe und Felix auf den Weg zum Ärztehaus, um Selket zu treffen. Im Lauf des Nachmittags hatte der Himmel sich zugezogen. Ein feiner Dunst hing zwischen den Bäumen und trübte ihre Sicht. Die kalte Feuchtigkeit benetzte Zoes Haut. Fröstelnd schloss sie den Reißverschluss ihrer Jacke. Hinter ihr erklang das Krächzen der Raben. Die beiden glitten heran und landeten auf ihren Schultern.

»Du sitzt auf meiner Seite«, beschwerte sich Munin.

»Seit wann hat hier jeder seine eigene Seite?«

»Ich habe euch vermisst«, seufzte Zoe.

»Ehrlich?«, säuselte Hugin.

»Es war unerträglich ruhig ohne euch.«

»Wir haben dich auch vermisst«, flötete Munin und rieb seinen Kopf an Zoes Ohr.

»Sie meint das anders.«

»Woher willst du das wissen?«

»Im Gegensatz zu dir kann ich denken.«

»Wenn ihr nicht sofort aufhört zu streiten, müsst ihr wieder laufen«, drohte Zoe.

»Ich bin brav«, wisperte Hugin.

»Ich bin braver.«

Jemand packte Zoes Arm und riss sie herum. Es war Neidhard, der grimmig piepste: »Ich will wissen, was hier läuft!«

»Finger weg! Nicht anfassen!«, schimpften die Raben mit weit vorgereckten Hälsen.

»Weg da, ihr Mistviecher!« Neidhard schubste die Vögel von Zoes Schultern.

»Mistviecher?«, empörte sich Hugin und machte sich an Neidhards Schuhen zu schaffen. »Dir zeig ich's!«

Felix drängte sich dazwischen und rief: »Hau ab!« Neidhard packte ihn am Kragen, schob ihn zurück und hielt ihn auf Abstand. »Wer war der Mann, mit dem ihr und diese Frau gesprochen habt?«

»Dich mach ich fertig!«, kündigte Munin an und schnappte nach Neidhards Bein. Der trat einen Schritt zur Seite, doch Munin verbiss sich in seinem Hosenbein und knurrte.

»Sind die irre?« Neidhard hob sein Bein und schüttelte es, aber der Rabe ließ nicht locker. Hugin zupfte unterdessen an den Schnürsenkeln am anderen Fuß.

Zoe wand sich aus seinem Griff. »Was willst du?«

Neidhard gab Felix frei und schlug nach Munin, woraufhin dieser die Hose losließ und zu Boden fiel. Hugin versetzte er einen Tritt, der den Raben beiseite schleuderte. Dann wandte er sich Zoe zu: »Der Typ gestern Abend, der auf dem Motorrad, wer war das?«

»Das geht dich überhaupt nichts an!«, antwortete Felix an Zoes Stelle, drehte sich um und zog sie mit sich.

»So nicht!« Neidhard griff nach Zoe und bekam ihre Jacke zu fassen, doch der Stoff glitt ihm aus der Hand. Er wollte ihr folgen, da durchfuhr ihn ein heftiger Schmerz. Die Raben hackten auf seine Waden ein. Neidhard sprang von einem Bein aufs andere, fuchtelte mit den Armen und stampfte auf den Boden. Umsonst! Die Vögel ließen sich nicht abschütteln.

»Da hast du dein ›Mistvieh‹!«, krakeelte Hugin.

Neidhard wollte weglaufen, kam aber nicht weit. Nach zwei Schritten trat er auf seine offenen Schnürsenkel, stolperte und schlug der Länge nach hin. Hugin und Munin stiegen unter hämischem Gelächter in die Luft.

Mit gequälter Miene raffte Neidhard sich auf und humpelte zur nächsten Parkbank. In seinen aufgescheuerten Handballen steckten kleine Steinchen. Leise wimmernd zog er sie heraus. Seine Knie schmerzten, seine Waden auch, alles tat ihm weh. Das war Zoes Schuld! Sie hatte die Raben auf ihn gehetzt. Dafür würde er sich rächen. Aber zuerst musste er herausfinden, was die beiden vorhatten.

»Ohne Ambrosia kann er Sleipnir nicht sehen«, keuchte Zoe. Felix lachte: »Ein Motorradfahrer? Wenn der wüsste!« Sie fielen in einen leichten Dauerlauf.

Selket wartete unter dem Vordach des Ärztehauses. Die Kapuze eines wollenen Ponchos bedeckte ihren Kopf. Um ihren Hals hatte sie sich einen Schal geschlungen und ihre Füße steckten in dicken Stiefeln.

»Und was ziehen Sie im Winter an?«, fragte Felix zur Begrüßung.

»Es ist so kalt in diesem Land.« Selket rieb sich die Hände.

»Warum gehen Sie nicht zurück nach Ägypten?«

Die Göttin seufzte und blickte sehnsüchtig in die Ferne. »Wir müssen nicht so förmlich sein«, meinte sie dann. »Ihr könnt mich ruhig duzen.« Sie legte ihre Hände ineinander und blies warme Luft hinein. »Lasst uns aufbrechen!«

Sie durchquerten den Stadtgarten, liefen an der Schule vorbei und die Nagold entlang bis zur Kirche. Dort überquerten sie die Enz und hielten zwischen Stadttheater und Kongresszentrum hindurch auf die Bibliothek zu. In Zoes Schultasche gezwängt schliefen die Raben.

»Die Moiren halten sich fast ausschließlich im Dilemma auf«, erklärte Selket.

»Dilemma?«, wiederholte Zoe. »Ein Problem, das man nicht lösen kann, weil alle Möglichkeiten gleich schlecht sind?«

»Der Ort zwischen den Welten wird so genannt«, erläuterte die Göttin. »In der Welt der Menschen müssen wir eine Gestalt annehmen. Wir können nur kurz in unserer eigentlichen Form verweilen. Die Welt der Götter können die Menschen wiederum nicht betreten, da sie an ihren Körper gebunden sind. Nur im Dilemma ist beides möglich. Die Menschen können es betreten und die Götter können ihre natürliche Gestalt aufrechterhalten.«

»Ist der Skorpion deine natürliche Gestalt?«, fragte Zoe.

»Der Skorpion ist nur eine weitere irdische Form«, erwiderte Selket. »Die natürliche Form der Götter kann man nicht so leicht erklären. Es ist nicht so einfach, sie sich vorzustellen, denn man kann diese Gestalt nicht sehen, nicht so, wie ihr Menschen seht.«

»Klasse!«, spottete Felix. »Unerklärlich, unvorstellbar und natürlich unsichtbar, das ist eine tolle Beschreibung.« Selket erhöhte ihre Geschwindigkeit. Zoe blinzelte ihn böse an und lief ebenfalls schneller, auch, um mit der Göttin Schritt zu halten.

»Wieso gehen wir in die Bibliothek?«, fragte Felix, als sie auf deren Eingang zusteuerten.

»Hier befindet sich die einzige Tür zum Kern des Fatums«, antwortete Selket. »Wir müssen eine Parze suchen. Sie wird uns eine Schwelle legen.«

»Und wer sind die Parzen?« Felix wurden die vielen verschiedenen Namen lästig. »Ich komme mir langsam vor wie bei einem Spiel, in dem ständig neue Figuren auf das Spielfeld gestellt werden.«

»Die Parzen sind die römischen Schicksalsgöttinnen.« Selket öffnete die Eingangstür. »Ursprünglich waren sie einfache Geburtsgöttinnen. Sie hatten nie so viel Macht wie die Moiren. Sie dokumentieren und archivieren den Willen der Götter. Es gibt sie in allen Bibliotheken. Manchmal sind sie sogar als Bibliothekare tätig, wie hier in Portus.« Die Göttin führte Zoe und Felix die geschwungene Treppe zur Empore hinauf und deutete in einen der Gänge. Dort stand Frau Nona und sortierte Bücher ein. Sie strahlte die gleiche schlechte Laune aus wie am Projekttag.

»Frau Nona ist eine Parze?«, fragte Felix.

Selket brummte zustimmend.

Die Parze drehte sich zu ihnen um. »Selket«, bemerkte sie zurückhaltend. »Du warst lange nicht mehr hier.« Sie kam ihnen entgegen. »Was willst du?«

»Wir möchten zum Kern des Fatums!« Selkets Tonfall klang unterkühlt. »Würdest du uns bitte eine Schwelle legen?«

»Eine Schwelle zum Fatum?« Frau Nona schob ihre Lesebrille auf die Nasenspitze. Abschätzig musterte sie Zoe und Felix über den Brillenrand. »Weißt du, was die drei dir erzählen, wenn du mit Menschen am Fatum erscheinst?« Sie trat näher an Zoe heran. »Ambrosia!« Missbilligend verzog sie ihr Gesicht.

»Du solltest dir das Fatum des Mädchens etwas genauer ansehen«, entgegnete Selket. »Es ist viel zu dicht.« Frau Nona ging um Zoe herum und begutachtete sie. »Das Fatum ist schon dicht, aber so dicht ist es nun auch wieder nicht.« Selket umkreiste Zoe ebenfalls. »Merkwürdig«, murmelte sie, »gestern war es deutlich heller.« Dann schlenderte auch Felix kopfschüttelnd um Zoe herum und brummte undeutlich vor sich hin. Allmählich kam sich Zoe blöd vor. Als Felix ansetzte, eine zweite Runde zu drehen, platzte ihr der Kragen: »Was ist? Können wir jetzt zum Fatum?«

»Nun gut«, antwortete Frau Nona schnippisch. »Das ist schließlich eure Sache.« Sie bedeutete ihnen, ihr zu folgen, drehte sich um und lief los, die Regale entlang, mal links, mal rechts. Schon nach wenigen Richtungsänderungen hatte Zoe die Orientierung verloren.

»Hier finden wir nie wieder raus«, meinte Felix.

»In diesem Teil der Bibliothek habt ihr auch nichts zu suchen!«, fuhr Frau Nona ihn an und winkte sie vorbei in einen nur durch Regale abgegrenzten Raum. Vor der Bücherwand links vom Einlass stand ein braunes Ledersofa, beleuchtet von einer Stehlampe. Rechts lag ein dickes Buch auf einem hohen Holzständer.

Felix ließ sich auf das Sofa fallen, streckte seine Beine aus und kreuzte die Füße. Zoe setzte sich zu ihm. Frau Nona zog ein Buch aus dem Regal gegenüber dem Sofa und legte es in der Mitte des

Raumes auf den Boden. Sie nahm ein weiteres Buch aus dem Regal daneben und platzierte es darüber. Dann hielt sie auf eine Regalreihe außerhalb zu. Nach einigen Minuten kam sie mit einem Stapel Bücher zurück und legte sie neben den beiden anderen auf dem Boden aus. Stapel um Stapel, Buch um Buch schichtete sie eine breite Plattform auf.

Felix langweilte sich. »Ist das immer so umständlich?«

»Ich glaube, sie macht sich nur wichtig«, flüsterte Selket und wandte sich an die Bibliothekarin: »Reicht das nicht? Vor zweitausend Jahren hast du nur eine Schriftrolle gebraucht.«

»Wenn du dich so gut auskennst«, fuhr Frau Nona sie an, »dann leg dir deine Schwelle doch selbst. Ich wollte nur auf Nummer sicher gehen.« Sie verschränkte die Arme vor der Brust und sah eingeschnappt auf das Regal neben sich. Dahinter duckte sich blitzschnell der blonde Riese.

* * *

Aus seinem Versteck hinter den Büchern beobachtete der Riese, wie viel Aufhebens die Parze um die Schwelle machte. Hatte sie ihn entdeckt? Nein! Ihr Blick ging ins Leere. Er dachte nach. Das Mädchen besaß den Aitialith und war auf dem Weg zu den Moiren. Der Stein wäre für immer verloren. Das musste er verhindern. Er musste das Mädchen von der Schwelle reißen, bevor sie die Bibliothek endgültig verließen, den Aitialith an sich nehmen und schleunigst verschwinden. Der richtige Zeitpunkt war entscheidend. Selket durfte ihm nicht folgen. Sie musste für eine Weile in der Schwelle gefangen bleiben, nur so lange, bis er sich in Sicherheit gebracht hatte. Sollte er die Gestalt wechseln? Nicht nötig! Die Raben waren nicht zu sehen. Außerdem wurde die Zeit knapp. Selket führte die beiden bereits zur Schwelle.

Die Bücher reichten Zoe fast bis zur Brust. Felix stemmte sich hoch, schwang ein Bein auf die Plattform und stieg hinauf, völlig mühelos. Zoe bezweifelte, dass sie derart elegant auf die Bücher gelangen würde. Zaghaft legte sie ihre Hände an die Kante und sammelte Kraft. »Nicht erschrecken«, sagte Selket. »Ich helfe dir.« Sie schlang einen Arm um Zoes Hüfte und sprang zusammen mit ihr in einem Satz hinauf. Zoe wollte erst protestieren, bedankte sich dann aber bei der Göttin.

Frau Nona würdigte die drei keines Blickes, trat an den Holzständer und schlug den verschlissenen Lederband auf. Gleichzeitig verblasste sie. Das Regal hinter ihr schimmerte bereits durch sie hindurch, da tauchte der bleiche Umriss des blonden Riesen auf. Selket fuhr herum. Er schnellte auf Zoe zu und streckte seine langen Finger nach ihr aus. Ohne zu zögern, warf sich die Göttin dazwischen und riss den Riesen von der Plattform hinunter. Einen Atemzug später hatten sie sich in einen großen Skorpion und in eine gigantische Wespenspinne verwandelt. Noch bevor sie den Boden berührten, waren sie verschwunden.

Die Raben waren aufgewacht und hatten ihre Köpfe aus der Schultasche gestreckt, um sich über das Rütteln zu beschweren. Als sie sahen, wie Selket den Riesen mit sich riss, befreiten sie sich hektisch aus der Tasche. Laut krächzend flogen sie hinterher, prallten jedoch an einer unsichtbaren Wand ab und landeten bäuchlings auf den Büchern.

* * *

Neidhard stand hinter dem Regal gegenüber dem Einlass und beobachtete die seltsamen Vorgänge in dem abgelegenen Bereich der Bibliothek. Nachdem Zoe, Felix und die fremde Frau auf den Stapel

Bücher gestiegen waren, kam ein sehr großer blonder Mann hinein. Er sprang auf die Plattform zu und riss die Fremde mit sich. Dann verschwanden sie, die Frau, der Mann, Zoe und Felix samt Bücherhaufen. Als wäre nichts geschehen, kehrte die Bibliothekarin zu ihrer Arbeit zurück.

Fassungslos starrte Neidhard auf die leere Stelle. Das war nicht möglich! Wurde er verrückt? Nein! Das musste irgendeine revolutionäre neue Technologie sein, wie das Beamen in Science-Fiction-Filmen. Aber warum benutzten sie es in einer Bibliothek auf einem Bücherstapel? In welche geheimnisvollen Machenschaften waren Zoe und Felix verwickelt? Konnte er das ausnutzen, um es Zoe heimzuzahlen? Sanft strich er über die Wunden an seinen Händen.

* * *

Zoe kniete sich auf die Bücher und half den Raben auf die Beine. Felix sah sich um. Frau Nona war verschwunden, der Holzständer ebenfalls. Die Bücherregale hatten ihre Farbe verloren, erschienen ihm grau und verschwommen. Nur die Plattform sah echt aus, die Raben auch, genauso wie Zoe und er selbst.

»Zwei Menschenkinder«, schnurrte eine leise Stimme hinter ihnen. Zoe und Felix fuhren herum.

»In Begleitung von Odins Raben. Das bekommt man nicht alle Tage zu sehen.«

Anstelle des Sofas beleuchtete die Stehlampe eine Frau an einem hohen, schmalen Pult. Ihre sandfarbenen Haare bauschten sich zu einer Mähne, die wallend über ihre Schultern fiel. Sie beugte sich leicht nach vorne und betrachtete Zoe mit ihren grünlich leuchtenden Katzenaugen. »Ambrosia?« Ihre platte Nase kräuselte sich. »Na, wenn das mal keinen Ärger gibt.« Sie bog den Kopf zurück. »Warum steht ihr eigentlich auf diesem Bücherhaufen?«

»Das ist die Schwelle«, erklärte Zoe. »Frau Nona sagt, dass es sicherer ist.«

»Diese blöden Parzen!«, schimpfte die Frau so plötzlich, dass Zoe und Felix vor Schreck zusammenzuckten. »Immer müssen sie sich wichtig machen. Das Buch des Aporem sollen sie öffnen, sonst nichts. Einen riesigen Zauber machen sie daraus.« Sie schlug mit der flachen Hand auf das Pult. »Ich bin die Hüterin des Tors.« Mit schmerzverzerrter Miene hielt sie ihre Hand und fügte verdrossen hinzu: »Seit Jahrhunderten bitte ich Hephaistos, eine Klingel anzubringen. Aber nein, die Parzen dürfen nach wie vor jeden schikanieren, der ins Dilemma will.« Abrupt wandelte sich ihre Stimmung. Sie legte den Kopf schief und fragte neugierig: »Wo wollt ihr denn hin?«

»Zum Fatum«, antwortete Felix. »Wir möchten zu den Moiren!« Aus dem Augenwinkel bemerkte er hinter dem Pult eine buschige Schwanzspitze, die auf den Boden klopfte. Unauffällig tippte er einen der Raben an. »Was ist das?«

»Der Schwanz«, erklärte Munin.

»Das sehe ich. Ich meine die ganze Gestalt!«

»Sie ist eine Sphinx. Sie bewacht das Tor. Wer ihr Rätsel löst, darf hindurch.«

»Und was passiert, wenn man es nicht löst?«

»Das liegt im Ermessen der Sphinx. Einige erwürgt sie. Andere frisst sie auf. Manche werden zu Stein. Es kann aber auch sein, dass man den langen Weg nehmen muss.«

Die Sphinx unterbrach Munins Ausführungen: »Was wollt ihr dort?« Sie trat hinter dem Pult hervor. Ihr Oberkörper saß auf dem Unterleib eines Löwen. Kurzes, dichtes Fell bedeckte ihren ganzen Körper, auch das Gesicht. Über ihrem Mund wuchsen feine Schnurrhaare. Krallen zierten ihre langen Finger und die kräftigen Pranken. Gemächlich schritt sie auf die Plattform zu und schnurrte: »Ganz allein auf dem Weg ins Dilemma?«

Ohne die Sphinx aus den Augen zu lassen, kletterten Zoe und Felix von den Büchern herunter.

»Das kann durchaus gefährlich sein und Odins Federvieh ist dabei keine große Hilfe.«

Die Raben protestierten lautstark. »Ich denke schon, dass wir die beiden unterstützen können!«, rief Hugin. Munin bekräftigte seine Worte.

»Dann fangen wir an«, schnitt die Sphinx den Vögeln das Wort ab. »Ihr zwei dürft euch gerne beraten, aber die Raben halten sich heraus. Wenn sie sich einmischen, wird die Antwort als falsch gewertet.« Sie schlenderte um den Bücherstapel herum. Zoe und Felix rückten in kleinen Schritten zur Seite, darauf bedacht, die Bücher zwischen sich und der Sphinx zu behalten.

»Da ihr heute zum ersten Mal bei mir seid, gebe ich euch mein Lieblingsrätsel auf.« Die Sphinx ließ sich auf dem Boden nieder und kratzte sich mit der Hinterpfote am Ohr. »Seid ihr bereit?« Zoe und Felix nickten.

»Es ist«, begann sie geheimnisvoll, »am Morgen vierfüßig, am Mittag zweifüßig und am Abend dreifüßig. Von allen Geschöpfen wechselt es als Einziges die Zahl seiner Füße. Wenn es die meisten Füße bewegt, sind seine Kraft und Schnelligkeit am geringsten.« Sie hob ihr Hinterteil, setzte ihre Hände weit vor sich auf dem Boden auf und streckte sich. Dann richtete sie sich auf und kehrte hinter ihr Pult zurück.

Zoe und Felix suchten fieberhaft nach der Lösung des Rätsels. Die Raben saßen am Fuß des Pults. Hugin legte sich rücklings auf den Boden und strampelte mit den Beinen. Munin hob ihn hoch und wiegte ihn sanft hin und her. Felix kicherte. Misstrauisch beugte sich die Sphinx über das Pult. Sofort ließ Munin seinen Bruder los. Er schlug mit einem dumpfen Klatschen auf dem Boden auf, beschwerte sich jedoch nicht, sondern setzte eine unschuldige Miene auf.

Sobald die Sphinx wegschaute, posierte Munin wie ein Bodybuilder, stolzierte umher wie ein Offizier und steppte wie ein Tanzlehrer. Dann löste Hugin ihn ab. Schwerfällig hinkte er vor dem Pult auf und ab, zog einen Flügel nach und knickte mit einem Bein immer wieder ein.

Das Schauspiel der Raben irritierte Zoe. Warum alberten die zwei herum, während sie sich auf die Aufgabe konzentrieren mussten? Erst hatte Hugin sich wie ein Baby aufgeführt und am Ende war er wie ein Greis herumgeschlichen. Sie wollte sich schon abwenden, da fiel ihr die Geschichte ein, die Hugin am Abend zuvor erzählt hatte. Der Mensch war zuerst ein Baby, um das man sich kümmern musste. Babys krabbelten auf allen vieren, waren aber langsam.

»Ich hab's«, rief sie. »Es ist der Mensch. Am Morgen seines Lebens ist er ein Baby und krabbelt. Mittags, als Erwachsener, läuft er auf zwei Beinen. Am Lebensabend, wenn er alt und schwach ist, braucht er eine Stütze und nimmt einen Stock als drittes Bein zu Hilfe.«

Die Sphinx klatschte erfreut in die Hände. »Bravo! Endlich habe ich die Gelegenheit, Hephaistos' neuen Perportator zu testen. Der alte war defekt, also hat er mir einen neuen gebaut, mit allem Schnickschnack.« Sie stellte ihren Schwanz auf, die flauschige Quaste an seinem Ende nach vorne gebogen. »Hop, hop, hop!«, rief sie. »Rauf mit euch auf die Schwelle!« Ihre Finger ließ sie über dem Pult schweben. »Ich kann mich gar nicht entscheiden. Hephaistos hat so viele Spezialeffekte eingebaut. Was nehm ich bloß?«

Bei dem Gedanken an Hephaistos' Spezialeffekte wurde Zoe mulmig zumute. Ganz zu schweigen von der Plattform. Wie sollte sie auf die Bücher hinaufkommen?

Felix kam ihr zu Hilfe. Er verschränkte seine Hände vor dem Bauch und bot sie Zoe als Tritt an, beugte sogar ein bisschen die

Knie. Sie hielt sich an seinen Schultern fest, setzte ihren Fuß hinein und stieg hinauf.

Kaum war Felix auf die Bücher geklettert, drückte die Sphinx einen Knopf auf der Oberseite des Pults. »Einmal die Decke und dazu noch etwas Krasses.« Sie warf einen abwägenden Blick auf Zoe und Felix, dann drückte sie einen weiteren Knopf und zog an einem Hebel. »Stachel! Ich denke, das macht euch Spaß.«

Über ihnen knirschte es. In der Decke breiteten sich Risse aus, die sich verzweigten, bis ein feines Netzwerk den Beton durchzog. Aus den Abzweigungen traten schwarze Stacheln heraus und die Decke senkte sich herab. Die Stacheln setzten auf den Regalen auf und bohrten sich durch die Bretter.

»Hephaistos ist so cool!«, rief Felix, den Oberkörper vorgebeugt, um die Stacheln nicht zu berühren. Zoe ging in die Hocke und fragte: »Soll das so sein? Das sieht verdammt echt aus.«

»Ich kann mich nicht erinnern!«, krächzte Munin.

»Wenn es wichtig wird, kannst du dich nie erinnern.«

Das Holz ächzte und splitterte. Ein Regal nach dem anderen brach zusammen. An den Stacheln steckten die aufgespießten Bücher. »Wir müssen hier weg. Schnell!« Zoe krabbelte an den Rand der Plattform, um hinunterzusteigen, und stieß mit dem Kopf gegen eine unsichtbare Wand. Felix tastete den Rand des Bücherstapels ab. »Hier geht's nirgendwo runter«, stellte er fest.

»Oh nein!« Zoe legte sich so flach wie möglich auf die Bücher. Die Raben drückte sie fest an sich.

»Das sind doch nur Spezialeffekte.« Felix bückte sich tiefer. »Oder?« Er griff nach einem Stachel. Seine Hand glitt durch ihn hindurch. »Cool!«, rief er und richtete sich auf. Sein Oberkörper durchdrang die Decke. Oberhalb erstreckte sich ein weitmaschiges Spinnennetz, soweit das Auge reichte. Wenige Schritte von Felix entfernt verdichteten sich die Spinnweben zu einer Tunnelöffnung. Sie führte in einen leuchtenden Schlauch, der sich über eine weite

Ebene wand und in einen riesigen Kokon überging. Zoe ließ die Raben los und setzte sich auf. Die Stacheln drangen durch sie hindurch, versanken in den Büchern und verschwanden im Boden. Zuerst war sie erleichtert, aber dann sah sie das Spinnennetz.

»Oh nein!« Sie umklammerte ihre Beine und legte die Stirn auf ihre Knie. »Ich will keine Spinnweben mehr sehen.«

»Das sind keine normalen Spinnweben. Sie leuchten, so wie das Fatum. Wir wollen doch zu den Moiren, oder?«

»Das ist mir egal«, jammerte Zoe, ohne den Kopf zu heben. »Ich kann nicht mehr!«

»Natürlich kannst du. Hast du vergessen, dass du das Vermächtnis der Götter in dir trägst?« Als Zoe nicht reagierte, warf er sich in Positur und tönte: »Und ich bin der Gott der goldenen Unterhosen!« Sie musste grinsen.

»Wenn ich aufs Klo geh«, prahlte er, »kommt goldene ...«

Zoe kicherte: »Wenn du aufs Klo gehst, dann scheppert's in der Schüssel.« Sie brach in ein Gelächter aus, in das Felix einstimmte.

»Und was ist daran so komisch?«, fragte Hugin.

Zoe und Felix liefen die Lachtränen über die Wangen.

»Keine Ahnung!«, antwortete Munin. »Bei Midas war es auch so. Alles, was er berührte, wurde zu Gold.«

»Ist ja eigentlich nicht lustig.«

Munin zuckte mit den Flügeln. »Menschen!«

»Komm!«, japste Felix. »Wir müssen weiter.« Sie kletterten von den Büchern herunter.

»Ich denke, wir müssen in den Tunnel hinein«, krächzte Hugin.

»In einen riesigen Spinnenkokon? Ich denke nicht, dass das sinnvoll ist.«

»Hör auf, zu denken! Schlimm genug, dass du dich ständig erinnerst.«

Zoe und Felix ließen die beiden auf den Büchern zurück und gingen voran, in den Tunnel hinein. Das silberne Geflecht der

Wände warf ein sanftes Licht auf ihre Gesichter. In Felix' Augen glitzerte Abenteuerlust.

Eine Nachricht für die Moiren

Am Ende des Tunnels betraten Zoe und Felix einen geräumigen Kokon. In der Mitte des hellen Fußbodens prangte ein schwarzes Loch, dem ein dichtes Bündel silberner Fäden entsprang. Nach oben hin dehnte sich der lichterfüllte Strang zu einem feinen Gewebe aus, das sich in einem hohen Bogen nach außen wölbte und rundherum die Wände des Kokons durchdrang. »Wie schön!«, flüsterte Zoe, trat an die Kokonwand und betrachtete das Fatum von nahem. Unzählig viele Spinnen webten Maschen in Maschen, feiner und immer feiner, bis sie mit bloßem Auge kaum noch zu erkennen waren. Sie empfand keine Abneigung. Im Gegenteil: Das Fatum zog sie an. Sie hob ihre Hand und wollte es berühren, doch Felix hielt sie davon ab: »Schau mal!« Er deutete auf das Zentrum des Kokons.

Aus einer Falte in dem trichterförmigen Gebilde knapp über dem Boden reckte sich ein behaartes Spinnenbein. Ein zweites öffnete einen Spalt und gab den Blick frei auf die ruhelosen Taster einer silbernen Vogelspinne. Sie zwängte sich aus der Öffnung. Die samtenen Endglieder ihrer Vorderbeine setzten auf dem Boden auf und verwandelten sich in Menschenfüße. Glied um Glied formten sich bleiche Waden, Knie und Schenkel.

Eine Frau trat aus dem Spalt. Zwei weitere folgten, kaum zu unterscheiden von der ersten. Weiße Seidenkleider verhüllten ihre hageren Körper. Ihr langes, feines Haar glich den Fäden des Fatums. Schimmernd umrahmte es ihre hohlwangigen Gesichter. Mit weit geöffneten Augen musterten sie Zoe. Die Sorge, mit der sie die Ankunft des Mädchens erwartet hatten, wich kühlem Gleichmut, als sie das dünne Fatum um Zoe herum sahen.

Felix konnte die farblosen Gestalten nicht leiden. »Wir suchen die Moiren«, begann er, um den Besuch rasch hinter sich zu bringen. »Wir wollen sie warnen!«

»Wir sind die Moiren«, erklärte die Größte. Sie deutete auf die kleinste Moira links neben sich. »Klotho gibt den Weg vor.« Dann zeigte sie auf die andere. »Lachesis bestimmt die Dauer und ich, Atropos, lege das Ende fest.« Herablassend fügte sie hinzu: »Wovor wollt ihr uns warnen?« Sie verschränkte die Arme vor der Brust, die Hände unter den Oberarmen verborgen. Ihre Schwestern nahmen die gleiche Haltung an.

»Das wissen wir nicht«, gestand Felix. »Bei Pheme haben wir gehört, dass eine von euch in Gefahr sein soll.«

»Unmöglich!«, entgegnete Atropos hochmütig. »Keine Macht der Welt kann uns in Gefahr bringen. Wir selbst legen das Schicksal fest. Wir sind das Schicksal.«

Felix war verwirrt. Hatte Pheme sich getäuscht? Zuerst gab sie ihnen das falsche Gerücht und dann war es auch noch überflüssig? Ein seltsames Gefühl beschlich ihn. Hier stimmte etwas nicht.

»Ich muss wissen, was mit mir los ist!«, platzte Zoe heraus.

Klotho breitete fürsorglich die Arme aus. »Du musst dir keine Sorgen machen.« Sie ging auf Zoe zu, doch Atropos verstellte ihr den Weg. »Wir legen das Schicksal fest«, tadelte sie ihre Schwester. »Wir geben keine Auskunft darüber.« Sie wandte sich an Zoe. »Du musst dich deinem Schicksal fügen.«

»Das will ich ja. Ich möchte nur wissen, was mit mir passiert.«

»Geh zu einem Orakel!«, herrschte Lachesis sie an.

Hinter den Moiren, mitten im Fatum, leuchtete der Umriss einer Frau auf, nur für den Bruchteil einer Sekunde. Ihr Erlöschen riss ein

Loch in das Gewebe. Laufmaschen breiteten sich in alle Richtungen aus.

»Tyche!«, kreischten die Moiren. Sie verwandelten sich zurück in Vogelspinnen und stürzten sich ins Netz. Mit weit ausgebreiteten Beinen hielten sie die Enden der gelösten Maschen fest. Dazwischen wimmelte es von Spinnen, die das Geflecht in Windeseile flickten.

Das Leuchten des Fatums schmiegte sich an Zoes Haut und lockte sie mit einem Ausblick auf ihre Zukunft. Ohne zu überlegen, ging sie zu dem silbernen Strang in der Mitte des Kokons und legte ihre Hand flach auf die dicht verwobenen Fäden. Kälte strömte in ihren Körper und zog ihre Gedanken in das Fatum hinein. Der Anblick des Kokons wich einer grandiosen Aussicht auf den Planeten Erde. Erschrocken zog sie ihre Hand zurück.

»Was ist?«, fragte Felix.

»Es hat mich hineingezogen. So wie im Unterricht bei Frau Memorete.« Felix betastete das Fatum, aber er spürte nichts. »Schade!«, bemerkte er enttäuscht.

»Ich will wissen, was mit mir passiert.« Zoe streckte ihre Hand nach dem Gewebe aus. Kaum hatte sie das Fatum berührt, schwebte sie wieder über der Erde, diesmal unterhalb der Wolken. Ein Sog erfasste sie und riss sie mit sich in die Zukunft.

Eine Katastrophe verdunkelte den Himmel. Es folgte ein langer Winter, der die Menschheit vernichtete. Wälder überwucherten die Städte, Wind und Wasser schliffen die Gebäude. Auch das Antlitz der Erde wandelte sich: Kontinente drifteten über den Planeten. Das Weiß der Pole breitete sich aus, bis Eis und Schnee große Teile der Erde bedeckten. Meere trockneten aus und hinterließen Wüsten aus Salz. Regenwälder wichen weiten Savannen. Unzählige Pflanzen und Tiere starben aus, aber das Leben passte sich an, eroberte die Graslandschaft, die Wüste und das Eis zurück. Dann schmolzen die Pole wieder ab und seichte Meere überfluteten das Festland.

Zoe raste weiter der Zukunft entgegen. Der Wechsel von Eiszeiten und Warmzeiten stellte das Leben auf eine harte Probe. Fortwährend entwickelten sich fremdartige Geschöpfe, nur um abermals dem Wandel zu erliegen. Es schien ein ewiger Kreislauf zu sein, doch mit der Zeit wurde es zu heiß. Alles Leben verbrannte. Die Sonne blähte sich zu einer riesigen roten Kugel auf und sprengte ihre äußere Hülle ab. Übrig blieb nur ihr glimmender Kern. Die Erde trudelte durch den Weltraum und zerbarst.

Vor den Gesteinsbrocken zeichnete sich das fahle Gesicht einer Moira ab. »Die Zukunft ist nicht für deine Augen bestimmt«, wies sie Zoe zurecht. »Lass los!« Die Wände des Kokons überstrahlten die Dunkelheit. Zoe stand unmittelbar vor den Moiren, die sich zwischen sie und das Fatum gezwängt hatten.

»Ist das unser Schicksal?« Sie wich vor den drei Frauen zurück. »Wird die Sonne explodieren?«

»Was?«, rief Felix. »Die Sonne explodiert?« Er hatte sich gegen die Moiren gestemmt, um sie von Zoe fernzuhalten. Nun rückte er ebenfalls von ihnen ab. »Spinnt ihr?«

»In fünf Milliarden Jahren«, blaffte Lachesis.

»Wir haben ...«, begann Klotho, doch Atropos schob sich vor ihre Schwester. »Fügt euch!«

Verunsichert starrte Zoe vor sich hin. Die Zukunft stand fest, dessen war sie sich sicher. Warum befasste sie sich überhaupt mit irgendetwas, wenn sie ohnehin nichts bewirkte? Alles umsonst, überlegte sie, abgesehen vom Zähneputzen vielleicht, denn ohne es zerfräßen die Kariesbakterien ihre Zähne. Aber damit verhinderte sie sicherlich nicht die Zerstörung der Sonne.

Die Moiren beobachteten erleichtert ein Flackern in Zoes Fatum. Es bestand keine Gefahr mehr, dass das Mädchen den Aitialith einsetzte. Sie konnten ihre Suche einstellen.

Felix ließ die Moiren nicht aus den Augen. Warum grinsten sie so selbstgefällig? Nun wandten sie sich sogar ab, als seien Zoe und er nicht anwesend. »Komm!«, meinte er. »Wir gehen.«

Vor dem Tunneleingang lagen die beiden Raben, die Flügel weit von sich gestreckt, mit einem silbernen Geflecht auf dem Boden festgesponnen. Eine Schar kleiner Spinnen fügte einen Faden nach dem anderen hinzu. Felix wedelte sie mit seiner Jacke zur Seite, bis sie sich in das Netz an den Kokonwänden zurückzogen. Zoe löste unterdessen das Gewebe um die Schnäbel.

»Sie sind über uns hergefallen«, lamentierte Munin. »Millionen Spinnen!« Zoe zog vorsichtig eine dicke Schicht Spinnweben von seinen Flügeln ab.

»Diese gemeinen Viecher haben uns hinterrücks überfallen«, jammerte Hugin. »Wir hatten keine Chance.«

»Ich habe gleich gesagt, dass es verrückt ist, in eine Höhle voller Spinnen zu gehen.«

»Du weißt ja immer alles besser.«

»Besser als du auf jeden Fall.«

Felix machte sich daran, Hugin vom Boden zu lösen. »Wer war eigentlich die vierte Frau?«, fragte er. »Sie erschien mitten im Netz, nur kurz, dann verschwand sie und hinterließ ein Riesenloch.«

»Das war Tyche«, erklärte Munin, »der Zufall. Sie hat kein Gedächtnis, gehorcht keiner Regel und ist niemandem untertan.«

»Es ist immer aufregend, wenn sie auftaucht«, fügte Hugin hinzu. »Man weiß nie, was passiert.«

»Ist sie auch eine Göttin?« Zoe befreite Munins Schwanzfedern.

»Nein.« Er schüttelte sein Gefieder. »Sie ist eine Personifikation, so wie Pheme.«

»Eine Personifikation?« Felix gab Hugin einen kleinen Schubs, sodass dieser aufstand. »Was ist das?« Die Vögel reckten und streckten sich ausgiebig.

»Also«, begann Munin und legte den Kopf schief. Er schwieg einen Moment, dann öffnete er seinen Schnabel, sagte aber nichts, legte seinen Kopf auf die andere Seite und schloss den Schnabel wieder.

»Er weiß es nicht!«, frohlockte Hugin und hüpfte von einem Bein auf das andere. »Er weiß es nicht! Er weiß es nicht!«

»Ich weiß es sehr wohl! Eine Personifikation ist, wie soll ich das sagen, das ist ein Wesen.«

»Natürlich ist es ein Wesen! Alle sind sie Wesen, auch die Götter und die Menschen. Was für ein Wesen das ist, sollst du sagen.«

»Eine Personifikation ist sozusagen das Wesen einer Sache in einer Person.«

»Was ist das für eine Erklärung?«, stichelte Hugin. »Wer soll denn das verstehen?«

»Mach es doch besser!«

»Ich bin nicht derjenige, der behauptet, alles zu wissen!«

»Jetzt reicht es!«, fuhr Zoe dazwischen. »Ich glaube, wir haben es verstanden. Tyche ist der Zufall, aber wir können sie als menschliche Gestalt sehen. Wenn Tyche auftaucht, passiert etwas Zufälliges.« Zoe sah die Raben fragend an.

»So ist es«, bestätigte Munin. »Sie erscheint, schlägt zu und verschwindet wieder. Sie ist unberechenbar, keiner kann vorhersagen was ...«

»Also das«, unterbrach Hugin seinen Bruder, »ist ja wohl etwas ganz anderes. Nur, weil man ein Geschehen nicht vorhersagen kann, ist es noch lange nicht zufällig.«

»Wenn du glaubst, dass du es besser kannst«, schnauzte Munin ihn an, »dann erklär du es doch.«

»Gerne!« Hugin plusterte sich auf. »Das Wichtigste beim Zufall ist, dass er keiner Regel gehorcht. Vieles wird für einen Zufall gehalten, dabei hat man nur die Regel nicht erkannt.«

»Und woran kann man den Zufall erkennen?«, fragte Felix.

»An Tyche«, antwortete Hugin. »Wenn ein Zufall geschieht, ist immer Tyche dabei.«

»Eine tolle Erklärung, du Profi«, spottete Munin. Die beiden Raben holten Luft, aber Zoe und Felix schnappten sie sich und hielten ihnen die Schnäbel zu. Erst als ihr wütendes Nuscheln verklungen war, ließen sie die Vögel wieder los.

»Das war nicht nett«, krächzte Hugin und rückte ein Stück von Zoe ab.

»Da muss ich dir leider beipflichten«, sagte Munin.

»Es tut mir leid«, entschuldigte sich Zoe. »Ich tue es nicht wieder, aber jetzt müssen wir erst einmal hier raus.«

Munin flog in den Tunnel hinein. »Ich erinnere mich genau, wie wir hereingekommen sind«, ertönte es aus dem Eingang.

Am Ende des Tunnels erwartete sie die Sphinx, beide Unterarme auf das Pult gestützt. Das Licht der Stehlampe erhellte die Spinnweben in nächster Nähe und verlor sich in der Dunkelheit. Der Bücherstapel war verschwunden. »Ihr wollt zurück?« Die Sphinx kam um das Pult herum. »Dann müsst ihr ein weiteres Rätsel lösen.« Sie beugte sich über die Raben und knurrte: »Diesmal bleibt ihr vor mir stehen. Keine Feder rührt ihr! Verstanden?«

Hugin und Munin protestierten: »Immer wir!«

»Wir machen doch gar nichts!«

Die Ohren der Sphinx richteten sich seitwärts. Sie riss ihr Maul auf und fauchte die Raben an.

»Nicht fressen!« Munin wich ihren aufgefächerten Schnurrhaaren aus. Hugin starrte gebannt auf ihre Reißzähne und fiepte: »Wir sind schwer verdaulich.«

216

Ohne die Vögel aus den Augen zu lassen, fuhr die Sphinx fort: »Und nun zum Rätsel: Wer sind die zwei? Sie haben zehn Beine, drei Augen und einen Schwanz.«

Zoe und Felix berieten sich.

»Es gibt Krebse, die zehn Beine haben«, meinte Felix.

»Wir suchen aber zwei.«

»Dann müsste jeder fünf Beine haben.«

»Oder vier Beine und eine Krücke.« Zoe schüttelte den Kopf. »Unsinn!« Hugin und Munin konnten sich kaum beherrschen, doch sie wagten es nicht, auch nur die Augen zu verdrehen.

»Oder einer hat sechs und der andere vier«, rätselte Felix.

»Ein Pferd und eine Fliege?«

»Die haben vier Augen.«

»Die Fliege könnte auf einem Auge blind sein.«

»Eine Spinne und ein Mensch?«

»Zehn Augen.« Zoe seufzte. Sie fanden zu viele Lösungen.

»Wir geben auf«, entschied Felix.

»Nein!«, kreischte Hugin. Zu spät! Die Sphinx zog an einem langen Hebel. Im Boden vor ihnen sprang eine Klappe auf und riss alle vier in die Tiefe.

Die Höhlen der Spinnen

Zoe kam es so vor, als fielen sie ewig durch die Dunkelheit, doch schließlich bremste ein Netz ihren Sturz. Es dehnte sich, zog sich wieder zusammen und schleuderte sie empor. Felix jauchzte vor Vergnügen. Die Raben glitten in einer schraubenförmigen Bahn den felsigen Schacht hinab und krächzten: »Odin auf Sleipnir!«

»Nein!« Zoe griff sich an die Stirn. »Sleipnir hat acht Beine und Odin trägt eine Augenklappe. Zehn Beine, drei Augen und ein Schweif.«

Hugin landete auf einem Felsvorsprung. »Ich denke, das ist der lange Weg aus dem Dilemma«, sagte er.

»Wir hatten Glück.« Munin ließ sich neben ihm nieder.

»Wie wahr!«

»Erinnerst du dich an Theben? Dort hat sie die Versager erst erwürgt und dann gefressen.«

Allmählich schwangen sie aus. Felix wippte, um das Netz wieder in Gang zu setzen. »Gut, dass es hier ein Sicherheitsnetz gibt«, bemerkte er. »Sonst wären wir jetzt Matsch.«

Links und rechts fiel das grobe Geflecht sattelartig zum felsigen Boden hin ab. Vor ihnen spannten sich die dicken weißen Stränge bis weit hinauf in den düsteren Schacht. Glänzende Tropfen einer klaren Flüssigkeit hafteten daran. Ihr Anblick kam Zoe vertraut vor. Sie legte ihren Kopf in den Nacken und murmelte: »Woher kenne ich das?« Je länger sie in die Dunkelheit starrte, umso deutlicher erkannte sie Formen, länglich, strahlenförmig angeordnet, rund um eine Kugel. Sie bewegten sich, reihum, kamen auf Zoe zu.

»Weg hier!«, schrie sie.

Eine schwarze Spinne krabbelte ins Licht. Felix schlüpfte durch die Maschen und hangelte sich dem Boden entgegen. Zoe kletterte auf der Oberseite hinunter. Mit jedem Schritt schaukelte sie heftiger auf und ab. Es fiel ihr immer schwerer, weiterzukommen, und die Spinne näherte sich rasch. Nur zwei Maschen trennten sie noch von Zoe. Felix war drauf und dran, umzukehren, doch die Raben griffen bereits ein. Sie krallten sich an den Rand des Netzes und schlugen kräftig mit den Flügeln. Die Spinne wandte sich ab.

»Schnell!«, rief Felix vom Boden aus und streckte ihr seine Arme entgegen. »Spring!«

»Ich kann nicht.« Sie kletterte weiter. Er packte einen der Stränge und zog daran, um das Netz zu stabilisieren. Das half. Im Nu erreichte Zoe den Boden. Sie rannten zu einer Gruppe von Felsen und gingen dahinter in Deckung.

Hugin und Munin landeten vor Zoe. Sie streichelte ihr Gefieder und lobte sie: »Sehr gut! Ihr seid meine Helden.« Felix suchte einen Ausgang. Von der zerklüfteten Felswand ging ein mattes Licht aus, das die Risse und Spalten flacher erscheinen ließ, als sie waren. Über ihnen wölbte sich das Netz und bildete eine Brücke, die sich bis zur anderen Seite erstreckte. Dort klaffte eine dunkle Öffnung im Fels.

»Da drüben geht es weiter«, sagte Felix.

»Unter dem Spinnennetz durch? Und die Spinne?«

»Die ist schon wieder im Schacht und Frau Weber hat erzählt, dass nur ganz bestimmte Spinnen ihre Beute jagen. Die Spinnen, die diese Fangnetze weben, warten, bis das Opfer sich darin verfängt.«

Zoe und Felix huschten unter dem Netz hindurch, Felix voran, eine Hand nach hinten gestreckt, um Zoe zu schützen. Bevor sie durch die Öffnung in die Dunkelheit traten, zögerte Zoe. »Wer weiß, was da drin ist.« Sie blieb stehen. Felix lief einige Schritte hinein, dann drehte er sich um und ermunterte sie, ihm zu folgen: »Das ist nur ein ganz kurzer Tunnel.«

Zoe rührte sich nicht.

»Ich kann das Ende schon sehen.«

Die Raben schlenderten an ihr vorbei, vertieft in die Schilderung ihres Triumphs. Zoe beobachtete, wie die Dunkelheit ihr schwarzes Gefieder verschluckte. Ihr Loblied scholl aus dem Stollen und verhallte im Schacht. »Was soll's«, dachte sie und trat ein. »Zurück geht's eh nicht!«

Der Tunnel führte in eine ausgedehnte Höhle mit einer weiteren Öffnung auf der gegenüberliegenden Seite. Die Felswände bestanden aus dem gleichen matt leuchtenden Gestein wie der Fuß des Schachts. Der Boden war übersät mit großen Löchern, ausgekleidet mit einem feinen weißen Gespinst, das sich trichterförmig um sie herum ausbreitete.

»Das gefällt mir nicht«, flüsterte Zoe. »Diese Löcher sehen aus wie Fallen.« Vorsichtig schlich sie zwischen den Fäden hindurch. Direkt vor ihr hüpften Hugin und Munin von Lücke zu Lücke, zuerst nur zum Spaß, doch bald schon wetteiferten sie darum, wer am weitesten sprang.

»Davon hat Frau Weber auch erzählt.« Felix lief auf Zehenspitzen, um keinen der Fäden zu berühren. »Das sind die Höhlen von Fischernetzspinnen. Sie lauern in ihrem Bau, bis das Opfer einen der Signalfäden berührt.«

Munin stolperte. Eine Spinne schnellte aus ihrem Loch, bekam Zoes Bein zu fassen und riss sie zu Boden. Zoe strampelte, doch die Krallen verhakten sich in ihrer Hose. Unaufhaltsam zog die Spinne sie in ihren Bau. Der braun gemusterte Hinterleib versank langsam in dem schlauchförmigen Gespinst. Felix bekam Zoe am Arm zu fassen und zog mit aller Kraft daran. Die Raben stürzten sich auf die Vorderbeine der Spinne und hackten auf sie ein. Da ließ die Spinne ihre Beute los. Felix fiel auf die Signalfäden einer anderen Spinne. Diese schoss aus ihrem Loch, schnappte nach ihm, griff jedoch ins

Leere. Ringsherum kamen Spinnen aus dem Boden. Panisch rappelten sich Zoe und Felix auf und flohen quer durch das Minenfeld voller Spinnen.

Unter dem ohrenbetäubenden Krächzen der Raben erreichten sie völlig außer Atem die Öffnung, rannten weiter durch einen dunklen Tunnel und kamen erst am Eingang zu einer weiteren Höhle zum Stehen. Zoe ging in die Hocke und betastete ihre schmerzenden Waden. Die Raben hatten bei ihrem Angriff nicht nur die Beine der Spinne getroffen. Felix sah sich um. Abgesehen von runden Felsen, die verstreut auf dem flachen Boden lagen, glich die geräumige Höhle der vorherigen. Auch sie war von einem matten Lichtschein erleuchtet, der kaum einen Schatten warf. Hugin und Munin flogen ein Stück weit hinein und landeten auf einer freien Stelle. Der Felsen hinter ihnen erhob sich. Schwarz-beige geringelte Beine kamen zum Vorschein. Eine Spinne mit hoch aufgewölbtem Vorderleib beugte sich über die Vögel.

»Achtung!«, rief Felix. Zu spät! Aus ihren vorgestreckten Kieferklauen schoss pendelnd ein klarer Strahl, riss Hugin um und heftete ihn am Boden fest. Die Speispinne richtete ihre Kieferklauen auf Munin, der sie regungslos anstarrte. Felix stürmte los, in hohen Sprüngen über die Felsen, und rammte der Spinne die Schulter in den Hinterleib. Sie strauchelte, hielt sich aber auf den Beinen. Inzwischen hatte Zoe Hugin erreicht und versuchte, ihn hochzunehmen, doch das dichte, klebrige Gespinst gab nicht nach. Sie kniete sich nieder und kratzte hastig die zähen Fäden vom Boden. Die Spinne ging zum nächsten Angriff über. Munin schreckte aus seiner Starre auf, flog hoch, krallte sich an ihren Oberkörper und hackte nach ihren Augen. Felix schleuderte die Schultasche gegen ihre Beine. Sie knickten ein und die Spinne kippte um. Im Fallen schoss sie noch eine Ladung Klebspucke ab, die knapp an seinem Kopf vorbeisauste. Um ihn herum erhoben sich weitere Speispin-

221

nen. Dazwischen kauerte Zoe. Endlich hatte sie Hugin vom Boden gelöst und rannte los, den Raben fest an sich gepresst. Felix folgte ihr. Munin auf seiner Schulter krächzte die Spinnen wütend an. Klebspucke schwirrte durch die Luft. Ein Durchkommen schien unmöglich, doch im Tumult trafen die Spinnen sich gegenseitig. Immer mehr von ihnen klebten am Boden fest und spuckten blindlings um sich. Felix nutzte die Lücken aus und führte Zoe durch das Kreuzfeuer bis zum nächsten Durchgang.

Am Ende des kurzen Tunnels lehnte sich Zoe erschöpft an die Felswand. Sie zitterte am ganzen Körper. Hugin hing reglos in ihren Armen. »Und was kommt jetzt?«, keuchte sie.

Felix trat an die Öffnung heran und spähte hinein. Wieder eine Höhle, wie die vorangegangenen großräumig und schwach ausgeleuchtet. Nur die Decke war niedriger und höckerig. Abgesehen davon konnte er nichts Ungewöhnliches entdecken. »Sieht gut aus«, meinte er. »Der Weg ist frei. Wir laufen los, so schnell es geht.« Er schob Zoe zum Eingang. »Schau!«

Zoe sah sich widerwillig um. Die Höhle wirkte ungefährlich. Der Boden war flach, ohne Spinnweben, Löcher oder Erhebungen. Sie würden ruckzuck auf der anderen Seite sein. »Na gut«, brummte sie, stellte ihren rechten Fuß zurück und beugte sich leicht vor, bereit für einen Hochstart. »Du gibst das Kommando.«

»Auf die Plätze, fertig ...« Ein kräftiger Schlag traf Felix in den Rücken. Er kippte nach vorne. Zwischen seinen Schulterblättern klebte ein Leimfleck mit einem Faden daran, der ihn aufrecht hielt. Er führte hinauf zu einer unförmigen Spinne, deren schmutzigweißer Hinterleib hin- und herschwang. Mit drei ihrer kurzen gelblichen Beine hing sie an der Decke. Die übrigen zogen Felix an dem Faden in die Höhe. Zoe legte Hugin eilig an der Tunnelwand ab und umklammerte Felix' Beine. Sie zerrte mit aller Kraft und hängte sich an ihn, konnte aber nichts ausrichten. Munin griff die Bolaspinne an, doch sie zog sich rasch zwischen die Höcker zurück, sodass er nicht mehr an sie herankam. »Zieh die Jacke aus!«, schrie Zoe. Hastig wand sich Felix aus den Ärmeln. Er stürzte zu Boden, auf seine Schultasche, in der es knackte und zischte. »Mist!«, fluchte er. »Die Cola!«

Zoe schnappte sich Hugin und Felix Munin, dann rannten sie los, direkt auf den Ausgang auf der gegenüberliegenden Seite zu. Eine Welle gefräßiger Unruhe lief über die Höhlendecke. Dicht gedrängt bereiteten sich unzählige Bolaspinnen auf die Jagd vor. Eine Unmenge von Fäden mit dicken Leimkugeln senkte sich herab. Gierig wirbelten die Spinnen sie herum. Im Nu rotierten derart viele Leimbolas in der Höhle, dass sie sich ineinander verfingen. Es entstanden leimfreie Zonen, durch die hindurch Zoe und Felix beinahe die nächste Öffnung erreicht hätten, doch längst im Tunnel traf eine der Kugeln Zoe am Rücken. Felix ließ Munin los, ergriff ihre Hand und zerrte sie weiter. Der Rabe flog hoch, krallte sich an die Gliederbeine der Spinne und schlug kräftig mit den Flügeln. Sie fiel von der Decke. Zoe schnellte an Felix vorbei, die fauchende Bolaspinne hinter sich herschleifend. Im Laufen riss sie sich die Jacke herunter. Hugin presste sie fest an ihre Schultasche. Die Spinne blieb mit verrenkten Beinen zurück. Felix, der Zoe folgte, rettete sich mit einem langen Sprung vor dem Sturz. Auf seiner Schulter hockte lauthals krächzend Munin. Ohne anzuhalten, rannten sie hinaus aus dem Tunnel, durch eine kleine Höhle mitten hinein in ein dichtes Netz. Nach wenigen Schritten verfingen sie sich heillos in den hauchdünnen gekräuselten Fäden. Zoe schlug um sich, verhedderte sich jedoch nur noch mehr, bis sie stürzte und zu rollen begann, immer schneller, in einem Kokon, der beständig wuchs.

Das Gitter eines Lüftungsschachts brach mit einem lauten Scheppern aus der Fassade der Bibliothek. Zwei große weiße Kokons schossen heraus, hüpften über den Weg auf einen Spielplatz, zwischen Schaukel und Wippe hindurch, in ein Gebüsch neben dem Sandkasten. Fest in Spinnseide verpackt kämpften Zoe und Felix gegen einen überwältigenden Schwindel. Als das taumelige Gefühl endlich nachließ, wühlten sie sich langsam aus ihren Knäueln. Es war dunkel, der Spielplatz menschenleer. Niemand hatte bemerkt, dass sie aus dem Lüftungsschacht gefallen waren.

»Höhlenforscher werde ich sicher nicht«, ächzte Felix. Zoe nickte matt und strich Hugin sanft über die zerzausten Federn. Sorgenvoll sah Munin zu seinem Bruder hinüber. »Der wird schon wieder«, tröstete sie ihn, sank entkräftet zurück auf den Seidenhaufen und schloss ihre Augen. Sie hatte Kopfschmerzen.

Nach einer Weile rafften sich Zoe und Felix auf. Schweigend schleppten sie sich nach Hause. Vor Zoes Gartentür sahen sie sich einen Moment lang wortlos an. Felix rang sich ein Seufzen ab, hob kraftlos die Hand zum Abschied und trottete weiter. Zoe starrte ihm nach, bis er hinter der Biegung verschwand, dann schlich sie ins Haus. Sie legte Hugin auf ein weiches Kissen neben ihrem Bett. Es ging ihm schon etwas besser. Er war zwar noch benommen, krächzte aber nun leise vor sich hin.

Das Telefon klingelte. Zoe fand den Hörer zwischen den Kuscheltieren auf dem Sofa, hob ab und ließ sich ins Bett fallen.

»Es tut mir leid«, meldete sich Vita. »Es ist schon nach neun. Ich konnte nicht früher.«

»Nicht so schlimm.«

»Du hörst dich traurig an.«

»Ich bin nur müde.«

»Wir müssen ja nicht so lange telefonieren.«

»Okay.« Zoe gähnte.

»Mir geht unser Telefonat von gestern Abend nicht aus dem Kopf. Was denkst du jetzt über den freien Willen?«

»Alles steht fest, so wie Viola es sagt. Die Schicksalsgötter bestimmen unser Leben. Da können wir überhaupt nichts machen.«

Das war eine fatale Denkweise, fand Vita. Sie hielt das Gefühl von Unabhängigkeit und Selbstständigkeit für ein seelisches Grundbedürfnis. Wie sollte sie ihrer Tochter vermitteln, dass allein der Glaube an sich selbst das Leben vereinfachte, ohne Zoe das Gefühl zu geben, sie als Mutter wüsste mal wieder alles besser. Vita beschloss, auf das Thema ›Selbstwirksamkeit‹ zurückzukommen, wenn sie wieder zu Hause war. Vorerst wollte sie auf Zoe eingehen: »Manchmal ist es schon hilfreich, an das Schicksal zu glauben. Wenn man zum Beispiel schwer erkrankt, dann kann man sich leichter damit abfinden. Aber auch wenn du an das Schicksal glaubst, bedeutet das nicht, dass deine Entscheidungen sinnlos sind.«

Zoe lag bereits im Halbschlaf.

»Zoe?«

»Ja?« Ihre Zunge war schwer vor Müdigkeit.

»Hörst du zu?«

»Ein bisschen.«

»Sollen wir morgen darüber reden?«

»Hm!«

Vita merkte, dass Zoe nicht mehr aufnahmefähig war, und beendete das Telefonat: »Dann schlaf gut, meine Süße.«

Ein kalter Windstoß trieb den Duft nach Regen in Zoes Zimmer. Umständlich zerrte sie die Bettdecke unter sich hervor, wickelte sich darin ein und rollte sich auf die Seite. Auf dem Kissen vor dem Nachttisch lag Munin neben seinem Bruder. Er breitete seine Flügel über Hugin aus und schmiegte sich an seinen Rücken. »Wie süß«, dachte Zoe. Sie konnten so fürsorglich zueinander sein, obwohl sie sich ständig stritten. Um Zoe und Felix zu helfen, hatten sie sich todesmutig auf die Spinnen gestürzt. Immer standen sie ihnen bei, sogar Neidhard hatten sie angegriffen. Nur auf dem Bücherstapel in der Bibliothek nicht. »Warum habt ihr versucht, Selket hinterher-zufliegen?«, murmelte sie. »Wolltet ihr mich im Stich lassen?«

Munin stellte sich schlafend.

»Der blonde Riese, der Selket angefallen hat, wer war das?«, fragte Zoe weiter. Munin rührte sich nicht, aber sie wusste, dass er wach war. »Sag schon! Wer war das?«

»Loki«, antwortete Munin knapp und öffnete die Augen.

»Und wer ist Loki?«

»Ein Gott.«

»Muss ich dir jedes Wort einzeln aus der Nase ziehen?«

Munin richtete sich auf und erzählte unwillig: »Loki ist der nordi-sche Gott des Feuers. Er ist halb Gott, halb Riese. Außerdem ist er ein Trickster, weder gut noch böse, eher listenreich, manchmal sogar fast schon tölpelhaft. Er ist ein Gestaltwechsler, der sich in jedes beliebige Tier verwandeln kann. Sogar sein Geschlecht kann er wechseln.«

»Warum hat er Selket angegriffen?«

»Da muss ich etwas ausholen. Loki ist sowohl Freund als auch Feind des nordischen Göttergeschlechtes der Asen. Einerseits nutzen uns seine listenreichen Taten. Auf der anderen Seite ist er ein ver-schlagener Gauner. Häufig muss er nach seinen Streichen viel Zeit darauf verwenden, den Schaden wieder gutzumachen. Manchmal will er helfen und richtet stattdessen nur Unheil an. Beim Bau der Mauer um Asgard, das Reich der nordischen Götter, verführte er die Asen dazu, den Baumeister zu betrügen. Und das kam so.« Mit leiser Stimme erzählte Munin ein Abenteuer nach dem anderen. Zoes Augen fielen zu. Zufrieden beobachtete der Rabe, wie sie in einen tiefen Schlaf glitt, kuschelte sich an seinen Bruder und schloss die Augen. Ein kleiner Schatten huschte durch das Zimmer. Lautlos erklomm er den Bettpfosten und schlüpfte unter die Bettdecke.

*** *** ***

Draußen, neben Zoes Fenster, stand Loki und lauschte. Das platinblonde Haar klebte nass auf seiner Haut. Regenwasser rann Stirn
und Wangen herab und tropfte auf den durchnässten Mantel. Er
verfluchte Selket. Wäre sie nicht dazwischengegangen, hätte er das
Mädchen zu fassen bekommen. Dann müsste er jetzt nicht im
Regen stehen und sich die alten Geschichten anhören. So wie der
Rabe sie schilderte, war es überhaupt nicht gewesen. Immer verdreh-
ten alle die Tatsachen, stellten ihn in einem schlechten Licht dar,
nur weil er zum Teil Riese war. Nie behandelten sie ihn wie ihres-
gleichen.

Das würde sich ändern, sobald er den Aitialith besäße. Das Mädchen hatte ihn nicht den Moiren gegeben. Er hatte die drei Schwestern befragt, vorsichtig, damit sie nicht misstrauisch wurden. Wenn
sie ihn nicht belogen hatten, musste der Stein noch in Zoes Besitz
sein. Mit der Macht der Allwissenheit wäre er allen Asen überlegen.
Dann mussten sie zu ihm aufschauen.

Munin war vor geraumer Zeit verstummt. Loki beugte sich durch
das Fenster. Die Raben schliefen auf einem Kissen neben dem Bett.
Die Gelegenheit war günstig. Leise stieg er hinein, trat ans Bett und
griff nach Zoe. Seine Hände fuhren ins Leere. Wie war das möglich?
Ungläubig betastete er die Bettdecke. Das Mädchen lag nicht darunter! Wo konnte sie sein? Loki durchsuchte alle Räume, fand sie
aber nicht. War sie aufgestanden? Das hätte er bemerkt. War ihm
jemand zuvorgekommen? Das wäre ihm erst recht nicht entgangen.
Ratlos zog er sich in den Garten zurück und hockte sich unter die
buschige Eibe neben den Vogelbeersträuchern. Sie bot ihm ausreichend Schutz vor dem Regen. Von dort aus konnte er den Vorgarten
und die Rückseite des Hauses beobachten. Die Rückkehr des Mädchens wollte er nicht verpassen.

Die Zweige hingen voller roter Trugbeeren, doch er verzichtete darauf, von dem süßen Fruchtfleisch zu naschen. Zu oft hatte er beim Ablutschen der Samenmäntel versehentlich auf die giftigen Kerne gebissen und Schmerzen erlitten, die ihn fast um den Verstand brachten. Zuerst trocknete sein Mund aus. Danach wurde ihm schwindelig und schlecht. Dann setzte der Durchfall ein, endloser Durchfall. Er erschauderte. Nein! Entschlossen verschränkte er die Arme. Diesmal würde er sich nicht verführen lassen. Loki lehnte sich an den Stamm, legte den Kopf zurück und lauschte dem gedämpften Platschen der Regentropfen.

Außer Kontrolle

Am nächsten Morgen trat Felix etwas früher als gewöhnlich durch das hölzerne Gartentor auf den Steinweg im Vorgarten. Wie immer stieg er über das Blumenbeet und steuerte auf die Silbertanne zu. Er kletterte durch Zoes Fenster und entdeckte als Erstes die Raben. Um sie nicht zu wecken, bediente er sich leise beim Haargel, schlich aus dem Zimmer und frisierte sich vor dem Spiegel im Flur. Da Zoes Bett leer war und die Badezimmertür offen stand, vermutete er sie beim Frühstück. In der Küche war sie jedoch nicht. Also schlenderte er ins Wohnzimmer, sah zur Haustür hinaus und in den Keller. Er fand sie nicht. »Zoe?«, rief er. Sofort wachten die Raben auf.

»Warum hast du das nicht verhindert?«, wetterte Hugin.

»Das sagt der Richtige!«

»Wir sollen auf das Mädchen aufpassen. Was denkst du, was Odin mit uns macht?«

»Seit wann denkst du, dass ich denken kann? Ich behaupte ja auch nicht, dass du dich erinnerst.«

»Ruhe!«, schimpfte Felix.

»Das ist ja wohl die Höhe!« Hugin plusterte sich auf. »Hol sie doch alleine runter.« Er flog aus dem Fenster.

»Jawohl!«, krächzte Munin und folgte seinem Bruder.

Ein Wimmern erklang von der Zimmerdecke. Über die Ecke neben dem Fenster spannte sich ein dichtes Netz. Darin verborgen lag Zoe. Der Lärm hatte sie geweckt. »Oh nein!«, stöhnte sie benommen und versuchte, sich zu rühren. Nicht einmal ihre Finger bewegten sich. »Kannst du mich bitte aufwärmen?«

Der Föhn lag unter dem Bett, das Kabel war noch mit der Steckdose verbunden. Felix schaltete ihn an und richtete den warmen

Luftstrom auf Zoe. »Es wird immer schlimmer«, dachte er, »jeden Tag ein bisschen schlimmer.«

Zoe kletterte mühsam aus dem Netz. »Dieser Ausflug gestern hat mir den Rest gegeben«, stöhnte sie. Ihre Glieder schmerzten. Sie hatte Kopfschmerzen und fror.

»Was ist denn heute Nacht passiert?«

Zoe zuckte teilnahmslos mit den Schultern.

»Willst du es denn nicht wissen?«

»Nein.« Sie zog Unterwäsche, Jeans und einen Pullover aus dem Schrank und ging ins Bad. »Ist mir egal.« Die Dosen und Flaschen, die sie bei ihrem Wutanfall am Montag durch das Badezimmer geschleudert hatte, lagen zusammengeschoben in einer Ecke. Es war ihr gleichgültig. Die beschmierten Sportsachen und einige andere Kleidungsstücke türmten sich neben der Toilette zu einem Haufen auf. Zoe zog die Kleidung vom Vortag aus, legte sie obendrauf und warf ihre sauberen Sachen achtlos darüber. Unter der heißen Dusche putzte sie ihre Zähne. Sie ließ das Wasser laufen, bis sie sich besser fühlte. Dann gab sie einen winzigen Tropfen Shampoo auf ihren Kopf und massierte ihn mit den Fingerkuppen ein, vorsichtig, damit ihr nicht schlecht wurde.

Ein kleiner Schatten huschte durch den Kleiderhaufen und verschwand in der Hosentasche der frischen Jeans. Der Bernstein rutschte aus der verschmutzten Hose und landete mit einem leisen Klacken auf dem Boden. Zoe entdeckte ihn beim Anziehen. Kein einziger silberner Faden ging mehr von ihm aus. Was bedeutete das? Unwichtig! Ihrem Schicksal entkam sie sowieso nicht. Warum schleppte sie den Stein also noch mit sich herum? »Wer weiß«, murmelte sie, hob ihn auf und steckte ihn ein.

Ihr Magen knurrte. Seit fast einem Tag hatte sie nichts gegessen. Spinnweben umhüllten die Nahrungsmittel in der Küche. Zum Glück lag auf ihrem Nachttisch eine angebrochene Packung Müsliriegel. Sie riss einen davon auf, doch nach einem Bissen war sie schon satt und legte ihn beiseite.

Welche Jacke sollte sie anziehen? Die neue Sweatjacke hatte sie in den Spinnenhöhlen zurückgelassen. Zoe entschied sich für die alte Regenjacke ihrer Mutter. Bei dem gelben Friesennerz fiel nicht auf, dass er ihr nicht passte, und die Straßen glänzten nass vom nächtlichen Regen. Felix hielt ihr die Schultasche hin. Er hätte gerne mehr für sie getan, wusste aber nicht was.

Im Stadtgarten trafen sie auf Neidhard. Er stellte sich ihnen in den Weg und piepste: »Was war das gestern?« Zoe und Felix drängten sich an ihm vorbei, doch er lief hinterher. »In der Bibliothek, ihr seid einfach verschwunden!«

»Was meinst du mit ›verschwunden‹?«, fragte Felix mit einer so unschuldigen Miene, dass sogar Zoe ihm beinahe abgenommen hätte, dass er nicht wusste, wovon Neidhard sprach.

»Ihr seid auf einen Stapel Bücher geklettert«, quiekte er aufgeregt. »Dann wart ihr auf einmal weg. Vorher hatte dieser blonde Riese die Frau vom Stapel gestoßen.«

»Da musst du dich getäuscht haben«, erwiderte Felix.

»Ich bin doch nicht blöd!«

»Überleg mal! Verschwinden? Das gibt es nur im Kino, nicht in der Wirklichkeit.«

Neidhard zögerte. Er wusste genau, was er gesehen hatte. Felix log, aber er konnte es nicht beweisen. Was sollte er tun? Keiner würde ihm glauben. Man würde ihn für verrückt halten. Schlecht gelaunt trottete er hinter ihnen her. Fragen allein brachte ihn nicht weiter. Er musste härtere Geschütze auffahren, um herauszufinden, was hier vor sich ging. Er würde sich Zoe allein vornehmen, dann würde sie schon mit der Sprache herausrücken. Jetzt flogen auch noch die Raben heran, die ihn angegriffen hatten. Sie landeten auf

Zoes Schultern. Das war auch eigenartig! Sie sprach sogar mit den Vögeln!

Kurz vor dem zweiten Gongschlag erreichten Zoe und Felix das Klassenzimmer. Gleich darauf betrat Frau Memorete den Raum und begann mit dem Geschichtsunterricht: »Es wird Zeit, dass wir uns dem Lehrplan zuwenden. Wir beginnen mit der Gesellschaft und Kultur des Mittelalters.« Felix beobachtete gespannt, wie die Gedanken der Lehrerin in Fäden aus ihrem Kopf traten. Wachsam verfolgte er den Weg des silbernen Fadens, der sich auf ihn zuschlängelte. Kurz bevor der Gedanke ihn berührte, zuckte Felix zur Seite. Frau Memorete hob ungehalten die Augenbrauen. Der träge Faden glitt an ihm vorbei, beschrieb eine Kurve und umschlang ihn.

Das Klassenzimmer wich einer kleinen Siedlung. Umgeben von Gärten standen mit Lehm verputzte Holzhütten. Ihre Dächer aus Stroh reichten fast bis zum Boden. Unter einer strohbedeckten Laube lagerten Holzscheite. Hinter einem Zaun aus Holzpflöcken weideten Schafe und Ziegen. Hühner scharrten vor den Hütten nach Würmern. Einige Männer errichteten ein Haus aus Holz. Andere ernteten mit Sicheln Getreide auf einem Feld. Ein Greis arbeitete an einem Webrahmen. Zoe musterte den Stoff. Etwas versuchte, sie wegzuziehen, doch sie wollte dortbleiben. In ihrem Kopf formte sich ein Gedanke. Frau Memorete sah ihn, denn er trat aus Zoes Stirn aus. Unsicher wand sich der silberne Faden auf die Lehrerin zu. Wie gelähmt starrte sie ihn an. Ein Mensch teilte seine Erinnerung? Unmöglich!

Zoe stemmte sich gegen die Kraft, die sie fortzog. Der Alte webte ein Gewebe, so dicht wie der Kokon der Moiren. Die Flucht aus dem Dilemma kam ihr in den Sinn. Die Bilder flossen durch die Lehrerin zum Rest der Klasse, zerrten alle aus dem Dorf hinaus in die Höhlen voller Spinnen. Aus Löchern im Boden krabbelten Fischernetzspinnen und griffen nach ihnen.

Die Erinnerung brach so plötzlich aus Zoe heraus, dass Frau Memorete sie nicht mehr abfangen konnte. Zu spät kappte sie die Verbindung. Als das Klassenzimmer vor Zoe erschien, standen die meisten ihrer Mitschüler auf den Tischen und schrien.

Es dauerte lange, bis Frau Memorete die Klasse beruhigt hatte. Woher kannte das Mädchen die Spinnenhöhlen des Dilemmas? Warum verfügte sie über eine solche Macht? Diesen Vorfall musste sie umgehend mit der Direktorin besprechen. Sie durfte nicht länger warten. Noch vor dem Ende der Stunde schickte sie die Klasse in die Pause und machte sich auf die Suche nach Frau Steinkauz.

Auf dem Flur scharte sich die Klasse um Felix und lauschte gebannt seiner Geschichte vom Kampf mit den Spinnen. Er schilderte in allen Einzelheiten, wie er Zoe gerettet hatte. Fast alle hielten sie für erfunden, abgesehen von Neidhard.

Zoe stand etwas abseits an einer der Halbsäulen. »Hallo«, hauchte Hugo und lehnte sich lässig neben ihr an die Sandsteinwand. Seine Augen, schwarz wie Zartbitterschokolade, verzauberten Zoe. Sie wollte antworten, lächelte aber nur. Seine Hand strich sacht über ihre Kleidung und glitt unbemerkt in ihre Hosentasche. Sie versank immer tiefer in seinem Blick. Hugo ertastete den Bernstein, doch bevor er zugreifen konnte, spürte er einen heftigen Schmerz. Ruckartig zog er seine Hand zurück, drehte sich um und rannte davon.

»Was war denn das?«, fragte Felix. Er trat neben Zoe und sah Hugo misstrauisch hinterher.

»Wir haben uns unterhalten.«

»Ihr habt aber nicht geredet.« Felix grinste. »Was ist denn das für eine Unterhaltung, bei der keiner spricht?«

Frau Steinkauz verabscheute Unpünktlichkeit. Für gewöhnlich begann sie ihren Unterricht auf die Sekunde genau mit dem Gong. Sie gestattete niemandem, sie auf dem Weg in den Unterricht anzusprechen. Da Frau Memorete mit den Gepflogenheiten an ihrer Schule noch nicht vertraut war, wollte sie es ihr nachsehen, zumal ihr Hinweis Anlass zur Sorge gab.

Mit einer vollen Minute Verspätung betrat sie das Klassenzimmer. Das Mädchen saß an seinem Platz. Von ihrem Pult aus nahm die Direktorin es in Augenschein. Sein Fatum schwand. Vor einigen Tagen hatte es viel heller gestrahlt. Das war seltsam, aber nicht besorgniserregend. Der seidene Schimmer seiner Haut dagegen deutete auf den Missbrauch von Ambrosia hin. Der Junge neben ihr wies die gleichen Merkmale auf. Es war empörend. Sie würde den Rat der Schöpfer einberufen. Ein solcher Verstoß gegen den Kodex musste bestraft werden!

Verwundert beobachtete die Klasse, wie Frau Steinkauz Zoe anstarrte. Zoe atmete auf, als sie ihren Blick endlich abwandte und mit dem Unterricht begann: »Konntet ihr eure Fragen über das Schicksal klären?«

»Es gibt kein Schicksal«, meldete sich Lukas. »Die Gesetze der Natur regeln, was geschieht.«

»Quatsch!«, fauchte Viola ihn an. »Höhere Mächte bestimmen den Lauf der Dinge.« Diesmal ließ Lukas sich nicht einschüchtern.

»Am Anfang gab es nur Bakterien«, erklärte er trotzig. »Daraus sind dann alle Tiere und Pflanzen entstanden. Das Leben auf der Erde hat sich mit der Zeit entwickelt. Das nennt man Evolution. Dabei kommt es zufällig zu kleinen Änderungen, und wenn die sich bewähren, werden sie an die nächste Generation weitergegeben.«

»Es gibt uns nur, weil es funktioniert?« Zoe schüttelte den Kopf. »Das glaube ich nicht. Alles passt so gut zusammen. Irgendetwas muss das steuern.«

»Da wird nichts gesteuert«, behauptete Lukas. »Wir sind Affen.«

»Die Affen und wir haben gemeinsame Vorfahren«, gab Zoe zu, »aber wir unterscheiden uns von ihnen.«

»Worin denn?«

»Durch unsere Intelligenz.«

»Affen sind auch intelligent. Viele Tiere sind intelligent: Delfine, Raben, Wale. Einige sind so schlau wie wir.«

»Wir haben eine komplizierte Sprache.«

»Tiere haben ebenfalls eine Sprache.«

»Unser Gehirn funktioniert anders.«

»Woher willst du das wissen?«

Zoe wusste nicht weiter. Sie war sich sicher, dass sich der Mensch vom Tier unterschied, aber das Einzige, was ihr einfiel, war das Rätsel der Sphinx. Von allen Geschöpfen wechselt der Mensch als Einziger die Zahl seiner Füße. »Weil die Babys der Menschen anders sind«, platzte sie heraus. »Menschenbabys sind lange hilflos, dafür sehen und hören sie von Anfang an. Manche lernen sogar sprechen, bevor sie laufen. Bei den Tieren gibt es welche, die gleich loslaufen. Andere werden blind geboren und liegen erst einmal nur im Nest herum. Die Sinne von Menschenbabys sind sofort da. Das bedeutet doch, dass das Sehen und Verstehen für uns wichtiger ist als für die Tiere.«

»Außerdem handeln Tiere nach ihren Instinkten«, kam ihr Felix zu Hilfe.

»Menschen haben auch Instinkte«, fiel Neidhard ein. »Wir bilden uns ein, dass wir tun, was wir wollen, dabei haben wir nur das Gefühl, dass wir das wollen, was wir automatisch tun.«

»Wir sind nicht so eng an den Instinkt gebunden wie die Tiere«, entgegnete Felix. »Dadurch sind wir freier. Wir handeln überlegt, lernen und geben das Wissen weiter. Wir erinnern uns und planen unsere Zukunft.«

»Die Hirnforscher haben festgestellt«, berichtete Lukas, »dass unser Gehirn Entscheidungen trifft und wir das erst danach mitbekommen.«

»So ein Blödsinn«, herrschte Viola ihn an.

»Das stand in einer Wissenschaftszeitung«, verteidigte sich Lukas. »Bevor du dich entscheidest, hat dein Gehirn das längst getan. Es gaukelt uns nur vor, dass wir selbst bestimmen, was wir tun. Das haben Forscher herausgefunden.«

»Sag ich doch«, frohlockte Neidhard. »Unsere Instinkte legen alles fest.«

»Manchmal möchte ich etwas tun«, entgegnete Felix, »aber dann überlege ich noch mal und lasse es bleiben.«

»Wir setzen uns Ziele«, fügte Zoe hinzu, »denken über weitere Möglichkeiten nach und treffen eine Wahl. Das hat nichts mit Instinkt zu tun. Wenn wir die Zusammenhänge erkennen und uns ein Urteil bilden und danach handeln, dann entscheiden wir frei. Das ist Vernunft. Sie gibt uns einen freien Willen.«

»Ich sehe schon«, unterbrach Frau Steinkauz die Diskussion, »das Thema ist noch nicht geklärt. Wir wenden uns jetzt erst einmal der Biologie zu. Über das Schicksal und den freien Willen werden wir in der nächsten Philosophiestunde sprechen.«

Der Bernstein in Zoes Hosentasche leuchtete erneut, schwach, aber gleichmäßig. Frau Steinkauz bemerkte nur, dass Zoes Fatum in unregelmäßigen Abständen mal heller, mal dunkler wurde. Immer wieder wanderte ihr Blick zu dem flackernden Fatum um Zoe. Sie stimmte ihrer Kollegin zu: Etwas Seltsames ging mit dem Mädchen vor sich.

In der dritten Stunde hatten sie Sport, nur Neidhard nicht. Frau Steinkauz hatte ihn am Ende der Stunde zu sich gerufen. Mit einem unguten Gefühl beobachtete Zoe, wie er der Direktorin mit hochrotem Kopf ins Büro folgte. Für die Tomaten hatte er zwar eine

Strafe verdient, doch Zoe befürchtete, er könnte verraten, dass ihre Mutter nicht zu Hause war. Lange dachte sie nicht darüber nach, denn der Sportunterricht war extrem anstrengend. Herr Kules hetzte seine Schüler erbarmungslos durch die Halle, die Sprossenwand hinauf, die Seile hoch, unter den Bänken durch und im Slalom um die Säulen herum. Sie machten Kniebeugen, Klimmzüge und Liege-stützen. Nach dem Zirkeltraining lagen alle regungslos auf den Matten, unfähig, auch nur einen Finger zu rühren. Zum Glück fiel der Rest des Unterrichts an diesem Tag aus.

Um Viertel vor elf verließen Zoe und Felix die Schule, entgegen dem Strom der Schüler, der sich am Ende der großen Pause zurück in die Klassenzimmer wälzte. Die Sonne schien von der Seite auf die Freitreppe. Zoe ließ sich erschöpft auf einer trockenen Stufe nieder. »Ich muss noch einmal zu Selket«, ächzte sie. »Ich glaube, ich werde wieder krank.«

»Mich hat der Drill beim Kules auch geschafft«, sagte Felix, setzte sich neben Zoe und lehnte sich zurück, die Unterarme auf der obersten Stufe aufgestützt. Die Raben auf der Marmoreule stritten sich leise.

»Richtig krank.« Zoe streckte vorsichtig die Beine von sich. »Sel-ket hat ja gesagt, es ist noch nicht ganz vorbei.«

»Mist!« Er richtete sich auf. »Nichts wie hin.«

»Ich habe mich eben erst hingesetzt.«

»Keine Müdigkeit vorschützen!« Er sprang auf.

»Du hörst dich wie der Kules an.«

»Komm!« Er hielt ihr seine Hand hin. »Dann erfahren wir auch, ob Selket diesen blonden Riesen fertiggemacht hat.«

»Hoffentlich ist ihr nichts zugestoßen.« Zoe ergriff seine Hand und Felix zog sie auf die Beine. Auf dem Weg zur Rabenstraße berichtete Zoe ihm, was Munin über Loki erzählt hatte.

Die Tür zum Ärztehaus stand offen. Sie stiegen in den ersten Stock und klingelten an der Praxistür, aber niemand öffnete. Schließlich gaben sie auf. Wieder auf der Straße fragte Zoe: »Und jetzt?« Sie griff sich an die Stirn. Ihr Kopf pochte.

Felix dachte an Selkets Worte und sagte: »Wenn man Probleme hat, kann man zu ihm gehen.«

»Zu wem?«

»Hephaistos«, hauchte er und sah verträumt in die Luft. »Selket hat gesagt, dass er immer eine Lösung findet.«

»Ist es nicht eher so, dass du Hephaistos gerne kennenlernen möchtest?«

»Schon!«, räumte Felix ein, »aber er könnte uns bestimmt einiges erklären.«

»Vielleicht. Wenn wir nur wüssten, wo er ist!«

»Kein Problem!« Munin drängte sich vor seinen Bruder. »Ich weiß es.« Hugin legte den Kopf schief.

»Weißt du es oder erinnerst du dich nur?«, stichelte er.

»Ich weiß es, du Federkrätze! Im Gegensatz zu deiner Denkerei helfen uns meine Erinnerungen meistens weiter.«

»Hätten wir uns auf deine Erinnerungen verlassen, säßen wir heute noch im Ei!« Hugin hackte mit dem Schnabel nach Munin.

»Das reicht!« Zoe trennte die Streithähne. »Wo finden wir Hephaistos?«

»In der Galerie Fogo!« Munin stolzierte vor Hugin auf und ab.

»Der Goldschmied?« Zoe deutete auf das Geschäft neben dem Café Fama. Beide Raben stimmten lauthals zu.

»Können wir denn einfach so zu ihm gehen?«, wollte Felix wissen.

»Na klar!« Hugin flog los. »Hephaistos freut sich immer über Besuch.«

Hephaistos' Hallen

Beim Anblick des schwarzen Samts im Schaufenster der Galerie Fogo zögerte Zoe. »Wir sollten vorsichtig sein und erst einmal nichts von den Dingen sagen, die wir gefunden haben.«

»Ja, ja«, sagte Felix geistesabwesend und lief schnurstracks auf den Eingang zu. »Irre!« Er lachte. »Der Meister aller Konstrukteure.«

Vor der Tür hüpften die Raben ungeduldig von einem Bein aufs andere. »Na endlich!«, krächzte Hugin, als Felix die Klinke hinunterdrückte.

Ein Glockenspiel begleitete ihr Eintreten. Unter ihren Füßen raschelten mehrere Lagen Zeitungspapier. Ein durchdringender Geruch nach Lösungsmitteln zwang Zoe, ihre Hände in die Taschen zu stecken. Der Verkaufsraum war dunkel, die Vitrinen vor den schwarzen Wänden leer. Zwei Baustrahler beleuchteten die ausgeräumten Regale hinter einem massigen Holztresen am Ende des Raums. Ein langer Tapeziertisch beladen mit Farbtöpfen versperrte ihnen den Weg. Sie mussten sich unter der Klappleiter daneben hindurchzwängen, um zum Ladentisch zu gelangen. Die plastischen Schnitzereien an seiner Front warfen furchterregende Schatten auf den Boden. Scheußliche Fratzen rissen ihre Mäuler weit auf. Zoe blieb stehen. Felix trat heran und ließ seine Finger über die hölzernen Bestien gleiten.

Ein Mann mit mächtigen Oberarmen tauchte hinter dem Tresen auf. Sein kantiges Gesicht schien in aller Eile aus einem Holzklotz gehackt zu sein. Die schwarzen Haare waren kurz geschoren. Eine scharfe Hakennase erhob sich zwischen seinen tannengrünen Augen. In der Hand hielt er eine Malerrolle.

»Was wollt ihr?«, schnauzte er sie an. Felix schrak zusammen und wagte nicht, sich zu bewegen. Weiße Farbe tropfte auf das Papier vor seinen Füßen. Der Mann beugte sich über den Tresen.

»Hugin und Munin!«, rief er überrascht. »Kommt her, ihr Piepmätze!« Die beiden flogen laut krächzend in seine weit geöffneten Arme. Er umschlang sie liebevoll und vergrub seine Nase in ihrem Federkleid. Die Malerrolle hinterließ eine weiße Spur quer über seinen Kopf und die tiefschwarzen Federn der Raben. »Was kann ich für euch tun?«, fragte er mit sanfter Stimme und verwuschelte ihr Gefieder. Die Farbe verteilte sich gleichmäßig in ihren Federn.

»Die zwei hier wollen dich kennenlernen«, japste Hugin und schüttelte sich.

»Mein Benehmen!« Der Mann drehte sich zur Seite und versank hinter dem Tresen. Zoe erwartete einen Hünen, doch um den Ladentisch herum kam ein Zwerg, fast so breit wie hoch. Seine muskulösen Arme reichten bis zu den Waden seiner kurzen Beine. Ein breiter Ledergürtel hielt den Overall um seine schmale Taille zusammen. Die Hosenbeine hatte er abgeschnitten.

»Hephaistos«, brummte er verlegen und streckte Zoe seine Pranke entgegen. »Entschuldigt bitte, wie es hier aussieht. Ich renoviere.« Die Hände des Feuergottes waren so weich, dass Zoe die Berührung kaum spürte.

»Warum wollt ihr mich denn kennenlernen?«

Felix schüttelte überschwänglich seine Hand. »Wir sind glühende Bewunderer Ihrer Apparaturen. Ein Meisterwerk der Ingenieurskunst. Ich bin enthusiasmiert.« Felix errötete und Zoe grinste. Solche geschwollenen Reden hielt er sonst nie.

»Du!«, unterbrach ihn Hephaistos. »Sag Du zu mir!«

»Du bist genial!«

Hephaistos winkte geschmeichelt ab. »Die besten Maschinen habt ihr sicherlich noch nicht gesehen.«

»Wir waren im Physitop von Frau Wala«, zählte Felix auf, »bei Pheme und im Perportator der Sphinx.«

»Dann habt ihr allerdings schon einiges erlebt. Soll ich euch meine Hallen zeigen?« Felix nickte verzückt.

Der Feuergott führte Zoe und Felix um den Tresen herum. Die Raben machten es sich auf seinen Schultern bequem. Er stieg über einen vollen Eimer mit Farbe, öffnete eine niedrige Holztür und ließ sie eintreten in einen weiten, runden Schacht. »Ständig geht's abwärts«, murmelte Zoe und presste sich eng an die erstaunlicherweise warme Steinmauer. Breite Steinblöcke ragten aus dem Mauerwerk und bildeten einen Pfad hinab in die Tiefe. Die Fugen dazwischen leuchteten.

»Bleibt dicht an der Wand«, empfahl Hephaistos. »Und, falls es euch noch nicht aufgefallen ist, sie ist beheizt.« Er lachte und eilte voran. »Mein Spezialmörtel macht das möglich. Soll ich dir die Zusammensetzung verraten?« Felix blieb ihm dicht auf den Fersen.

Zoe hatte Mühe, hinterherzukommen, und fiel immer weiter zurück. Die geländerlose Treppe führte an einer Vielzahl von Nischen, Tunnels und Türen vorbei. Sie musste sich jedes Mal überwinden, die Wand loszulassen.

Endlich erreichte auch Zoe den Grund des Schachts. Felix und Hephaistos saßen auf einer runden Steinbank in der Mitte des Raums. Die Raben auf seinen Schultern ließen gelangweilt die Köpfe hängen. Hinter ihnen ragte ein steinernes Tor auf.

»Da bist du ja«, rief Felix. »Hephaistos hat mir erklärt, wie der Hitzeblick von Superman funktioniert.« Der Feuergott strahlte über beide Ohren.

»Thermodynamischer Hokuspokus«, krächzte Hugin.

»Freaks!«, ergänzte Munin.

Die Vögel glitten zu Zoe hinüber und verkrochen sich in ihrer Schultasche.

»Auf geht's!« Hephaistos erhob sich, lief zu dem massiven Steintor und griff nach einem rostigen Eisenring. Sein linkes Bein stemmte er gegen den felsigen Torrahmen. Er lehnte sich zurück und zog mit aller Kraft an dem Ring. Die Adern an seinem Hals traten hervor. Langsam öffnete sich ein Spalt. Qualm und Lärm schlugen ihnen entgegen. Zoe und Felix schlüpften durch die schmale Öffnung und gelangten in eine gigantische Halle. Funken sprühten in hohen Fontänen aus dem Boden. Inmitten lodernder Feuer standen einäugige Riesen bis zu den Knien in Bergen schwelender Kohle. Mit bloßen Händen bearbeiteten sie glühende Teile aus Metall. Ihre grobschlächtigen Körper bestanden aus Fels. Mitten auf der Stirn ihrer kahlen Schädel prangte ein rundes Auge. Unförmige Knollennasen saßen über ihren wulstigen Lippen.

Die Hitze raubte Zoe den Atem. Sie spürte die Geräusche in jedem Knochen. Der Geschmack von Rauch drang durch ihre Haut, widerlich seifig. Sie kippte um. Felix fing sie gerade noch auf und hielt sie, bis sie wieder fest auf beiden Beinen stand.

Hephaistos quetschte sich durch den Spalt und schloss ächzend das Tor. »Die Schmiede«, brüllte er gegen den Lärm an, »sieht genauso aus wie vor zehntausend Jahren. Kyklopen hassen Veränderungen.«

»Und sie mögen es warm«, rief Felix, so laut er konnte. Hephaistos brach in ein herzhaftes Lachen aus. »Warm!« Er klopfte ihm beifällig auf die Schulter und lachte nochmals. »Das ist gut.« Felix' Augen strahlten.

An einer Feuerstelle neben dem Tor hantierte einer der Kyklopen mit Eisenstangen. Eine rußverschmierte Lederschürze hing in Fetzen von seiner Hüfte herunter, zerfressen von der sengenden Hitze. Er wandte ihnen den massigen Rücken zu, ein Bein in der glimmenden Kohle, das andere auf einem steinernen Schemel. Tropfenförmige Schmelzspuren entstellten seine Füße.

Hephaistos beobachtete das gleichmäßige Auf und Ab eines Blasebalgs, der hinter dem Kyklopen aufragte. »Neunhundert Jahre habe ich gebraucht, um die Jungs zu einer automatischen Temperaturregelung zu überreden. Wie die Waschweiber schwätzen sie, pumpen bis zum Gehtnichtmehr und schmelzen sich dabei die Füße an.« Im Takt des Luftstroms heizte sich der Kohlehaufen auf und kühlte wieder ab, in ständigem Wandel zwischen Gelb und Rot.

Der Kyklop zog einen gezackten Stab aus der Glut, legte ihn sich aufs Knie und hämmerte ihn mit seiner Faust in Form. Hauchdünne Flocken schwarzen Zunders platzten von der Oberfläche ab und wirbelten durch die Luft. »Ist das nicht wundervoll?«, jauchzte Hephaistos. »Kein Material ist so vielseitig wie die Metalle.« Der Kyklop steckte den Stab in die glühende Kohle zurück, nahm einen anderen heraus und tauchte ihn in ein Becken mit Wasser. Eine bleiche Dampfwolke entwich dem zischenden Bad und vermischte sich mit dem grauen Rauch an der Höhlendecke. Hephaistos deutete auf ein qualmendes Kohlebett mit einer Reihe braunrot leuchtender Stäbe, neben die der Kyklop den abgeschreckten Stab bettete. »Vor allem die Stähle sind ein Wunderwerk der Natur. Je nachdem, wie wir sie aufwärmen und abkühlen, verleihen wir ihnen unterschiedliche Eigenschaften.« Er legte seine Hände um den Mund und rief: »Brontes!« Der Kyklop drehte sich um. Ein Lächeln verschob die Gesteinsplatten seiner Wangen bis zu den kleinen, eng anliegenden Ohren. Würfelförmige Zähne wurden sichtbar. Er hob die Hand zum Gruß und wandte sich wieder seiner Arbeit zu.

»Brontes schmiedet die Donnerkeile für Zeus.«

»Wer ist Zeus?«, brüllte Felix.

»Das erkläre ich euch später, wenn wir hier durch sind. Dann ist es nicht so laut.«

Hephaistos führte Zoe und Felix quer durch die Halle auf ein gigantisches Tor zu. Es überragte jenes, durch das sie eingetreten waren, um ein Vielfaches. Sogar die Kyklopen sahen winzig daneben aus. Auf dem Boden zwischen den Feuerstellen ruhte eine Schicht aus nebelfeiner Asche. Mit jedem ihrer Schritte wirbelte sie auf. Hinter ihnen bezeichnete eine kniehohe Staubwolke ihren Weg.

Reihum feuerten Blasebälge die Glut an. Der Rauch stieg in die Höhe und strudelte in einen weiten Schlot. Einer der Kyklopen kaute auf einer gelb glühenden Latte herum. Sobald sie dünn genug war, faltete er sie zusammen, heizte sie auf und steckte sie sich abermals in den Mund. Ein anderer saß mitten in der Glut, wickelte sich Eisenstangen um den Finger und warf die entstandenen Spiralfedern hinter sich auf einen Haufen. Wieder andere knabberten an Schwertern und Äxten. Dabei plauderten und lachten sie so laut, dass das Hämmern völlig unterging. Am Ende der Halle hatte Zoe die Scheu vor den steinernen Ungetümen verloren.

Das gigantische Tor barg eine kleine Schlupftür, durch die sie die Halle verließen. Stille trat ein, prickelte auf Zoes Haut und hinterließ ein taubes Gefühl. Hephaistos und Felix gingen voran, einen verwinkelten Gang entlang, vorbei an Toren, die den vorigen glichen. Zoe hob die Arme, spreizte ihre Finger und lief hinter ihnen her. In der kühlen Luft verflog das schmierige Aroma des Rauchs. Nur ein leichter Geschmack nach Backpulver blieb zurück.

»Am Anfang«, erzählte Hephaistos, »bevor es die Zeit gab, herrschte das Chaos, ein gähnender Schlund ohne Anfang und Ende. Seine dunklen Nebel enthielten alle Elemente des Lebens: das Wasser, das Feuer, die Luft und die Erde. Aus dem Chaos entstand Gaia, die erste Göttin. Sie brachte den Himmel hervor, den Mond und die Morgenröte, das Meer, die Flüsse und die Berge. Zusammen mit Uranos, dem Himmel, erzeugte sie die Titanen, ein mächtiges Göttergeschlecht. Auch die Kyklopen und die hundertarmigen Riesen sind ihre Nachkommen.

Uranos war ein herrschsüchtiger Gott. Er verbannte seine Kinder in die Tiefen der Erde, damit sie ihm seine Macht nicht streitig machen konnten. Das erzürnte Gaia dermaßen, dass sie ihren Sohn, den Titanen Kronos, anstiftete, Uranos zu stürzen. Sie erschuf eine Sichel aus Erz ...«

Hugin streckte seinen Kopf aus Zoes Schultasche und kreischte: »Obacht!«

Hephaistos hielt inne.

»Nicht jugendfrei!«

Der Feuergott kratzte sich am Kopf. Getrocknete Farbe rieselte herunter. Verwundert betastete er den starren weißen Streifen in seinen Haaren. »Lass ich weg«, beschloss er und fuhr fort: »Kronos entmachtete seinen Vater und herrschte lange Zeit. Sein Sohn Zeus entriss ihm später die Macht. Seither gebietet er über die Welt, gemeinsam mit seinen Brüdern Hades und Poseidon.«

»Das war aber kurz«, bedauerte Felix. Zoe lächelte. Sonst interessierte er sich nie für solche Geschichten, aber wenn Hephaistos sie erzählte, konnten sie nicht lang genug sein.

»Das nächste Mal«, vertröstete ihn Hephaistos und bog in einen Seitengang ab. »Jetzt schauen wir erst einmal bei Arges vorbei.«

Mitten im Gang ragte ein wirres Gebilde aus gläsernen Gefäßen auf. Im flackernden Schein blauer Flammen brodelten Flüssigkeiten. Bunte Dämpfe strömten aus den Kolben und sammelten sich hoch oben unter der Decke.

Hephaistos schlüpfte zwischen den Geräten hindurch. »Mein altes Labor platzte aus allen Nähten«, erklärte er. »Arges' Experimente wucherten förmlich durch jede Ritze. Darum überließ ich ihm einen Teil des Flurs. Hier stellt er nicht nur Nektar, Ambrosia und einige andere Mittelchen her. Hier erforscht er auch die Wissenschaft selbst.«

Die Regale an den Wänden quollen von Flaschen und Dosen über. Gläser mit verschiedenfarbigen Pulvern, Trichter, Mörser und Stößel lagerten zwischen Büchern und Schriftrollen. Auf riesigen Sackkarren stapelten sich grob gezimmerte Holzkisten, die bis zum Rand mit größeren Ausgaben der Dose gefüllt waren, die Zoe von Selket erhalten hatte. An den Kisten klebten Zettel mit Aufschriften wie »Asgard«, »Olymp«, »Meru« und »Shenxianju«.

Hinter einem dichten Gewirr aus Schläuchen stand ein Kyklop über einen Haufen Papiere gebeugt. Er trug einen langen weißen Kittel, eine dicke Brille vergrößerte sein Auge.

Hephaistos blieb vor einem Ständer voller Hohlspiegel stehen und überprüfte sein Aussehen. »Arges, mein Freund«, rief er und rubbelte sich die Farbe aus den Haaren. »Wir haben Besuch.« Der Kyklop hob den Kopf und begrüßte ihn erfreut: »Guten Morgen.«

»Es ist doch Nachmittag«, flüsterte Felix. Irritiert sah Arges auf seine Armbanduhr, schüttelte den Kopf und wandte sich wieder den Unterlagen zu. Leise murmelte er vor sich hin, nickte heftig und notierte etwas in einem Heft. Dann trat er einen Schritt zur Seite und schüttete verschiedene Pulver und Flüssigkeiten in einen Glaskolben. Überrascht beobachtete Zoe, wie geschickt er trotz seiner klobigen Felshände mit den Glasgefäßen hantierte.

»Hallo Arges«, wiederholte Hephaistos. Der Kyklop sah auf.

»Hallo«, rief er fröhlich. »So früh habe ich dich gar nicht erwartet. Ich bin fast fertig. Ich suche nur schnell meine Notizen heraus.« Er wühlte in den Papieren und schien seine Besucher gleich darauf vergessen zu haben. Plötzlich sprang er auf und lief leichtfüßig zu einer Reihe von Reagenzgläsern. Scheinbar wahllos mischte er allerlei Substanzen.

»Er ist etwas zerstreut«, erklärte Hephaistos. Lächelnd wandte er sich wieder dem Kyklopen zu: »Arges?« Der Kyklop fuhr herum. Sobald er den Feuergott sah, rief er freudig: »Hephaistos! Wie gut, dass du schon so früh vorbeischaust. Ich stehe kurz vor dem Durchbruch.« Er hob einen der brodelnden Kolben aus seiner Halterung und hielt ihn Hephaistos vors Gesicht. Seine Hände zitterten vor Aufregung. »Die Quintessenz!«, jauchzte er. »Heute wird es mir gelingen.« Sein Blick fiel auf Zoe und Felix. »Menschenkinder?« Er stellte den Kolben ab und beugte sich zu ihnen hinunter. »Ambrosia?« Er richtete sich wieder auf und musterte sie kritisch. »Und? Irgendwelche Nebenwirkungen? Halluzinationen? Heißhunger?« Ihm fiel etwas ein. Er eilte zu einer Kiste mit eigentümlichen Werkzeugen neben einem wuchtigen Panzerschrank.

»Was ist denn das?« Felix betrachtete die Unmenge von Rädern an der Vorderseite.

»Das ist der Sicherheitsschrank«, antwortete Hephaistos. »Darin lagern wir alle nur erdenklichen Gifte.«

»Wow!« Felix sah sich genauer um. Zwischen dem Panzerschrank und einer schmiedeeisernen Tür stand eine verschlossene Vitrine voller Apothekerflaschen. Er las laut vor: »›Panazee‹, ›Opus Magnum‹, ›Materia prima‹. Ist das cool!« Er deutete auf eine Flasche mit der Aufschrift »Stein der Weisen«. »Die ist falsch beschriftet. Da ist ein rotes Pulver drin.«

Einen kurzen Moment lang blickte Hephaistos verwirrt auf die Flasche. »Stein? Pulver?« Er lachte laut auf. »Ich verstehe! Sehr gut! Arges bevorzugt diese Bezeichnung. Ich nenne es ›Xerion‹. Die Araber nannten es ›al iksir‹. Im Deutschen entwickelte sich daraus der Begriff ›Elixier‹, was ›Heiltrank‹ oder ›Lebenssaft‹ bedeutet. Nicht ganz korrekt, denn es ist nur einer der Bestandteile des ›Panazee‹, eines Universalheilmittels, das stärkend und verjüngend wirkt. Die Alchimisten glaubten außerdem, dass man mit Xerion unedle Metalle in Gold verwandeln kann. Aber das ist Unsinn. Auf chemischem Weg ist es unmöglich, ein Element in ein anderes umzuwandeln.« Unwillkürlich steckte Felix seine Hand in die Jackentasche. Er hatte sich noch immer nicht getraut, den Stift zu benutzen.

»Was ist ›Mimirs Wasser‹?«, fragte Zoe und deutete auf eine leere Flasche.

»Wasser aus der Quelle Mimirs«, seufzte Hephaistos. »Die Quelle der Weisheit. Um daraus zu trinken, hat Odin eines seiner Augen hergegeben. Leider hat Arges die ganze Flasche ausgetrunken und wir konnten sie nie wieder füllen. Seitdem lässt ihn ein Gedanke nicht mehr los: Er sucht nach der Quintessenz.«

»Und ich habe es fast geschafft«, ergänzte Arges. Er hielt ein Reagenzglas in seiner Hand. »Vier der Zutaten stehen fest: ein Endergebnis, ein Hauptgedanke, das Wesen einer Sache und der Kern aller Dinge. Endlich habe ich die fünfte gefunden: Erkenntnis.« Zoe sah Arges mit großen Augen an.

»Das sind doch keine Zutaten«, flüsterte Felix. »Das ist Gelaber.«

»Gebt euch keine Mühe«, bemerkte Hephaistos leise. »Ich verstehe ihn auch nicht.« Arges hob ein zweites Reagenzglas in die Höhe. »Die Stunde der Wahrheit naht!«, verkündete er. »Gleich halten wir die leibhaftige Quintessenz in Händen.« Behutsam schüttete er die klaren Flüssigkeiten zusammen und blickte erwartungsvoll auf das Gemisch. Nichts geschah. Langsam führte er das Glas an sein Auge heran. »Jetzt«, wisperte er, »beginnt die Reaktion.« Auf dem Grund des Reagenzglases bildete sich ein Gasbläschen. Es wuchs, löste sich und glitt zögernd an die Oberfläche. Weitere Bläschen entstanden und gesellten sich zu dem ersten.

»Vielleicht hätte ich es verdünnen sollen«, überlegte Arges und hielt das Reagenzglas von sich weg. Schaum stieg nach oben und quoll wurstförmig heraus. »Konzentrierte Erkenntnis ist ziemlich durchdringend.« Eine Schaumflocke schwebte zu Boden und zerbarst mit einem Knall.

»Hoppla!«, rief Hephaistos. »Das ist also wieder eines dieser Experimente!« Hastig bugsierte er Zoe und Felix zu der Tür neben der Vitrine und scheuchte sie hinaus. Hinter ihnen knallte und krachte es. Er warf die Tür zu und verriegelte sie von außen mit einem dicken Holzbalken. Eine gewaltige Explosion ließ den Boden unter ihren Füßen beben.

»Ist ihm etwas passiert?«, fragte Zoe beunruhigt.

»Keine Sorge«, meinte Hephaistos. »Kyklopen sind zäh. Für uns dagegen wären vor allem die umherfliegenden Glassplitter unangenehm.«

Der dreieckige Raum, in dem sie sich nun befanden, maß kaum mehr als fünf Schritte in der Wandlänge. Grob behauener Fels umgab die eiserne Tür zum Labor. Die beiden anderen Wände bestanden aus Glas. In jede der Glaswände war eine gläserne Tür eingelassen. Durch die Wände hindurch waren weitere Räume sichtbar. Endlos viele Glastüren schimmerten im Licht kleiner Lampen, die in den Ecken angebracht waren. Auch der Boden und die Decke der Räume bestanden aus Glas. Über und unter ihnen setzten sie sich scheinbar bis ins Unendliche fort.

»Das ist das Labyrinth der Türen«, erklärte Hephaistos. »Es schützt mein Museum. Dort bewahre ich vieles auf, was manch einer gerne in die Finger bekäme.« Er führte sie durch die rechte Tür in einen fünfeckigen Raum. »Vor allem die Trickster machen mir zu schaffen. Vor denen ist nichts sicher.«

»Passen die Kyklopen denn nicht auf?«, fragte Felix.

»Die Kyklopen?« Hephaistos schüttelte den Kopf. »Ihr habt sie doch gesehen. Sie haben nur ein Auge für ihre Schmiede.« Er lachte aus vollem Hals und klopfte sich auf die Schenkel. »Versteht ihr? Ein Auge!« Er lachte wieder. »Nein, nein, nein! Gegen die Trickster hilft nur eine raffiniert ausgeklügelte Sicherung.«

»Na ja«, sagte Felix. »Bis jetzt ist es einfach. Wenn wir immer durch die linke Tür gehen, kommen wir in den dreieckigen Raum zurück.«

»Versuch es!« Hephaistos grinste. Felix führte sie durch die erste Tür auf der linken Seite. Dahinter lag ein siebeneckiger Raum. Sie nahmen ein weiteres Mal die Tür gleich links und kamen in einen Raum mit elf Türen.

»Das kann nicht sein!« Felix schob sie zurück durch die Tür, durch die sie gekommen waren. Dreizehn Türen. Hephaistos gluckste vor Vergnügen.

»Hier sind wir nicht hergekommen«, stellte Zoe verwirrt fest. »Ich könnte schwören, dass wir die richtige Tür genommen haben.«

»Primzahltüren!«, erklärte Hephaistos stolz. »Meine allerneueste Erfindung. Die Anzahl der Türen des Raums, den du betrittst, entspricht immer der nächsthöheren Primzahl.« Er senkte seine Stimme und zwinkerte ihnen zu. »Aber das ist alles nur Tarnung. Die Trickster denken, dass die Türen ins Museum führen, dabei benötigt man diesen Schlüssel.« Er zog eine dicke Goldkette um seinen Hals unter dem Schutzanzug heraus. Eine gläserne Pfeife baumelte daran. Er holte tief Luft und blies hinein, die Backen bis zum Platzen aufgebläht. Zuerst erscholl ein hoher Ton, kaum vernehmbar. Seine Lautstärke nahm zu, während die Tonlage sank. Ein ohrenbetäubendes Brummen erfüllte den Raum und zerrte schmerzhaft an Zoes Haut. Felix hielt sich die Ohren zu. Zoe klemmte ihre Hände zu Fäusten geballt unter die Achseln. Kurz darauf war der Ton zu tief, als dass sie ihn wahrnehmen konnten. Hephaistos blies noch immer aus Leibeskräften. Die Glaswände um sie herum verbogen sich rhythmisch in den Raum hinein und heraus. Die Schwingung breitete sich aus und erfasste die Nachbarräume. Die Konturen der endlos aneinandergereihten Glasräume verloren ihre Schärfe. Dann zersprang das Labyrinth mit einem lauten Klirren. Staubfeine Glassplitter rieselten auf den Boden einer Felskammer, die kaum genug Platz für sie bot.

»Wow!« Felix riss begeistert die Arme in die Höhe. »Das war der Hammer!« Hephaistos lächelte geschmeichelt, zwängte sich an ihm vorbei zu einer der Felswände und tippte sie an. Mit einem Klicken schob sich ein massiger Felsblock einige Millimeter aus der Oberfläche heraus. Der Feuergott stieß ihn an, woraufhin er aufschwang.

Der Besitzer des Aitialith

Lange Reihen von Schiffen, Fuhrwerken und Handwagen zogen sich quer durch eine weitläufige Höhle, füllten sie aber bei Weitem nicht aus. Dazwischen standen Holzbottiche, Kupferkessel und Blechtonnen. Zoe schüttelte sich den Glasstaub aus ihren Haaren. Felix bestaunte die Waffen an den Wänden: Schwerter und Schilde, Pfeile und Bögen in allen Größen und Formen. Daneben hingen allerlei Musikinstrumente. Mitten im Saal lag eine enorme Muschel, an der ein Füllhorn lehnte. Früchte quollen daraus hervor. Eine Ziege knabberte an einem Apfel.

»Sind wir drin?«, tönte es aus Zoes Schultasche.

»Woher soll ich das wissen?«

»Schau mal raus!«

»Warum ich?«

»Weil du dich viel besser erinnern kannst.«

»Endlich siehst du es ein.« Munin streckte seinen Kopf aus der Tasche. »Wir sind drin«, krächzte er und zwängte sich heraus. Hugin folgte ihm. Sie glitten zu Boden und hüpften schnatternd davon. »Erinnerst du dich an das letzte Mal?«

»Du hast gestunken wie ein Räucherstäbchen.«

»Und deine Federn haben noch drei Wochen später geknirscht.«

»Seht euch die beiden Piepmätze an!«, seufzte Hephaistos. »Stundenlang streifen sie durch das Museum und plaudern über alte Zeiten.«

»Du meinst, sie streiten«, verbesserte Felix.

»Hier unten vertragen sie sich.«

Die Ziege kam meckernd auf Hephaistos zu und rieb sich an seinem Bein. Eines ihrer Hörner fehlte, sonst erschien das Tier makellos. Das blendend weiße Fell wirkte samtig weich. Die Augen leuchteten golden im Licht der Feuerkörbe.

Hephaistos kniete nieder und kraulte die Ziege hinter den Ohren. Zoe und Felix streiften umher. Neben einem Streitwagen entdeckte Zoe einige Hinkelsteine. An der Wand dahinter lehnten zahlreiche morsche Holztüren.

»Das hier sieht wie Sperrmüll aus«, rief sie.

»Ganz im Gegenteil.« Hephaistos tauchte zwischen zwei steinernen Särgen auf, die Ziege ging bei Fuß. »Im Laufe der Zeit haben wir die direkten Zugänge zum Dilemma ersetzt. Ich bewahre sie hier auf.«

»Durch diese Türen kommt man ins Dilemma, ohne ein Rätsel zu lösen?«

»Ja!« Hephaistos kicherte. »Sagt es aber nicht weiter. Die Sphingen tyrannisieren alle mit ihren dämlichen Rätseln. Sogar mich. Das nervt!«

»Gibt es denn mehr als eine?«

»Viel zu viele, wenn du mich fragst. Normalerweise muss man immer an diesen lästigen Katzen vorbei. Aber von hier aus erreiche ich fast alle Teile des Dilemmas, bis auf wenige Ausnahmen, wie zum Beispiel den Kern des Fatums.«

Zoe lief an der Wand entlang und strich mit ihrer Hand über das rissige Holz der Türen. Kübel mit baumhohen Farnen und seltsamen Gewächsen aus verschachtelten Halmen gaben ihr das Gefühl, sie befände sich in einem urzeitlichen Gewächshaus.

Hephaistos begleitete sie. »Ursprünglich sahen die Durchgänge wie Felsen oder Pflanzen aus. Mittlerweile verleihe ich ihnen die unterschiedlichsten Formen.«

»Jeder beliebige Gegenstand kann ein Durchgang in das Dilemma sein?«

»Ja! Aber die neuen werden durch die Sphingen bewacht.«

»Und die Parze.«

»Wieso die Parze?«

»Sie hat uns einen riesigen Stapel aus Büchern gebaut.«

»So ein Unsinn!« Hephaistos verdrehte die Augen. »Sie muss nur das Buch des Aporem öffnen, um die Sphinx zu rufen.« Er sah sich nach Felix um. Der stand vor einer Reihe reich verzierter Stäbe. Ein mannshoher goldener Stab mit zwei sich umeinander windenden Schlangen und einem Flügelpaar am Ende fesselte ihn.

»Das ist der Caduceus.« Hephaistos trat neben ihn. »Er gehörte Hermes. Ich habe ihn zwischen streitende Schlangen gestellt, die sich seither ansehen müssen. Mit diesem Stab verwandelt sich jeden Streit in Harmonie. Außerdem kann er alles, was er berührt, in Gold umwandeln.«

»Wer ist Hermes?« Felix tastete in seiner Jackentasche nach dem Stift. Er war ein genaues Abbild des Caduceus.

»Hermes ist einer der griechischen Götter«, erklärte Hephaistos. »Er ist Götterbote, Schutzgott der Wege und des Verkehrs, der Hirten, Wanderer, Kaufleute und Diebe.«

Felix lachte. »Wie kann er gleichzeitig die Räuber und die Beraubten beschützen?«

»So genau nimmt er es nicht. Er ist ein Trickster, weder gut noch böse.«

»Braucht er den Caduceus nicht mehr?«

»Er fand ihn zu unhandlich. Ich habe einen kleineren angefertigt, nicht größer als ein Stift.«

Der Stift in Felix' Hand fühlte sich heiß an. Hatte er Hermes' Caduceus gefunden? Hugo hatte den Stift gesucht. War er Hermes?

Zoe schlenderte durch den hinteren Teil der Höhle, vorbei an Truhen mit Schmuck und Geschirr, Statuen aus Stein und Bronze, Rüstungen und prunkvollen Gewändern. Alles schien achtlos aneinandergereiht, wie in einem Trödelladen. An der Felswand hinter einem Stapel Felle hingen Wandteppiche mit fantastischen Motiven, sagenhafte Geschöpfe an farbenfrohen Schauplätzen. Den größten verhüllte ein Leinentuch. Zoe hob neugierig den angegrauten Stoff an. Der Teppich zeigte Liebesszenen. »Felix!«, rief sie. »Komm schnell mal her!«

Die Bilder auf dem Gewebe entlockten Felix einen lang gezogenen Pfiff. Er packte das Tuch und riss es mit einem Ruck herunter.

»Was machen die denn da?«, rätselte Zoe und deutete auf eine Gruppe nackter Männer und Frauen. Hephaistos eilte herbei. »Das ist nichts für euch«, brummte er. »Dafür seid ihr noch zu jung.« Er stellte sich vor dem Teppich auf die Zehenspitzen, reckte seinen Hals und breitete die Arme aus, um Zoe und Felix die Sicht zu versperren. Sie rückten zur Seite. Das hier wollten sie sich ganz genau ansehen.

»Die kenne ich doch«, staunte Felix und zeigte auf eine der Frauen. »Das ist Frau Steinkauz!« Zoe riss ihre Augen auf. »Wie kommt die denn auf den Teppich?«

Hephaistos gab auf. »Das ist Athene. Sie ist die griechische Göttin der Weisheit, Schutzgöttin des Handwerks, der Künste und der Wissenschaft. Sie schützt Städte und Paläste, daher ist sie auch die Göttin des gerechten Kampfes.«

»Unsere Direktorin ist eine griechische Göttin?« Felix musterte die Lehrerin. Mit offenem Haar und ohne den gewohnten Hosenanzug sah sie umwerfend aus.

»Und was genau machen die da?« Zoe deutete auf die Ecke links unten. Hephaistos öffnete den Mund, fand aber keine passenden Worte. Hilflos ruderte er mit den Armen in der Luft.

Felix winkte grinsend ab. »Du musst das nicht erklären. Man sieht ja, was sie tun.« Zoe trat näher heran und rief entrüstet: »Igitt!«

Hephaistos, sichtlich erleichtert, keine Erklärung abgeben zu müssen, ließ die Arme sinken und wechselte das Thema: »Dieser Teppich hat eine traurige Geschichte. Arachne, ein junges Mädchen aus Lydien, war eine begabte Weberin. Sie rühmte sich, selbst Athene an Geschick zu übertreffen. Daraufhin erschien ihr die Göttin in Gestalt einer alten Frau und warnte sie davor, Athene zu verärgern. Arachne jedoch forderte die Göttin zu einem Wettstreit heraus. Athene webte einen wunderbaren Teppich. Er zeigte die Überlegenheit der Götter über die Menschen und die Strafen für deren Hochmut. Er hängt bei euch in der Schule.

Arachnes Teppich dagegen offenbarte die Liebesabenteuer der Götter. Athene fand keinen einzigen Fehler. Wutentbrannt zerstörte sie das Meisterwerk. Arachne floh in den Wald und wollte sich erhängen, doch die Göttin ließ sie nicht sterben, sondern verwandelte sie in eine Spinne.«

»Wie kann der Teppich hier hängen«, unterbrach ihn Felix, »wenn Athene ihn kaputt gemacht hat?«

»Zum Glück konnte ich ihn wiederherstellen«, erklärte Hephaistos. »Ich sammle die Kunstwerke der Götter und der Menschen. Eine solche Kostbarkeit darf nicht verloren gehen.« Unauffällig versuchte er, Zoe und Felix von dem Teppich wegzuschieben. Sie schlüpften geschickt an ihm vorbei und suchten weitere bekannte Gesichter.

»Da ist ja Hugo!« Zoe zeigte auf einen nackten jungen Gott mit einem geflügelten Helm.

»Hermes«, korrigierte Felix und berichtete, was er kurz zuvor von Hephaistos erfahren hatte.

»Munin hat mir von einem Trickster erzählt, der Loki heißt.«

»Loki ist auch ein Trickster«, bestätigte Hephaistos. »Aber während sich Hermes mit jedem gut versteht, liegt Loki mit fast allen im Streit. Ich weiß nicht, wie er das macht. Ständig ist er damit beschäftigt, irgendetwas wieder gutzumachen.« Er wollte einige

Geschichten über Loki zum Besten geben, doch Zoe und Felix hörten nicht zu. Auf der rechten Seite entdeckten sie schließlich den nackten Feuergott. Er stand einsam neben einer abgebrochenen Säule.

»Warum machst du denn nicht mit?«, fragte Zoe.

»Jetzt reicht's!« Hephaistos drängte sie vom Teppich weg. »Unten habe ich etwas ganz Spannendes. Das wird euch gefallen.«

»Ich glaube, das war ihm peinlich«, flüsterte Felix. »Vielleicht durfte er nicht mitmachen.«

Zoe und Felix folgten dem grummelnden Hephaistos zu mehreren Reihen gestapelter Weinfässer. Abgewetzte Polstersessel umstanden einen gedeckten Tisch. Das Wachs niedergebrannter Kerzen umfloss halb gefüllte Weinkelche. Neben einem Korb voller Brot lagen angeschnittene Käselaibe und ein Schinken, fast bis auf den Knochen abgesäbelt. In einer Nische zwischen den Fässern klaffte ein sechseckiges Loch im Felsboden. Eine steinerne Wendeltreppe führte in den Felsen hinab. Hephaistos ging voran, dicht gefolgt von Felix. Vorsichtig stieg Zoe die steile Treppe hinunter, immer eine Hand an der Felswand. Vor allem die Höhe der Stufen bereitete ihr Mühe. Bei jedem Schritt verlor sie fast den Halt, kurz bevor ihr Fuß auf der nächsten Trittfläche aufsetzte. Felix und Hephaistos entfernten sich immer mehr.

Zoe war so konzentriert darauf, sie einzuholen, dass sie zuerst nicht bemerkte, dass die Wand griffiger wurde. Eine blumige Honigsüße drang in ihre Haut und festigte ihr Gleichgewicht. Um schneller voranzukommen, stemmte sie ihre Arme gegen die Felswand. Einige Stufen später trat sie unmittelbar hinter Felix unterhalb einer Höhlendecke aus dem Felsen hinaus.

Hephaistos breitete die Arme aus und rief: »Mein Bernsteinkabinett!« Vor ihnen erstreckte sich ein endloses Meer glasklarer gelber

257

Blöcke unterschiedlichster Gestalt, die die Höhle in ein orangefarbenes Licht tauchten. Jeder umschloss längst ausgestorbene Tiere. »Ein Brachiosaurus!«, stammelte Felix und deutete auf einen Dinosaurier in einem riesigen Brocken, der aus der Masse herausragte. Auf seinem langen Hals saß ein kleiner wulstiger Kopf mit einer breiten, flachen Schnauze. »Wie groß ist der?«

»Zwanzig Meter«, antwortete Hephaistos.

»Und da ist ein Stegosaurus! Sieh dir mal die riesigen Rückenplatten an, und erst der Stachelschwanz!«

»Der stammt aus der Jurazeit. Drüben stehen die aus der Kreidezeit. Der Ultrasaurus ist sogar dreißig Meter hoch.«

»Echt?« Felix und Hephaistos stiegen hinunter auf die gegenüberliegende Seite der Wendeltreppe.

»Das ist ja der Hammer«, hörte Zoe ihn rufen. Sie begeisterte sich mehr für die glitzernden Treppentürme, die überall in der Höhle aufstrebten. Einige reichten bis zur Decke, wie der, in dem sie stand. Andere befanden sich noch im Bau. Die Stufen wanden sich spiralförmig um eine säulenartige Achse. Die wabenförmige Bauweise der Außenwand ermöglichte Zoe eine freie Sicht, ohne dass sie Gefahr lief, in die Tiefe zu stürzen. Das Wabenmuster fesselte Zoe. Mal sah sie darin sechszackige Sterne, mal ein Gebilde aus verknüpften Dreiecken. Mit zusammengekniffenen Augen entdeckte sie, dass sich sechseckige Durchbrüche vertikal und diagonal aneinanderreihten. Wenn sie länger auf eine Stelle blickte, erkannte sie Rauten und ihre Kopfschmerzen nahmen zu. Sie massierte sich den Nacken und musterte die Wand direkt vor sich.

»Am Knotenpunkt«, sagte Hephaistos.

Zoe schrak zusammen.

»Entschuldige bitte!« Er stieg die Stufen zu ihr hinauf.

»Ich war nur in Gedanken.«

»Willst du wissen, wie die Wand entsteht?«

Zoe nickte.

»An der gemeinsamen Ecke von drei Waben wird jeweils eine kleinere Wabe eingefügt. Wenn man fünfmal alle Knotenpunkte durch immer kleinere Waben ersetzt, weist die Wand eine zwanzigfach höhere Steifigkeit auf, bei gleicher Menge an Material.«

»Und das Glitzern?«

»Diamantstaub verstärkt das Bienenwachs.«

»Ist Bienenwachs nicht gelb?« Zoe fuhr mit ihren Fingerspitzen über die milchige Oberfläche. Sie fühlte sich rau an, aber auch ein bisschen fettig, und sie schmeckte süß. Unter der dünnen Deckschicht zeichneten sich feine Zellen ab, viel kleiner als der Nagel ihres kleinen Fingers.

»In der freien Natur bauen die Bienen Blütenpollen in das Wachs ein. Dadurch wird es gelb. Wir verwenden stattdessen Diamant. Deshalb bleibt es weiß.«

Felix hüpfte die Treppe hinauf. »Hast du ein Mammut?«

»Hab ich. Ist aber noch nicht durchgehärtet. Bei Tieren dieser Größe dauert die Versteinerung mindestens sechs Millionen Jahre. Das Mammut kann ich frühestens in dreihunderttausend Jahren aufstellen.«

»Sind das echte Tiere?«, fragte Felix.

»Natürlich!«

»Leben die Tiere, wenn du sie einbettest?«

»Nein!« Hephaistos sah Felix entrüstet an.

»Das wäre total fies«, meinte Zoe.

Hephaistos nickte. »Sie dürfen aber auch nicht verrottet sein. Alles, was seine Form hält, bis das Harz erhärtet ist, kann ich in Bernstein einschließen. Sobald das Harz den Kadaver umschließt, bauen sich die Weichteile ab. Während der Zersetzung erhärtet das Harz. Es wird zu Bernstein und das Tier zu einer sogenannten Inkluse. In der freien Natur dauert das bei kleinen Lebewesen einige Hunderttausend Jahre. Mit meinem Verfahren geht es um einiges schneller. Bei den großen Tieren ist es ein bisschen knifflig, die

Form zu erhalten, aber ich habe da so meine Tricks. Wollt ihr die Werkstatt sehen?«

Auf dem Weg nach unten berichtete Hephaistos von den abenteuerlichen Reisen, die er unternommen hatte, um all diese Tiere und Pflanzen zu sammeln. Felix amüsierte sich prächtig. Vor allem die Kämpfe gegen die Aasfresser hatten es ihm angetan.

Zoe trottete hinter ihnen her. Je tiefer sie hinabstiegen, umso häufiger lagerten Bernsteine in den Waben der Turmwand. Insekten, Spinnen und viele andere Lebewesen waren darin eingebettet.

Sie traten aus dem Treppenturm mitten in eine Landschaft leuchtender Bernsteine. »Es tut so gut, dass endlich mal jemand meine Sammlung zu schätzen weiß«, sagte Hephaistos. »Seit Urzeiten bewahre ich die Vielfalt des Lebens, in Handarbeit, Millionen von Arten sorgsam in Harz gefasst, mit Hitze und Sonnenlicht geklärt, bis ihre volle Pracht zum Vorschein kommt. Keiner der Götter schert sich darum. Bis vor Kurzem.« Er kniff die Augen zusammen und brummte: »Und ich dachte, sie würdigen mein Werk.« Unvermittelt drehte er sich um und eilte zu dem Turm neben einer Gruppe von Urmenschen. Vor einer leeren Wabe blieb er stehen und fluchte: »Verdammt! Vor zehn Tagen war er noch da!«

»Wer war da?«, fragte Felix.

»Der Aitialith. Er gehört einer alten Freundin. Sie sagte, ich solle ihn niemals weggeben. Kein Problem. Ich habe ihn zwischen den anderen versteckt. Jemand hat ihn gestohlen.«

Felix hob die Arme, um seine Unschuld zu beteuern. »Wir waren es nicht.«

»Das ist gut.« Hephaistos lachte. »Natürlich nicht.« Er wurde wieder ernst. »Eins steht fest: Loki war es auch nicht. Nachdem er vor drei Wochen hier war, habe ich die Wabe kontrolliert. Ich kenne doch die Trickster. Vor denen ist nichts sicher.« Er tastete das Innere der Wabe ab. »Weg!«, seufzte er.

Zoe griff nach dem Bernstein in ihrer Hosentasche. Sollte sie Hephaistos zeigen, was sie gefunden hatten? Sie mochte den quirligen Feuergott. Er sah zwar grob aus, war aber lieb. Zumindest glaubte sie das.

»Ein paar Tage später«, fuhr Hephaistos fort, »hat Athene mich besucht, eure Frau Direktor Steinkauz. Anfangs schien sie sich für die Riesenskorpione aus dem Silur zu interessieren. Am Ende verlangte sie den Aitialith. Es fehle die Inkluse, behauptete sie, also bräuchte ich ihn nicht.« Hephaistos ballte die Fäuste und wetterte: »Verlogenes Pack! Ihretwegen hätte ich beinahe Hermes davongejagt. Dabei wollte er vom Aitialith überhaupt nichts wissen. Er hatte einfach nur Lust, über alte Zeiten zu plaudern.« Hephaistos lächelte. »Es war so schön. Am Sonntag vor einer Woche. Bis zum Morgengrauen haben wir Wein getrunken, Schinken und Käse gegessen, ein paar Weintrauben.« Argwöhnisch runzelte er die Stirn. »Wir sind sogar zwischendurch eingeschlafen.« Sein Gesicht verdunkelte sich. »Dieser Halunke!«, polterte er. »Er hat den Aitialith gestohlen! Dieser vermaledeiten Götterbrut kann man nicht trauen!«

Trotz seiner Wut hörte Zoe den Kummer in Hephaistos' Stimme. Es ging um mehr als den Verlust eines ihm anvertrauten Gegenstands. Sie spürte Einsamkeit.

»Wir haben einen gefunden«, sagte sie leise, zog den Bernstein aus ihrer Hosentasche und streckte ihn Hephaistos entgegen. Der Feuergott starrte auf das schwache Leuchten in Zoes Hand. »Ein bisschen matter. Oder bilde ich mir das nur ein? Egal! Das ist er. Wie kommst du an den Aitialith?«

»Können wir uns setzen?«, bat Zoe. »Es ist eine lange Geschichte und mir geht es gar nicht gut.«

Hephaistos führte sie zurück zu dem gedeckten Tisch neben der Wendeltreppe im Museum. Felix machte es sich in dem Polstersessel vor dem Schinken bequem.

»Bedient euch!« Hephaistos zog ein langes Messer aus dem Schinken und reichte es Felix. »Es ist genug da.«

Felix schnitt eine dicke Scheibe ab, belegte ein Stück Brot damit und biss herzhaft hinein. »Hast du auch was zum Trinken?«, fragte er mit vollem Mund.

»Neuer Wein?« Hephaistos nahm einen der Kelche und schüttete den Inhalt in ein leeres Fass. Den Rand wischte er mit seinem Ärmel ab. Unter dem Tisch zog er einen Kanister hervor, aus dem er den Kelch füllte. Er stellte ihn vor Felix ab und sah Zoe fragend an. Sie lehnte ab. Seit dem Bissen vom Müsliriegel am Morgen verspürte sie keinen Hunger. Den ganzen Tag über hatte sie sich matt gefühlt. Ab und an kamen diese bohrenden Kopfschmerzen. Mittlerweile konnte sie nicht einmal mehr ihren Kopf bewegen. Die spannenden Erlebnisse hatten sie immer wieder von ihrem Unwohlsein abgelenkt, aber nun fühlte sie sich vollkommen erschöpft. Kraftlos streckte sie die Beine aus, lehnte sich zurück und erzählte ihre Geschichte, vom ersten Traum bis zur letzten Geschichtsstunde. Hephaistos hörte gebannt zu, und als sie geendet hatte, sah er sie eine Zeit lang nachdenklich an. »Ich schätze, der Aitialith gehört dir«, brach er nach einer Weile sein Schweigen. »Ich kann nicht verstehen, weshalb die Götter sich dafür interessieren. Er enthält nur ein Stück Spinnenseide.«

»Diese Stimme im Heizungsrohr hat gesagt, dass der Aitialith allwissend macht.«

»Das halte ich für ein Gerücht.«

»Warum gibt es dann um ihn einen solchen Trubel?«

Hephaistos zuckte mit den Achseln.

Felix leerte seinen Kelch. »Wer ist diese Freundin, die dir den Aitialith gegeben hat?«, fragte er. »Vielleicht hilft uns das weiter.«

»Sibylle Wala.«

»Unsere Lehrerin? Ist sie auch eine Göttin?«

Hephaistos schüttelte den Kopf. »Sie ist eine Seherin.«

Felix verdrehte die Augen. »Mich wundert nichts mehr.«

»Leider liegt sie im Krankenhaus.«

»Weißt du, was mit mir passiert?«, fragte Zoe.

»Es tut mir leid. Das weiß ich nicht.«

Zoe sackte in sich zusammen. Der Bernstein wog mit einem Mal Tonnen. »Ich will den Aitialith nicht haben.« Sie hielt ihn Hephaistos hin. »Ich habe auch so schon genug Probleme.«

»Ich fürchte, diese Last kann ich dir nicht abnehmen.«

»Und jetzt?«, grübelte Felix. »Gibt es niemanden, der uns weiterhelfen kann?«

»Die Zukunft liegt in der Hand der Moiren«, überlegte Hephaistos. »Wenn es aber um die Vergangenheit geht, müsst ihr Mnemosyne fragen.«

»Mnemosyne?« Felix hatte längst den Überblick über die vielen Namen verloren.

»Mnemosyne ist die Göttin der Erinnerung. Sie weiß alles, was je ein Wesen gesehen, gehört oder gesprochen hat. Welche Bedeutung der Aitialith hat, kann sie euch sicher sagen.«

»Und wo finden wir sie?«

»Zoe hat gerade von ihr erzählt. Sie unterrichtet euch in Geografie und Geschichte.«

Zoe und Felix sahen sich überrascht an und riefen: »Frau Memorete!«

Es war erst halb drei. Zoe und Felix beschlossen, sofort aufzubrechen, denn um diese Uhrzeit hielten sich die Lehrer noch in der Schule auf. Beim Aufstehen schmerzten Zoes Beine, doch sie achtete nicht darauf. Wenn Frau Memorete die Göttin der Erinnerung war, dann musste sie wissen, was mit ihr geschah.

Felix steuerte auf die Felskammer zwischen Museum und Labor zu. Zoe sah sich nach den Raben um. Sie hatten schon lange nichts mehr von den Vögeln gehört. Sie wollte nach ihnen rufen, da legte Hephaistos den Finger an die Lippen und deutete auf einen Korb voller Erdnüsse, in dem die beiden aneinandergekuschelt lagen. Auf dem Boden häuften sich die Schalen. Vorsichtig nahm Zoe die Raben auf den Arm.

Die Explosion hatte Arges' Labor verwüstet. Mit Schutzanzug und Atemmaske bekleidet kehrte der Kyklop die Scherben zusammen. Rauchende Pfützen standen auf den Steinplatten. Die Dämpfe brannten scharf auf Zoes Haut. Sie vergrub ihre Hände tief im Federkleid der Raben.

Arges sprang flink auf sie zu und drückte ihnen Atemmasken auf den Mund, dann scheuchte er sie zwischen den Scherbenhaufen hindurch aus dem Labor. Die Raben schliefen so fest, dass sie erst vom Lärm in der Schmiede aufwachten. Der Qualm milderte den ätzenden Geschmack und Zoes Hände entspannten sich. Im Verkaufsraum der Galerie Fogo ließ sie die Raben los.

Hugin schnappte nach Luft. »Ich dachte, ich ersticke.«

»Wir schmusen gerne«, sagte Munin und schüttelte sich, »aber so fest musst du uns nicht drücken.«

»Also ich mag es ja ein bisschen fester.«

»Du hast auch sonst seltsame Vorlieben.«

»Kommt her, ihr Piepmätze.« Hephaistos ging in die Knie und schloss die Raben zum Abschied in seine Arme. »Ihr sollt nicht streiten.«

»Wir streiten nicht«, presste Hugin hervor.

»Wir diskutieren nur.«

»Kommt bald mal wieder vorbei.« Er ließ die Raben los und öffnete die Tür.

»Sie ist die Göttin der Erinnerung«, gab er Zoe und Felix mit auf den Weg. »Ihr müsst ihr die richtigen Fragen stellen. Außerdem antwortet sie nur, wenn sie Lust hat. Unterbrecht sie nicht. Sie hasst das.« Er schüttelte Felix die Hand. Der ließ ihn gar nicht mehr los. Sanft löste der Feuergott seine Finger.

Zoe bedankte sich und verließ hinter Felix die Galerie.

»Beeilen wir uns«, rief er und rannte los. Sie versuchte, ihm zu folgen, kam aber nicht weit. Nach wenigen Schritten ging ihr die Luft aus. Das Blut pochte in ihren Schläfen. Sie musste langsamer laufen.

Am Ende ihrer Kraft

Zoe und Felix erreichten die Schule während der achten Stunde. Normalerweise drangen auch am Nachmittag gedämpfte Stimmen aus den Klassenzimmern. An diesem Tag herrschte eine ungewöhnliche Stille in den Gängen. Sie schlichen auf Zehenspitzen zum Lehrerzimmer. Felix klopfte zurückhaltend an die Tür, öffnete sie und sah hinein. Frau Memorete und einige andere Lehrer saßen am Tisch und aßen Mandarinen. Vor ihnen häuften sich die Schalen. Der süße Duft strich beruhigend über Zoes Haut.

Felix blieb in der Tür stehen und fragte die Lehrerin höflich: »Hätten Sie kurz Zeit für uns?«

»Worum geht es denn?« Ihre knochigen Finger gruben sich in die Frucht und zogen einen langen Streifen Schale herunter.

»Könnten wir Sie bitte allein sprechen?«, bat Felix mit einem Blick auf die anderen Lehrer.

Frau Memorete nickte. »Lasst uns in euer Klassenzimmer gehen.«

Kaum hatten sie das Klassenzimmer betreten, platzte Felix heraus: »Wir wissen, wer Sie sind! Mnemosyne, die Erinnerung.«

Das Gesicht der Lehrerin ließ keine Regung erkennen. Mit einem donnernden Knall fiel die Zimmertür zu. Klappernd schlossen sich die Fensterläden. Direkt vor Mnemosyne bohrte sich kreischend ein großer leuchtender Dorn aus dem Boden. Silberne Fäden lösten sich daraus und wanden sich durch den Raum. Sirrend spalteten sie sich auf, bis sie das gesamte Klassenzimmer ausfüllten. Mnemosynes Arme und Beine streckten sich und verschmolzen mit den Fäden. Die Göttin und das Gespinst wurden eins. Im Zentrum strahlte hell ihr Antlitz. »In der Gegenwart«, hallte ihre Stimme durch den

Raum, »an der Grenze zwischen Zukunft und Vergangenheit, verschmelzen die Schicksalsfäden zu einer Erinnerung.«

Zoe hielt der Göttin den Aitialith entgegen, sein Leuchten hatte weiter zugenommen. Vor Aufregung bekam sie kein Wort heraus. Felix deutete auf den Bernstein in Zoes Hand und fragte: »Können Sie uns sagen, was das ist?«

»Das ist der Aitialith.«

»Was sollen wir damit tun?«

»Das liegt in der Zukunft. Ich kann nur von der Vergangenheit berichten.« Felix seufzte. Wie sollte er Zoe helfen, wenn sie nichts über die Zukunft erfuhren? »Ich weiß, dass die Endung ›lith‹ irgendwas mit einem Stein zu tun hat, aber was bedeutet Aitia?«

»Aitia ist die Ursache. Allerdings ist sie nicht nur der Auslöser oder Grund einer Sache, sondern auch der Hintergrund, der Zusammenhang und die Bedeutung. Aitia beinhaltet gleichzeitig den Keim, die treibende Kraft und den Plan. Sie ist Ursprung und Ziel zugleich. Aitia umfasst den Stoff, das Werden, die Form und den Zweck. Sie erklärt, warum die Dinge so sind, wie sie sind.«

»Dann ist der Aitialith der Stein der Ursachen?«

»Ja, Felix. Vor langer Zeit, als das Schicksal der Menschheit gewebt wurde, ging ein Stück des Fatums verloren. Konserviert in diesem Bernstein überdauerte es die Zeit. Nach zwei Millionen Jahren in den Tiefen der Erde spülte der Zufall den Stein an einen Strand, wo eine Seherin ihn fand. Sie gab ihm seinen Namen: Aitialith. Seither wird er von Generation zu Generation weitergereicht, bereit, sein Schicksal zu erfüllen.«

Felix sah Zoe unentschlossen an. Ihm fiel keine Frage mehr ein. Zoe steckte den Aitialith in ihre Hosentasche. Wenn nicht einmal die Götter weiterhelfen konnten oder wollten, sollten sie dann nicht besser aufhören, nach einer Antwort zu suchen? »Komm!«, meinte sie niedergeschlagen. »Wir gehen. Das bringt nichts.«

Vor dem Lehrerzimmer holte Frau Memorete Zoe und Felix ein. »Gib Hermes seinen Caduceus wieder«, forderte sie Felix auf.

Felix griff in seine Hosentasche und zog den goldenen Stift hervor.

»Solange der Caduceus deine Nähe spürt, wird er nicht nach Hermes rufen. Er sucht seit Tagen in ganz Portus nach ihm, sieht die vergoldeten Spuren und kann ihn doch nicht finden.«

Felix sah die Lehrerin verständnislos an.

»In deinen Adern fließt das Blut der Trickster. Deshalb hat der Stift nach dir gerufen. Er ist außer Kontrolle geraten, weil die Ambrosia deine Kräfte verstärkt hat und du diese Macht noch nicht beherrschst. Der Schelm in dir hat dich daran gehindert, ihn zurückzugeben. Das ist seine Aitia, zumindest ein Teil davon.« Felix starrte die Lehrerin an. Er war ein Trickster? Wie cool! Er musste grinsen.

»Heißt das«, fragte Zoe, »dass Aitia ein Teil des Fatums ist?«

Frau Memorete nickte. »Der Teil des Fatums, der mit dem Caduceus zusammenhängt, ist seine Aitia.«

»Das bedeutet doch, dass der Besitzer dieser Aitia alles weiß«, spekulierte Felix. »Er wäre allwissend.«

»Das bezweifle ich.«

Zoe fiel ein, dass sie in der Aufregung die wichtigste aller Fragen vergessen hatte: »Wissen Sie, was mit mir los ist?«

Frau Memorete schüttelte den Kopf. »Es tut mir leid! Ich habe versucht, etwas über deine Herkunft herauszufinden, doch die Erinnerungen reichen nur zurück bis zu deiner Geburt. Dort enden sie.«

»Wie kann das sein?«

»Das ist eine gute Frage. Sobald die Schicksalsfäden erst zu einer Erinnerung verschmolzen sind, kann nur ich sie noch voneinander lösen.«

Vor der Schule warteten Hugin und Munin schon ungeduldig auf Zoe und Felix.

»Wo wart ihr denn?«, krächzte Munin vorwurfsvoll.

»Wir waren bei Mnemosyne«, beruhigte Zoe die beiden.

»Was?« Munin plusterte sein Gefieder auf. »Was kann die euch sagen, was ich nicht auch weiß?«

»Wisst ihr denn etwas über diesen Aitialith?«

»Über den was?«

»Den Aitialith«, wiederholte Zoe, ging in die Hocke und zeigte ihm den Bernstein. Munin musterte ihn von allen Seiten. »Nie gesehen«, meinte er.

»Oje!« Aufgeregt hüpfte er um Zoes Hand herum. »Wie konnte ich ihn vergessen?«

»Reg dich ab!«, fuhr Hugin seinen Bruder an. An Zoe gewandt fragte er: »Wie alt ist er denn?«

»Zwei Millionen Jahre.«

»Oje!«, jammerte Munin, »so lange habe ich ihn schon vergessen?«

»Munin! Überleg doch mal! Wir sind selbst keine dreihunderttausend Jahre alt. Da warst du noch gar nicht geboren.«

Munin hielt inne. »Stimmt!« Er fiel Hugin um den Hals. »Wenn ich dich nicht hätte.«

Auf dem Heimweg malte sich Felix sein Leben als Trickster aus. Er überlegte, wie es wäre, die Gestalt zu wandeln und als Adler hoch in die Lüfte zu steigen, oder wie Hermes mit Flügelschuhen.

Zoe lief schweigend neben ihm her. Es fiel ihr zunehmend schwerer, vorwärtszukommen. Vor lauter Kopfschmerzen konnte sie ihren Kopf nicht mehr bewegen. Sie wurde immer langsamer. Als sie endlich vor ihrem Haus ankamen, konnte sie sich kaum noch auf den Beinen halten. Ihre Hände zitterten so heftig, dass sie den Schlüssel nicht ins Schloss stecken konnte. Felix nahm ihn ihr aus der Hand, öffnete die Tür und führte sie hinein. Im Hausflur spürte Zoe, wie ihr Gesicht kalt wurde. Der Raum versank in tiefem Schwarz. Ihre Knie knickten ein. Sie sackte zusammen. Felix versuchte, sie festzuhalten, aber sie glitt ihm aus den Händen. Er konnte gerade noch verhindern, dass ihr Kopf auf dem Boden aufschlug. Die Raben flatterten um Zoe herum und zupften an ihren Kleidern, doch sie rührte sich nicht.

»Was soll ich denn jetzt machen?«, rief Felix verzweifelt. »Wenn ich Hilfe hole, kommt heraus, dass ihre Mutter nicht da ist.«

»Hephaistos«, krächzte Hugin und hüpfte zur Haustür. »Er hat die ›Panazee‹, das Universalheilmittel.« Munin stürzte hinterher. Mit einem gellenden »Kraa, kraa, kraa« flogen die beiden Raben davon.

Felix kniete sich neben Zoe, schob seine Arme unter ihren leblosen Körper und versuchte, sie hochzuheben, doch sie klappte zusammen. Er beugte sich tiefer zu ihr hinunter, umklammerte sie, so gut es ging, drückte sie an sich und richtete sich auf. Sie rutschte zwischen seinen Armen hindurch. Immer und immer wieder glitt sie zurück auf den Boden. Tränen standen in seinen Augen. »Heul jetzt bloß nicht los«, schalt er sich, zog die Nase hoch und wischte sich mit dem Ärmel über die Augen. »Das wäre ja wohl gelacht.« Felix sprang auf, packte Zoe unter den Achseln und schleifte sie in ihr Zimmer. Er versuchte gar nicht erst, sie auf das Bett zu hieven, sondern breitete einige Decken aus dem Wohnzimmer auf dem Boden aus, rollte sie vorsichtig darauf und deckte sie zu. Seine Gedanken rasten. Warum hatte er nicht bemerkt, wie krank sie war? Würde Zoe womöglich sterben? »Dreh jetzt bloß nicht durch!«, murmelte er. »Hephaistos bringt das in Ordnung.« Rastlos lief er auf und ab. »Wo bleiben die nur?« Auf der Straße war niemand zu sehen. Viel besser musste er auf Zoe aufpassen, ermahnte er sich und hetzte wieder hinein, zumal Selket sie davor gewarnt hatte, dass noch nicht alles überstanden sei. Darum hätten sie sich kümmern müssen und nicht um diesen dämlichen Aitialith. »Jetzt lasse ich sie nicht mehr

aus den Augen!«, beschloss er. »Ich bleibe hier! Auch über Nacht.«
Aber seine Eltern durften keinen Verdacht schöpfen! Er musste
seiner Mutter Bescheid sagen. Felix sprang auf und rannte, so
schnell er konnte, nach Hause. Neidhard, der auf der anderen Straßenseite hinter einem parkenden Auto in Deckung ging, bemerkte
er nicht.

$$* * *$$

Nach der Strafpredigt von Frau Steinkauz hatte Neidhard hinter
einer Säule in der Gruft auf Zoe und Felix gewartet. Die Direktorin
hatte ihn regelrecht zur Schnecke gemacht, ihn nicht einmal zu
Wort kommen lassen und ihm zu allem Überfluss noch einen Brief
an seine Eltern mitgegeben.

Vom Eingang des Bestatters aus hatte Neidhard die Galerie Fogo
beobachtet. Anfangs war der Laden noch geschlossen gewesen, aber
um zwei Uhr nachmittags öffnete Herr Origo sein Geschäft. Was er
wolle, hatte ihn der kahlgesichtige Mann gefragt. Neidhard hatte
sich mit einem Schulprojekt herausgeredet, doch der Glatzkopf ließ
ihn die ganze Zeit über nicht aus den Augen.

Erst nach vier Stunden waren Zoe und Felix endlich herausgekommen und zur Schule gelaufen. In den Büschen am Rand des
Schulhofs hatte er auf sie gewartet. Nun stand er hinter den Autos
gegenüber von Zoes Haus. Seine Füße schmerzten. Ihm war kalt
und er hatte Hunger. Und wofür? Für nichts!

Neidhard hatte sich bereits damit abgefunden, dass er an diesem
Tag nicht mehr erfahren würde, warum sich in Zoes Nähe so eigen-
artige Dinge abspielten, da rannte Felix aus dem Haus. Die Tür ließ
er in der Eile offen. Neidhard stieß ein zufriedenes Quieken aus.
Nun konnte er Zoe in aller Ruhe zur Rede stellen. Sie würde schon
damit herausrücken, was sie so Geheimnisvolles taten.

Sobald Felix außer Sicht war, überquerte er die Straße. Vor der Tür sah er sich noch einmal um. Niemand sollte sehen, dass er das Haus betrat. Die Straße und die Vorgärten waren menschenleer. Leise trat er ein und schlich durch den Flur. Nichts war zu hören. Wohnzimmer, Küche, Bad, nirgendwo war Zoe zu sehen. Nur ein Raum war übrig. Das musste ihr Zimmer sein, so unordentlich, wie es darin aussah. Der Boden war mit weißen Fasern bedeckt und mittendrin lag ihr Bettzeug. Zoes bleiches Gesicht zwischen den Kissen und Decken übersah er. Neidhard durchwühlte ihren Schreibtisch, ihre Schultasche und ihren Kleiderschrank, konnte aber nichts Ungewöhnliches entdecken. Auf dem Schminktisch fand er das Döschen mit der Salbe, die Felix benutzt hatte. Er öffnete es und strich sich etwas davon auf den Handrücken. Es fühlte sich angenehm warm an. Er roch daran. Ein süßlicher Duft nach Mandeln und Vanille weckte ein heftiges Verlangen. Mit der Zungenspitze leckte er am Dosendeckel. »Köstlich!« Er ließ sich auf das Sofa fallen, streckte seine Zunge aus, um tief in die Dose hineinzugelangen, da entdeckte er Zoe. Sie sah erbärmlich aus. Sollte er Hilfe rufen? Er zögerte. Wie sollte er erklären, warum er im Haus war?

Im Garten raschelten Blätter, Zweige knackten, dann erklang ein leises Fluchen. Schnell stellte er die Dose ab und hastete aus dem Zimmer. Vom Flur aus sah er, dass der Weg nach draußen versperrt war. Am Gartenzaun stand ein älterer Junge mit einer beigen Kappe. Neidhard lief zurück in Zoes Zimmer. Aber wo sollte er sich verstecken? Das Sofa war zu niedrig, der Schreibtisch zu klein und vor dem Bett lag Zoe. Blieb nur der Schrank. Er zwängte sich zwischen die aufgehängten Kleidungsstücke, hockte sich auf einen Stapel Hosen und zog die Tür von innen zu.

* * *

Loki kletterte durch das Fenster. Die Gelegenheit war günstig! Die Raben waren weggeflogen, der Junge fortgerannt. Wenn es ihm gelang, den Aitialith zu nehmen, ohne dass jemand davon erfuhr, dann würde er ihn behalten. Er könnte behaupten, ihn nicht gefunden zu haben, und heimlich seine Macht gebrauchen. Der blonde Riese bückte sich und griff nach der Decke.

»Loki!«, ertönte eine Stimme hinter ihm.

»Hermes!«, stöhnte Loki. »Oder soll ich Hugo sagen?«

»Wie es dir beliebt.« Hermes deutete auf Zoe. »Du beraubst wehrlose Menschenkinder?«

»Ich wollte es ihr bequemer machen.«

Hermes lachte spöttisch. Loki hob Zoe hoch, legte sie ins Bett und deckte sie sorgfältig zu. Dann wandte er sich wieder Hermes zu: »Unser Wettstreit ist noch nicht entschieden.«

»Bisher habe ich den Aitialith nicht gefunden.« Die beiden Trickster ließen einander nicht aus den Augen. Das Krächzen der Raben hallte durch die Luft. Der blonde Riese erstarrte.

»Wie bedauerlich!« Hermes lächelte schadenfroh. »Ich hätte gerne ein wenig mit dir geplaudert.« Fluchend schwang sich Loki aus dem Fenster und versteckte sich hinter der Eibe. Hermes trat an Zoes Bett.

✳ ✳ ✳

Hephaistos stürmte ins Haus, gefolgt von den Raben. Im Laufen öffnete er ein Fläschchen mit einer klaren Flüssigkeit. Auf den Knien schlitterte er über die weißen Flusen in die Decken vor Zoes Bett. Behutsam träufelte er einige Tropfen auf ihre Lippen. Die Raben saßen mucksmäuschenstill auf den Bettpfosten.

»Komm schon!« Hephaistos tätschelte ihre Wange.

Zoe zuckte und schlug die Augen auf. »Was machst du denn hier?«, fragte sie verwirrt.

»Du warst sehr krank.« Hephaistos strich liebevoll über ihr Haar. Sein Bein stieß gegen einen kleinen Haufen Steine unter Zoes Bett, doch er achtete nicht darauf. »In ein paar Minuten bist du wieder gesund.« Zoe entdeckte das Fläschchen in seiner Hand. »Was ist das?« Misstrauisch betrachtete sie die Flüssigkeit und versuchte, sich aufzurichten.

»Das ist Panazee, das Universalheilmittel, von dem ich vorhin erzählt habe.« Er drückte sie sanft zurück ins Kissen.

»Das letzte Mal«, stöhnte Zoe, »als mir ein Gott eine Medizin gegeben hat, haben meine Probleme erst angefangen.«

✳ ✳ ✳

Neidhard lauschte angestrengt. Er hätte zu gerne gesehen, mit wem Zoe sprach, konnte jedoch durch die Lamellen der Schranktür kaum etwas erkennen. Das ergab alles keinen Sinn. Universalheilmittel? Götter? Was war denn ein Aitialith? Genervt wischte er sich den Schweiß von der Stirn und schloss die Augen. Es war fürchterlich heiß im Schrank. Hoffentlich kam er bald wieder raus.

✳ ✳ ✳

Zoes Lebensgeister kehrten zurück. Hephaistos hielt ihre Hand. Die beiden Raben kuschelten sich an ihren Hals und glucksten zärtlich. Die Haustür wurde geschlossen. Felix kam ins Zimmer, einen Schlafsack unter dem Arm. »Jetzt passe ich auf dich auf«, verkündete er. »Das hätte ich schon längst machen müssen.«

»Prima, dann hast du ja einen Beschützer«, lachte der Feuergott und stand auf, »denn ich muss los.« Zoe bedankte sich von ganzem Herzen und Felix begleitete ihn zur Tür. »Dürfen wir dich mal wieder besuchen?«, fragte er im Flur.

274

»Ihr seid mir immer willkommen!« Hephaistos öffnete die Haustür. Felix traute seinen Augen nicht: Dahinter lag das Museum! Die Ziege kam meckernd auf den Feuergott zu, versuchte, sich an ihm vorbeizudrängeln, und blieb zwischen seinem Bein und dem Türrahmen stecken. Er schob sie zurück und kraulte ihr liebevoll das Kinn. »In mein Museum komme ich immer auf direktem Weg.«

»Wie geht das?«, stammelte Felix.

»Wenn du mit der Schule fertig bist, dann nehme ich dich gerne als Lehrling auf.« Hephaistos klopfte Felix auf die Schulter, betrat das Museum und zog die Tür hinter sich zu. Felix riss sie wieder auf, aber da war nur der Vorgarten.

»Lehrling bei Hephaistos«, flüsterte er begeistert. Zoe rief nach ihm. Bestens gelaunt kehrte er in ihr Zimmer zurück und berichtete von Hephaistos' Angebot.

* * *

Auf der Suche nach Futter streiften die Raben durch den Garten. Loki musste bis an die Hagebuttenhecke zurückweichen. Einen Moment lang dachte er darüber nach, sich in eine Katze zu verwandeln und die Vögel kurzerhand zu fressen. Nur der Gedanke, was Odin mit ihm anstellen würde, hielt ihn davon ab.

Felix' Plan

Die Sonne schien durch das lichte Geäst des Losbaums auf den Wandkalender über dem Esstisch. Auf Zoes Kalenderseite stand nur ein einziger Termin, der Schulanfang am siebten September. Auf der Seite ihrer Mutter zog sich ein dicker roter Strich bis zum vierundzwanzigsten.

»Eine Woche noch«, seufzte Zoe und zog ihre Hose ein Stück hoch. Seit einigen Tagen rutschte sie ihr über die Hüfte.

»Aber zwei Wochen hast du schon«, sagte Felix. Mit einem schwarzen Filzstift schrieb er einen Countdown auf den roten Strich. »Acht«, zählte er. »Dann ist dein Mamilein wieder da.«

»Mamilein?« Kopfschüttelnd durchstöberte sie den Tiefkühlschrank. Unter den Gemüsetüten fand sie eine letzte Packung Pizza. Sie hielt sie hoch und sah ihn fragend an.

»Gerne!« Er grinste. »Im Ernst. Es ist gut, wenn deine Mutter wieder da ist. Die letzten Tage waren der Hammer.«

»Eher die Hölle.« Zoe stellte den Backofen an. »Und was hat es gebracht? Nichts!«

»Wir wissen doch schon einiges.« Felix wickelte Teller und Besteck aus dem weißen Gespinst aus und deckte den Tisch. »Im Aitialith steckt ein Stück Fatum. Frau Steinkauz, also Athene, ist hinter ihm her, genauso wie dieser blonde Riese Loki, und Hugo, ich meine Hermes, der Hephaistos den Aitialith gestohlen hat. Alle glauben, dass der Stein allwissend macht, aber bei uns wirkt er nicht, sonst müssten wir nicht so blöd herumrätseln.«

»Oder wir wissen nicht, wie wir ihn bedienen müssen.«

Schon nach einem Stück Pizza war Zoe satt. Zum Nachtisch strich sie sich etwas Honig auf die Hände. Im ersten Moment fühlte er sich kühl an, dann umgab sie eine weiche Süße. »Irgendetwas soll ich mit dem Aitialith tun«, sagte sie. »Ich weiß nur nicht was.« Genüsslich leckte sie sich den Honig von den Fingern. Felix stopfte sich das letzte Stück Pizza in den Mund. »Wie auch immer.« Er stand auf und streckte sich. »Ich gehe jetzt ins Bett!«

Zoe stapelte die Teller aufeinander, ließ sie aber auf dem Küchentisch stehen, da es sonst in der Küche keinen Platz mehr gab. Morgen räume ich auf, nahm sie sich vor, holte ihren Schlafanzug und ging ins Badezimmer. Felix zog sich in ihrem Zimmer um. Zum Zähneputzen gesellte er sich zu ihr vor den Spiegel.

»Wir sollten den Aitialith zu den Moiren bringen«, schlug Zoe vor und drückte einen Klecks Zahnpasta aus der Tube. »Ich behalte ihn auf gar keinen Fall.«

»Diese hochnäsigen Schnepfen«, nuschelte Felix mit der Zahnbürste im Mund.

Zoe putzte mechanisch ihre Zähne und dachte nach. Im Aitialith war ein Stück Fatum eingeschlossen, das gehörte den Moiren. Sie musste den Stein nur zu den Schicksalsgöttern bringen, dann war alles wieder im Lot. Sie würde ihr Schicksal erfüllen, dann hatte sie endlich ihre Ruhe.

Felix spuckte aus. »Hast du vergessen, wie sie uns behandelt haben?«

»Es sind Schicksalsgötter. Eine höhere Macht gibt es nicht. Da kann man schon überheblich werden.« Sie spülte den Mund mit einem Schluck Wasser direkt aus dem Hahn aus. »Ich will das verdammte Ding einfach nur loswerden, je schneller, desto besser.«

»Und was ist, wenn wir wieder in diesen Höhlen landen?«

»Dann soll es so sein.« Sie holte den Bernstein aus der Hosentasche. Er flackerte. Die silbernen Fäden erloschen und blitzten auf, als könne er sich nicht entscheiden, ob er leuchten wollte oder nicht. Zoe legte den Aitialith auf die Ablage über dem Waschbecken.

»Gut!«, sagte Felix. »Wir bringen ihn morgen vor dem Unterricht weg, ganz früh, um fünf oder so, dann schaffen wir es noch rechtzeitig in die Schule.«

Die Raben auf den Bettpfosten schnarchten leise vor sich hin. Felix schlüpfte in seinen Schlafsack, zog den Reißverschluss hoch und schauderte. »Willst du nicht das Fenster schließen?«

»Dann kann ich nicht so gut schlafen.«

»Es ist kalt.«

»Magst du die Heizdecke?«

»Nein danke.«

»Ich geb sie dir gerne.«

»Ich bin doch kein Weichei.«

»Aber ich, oder was?«

»Wie wäre es, wenn du den Wecker stellst?«

Das Telefon klingelte gedämpft. Zoe setzte sich auf. Draußen dämmerte es. Felix und die Raben rührten sich nicht. Hastig wühlte sie den Handapparat unter dem Kopfkissen hervor und huschte ins Wohnzimmer. »Mama?«, raunte sie.

»Ist alles in Ordnung?«

»Na klar!« Zoe fand keine Decke, also raffte sie die Kissen zusammen und deckte sich notdürftig zu. »Felix schläft schon.«

»Felix?«

»Er übernachtet hier.«

»Mitten in der Woche?« Vita wog das Für und Wider ab. Einerseits beruhigte es sie, dass Zoe nicht allein war. Andererseits hatten die beiden am nächsten Tag Schule. »Macht nicht mehr so lange!«, ermahnte sie Zoe.

»Wir haben die Zähne geputzt und sind schon im Bett.«

»Prima!« Vita stutzte. »Um acht Uhr?«

»Wir sind so müde. Herr Kules macht ein mörderisches Zirkel-training.« Zoe schilderte die Sportstunde in allen Einzelheiten und fand, dass sie ihre Mutter meisterhaft ablenkte, aber Vita Corban kannte ihre Tochter. Zoe schweifte ab, verlor sich in unwichtigen Details, die Stimme erhoben, lauter als gewöhnlich. Zoe verheim-lichte etwas. Hatte es mit Felix zu tun? Entwickelte sich etwa mehr aus der Freundschaft? War sie in Felix verliebt? »Wir müssten mal was besprechen«, unterbrach sie Zoes Redeschwall.

»Was denn?«

»Wir müssen über Sex reden.«

»Mama!«

»Das ist wichtig!«

»Ich weiß alles, was ich wissen muss!«

»Aber ich muss dir einiges dazu sagen.«

»Muss das jetzt sein?«

»Wenn der Felix bei dir übernachtet ...«

Zoe brach in Lachen aus. »Mama! Was denkst du denn? Wir sind doch nur Freunde!«

»Darüber reden müssen wir trotzdem.«

»Müssen wir nicht! Wir hatten das alles in der Schule.« Vita wusste nicht weiter, und da sie kein unverfängliches Thema mehr fanden, beendeten sie das Telefonat.

✳ ✳ ✳

Eine Stubenfliege surrte dicht vor Felix' Gesicht herum. Im Halb-schlaf schlug er nach ihr. Sie schlingerte aus dem Fenster und ver-schwand in der Eibe. Kurz darauf trat der blonde Riese in den Mondschein und sah grübelnd zum Haus. Er hatte Hermes nicht herauskommen sehen. War der kleine Trickster etwa noch drin?

Hin- und hergerissen zwischen dem Drang, den Aitialith zu holen, und der Sorge, dabei erwischt zu werden, lief Loki hinter den Büschen auf und ab. Es war zu riskant! Er beschloss zu warten. Solange die Raben ihn nicht entdeckten, hatte er alle Zeit der Welt.

* * *

Neidhard wischte sich den Schweiß von der Stirn. Seine Füße waren eingeschlafen. Das taube Gefühl wich einem schmerzhaften Prickeln. Er wollte endlich aus dem Schrank hinaus. Zum Glück hatte er seine Schultasche in der Schule gelassen. Seine Eltern orteten sicherlich sein Handy und so konnte er behaupten, lange gelernt zu haben. Aber wenn er nicht langsam mal nach Hause kam, würde er bis an sein Lebensende Hausarrest bekommen.

Die Stimmen waren vor einiger Zeit verstummt. Leise öffnete Neidhard die Schranktür und streckte vorsichtig seinen Kopf hinaus. Ein Geräusch ließ ihn zurückfahren. Felix richtete sich auf. Hatte er ihn gesehen? Durch die Lamellen beobachtete er, dass Felix etwas suchte. Er schien das ganze Haus zu durchstöbern. Neidhard hörte ihn telefonieren, verstand aber nicht viel, nur, dass sie in die Bibliothek gehen würden. Dann legte Felix sich wieder hin. Neidhard lauschte in die Stille. Seine Augen fielen zu.

* * *

Felix starrte an die Decke und machte sich Vorwürfe. Er hatte Zoe verraten. Das würde sie ihm niemals verzeihen. Ihr Zusammenbruch hatte ihm den Rest gegeben. Er hatte sie nicht einmal festhalten können. Sie war ihm einfach durch die Finger geglitten.

Hin und wieder nickte Felix für ein paar Minuten ein. Um zwei Uhr morgens hielt er es nicht mehr aus, stand leise auf und verließ das Haus.

* * *

Aus dem kleinen Haufen unter Zoes Bett löste sich ein Stein und rollte unter der Bettkante hervor. Hermes erschien. Nachdenklich sah er auf Zoe herab. Sollte er nach dem Aitialith suchen? Wenn das Mädchen aufwachte, war seine Tarnung dahin. Der Lärm würde Loki anlocken und die Raben aufwecken. Hätte er doch wenigstens seinen Caduceus! Nein, er musste Athene informieren. Sie sollte entscheiden, was zu tun war. Er schlich aus dem Haus.

* * *

Felix rannte mit einem prall gefüllten Rucksack auf dem Rücken zurück zu Zoe. Er schaltete die Heizdecke ein und rüttelte sie behutsam wach. Verschlafen öffnete sie zuerst das eine und dann das andere Auge. Alles sah normal aus, abgesehen von dem riesigen Durcheinander in ihrem Zimmer. Sie lag in ihrem Bett, weit und breit keine neuen Spinnennetze, und sie hatte nicht geträumt. Misstrauisch tastete sie unter der Bettdecke nach Spinnweben und fand dünne Stäbe neben sich. Zoe sprang aus dem Bett und stürzte zum Spiegel. Unter ihren Armen ragten je vier Gliederbeine heraus. Sie stieß einen markerschütternden Schrei aus. Sofort zogen sich die Gliederbeine in Zoes Körper zurück. Die Raben schraken auf und flohen laut krächzend durch das Fenster. Der Lärm riss Neidhard aus dem Schlaf. Er knallte mit dem Kopf gegen die Schrankwand, aber Zoe und Felix hörten ihn nicht. Felix starrte Zoe an. »Vielleicht verwandelst du dich ja doch in eine Spinne.«

»Oh nein!« Zoes Beine zitterten.

»Was sollen wir bloß tun?«

»Wir können gar nichts tun. Das ist mein Schicksal.« Langsam ließ sie sich zu Boden gleiten.

»Wenn wir erst beim Fatum sind«, grollte Felix, »werde ich den Moiren gehörig die Meinung sagen.«

»Na klar«, flüsterte Zoe. »Wir werden es den Schicksalsgöttern so richtig zeigen!« Eine Weile starrte sie blicklos ins Leere, dann fügte sie hinzu: »Warum soll ich denn überhaupt zu den Moiren gehen?«

»Der Aitialith ändert bestimmt dein Schicksal. Oder die Moiren ändern es, wenn du ihnen den Stein bringst.« Felix nahm ihren Arm und zog sie hoch. »Wir finden eine Lösung. Zuerst geben wir den Aitialith ab, dann sehen wir weiter.« Zoe war zwar nicht überzeugt, aber sie ging zum Schrank, um sich Kleidung zu holen. Neidhard hielt sich einen Pullover vor sein Gesicht.

Die Tür war schon halb geöffnet. »Frische Sachen brauchst du nicht«, sagte Felix. »Wir kriechen durch eine Röhre und kämpfen uns durch Spinnenhöhlen. Da kannst du die Klamotten von gestern nehmen.«

Zoe ließ die Schranktür los. »Was?«

»Ich habe nachgedacht. Um diese Uhrzeit kommen wir noch nicht einmal in die Bibliothek hinein. Wir gehen gleich durch die Höhlen.« Zoe stockte der Atem. »Bist du irre?«, keuchte sie. »Wie sollen wir da durchkommen?«

»Keine Panik! Ich habe einen Plan.«

»Und das soll mich beruhigen?« Aufgeregt lief Zoe auf und ab. Durch die Spinnenhöhlen? Was für ein Wahnsinn! Auf der anderen Seite war sowieso schon alles festgelegt. Da konnten sie sich auch gleich ins Getümmel stürzen. Das Schicksal würde es schon richten! Zoe schob ihre Bedenken beiseite und machte sich fertig. Ein paar Minuten später fiel die Haustür hinter ihnen zu.

* * *

Neidhard atmete erleichtert auf, kroch ächzend aus dem Schrank und streckte sich. Das wäre beinahe schiefgegangen! Mit einigem

Abstand schlich er den beiden hinterher. Auf eine Stunde mehr oder weniger kam es jetzt auch nicht mehr an. Hausarrest bekäme er auf jeden Fall. Im Schatten der parkenden Autos huschte er von Hauseingang zu Hauseingang, damit die Raben, falls sie zurückkehrten, ihn nicht entdeckten. Der Schweiß lief ihm in Strömen herab.

* * *

Aus der Vogelschutzhecke im Vorgarten beobachtete Loki, wie Zoe und Felix auf die Straße traten. Was hatten sie vor, mitten in der Nacht? Hatte es mit dem Aitialith zu tun? Dann sollte er am besten gleich zuschlagen. Die Raben hatten schon vor einer Weile das Haus verlassen. Das war eine gute Gelegenheit! Er wollte den beiden gerade folgen, als ein weiterer Junge aus der Tür kam und sich an ihre Fersen heftete. Der ungleichmäßige Schimmer auf seiner Haut war typisch für eine Überdosis Ambrosia, aber das konnte nur bei einer inneren Anwendung auftreten. Hatte der Junge die Salbe etwa gegessen? Passte denn niemand auf diese Menschenkinder auf? Ein lautes »Kraa« kündigte die Rückkehr der Raben an. Loki zog sich tiefer in die Hecke zurück. Gut, dass er gewartet hatte, sonst hätten sie ihn entdeckt. Er wartete, bis der seltsame Tross ein Stück entfernt war, dann folgte er ihm in sicherem Abstand.

* * *

Auf dem Weg zur Bibliothek öffnete Felix seinen Rucksack. Er hatte eine Menge Mülltüten, Partyfackeln, Tennisbälle und etliche Flaschen Parfum eingesteckt. Zoe griff nach einer der Parfumflaschen und schaute auf das Etikett. »Hast du eine Ahnung, wie teuer die sind?« Felix winkte ab. »Wir müssen alle Opfer bringen.«

»Was willst du überhaupt damit?«

»Es hält uns die Spinnen vom Leib. Wenn meine Mutter sich damit einnebelt, ergreift sogar mein Vater die Flucht.«

»Und wie soll ich das aushalten?«

»Für dich habe ich Öl dabei.« Felix holte eine Flasche aus der Tasche. »Delizias allerfeinstes Olivenöl! Wenn du dich ganz dick damit einschmierst, verstopft es alle deine Riechporen.«

»Und die Mülltüten?«

»Die ziehen wir an. Alle übereinander. Wenn uns eine Bolaspinne oder Speispinne trifft, können wir uns eine Schicht nach der anderen abreißen.«

»Und wir?«, krächzte Munin. »Was machen wir?«

»Ihr kriecht unter die Tüten, wenn ihr Angst habt.«

»Ich habe keine Angst«, empörte sich Hugin.

»Wer ist denn vorhin wie ein aufgeschrecktes Huhn durch das Fenster davongeflogen?«, stichelte Munin.

Die Raben fielen etwas zurück und diskutierten, wer von ihnen der größere Angsthase sei. Zoe und Felix achteten nicht darauf.

Der Lüftungsschacht an der Seitenwand der Bibliothek stand noch immer offen. Mit einem Taschenmesser schnitten sie Löcher in die Mülltüten und streiften sich eine nach der anderen über. Die kleineren Tüten setzten sie sich als Kopfschutz auf. Zoe ölte sorgfältig ihr Gesicht und die Arme ein. Eine der Fackeln zündeten sie gleich an. Den Rucksack mit den restlichen Partyfackeln schnallte sich Felix auf den Rücken. Sie waren startbereit und kletterten in den Lüftungsschacht. Es war eng und dunkel. Die Fackel spendete nur wenig Licht und qualmte stark. Hinter ihnen beschwerten sich die Raben lautstark über den Rauch.

∗ ∗ ∗

Neidhard stand am Rand des Spielplatzes und wunderte sich über die seltsame Verkleidung. Nachdem Zoe und Felix im Lüftungsschacht verschwunden waren, wartete er noch eine Weile, dann kroch er hinterher. Sein Schwitzen verstärkte sich immer mehr.

* * *

Loki trat aus einem dunklen Eingang und schüttelte den Kopf. Die Menschenkinder nahmen den langen Weg ins Dilemma. Entweder waren sie unglaublich mutig oder sie wussten nicht, was sie taten. Er wollte das Risiko nicht eingehen und beschloss, die Parze zu wecken. Sie sollte ihm eine Schwelle legen. Hoffentlich konnte er das Rätsel der Sphinx lösen.

Der lange Weg ins Dilemma

Im Lüftungssystem der Bibliothek bog Felix aufs Geratewohl mal rechts, mal links ab. Er achtete nur darauf, dass es aufwärtsging. Bei ihrer Flucht aus den Höhlen waren sie gerollt. Folglich mussten sie nun nach oben.

»Eine Taschenlampe wäre besser«, nörgelte Hugin.

»Die Fackeln sind gegen die Spinnen«, rief Felix.

»Bevor wir hier eine einzige Spinne sehen, sterben wir an einer Rauchvergiftung«, krächzte Munin und hustete gekünstelt.

»Lasst uns wenigstens vor.« Hugin hüpfte auf Zoes linke Wade, um zwischen ihren Beinen hindurchzuschlüpfen. »Mach mal Platz!«

Zoes eingeölte Hände fanden kaum Halt an den kalten Stahlwänden. Das Metall roch nach Knoblauch und schmeckte nach Blut. In immer kürzeren Abständen musste sie die Hand wechseln, in der sie die Fackel hielt. Nun bohrten sich auch noch die Krallen des Raben in ihr Fleisch. Sie schüttelte ihr Bein und schimpfte: »Nicht jetzt!«

»Wir ersticken.«

»Wartet, bis mehr Platz ist.«

Plötzlich neigte sich der Lüftungsschacht nach vorne. Zoe fiel vornüber und begannen zu rutschen. Die Raben flatterten mit den Flügeln, doch es war zu eng zum Fliegen. Sie verhedderten sich ineinander und rollten über Zoe hinweg, auf die Fackel zu. Zoe packte sie an den Schwanzfedern und zog sie zu sich heran.

Der Lüftungsschacht wurde immer steiler, bis sie abhoben und fielen. Zoe presste die Vögel an sich, hielt die brennende Fackel so weit wie möglich von sich weg und schrie. Die Raben gaben keinen Ton von sich.

Nach einer Weile ging das Fallen in ein Rutschen über und Zoe ließ die Vögel los. Schreiend rauschten sie aus dem Lüftungsschacht heraus, mitten hinein in ein Spinnennetz. Sie durchschlugen das Gewebe, rollten auf die Höhle der Bolaspinnen zu und prallten gegen die Wand neben dem Tunneleingang. Die Raben purzelten hinterher und landeten direkt in ihren Armen. An der Decke über ihnen schwankten prall gefüllte Kokons. Tausende kleiner Jungspinnen wuselten darin herum. Felix lachte. »Das macht dir Spaß!«, staunte Zoe, legte die Fackel ab und wischte sich ein paar Spinnweben aus dem Gesicht. Felix fischte fünf Tennisbälle aus dem Rucksack.

»Willst du die Bolaspinnen von der Decke schießen?«, krächzte Munin. »Dazu brauchst du aber mehr Munition.«

»Abwarten!« Felix lächelte verschmitzt. Er erhob sich und setzte den Rucksack auf.

»Warte mal!«, sagte Zoe. »Der Rucksack muss unter die Tüten.«

»Natürlich!«, stöhnte Felix. »Sonst verliere ich ihn.« Er zog alle Mülltüten aus und über dem Rucksack wieder an. Dann schlichen sie durch den kurzen Tunnel zum Eingang der Höhle und spähten hinein. Die Hinterleiber der Bolaspinnen an der Höhlendecke waren nicht nur alle gleich groß, sondern auch regelmäßig angeordnet. Jeder der schmutzig-weißen Körper war von sechs anderen umgeben, so dicht, dass kaum eine Lücke blieb.

»Und wie lautet dein Plan?«, fragte Zoe.

»Wir müssen dafür sorgen, dass die Spinnen möglichst viele Kugeln gleichzeitig schwingen, sodass sie sich ineinander verfangen, dann ist der Weg ruckzuck wieder frei.« Felix legte die Tennisbälle auf dem Boden ab, bis auf einen, den er sorgfältig in die rechte Hand nahm. Er holte weit aus und schmetterte ihn, so fest er konnte, einige Meter vor sich auf den Boden. Der Ball sprang hoch, traf eine der Bolaspinnen und wurde zurückgeworfen. Dreimal kam der Ball auf dem Boden auf und prallte an Spinnenleibern ab, dann verlor er an Höhe und rollte langsam aus. Felix warf die restlichen Tennisbälle, erst dann senkte sich in der Mitte der Höhle die erste Leimbola herab. Schon beim Ablassen schwang die Spinne die Leimkugel im Kreis. Andere folgten, mit einem so großen Abstand, dass sie sich nicht gegenseitig behinderten. »Mist!« Felix lehnte sich enttäuscht an die Felswand und beobachtete den perfekten Gleichlauf. Zoe lauschte dem leisen Summen der Bolas. Sie hob ihre Fackel. Eine Bola schlug auf. Die Fackel wurde ihr aus der Hand gerissen und von anderen Leimkugeln getroffen, die außer Takt gerieten und gegen die benachbarten Bolas prallten. Es entstand eine erste Lücke. »Jetzt oder nie!«, rief Felix und packte die beiden Vögel. Im Vorbeilaufen übergab er Zoe Hugin. Sie folgte ihm in die Lücke, doch die schloss sich viel zu schnell und neue gab es noch nicht. Eine der Leimkugeln traf Zoe am Rücken. Die Spinne versuchte, ihre Beute an sich zu ziehen, aber Zoe stemmte sich dagegen und zerrte an der obersten Mülltüte. Sie riss und wurde weggezogen. Zoe war frei.

Felix zog sie mit sich zu den freien Stellen zwischen den Leimbolas. Trotzdem wurden sie von einigen Kugeln getroffen. Eine Tüte nach der anderen rissen sie sich vom Leib. Bis sie sich zum Ausgang der Höhle durchgekämpft hatten, hingen ihnen nur noch Fetzen von den Schultern.

Zoe setzte Hugin auf den Tunnelboden und stützte sich keuchend an der Wand ab. Der Rabe streckte sich und krächzte: »Na, das war doch ein Kinderspiel!«

»Reiß deine Klappe nicht so auf!« Munin glitt neben seinen Bruder. »Du hast gar nichts dazu beigetragen.«

»Wir müssen weiter!« Zoe trieb die zankenden Raben zum Ende des Tunnels. Die beiden waren so in ihren Streit vertieft, dass sie munter in die nächste Höhle hineinhüpften, direkt auf eine der Speispinnen zu. Felix sprang vor, packte Hugin an einer Schwanzfeder und zog ihn zurück.

»Jetzt reicht es aber«, beschwerte er sich.

»Du wärst fast in eine Spinne hineingelaufen!«, sagte Zoe. Munin eilte mit großen Schritten zurück.

»Ach was!« Hugin sah sich um. »Wo denn?«

»Er kann sich nicht erinnern«, flüsterte Munin.

»Das hab ich gehört.«

»Denk einfach mal zurück.«

Hugins Augen weiteten sich. Er flatterte auf Zoes Schulter und steckte seinen Kopf in den Kragen ihrer Jacke. Munin flog auf Zoes andere Schulter und stupste seinen Bruder mit dem Schnabel an, aber der verkroch sich nur noch tiefer in Zoes Jacke. Felix spannte zwei Regenschirme auf. »Das sind unsere Schutzschilde.« Er reichte Zoe eine der Parfumflaschen. »Und das sind unsere Waffen.«

Rücken an Rücken tasteten sie sich durch das Spinnenfeld, die Parfumflaschen in der Hand. Felix suchte den besten Weg. Zoe achtete darauf, dass sich hinter ihnen keine Spinnen erhoben. Die Regenschirme hielten sie seitlich in die Höhe, um die Klebspucke damit abzufangen, doch die Spinnen regten sich nicht.

In der Höhlenmitte nahm Zoe einen seltsamen Geruch wahr. »Es riecht komisch«, flüsterte sie. Felix schnupperte. »Ich rieche nichts.«

Zoe klemmte sich die Parfümflasche unter die Achsel und hielt die Hand mit weit gespreizten Fingern in die Höhe. »Es ist eher ein Gefühl.« Sie schwenkte ihren Arm. »Es ruft mich zum Essen.«

»Verdammt!«, fluchte Felix. »Spinnen verständigen sich mit Duft-signalen. Es geht los!«

Langsam klappten die Spinnen ein Gliederbein nach dem anderen aus, richteten sich auf und kamen auf Zoe und Felix zu. Zoe drückte hektisch auf den Sprühkopf und erzeugte eine Wolke aus Parfum. Die Spinnen wichen zwar zurück, doch ihr wurde schlecht. Das Öl auf ihren Handflächen war abgerieben. »Lange halte ich das nicht aus«, stöhnte sie.

»Wir müssen uns sowieso beeilen!« Felix steuerte direkt auf den Ausgang zu. Sie ließen die Parfümwolke hinter sich und die Spinnen vor ihnen rückten immer näher. Die Zuckungen ihrer Kieferklauen kündigten den Angriff an.

»Hilfe!«, schrie Felix. Zoe fuhr herum. Ihr Schirm fing eine Ladung Leim ab. Eine zweite folgte und verteilte sich auf beide Schirme.

Eingekesselt in einem Ring aus Spinnen schoben sich Zoe und Felix so schnell wie möglich voran. Die verklebten Schirme nach vorne gerichtet, hielten sie sich den Rücken und die Seiten mit Parfüm frei. Kurz bevor sie den Ausgang erreichten, waren die Fla-schen leer. Zoe drückte panisch auf den Sprühkopf. Mehr als verein-zelte Tröpfchen kamen nicht mehr heraus. Felix schleuderte seine Flasche den Spinnen entgegen und brüllte: »Lauf!« Sie rammten die Schirme in die Spinnenfront. Der plötzliche Angriff überraschte die Spinnen, sodass Zoe und Felix aus der Umzingelung ausbrachen.

Der Ausgang war nur noch wenige Schritte entfernt, der Weg frei. Sie preschten darauf zu. Bevor sie außer Reichweite waren, traf eine Salve Klebspucke Felix am Rücken. Er stolperte, ruderte mit den Armen und fiel rücklings nieder. Der Rucksack klebte am Boden fest und die Speispinnen kamen immer näher. Hastig streifte Felix die Träger ab und rannte zum Tunnel. Die Spinnen schossen eine weitere Salve nach ihm. Im letzten Moment erreichte er den Ausgang. Die Klebgeschosse klatschten neben ihm an die Felswand.

»Das war knapp«, keuchte er und sah bedauernd auf seinen Rucksack. »Jetzt haben wir nichts mehr, was uns durch die nächste Höhle hilft!«

Zoes Gesicht war schmerzverzerrt. Unter ihrer Jacke schoben sich zwei Erhebungen hinauf zu ihrem Hals. »Zieht die Krallen ein!« Sie kniff die Augen zusammen. Hugin und Munin streckten die Köpfe aus dem Kragen und krächzten: »Warum?«

Die Speispinnen kamen schnell zur Ruhe. Gut, dass die Tunnel zwischen den Höhlen vor Spinnen sicher waren, überlegte Felix. Er holte das Feuerzeug aus der Hosentasche und schnippte es an. Im Gegensatz zu den Höhlen, in denen ein sanftes Leuchten von den Wänden ausging, schienen die Wände der Tunnel das Licht zu verschlucken. Er konnte nichts erkennen.

Nach einer kurzen Pause nahmen sie die nächste Höhle in Angriff. Die Netze der Fischernetzspinnen lagen so dicht nebeneinander, dass sie nicht zwischen ihnen hindurchgehen konnten, ohne die Signalfäden zu berühren. »Lass uns rennen«, schlug Felix vor. Er ging in Startposition, wartete, bis Zoe bereit war, und gab das Kommando: »Auf die Plätze, fertig, los!«

Zoe und Felix achteten nicht auf die Spinnweben am Boden. Aus den Löchern, an denen sie vorbeikamen, schnellten Spinnen heraus und schnappten nach ihnen, aber sie waren schneller. Von Zoes Schultern aus verspotteten die Raben die Spinnen.

»Kommt nur her, ihr garstigen Krabbler«, krakeelte Hugin.

»Gleich gibt's was auf die Kieferklauen«, fiel Munin ein.

Das Geschrei der Raben steigerte den Jagdtrieb der Spinnen. Sie verfehlten Zoe, die hinter Felix lief, nur noch knapp. Zoes Beine versagten. Sie wurde langsamer, da packte Felix sie am Arm und zog sie mit sich. Das Ende der Höhle war nah. Er nahm all seine Kraft zusammen und katapultierte sie zwischen zwei Spinnen hindurch in den Tunnel hinein. Dabei verlor er seinen Schwung.

Die Spinne im letzten Loch brachte ihn zu Fall. Zoe sprang ihm zu Hilfe und zerrte an seinen Armen, doch sie war restlos erschöpft. Die Raben griffen an, aber Felix' Beine verschwanden schon in der Öffnung. Er schrie. Die Spinne zog ihn immer tiefer in ihren Bau.

Von hinten schlang sich ein Arm um Zoes Bauch. Eine Hand ergriff Felix' Arm und zog ihn heraus. Er stolperte in den Tunnel hinein und sank kreidebleich zu Boden. Zoe kauerte sich neben ihn. Sie zitterte am ganzen Leib.

»Kinder!« Weicher Stoff strich über Zoes Gesicht. Frau Weber legte den Arm um sie und drückte sie an sich. »Was macht ihr denn hier unten?«

»Danke!«, flüsterte Zoe. »Das hätte ich nie geschafft.« Sie wand sich aus der Umarmung. Die Lehrerin bemerkte das Schimmern der Ambrosia auf Zoes Haut. »Warum habt ihr denn Ambrosia genommen? Ihr habt es hoffentlich nicht gegessen?«

»Frau Weber?« Felix hatte sich inzwischen etwas erholt. »Was machen Sie denn hier?«

»Ihr könnt mich Arachne nennen. Vielleicht nicht in der Schule, aber hier unten gelten andere Regeln.«

»Die Arachne mit dem Teppich?«, fragte Felix. »Hat Athene Sie nicht in eine Spinne verwandelt?«

»Das hat sie.« Arachne deutete auf das Netz der schwarzen Spinne hinter dem Tunnelausgang. »Ich bewache die Höhle unter der Sphinx. Nach und nach nahm Athene den Fluch zurück. In ihrer Nähe wurde ich wieder zu einem Menschen. Am Anfang verwandelte ich mich allerdings sofort zurück, wenn sie mich verließ. Heute kann ich meine menschliche Gestalt mehrere Stunden lang ohne sie halten. Wenn ich wieder zur Spinne werde, komme ich hierher und bewache das Netz, so wie ich es jahrtausendelang getan habe.«

»Dann ist Athene hier?«, vergewisserte sich Felix.

Frau Weber nickte.

»Vielleicht hat sie mitbekommen, dass wir den Aitialith zu den Moiren bringen.«

»Kinder! Ihr habt den Aitialith?« Sie lachte. »Wunderbar!«

»Lass uns aufbrechen«, sagte Zoe. »Ich will das Ding endlich loswerden.« Sie stemmte sich vom Boden hoch und steuerte auf die Höhle zu, aus deren Schacht sie vor zwei Tagen herausgefallen waren. Am Rand von Arachnes Netz, das unter der großen Öffnung in der Decke gespannt war, blickte Zoe nach oben und fragte: »Und wie sollen wir dort hinaufkommen?«

»Wir klettern.« Felix tastete die Felswand ab.

»Die Wände sind viel zu glatt«, wandte sie ein. »Niemand kann daran hochklettern.« Ratlos sahen sich Zoe und Felix an. Sie steckten fest.

Neidhard im Nacken

Vier Höhlen hinter ihnen schoss Neidhard in einem hohen Bogen aus dem Lüftungsschacht. Das Netz war noch nicht wieder geschlossen, daher flog er ungebremst hindurch. Er schlug hart auf dem Boden auf und krachte mit voller Wucht an die Felswand. Die Kokons an der Decke über ihm schwankten. Benommen blieb Neidhard liegen.

Auf dem Weg durch den Lüftungsschacht hatte er unaufhörlich geschwitzt. Immer wieder war er zurückgerutscht, doch das hatte ihn nur noch mehr angespornt. Der Schweiß lief ihm aus allen Poren. Eine glitschige Schicht hatte sich auf seinem Körper gebildet. Angewidert betrachtete er den Schleim. Auch das war Zoes Schuld. Dafür musste sie bezahlen! Er wusste noch nicht, was er mit ihr anstellen wollte, aber es musste schlimm sein, so schlimm, dass sie wenigstens weinte. Viola würde ihm helfen, das war sie ihm schuldig, bei all dem Ärger, den er bald mit seinen Eltern hatte.

Neidhard setzte sich auf und lehnte sich an die Felswand. Einer der Kokons löste sich von der Decke und zerplatzte auf seinem Kopf. Tausende kleiner Jungspinnen krabbelten hinaus, liefen über seinen Körper und verschwanden in den Ritzen der Höhle. Voller Abscheu betrachtete er seine Hand. Die weißlich-durchscheinenden Spinnen wanden sich in seinem Schweiß im Todeskampf. Wütend wischte er den Schleim ab, stand auf und stapfte los, direkt auf den Tunnel zur Höhle der Bolaspinnen zu. Kaum hatte er die Höhle betreten, schwirrten Klebekugeln um seinen Kopf. Sie trafen ihn, fanden aber auf dem Schweißfilm keinen Halt. Wütend packte er die Fangfäden, riss die Spinnen von der Decke und schmetterte sie gegen die Felswand.

Zoe und Felix wussten sich keinen Rat. »Ein Mensch kann dort nicht hinaufklettern«, dachte Zoe, »aber eine Spinne könnte das.« Sie wandte sich an Arachne. »Können Sie sich nicht in eine Spinne verwandeln und eine Leiter spinnen? Ihr Netz hat uns ja auch getragen.«

»Ich kann das überhaupt nicht steuern.«

»Aber du kannst es«, sagte Felix zu Zoe.

»So ein Quatsch!« Sie schüttelte den Kopf.

»Versuch es doch wenigstens mal!«

Zoe war bange zumute. Seit Tagen war ihre größte Sorge, sie könnte sich in eine Spinne verwandeln, und nun sollte genau das die Lösung sein? Das war verrückt, aber auch spannend! Sie beschloss, sich darauf einzulassen, und stellte sich vor, wie sie sich als Spinne fühlen würde. Je länger sie darüber nachdachte, desto besser gefiel ihr der Gedanke, vorausgesetzt, es ließe sich rückgängig machen. Sie schloss die Augen und konzentrierte sich darauf, die Gestalt einer Spinne anzunehmen. Felix achtete auf jede kleinste Regung. Zoes Herz schlug wie wild. In ihren Ohren rauschte das Blut. Sie spürte seinen Blick und öffnete ihre Augen. Er stand unmittelbar vor ihr.

»So kann ich nicht«, beschwerte sie sich. »Dreh dich um!«

»Ich guck doch nur.« Felix setzte seine Unschuldsmiene auf. »Da ist doch nichts dabei.«

»Dann mach ich es nicht.« Zoe verschränkte die Arme und sah ihn trotzig an. Nur widerstrebend kehrte Felix ihr den Rücken zu. Die Raben saßen zu ihren Füßen und starrten sie unverwandt an.

»Ihr auch!«, forderte sie.

»Für uns ist das ja nun wirklich nichts Neues«, behauptete Munin. Hugin pflichtete im bei: »Wir sehen das ständig.«

»Das ist mir egal«, beharrte sie. »Ihr dreht euch auch um.«

Unter Protest rückten die Vögel ein kleines Stück von ihr ab und wandten Zoe ihre Hinterteile zu. Auch Arachne hatte sich rücksichtsvoll zu Wand gedreht. Zoe versuchte, sich zu entspannen. Erneut schloss sie die Augen. Ob die anderen wirklich wegsahen? Sie warf noch einmal einen kurzen Blick auf Felix und die Raben. Sie rührten sich nicht.

Zoe atmete tief durch und richtete all ihre Sinne auf ihren Körper. Womit sollte sie anfangen? Mit den Gliederbeinen? Die waren ja in der Nacht schon erschienen. Oder mit den Tastern? Bei Selket hatten sich die Hände zu Scheren geformt. Zoe wackelte mit den Fingern. Sie fühlten sich normal an. Der Hals musste weg und sie brauchte mehr Augen. Während Zoe in Gedanken versank, spürte sie nicht, dass sich aus beiden Körperseiten zaghaft vier kleine Gliederfüßchen herausstreckten. »Cool!«, flüsterte Felix.

»Du sollst doch nicht hinschauen!« Zoe sah an sich hinunter. Die kurzen Fortsätze waren mit einem feinen weißen Flaum überzogen. An der Spitze ragten jeweils zwei kleine dunkle Krallen heraus. Felix streckte die Hand aus.

»Nicht anfassen!« Zoe wich zurück. »Ich sag dir, wie sie sind.« Sie strich über die dichte Behaarung. »Weich«, sie lächelte, »ganz weich.«

Voll gespannter Erwartung ließ Zoe die Verwandlung zu. Ihre Arme wurden zu Tastern, ihr Kopf verwuchs mit dem Rumpf. Sie ging in die Knie. Ihre Beine formten sich zu einem Hinterleib, ihre Haut und ihre Kleidung verwandelten sich in eine stahlblau glänzende Chitinhülle, bedeckt mit strahlend weißen Härchen. Ihre Knochen lösten sich auf. Sie hatte das Gefühl, als rutschten Herz und Lunge in den Hinterleib und als drücke der Magen auf das Gehirn. Dann war die Verwandlung vollbracht. Zoe kippte nach vorne. Ihre Umgebung nahm sie nun mit ihrem ganzen Körper wahr. Vor ihr standen Felix und die Raben. Sie roch ihren Atem, hörte ihren Puls.

Wie weit sie entfernt waren, konnte sie nicht erkennen. Sie streckte eines ihrer vorderen Gliederbeine aus und tastete nach Felix, doch er befand sich außerhalb ihrer Reichweite. Hugin und Munin hüpften hinter ihn und spähten zwischen seinen Beinen hindurch. Felix war beeindruckt. »Du siehst total edel aus.«

»Wenn das für eine riesige, haarige Vogelspinne überhaupt möglich ist«, krächzte Hugin leise.

»Schau doch mal hin!« Felix deutete auf die stämmigen Glieder- beine. »Die Gelenke sind schneeweiß und gehen mit einem super- schönen Muster in ein strahlendes Graublau über.« Er umkreiste Zoe. Die Raben hüpften hinterher, um Felix wieder zwischen sich und die Spinne zu bringen.

»Und die Zeichnung auf dem Hinterleib«, schwärmte er, »ist der Hammer.« Zoe verstand ihn und bedankte sich, doch Felix vernahm nur das knarrende Geräusch mahlender Kieferklauen.

Arachne übersetzte: »Sie freut sich.« Felix gesellte sich zu ihr und neckte Zoe: »Zeig mal, was du kannst.«

»Acht Beine«, dachte Zoe. »Wie bewegt man sich damit?« Sie hob die Beine der rechten Seite an und kippte. Dann versuchte sie, ein Bein nach dem anderen zu bewegen. Das funktionierte, aber sie kam nur sehr langsam vorwärts. »Am besten tastest du mit den Vorderbeinen, wohin du läufst«, riet Arachne. »Die hinteren Beine lässt du stehen, solange es geht, und ziehst sie erst nach, wenn du dir sicher bist, wohin du willst. Das Laufen übernehmen die mittleren Beine. Sie sind nicht so lang wie die anderen und leichter aufeinan- der abzustimmen.«

Zoe hatte ihre Beine schnell im Griff, erreichte die Wand und kletterte hoch. Das feine Haarpolster unter ihren Gliederfüßen haf- tete am Felsen. Durch Abrollen löste es sich wieder vom Unter- grund. Auch das ging bald schon wie von alleine. Ein Gefühl von Leichtigkeit trieb sie vorwärts, hinauf in den Schacht und an der Höhlenwand entlang. Sie suchte eine Stelle ohne Vorsprünge für die

Leiter, die sie für Felix und Arachne spinnen wollte. Die Wand gegenüber dem Ausgang schien ihr geeignet. »Und jetzt?«, überlegte sie. »Muss ich einfach nur drücken?« Sie presste, so fest sie konnte.

»Stop!«, rief Felix. Er und Arachne standen hustend und prustend in einem Haufen Spinnweben.

»Nicht so fest«, empfahl Arachne. »Entspann dich.« Zoe wandte sich wieder der Felswand zu, kletterte eine halbe Körperlänge hinauf und setzte die beiden länglichen Spinnwarzen an ihrem Hinterleib auf den Fels auf. An der Unterseite der pelzigen Fortsätze quollen feine Seidenfäden heraus und glitten über die Wand zu Boden. Arachne trat näher und erklärte: »Wenn du die Fäden befestigen möchtest, musst du auch die Klebstoffdrüsen einsetzen.«

Der Umgang mit den acht Beinen war einfacher gewesen. Wie sollte sie ein Körperteil benutzen, das sie nicht kannte? Sie konnte nicht einmal sehen, was geschah. Felix lachte laut auf. Ein großer Klumpen aus Spinnweben und Leim rutschte die Wand hinunter.

»Das war doch schon ganz gut«, ermunterte Arachne Zoe. »Gib nicht auf.« Zoe unternahm einen zweiten Versuch.

Die Seidenfäden klebten an der Wand. Zoe führte sie mit den Spinnwarzen in einem großen Bogen an eine geeignete Stelle eine Armlänge daneben und befestigte sie dort. Felix trat auf das leicht durchhängende Bündel aus Spinnenseide und wippte. Es trug sein Gewicht, sah aber nicht besonders vertrauenerweckend aus. »Noch etwas mehr«, bat er.

Zoe verstärkte den Trittstrang, bis das Gewebe stabil genug aussah. Dann krabbelte sie einen halben Meter weiter, um die nächste Stufe anzubringen. Sie konnte immer besser mit ihren Spinnwarzen umgehen. Stufe für Stufe spann sie eine Leiter an die Wand. Felix und Arachne kletterten daran hoch. Zoe war so in das Spinnen vertieft, dass sie nicht merkte, dass sie sich dem Ende des Schachts näherte. Plötzlich wurde sie gestoppt. Auch daran hatten sie nicht gedacht! Sie waren durch eine Klappe gefallen, die nun geschlossen war. Sie kamen nicht weiter.

»Verdammt!«, fluchte Felix und tastete die Klappe ab, fand aber nichts, was ihnen weiterhelfen konnte. Zoe spürte einen nagenden Hunger. Sie hatte eine große Menge Spinnenseide zum Bau der Leiter produziert. Nun musste sie die Reserven wieder auffüllen. Ihr Blick fiel auf die Raben: Sie hatten genau die richtige Größe! »Ein Steak wäre besser«, überlegte sie, »aber Geflügel tut es zur Not auch.« Die Vögel schienen zu spüren, was in Zoe vorging, und rückten vorsorglich von ihr weg. »Würde ich tatsächlich die Raben fressen?« Zoe fand diesen Gedanken entsetzlich. »Ich will jetzt keine Spinne mehr sein.« Nichts geschah. Sie wünschte sich ganz fest, wieder ein Mensch zu sein, aber ihr Körper veränderte sich nicht. Angst stieg in ihr auf. Was wäre, wenn sie nun für immer eine Spinne bleiben musste? Prompt setzte die Verwandlung ein, so schnell, dass es wehtat.

»An die Klappe hab ich nicht gedacht.« Felix ärgerte sich.

»Dann warten wir eben«, schlug Zoe vor. »Vielleicht geht sie ja bald auf.«

»Da müssten wir aber ziemlich viel Glück haben«, wandte Hugin ein. »Warum sollte sie gerade jetzt aufgehen?«

»Felix hat immer Glück«, behauptete Zoe und hakte ihre Beine in die Schlaufen der Leiter, so wie Felix neben ihr. Die beiden Raben krallten sich an den Rahmen der Klappe. Arachne wartete einige Stufen unter ihnen. Alle stellten sich auf eine längere Wartezeit ein, da öffnete sich unverhofft die Klappe. Der blonde Riese Loki stürzte an ihnen vorbei den Schacht hinunter. Seine Flüche hallten durch die Höhle und verklangen in der Dunkelheit. Die Raben flogen durch die Luke voraus. Felix, Zoe und Arachne schwangen sich eilig über den Rand der Öffnung und erblickten die Bücherregale der

Bibliothek. Zoe schloss enttäuscht die Augen und schlug die Hände vors Gesicht.

»Mist!«, fluchte Felix.

»Ich will ja nichts gegen deinen Plan sagen«, krächzte Hugin. »Aber das hätten wir einfacher haben können!« Die Klappe im Boden schloss sich. Bevor sie mit einem leisen Klicken zuschnappte, schlüpfte eine Stubenfliege durch den Spalt. Sie flog dicht am Boden entlang und ließ sich unbemerkt auf Felix' Hosenbein nieder. Diese Fliege wäre der Sphinx niemals entgangen, hätte sie der Anblick der Eindringlinge nicht abgelenkt.

»Alles umsonst«, dachte Zoe.

»Wir haben den langen Weg genommen«, rief Felix keck. »Jetzt wollen wir zum Fatum.« Er stemmte die Fäuste in die Seite und sah die Sphinx herausfordernd an.

»Aber das geht doch nicht«, stotterte sie verwirrt. »Ohne Rätsel?«

»Entweder das Rätsel oder der lange Weg«, behauptete Felix dreist. »So sind die Regeln.«

Ohne Widerspruch zog die Sphinx an einem der Hebel und die Bücherregale verschwanden. An ihrer Stelle erschien der Tunnel, der zu dem großen, seidenen Kokon führte. Zoe und Felix gingen hinein. Die Sphinx sah ihnen bestürzt nach. Arachne blieb bei ihr zurück.

»Du hast wirklich ein unglaubliches Glück«, krächzte Munin. »Du hast die Sphinx überlistet! Für solche Fälle gibt es überhaupt keine Regel. Das ist, soweit ich mich erinnere, noch nie vorgekommen.« Felix grinste.

»Dir ist schon klar, dass wir nachher wieder an ihr vorbei müssen?«, fragte Zoe besorgt. Er runzelte die Stirn. Daran hatte er nicht gedacht.

✳ ✳ ✳

In der Höhle der Bolaspinnen lagen zahllose zerschmetterte Spinnenkörper. In blinder Wut fuchtelte Neidhard mit einem herausgerissenen Spinnenbein herum und brüllte wie von Sinnen. In einer Ecke kauerte eine letzte Bolaspinne und wagte nicht, sich zu bewegen. Unvermittelt hielt Neidhard inne und blickte sich um. Als er die verängstigte Spinne entdeckte, entfuhr ihm ein zorniges Grollen. Die Spinne floh in eine Felsspalte. Neidhard nickte grimmig, drehte sich um und machte sich auf den Weg in den nächsten Tunnel.

Eine Salve Klebspucke kam ihm entgegen. Sie floss zusammen mit Strömen von Schweiß zu Boden. Neidhard stampfte an den Spinnen vorbei und kickte die eine oder andere mit dem Fuß durch den Raum. Eine Gruppe von Speispinnen folgte ihm und spuckte ohne Unterlass. Quer durch die Höhle zog sich eine Spur aus Schleim und Klebspucke. Alle Spinnen, die seinen Schweiß berührten, verendeten qualvoll. Unbeirrt ließ Neidhard die Speispinnen hinter sich und betrat die Höhle der Fischernetzspinnen. Seine Füße pflügten sich durch die Signalfäden. Aus den Löchern strömten die Spinnen und schnappten nach seinen Beinen. Neidhard verlor das Gleichgewicht und fiel. Die Spinnen schleppten ihn fort, doch das Gift in seinem Schweiß wirkte schnell. Sie konnten ihn nur ein kurzes Stück ziehen, dann brachen sie zusammen. Sofort rappelte er sich auf und lief weiter. Wieder und wieder brachten ihn die Spinnen zu Fall, aber er kämpfte sich voran. Neidhard hatte nur einen Gedanken: Er musste Zoe finden, um sich an ihr zu rächen.

In der letzten Höhle entdeckte Neidhard die Leiter. Er setzte seinen Fuß auf die unterste Sprosse, griff nach einem Bündel Seidenfäden und versuchte, hinaufzuklettern, rutschte jedoch ab. Verwundert betrachtete er seine Hände. Seine Finger hingen gallertartig herunter. Seine Füße bestanden aus zwei Klumpen einer qualligen Masse. Er verlor das Gleichgewicht und kippte vornüber. Mit einem schmatzenden Geräusch saugte sich sein Körper an der Felswand fest. Panisch strampelte Neidhard mit Armen und Beinen und rutschte dadurch weiter hinauf.

Die Erweichung erfasste seinen ganzen Körper. Kurz darauf beschrieb eine Spur giftigen Schleims den Weg einer riesigen, bleichen Nacktschnecke, die langsam an der Felswand hochkroch.

Zoes Entscheidung

Das Ende des Tunnels kam in Sicht. Ein gutes Stück vor Zoe und Felix hüpften die Raben einträchtig nebeneinander her. Plötzlich erstarrten sie. Felix blieb stehen und hielt Zoe zurück. »Da stimmt was nicht«, flüsterte er.

Hugin und Munin machten kehrt und huschten hinter Zoe. »Was ist denn los?«, fragte Felix leise.

»Athene hat eine Steinschleuder.«

Felix schlich sich vor, bis er in den Kokon hineinsehen konnte. Zoe blieb dicht hinter ihm.

Vor den Moiren, neben dem hellen Strang, der sich in der Höhe trichterförmig entfaltete, stand Frau Steinkauz. Ihre schwarzen Haare und der taubenblaue Hosenanzug stachen scharf von dem silbrigen Leuchten des Kokons ab. Verglichen mit der hünenhaften Göttin wirkten die drei Moiren zart, fast zerbrechlich.

»Ich will hier raus«, wisperte Zoe und wandte sich zum Gehen.

»Nix da!« Felix packte sie am Arm. »Erst geben wir den Aitialith ab.« Er drehte Zoe um und schob sie vorwärts. Widerwillig betrat sie den Kokon. In ihrer Faust lag fest umschlossen der Bernstein.

An der Kokonwand neben dem Tunnelausgang lehnte Hermes. »Sie sind da!«, rief er Athene zu.

Die Göttin fuhr herum. »Ihr kommt zu spät.«

»Wir sind doch nicht in der Schule«, konterte Felix. »Wie sollen wir Sie überhaupt nennen? Frau Steinkauz oder Athene?«

»Für euch immer noch Frau Steinkauz. Und nun gebt ihr mir den Aitialith.«

»Warum sollten wir?«, fragte Felix.

»Ich bin die Göttin der Weisheit und der Bildung. Wer sonst sollte über Allwissenheit verfügen?«

Felix' Auftreten machte Zoe Mut. Sie versteckte den Bernstein hinter ihrem Rücken und entgegnete: »Ich muss ihn den Moiren bringen, denn sie weben das Fatum.« Ohne Athene aus den Augen zu lassen, ging sie auf die Moiren zu und streckte ihnen den Bernstein entgegen. Erloschen lag er in ihrer flachen Hand. Zoe hatte die Schicksalsgöttinnen fast erreicht, da trat Hermes hinter sie und raunte: »Die Moiren haben die Zecke und die Skorpione auf dich gehetzt. Sie haben deinen Traumfänger manipuliert und deine Träume ausspioniert. Mag sein, dass der Aitialith ihnen gehört, aber werden sie weise damit umgehen? Wäre es nicht sinnvoller, die Macht der Allwissenheit mit der Kraft der Weisheit zu paaren, statt sie dem Schicksal in den Rachen zu werfen?« Zoe zögerte. »Ihr habt versucht, mich zu töten?«, fragte sie. »Warum?«

»Was soll dieser Unsinn?«, schnaubte Klotho. »Der Kodex ist in diesem Punkt eindeutig.« Sie stockte und sah die größere ihrer Schwestern an. »Warst du das?«

»Ihr habt ja nur zugesehen«, rechtfertigte sich Atropos.

»Du weißt doch, welche Strafen dafür drohen.«

»Was soll uns denn schon passieren?«

»Wir müssen unser Handeln nicht begründen«, fuhr Lachesis dazwischen. Sie wandte sich an Zoe: »Erfülle dein Schicksal und gib uns den Aitialith!«

Unschlüssig blickte Zoe von Hermes zu Athene und dann zu den Moiren. Warum hatten sie versucht, sie zu töten, wenn es sowieso ihr Schicksal war, ihnen den Stein zu bringen? Das strahlende Weiß der drei Göttinnen ließ sie frösteln, die bleichen Haare, die blasse Haut. Ihre wässrigen Augen waren kalt und ausdruckslos. Ungerührt starrten die Moiren sie an. Diesen gefühllosen Wesen konnte sie nicht trauen. Niemals würden sie ihr helfen, herauszufinden, was mit ihr geschah. »Es ist mir egal, was mein Schicksal ist«, entgegnete

sie den Moiren. »Ihr bekommt ihn auf keinen Fall.« Mit festen
Schritten ging sie auf Athene zu, um ihr den Bernstein zu überrei-
chen.

»Nein!«, hallte Arachnes Stimme durch den Kokon. Sie stürmte
aus dem Tunnel heraus, packte Felix und hielt die spitze Kieferklaue
einer Riesenspinne an seinen Hals. »Der Aitialith darf nicht in Athe-
nes Hände geraten.« Zoe zog erschrocken ihre Hand zurück.

»Arachne!«, rief Athene gereizt. »Was willst du hier?«

»Sie ist zwar die Göttin der Weisheit und der Bildung«, wetterte
Arachne, »aber sie ist auch eine Kriegsgöttin. Sie könnte das Wissen,
das der Aitialith ihr verschafft, missbrauchen.«

»Ich bin die Göttin des gerechten Kampfes!«, entrüstete sich
Athene. »Das ist ein gewaltiger Unterschied.«

»Du bist eitel und rachsüchtig.« Arachne blickte nervös von
einem Gott zum anderen. »Du hast mich zu Tausenden von Jahren
im Körper einer Spinne verdammt, nur weil dir mein Teppich nicht
gefallen hat.« Tränen standen in ihren Augen. Ihre Hände zitterten,
ihr Kinn bebte. Zoe hatte Angst um Felix. Die sonst so nette Lehrerin schien zu allem fähig. »Lassen Sie ihn los«, bat sie. »Er hat doch
nichts damit zu tun!«

»Du darfst Athene den Stein nicht geben«, flehte Arachne Zoe an.

»Was wollen Sie denn damit?« Zoe trat einen Schritt näher.

»Ich will den Stein überhaupt nicht«, kreischte Arachne. Sie zerrte
Felix hin und her. Die Kieferklaue grub sich immer tiefer in seine
Haut. »Ich will nur verhindern, dass Athene ihn bekommt.«

»Du hast meinen Olivenbaum zerstört!«, rief Athene. »Du hast
meine Eule und meinen Teppich beschmiert!« Ihre Stimme donnerte durch den Raum: »Warum?«

»Um Verwirrung zu stiften.« Arachnes Stimme war brüchig. »Ich
beobachte dich seit Langem. Loki hat dir von dem Aitialith erzählt.
Ich weiß, dass du bei Hephaistos warst, aber er hat ihn dir nicht
gegeben. Also hast du Hermes überredet, ihn zu stehlen.« Sie brach

in ein hysterisches Lachen aus. »In der Nacht, in der er zu Hephaistos ging, habe ich deine Heiligtümer zerstört. Als er dir den Aitialith bringen wollte, nutzte ich das Durcheinander, um ihn zu stehlen.«

»Dann hast du auch meinen Caduceus?« Hermes ging auf Arachne zu. Sie fuchtelte mit der Kieferklaue herum und versicherte: »Ich habe nur den Aitialith genommen, das schwöre ich. Komm nicht näher. Ich steche sonst zu.« Hermes blieb stehen und hob besänftigend die Hände.

»Du erstichst niemanden«, grollte Athene. »Auf ewige Zeit wirst du in Gestalt einer Spinne im Dilemma sitzen.«

»Nein!«, schrie Arachne, aber die Verwandlung setzte sofort ein. Ein schwarzer Glanz überzog rasend schnell ihren Körper. Die Kieferklaue fiel klappernd zu Boden. Wo eben noch Arachne gestanden hatte, saß nun eine riesige schwarze Spinne. Sie flüchtete zum Tunnel, gefolgt von einem Strom kleiner silberner Spinnen, die sich von den Kokonwänden lösten. Hugin und Munin, die am Tunneleingang hockten, flogen hoch und krallten sich an der Tunneldecke fest. Zoe lief zu Felix hinüber. Seine Beine zitterten, aber sonst ging es ihm gut.

»Athene!«, tadelte Atropos die Göttin. »Hätte das nicht warten können? Du hältst den ganzen Betrieb auf.«

»Es hält den Betrieb auf?«, wiederholte Zoe empört. »Das war grausam. Ihr seid allesamt Monster.«

»Ich bin Athene, die Tochter des Zeus«, sprach die Göttin mit ausdruckslosem Gesicht. »Wer bist du, über meine Taten zu urteilen?«

»Ich bin Zoe, die Tochter von Vita, und ich kann selbst entscheiden und handeln«, antwortete sie leise. »Diese Strafe war ungerecht. Sie verdienen den Aitialith nicht.« Der Bernstein in ihrer Hand flackerte, sein Licht wurde heller. Auch das Fatum um Zoe gewann an Kraft.

»Du wolltest uns den Aitialith bringen«, erinnerte Klotho sie mit betont sanfter Stimme. »Das kannst du jetzt tun.« Langsam ging sie auf Zoe zu.

»Und wenn ich es nicht tue?«, fragte Zoe trotzig. »Wenn ich den Aitialith doch Athene gebe? Was passiert dann?« Sie wusste nicht mehr, was sie tun und wem sie glauben sollte. Fieberhaft überlegte sie, was sie mit dem Bernstein anstellen konnte. Anzünden konnte sie ihn oder hinunterschlucken. Irgendwann käme er zwar wieder heraus, aber das würde eine Weile dauern. Mit jeder neuen Idee entsprang dem Aitialith ein weiterer silberner Faden und der Bernstein leuchtete ein bisschen heller. Besorgt beobachteten die Moiren, wie sich das Fatum um Zoe verdichtete.

»Du kannst deinem Schicksal nicht entkommen«, behauptete Lachesis und kam ebenfalls auf Zoe zu. »Das haben schon viele vor dir versucht und sind gescheitert.« Von hinten näherte sich Atropos. Felix erkannte zu spät, was die Moiren vorhatten. Bevor er Zoe warnen konnte, hatten die Schicksalsgöttinnen sie eingekreist. Lachesis ergriff ihr Handgelenk. Krampfhaft hielt Zoe die Faust geschlossen, doch so sehr sie sich auch bemühte, langsam gingen ihre Finger auf. Auf ihrer Handfläche leuchtete der Bernstein. Klotho griff zu.

Die Fliege löste sich von Felix' Hosenbein und flog surrend zwischen Zoe und die Moiren. Sie verwandelte sich so plötzlich in den blonden Riesen, dass Zoe von den Beinen gerissen wurde. Der Aitialith glitt Klotho vor Schreck aus der Hand. Loki schnappte ihn sich im Fallen. Die Raben breiteten die Flügel aus, erhoben sich lautlos in die Luft und schwebten durch den Tunnel davon. Seufzend blickte Loki ihnen nach, dann beugte er sich zu Zoe hinunter, packte sie unter den Armen und hob sie hoch. »Du bist ein tapferes Mädchen«, sagte er mit gedämpfter Stimme. Zu Hermes gewandt spottete er: »Und du schuldest mir einen Dienst.« Hermes' Gesicht verzog sich zu einem säuerlichen Lächeln. Athene baute sich vor Loki auf: »Gib ihn mir.« Der blonde Riese lächelte mitleidig.

»Also stimmt es«, fauchte Athene.

»Hephaistos wollte mir den Aitialith nicht geben.«

»Du hast mich ausgetrickst.«

Loki lachte aus vollem Hals.

Mit wachsender Bestürzung verfolgte Zoe das Gespräch zwischen Loki und Athene. »Die Götter spielen ihr eigenes Spiel«, raunte sie Felix zu. »Wir sind bedeutungslos. Was auch immer mein Schicksal war, ich denke, ich habe es erfüllt.« Der Bernstein in Lokis Hand erlosch. Das Leuchten um Zoe nahm ab. Die Moiren atmeten auf. Es war ihnen gleichgültig, wer den Stein besaß, solange er nicht aktiv war.

Ein heftiger Windstoß fegte durch den Kokon. Aus dem Tunnel trat Odin. Auf seinen Schultern saßen die Raben. »Wo ist der verdammte Trickster?«, brummte er. Die Götter verneigten sich vor ihm. Sogar Athene senkte ihren Kopf. Zoe fand, dass er ohne Sleipnir nicht ganz so respekteinflößend aussah. Mit dem Schlapphut auf seinen langen grauen Haaren, die wirr über dem dunklen Umhang lagen, wirkte er wie ein einsamer alter Wanderer. Loki streckte ihm den Bernstein entgegen und hauchte: »Die Macht der Allwissenheit gehört euch.«

»Ihr Verräter!«, beschimpfte Felix die Raben. »Ihr habt uns ausgenutzt.« Verlegen blickten die beiden zur Seite.

»Wir sollten Loki suchen«, murmelte Munin bedrückt. »Er hatte Odin den Aitialith versprochen und war dann spurlos verschwunden.«

»Man kann ihm einfach nicht trauen«, fügte Hugin betreten hinzu. »Er hintergeht einen, wo er nur kann.«

»Die Raben trifft keine Schuld«, sagte Odin. Er wandte sich wieder dem Aitialith zu, hielt ihn gegen das Licht und betrachtete die Inkluse. »Bernstein mit Spinnenseide.« Abfällig warf er den Moiren den Stein vor die Füße. »Keine Allwissenheit!« Klotho hob ihn auf.

»Heißt das«, stöhnte Athene, »wir jagen einem Hirngespinst nach?«

»Athene?«, fuhr Odin Loki an. Der blonde Riese senkte unterwürfig den Kopf und erklärte leise: »Hephaistos wollte ihn mir nicht geben.«

»Und?«

»Es gab nur einen, der ihn stehlen konnte, aber Hermes hätte mich sofort durchschaut. Also erzählte ich Athene davon. Sie überredete Hermes, ihn zu stehlen, doch er wurde selbst bestohlen.« Loki schilderte bis ins kleinste Detail, wie der Aitialith immer wieder den Besitzer gewechselt hatte. Zoe lauschte aufmerksam seinem Bericht. Er offenbarte nichts, dass sie nicht schon selbst herausgefunden hatten. Ihr Blick schweifte zum Aitialith in Klothos Hand. Die Schicksalsfäden waren verschwunden. Ihr Schicksal hatte sich erfüllt. Letztendlich hatte sie den Aitialith doch den Moiren gebracht. Klotho betrachtete gleichgültig den erloschenen Bernstein, drehte ihre Hand und ließ ihn fallen. Er prallte kurz vom Boden ab und blieb dann liegen. Die Schicksalsgöttin wandte sich ab und trat zu ihren Schwestern.

Fassungslos starrte Zoe auf den Stein. »So ein Theater für nichts«, dachte sie. »Was für ein unsinniges Schicksal: Einen bedeutungslosen Stein irgendwohin zu bringen, nur damit das Schicksal recht behält.«

»Komm«, murmelte Felix erschöpft, nahm ihre Hand und zog sie mit sich fort. »Wir gehen. Ich hoffe nur, dass wir die richtige Antwort auf das Rätsel finden.«

Der Meister der Moiren

Zoe trottete enttäuscht hinter Felix her. Am Tunneleingang blickte sie noch einmal zurück. Odin kraulte die Raben und beobachtete, wie Athene auf Hermes einredete. Die Moiren hatten sich um den Kern des Fatums versammelt. Neben ihnen auf dem Boden lag erloschen der Aitialith. Warum leuchtete er nicht mehr? Lag es daran, dass sie sich in eine Spinne verwandelte? Eher nicht, denn die Anzeichen dafür waren in einem fort deutlicher geworden. Der Stein dagegen verhielt sich wechselhaft, wie ihre Laune in der letzten Zeit. Immer wieder hatte sie das Gefühl, nichts mehr im Griff zu haben. Wenigstens wusste sie nun, warum. Die Moiren bestimmten ihre Zukunft. Alle Menschen, alle Tiere, sogar die Götter, waren dem Schicksal unterworfen.

Niedergeschlagen drehte Zoe sich um und folgte Felix, da hallte ein Echo durch ihren Kopf: »Sie gehorcht keiner Regel, ist niemandem untertan.« Wer hatte das gesagt? Zoe blieb stehen. Das Stück Fatum im Innern des Aitialith leuchtete auf. Felix entdeckte einen einzelnen silbernen Faden, der dem Bernstein entsprang. Er stieß Zoe an und deutete auf den Stein.

Hauchdünn wie Spinnseide, dachte Zoe. Es ist ein Wunder, dass es nicht reißt, wie bei Tyche, die das ganze Netz in Aufruhr versetzt hatte. »Der Zufall hat kein Gedächtnis«, hatte Munin gesagt, »gehorcht keiner Regel und ist niemandem untertan.«

»Ihr habt gelogen!«, rief Zoe. Der Stein blitzte auf. »Ihr könnt die Zukunft überhaupt nicht festlegen. Der Zufall kann den Lauf der Dinge jederzeit ändern.« Sie deutete in das Netz. »Was ist es, was man dort oben im Fatum sieht?« Die Schicksalsgöttinnen antworteten nicht. Entsetzen verzerrte ihre Gesichter zu schauerlichen Fratzen, aber sie rührten sich nicht.

»Es ist das, was wahrscheinlich passieren wird«, erkannte Zoe. »Ihr legt es nicht fest, ihr rechnet es nur aus.« Das Fatum um Zoe herum wurde so dicht, dass sie in gleißendem Licht erstrahlte. »Wir Menschen können das auch«, rief sie. »Vielleicht können wir nicht alles ausrechnen, aber im Kleinen können wir ebenfalls vorhersagen, wie die Zukunft aussieht. Vielleicht wissen wir noch nicht genug oder wir haben noch nicht die Mittel, aber jeder Mensch kann sich seine Zukunft ausmalen und danach handeln. Er kann sich Ziele setzen und versuchen, sie zu erreichen. Auf diese Weise ist jeder Mensch in der Lage, sein Schicksal zu beeinflussen.« Langsam ging Zoe auf den Stein zu. Je näher sie ihm kam, desto heller strahlte er. Sie durfte sich nicht in ihr Schicksal fügen und mit dem festen Glauben daran, dass sie ihre Zukunft selbst bestimmen konnte, würde es ihr gelingen.

Die Moiren packten Zoe an den Armen und schleiften sie mit sich. Odin und Athene steuerten voller Gier auf den Bernstein zu. Bevor die beiden den Aitialith erreichten, ließen die Moiren Zoe los und eilten zurück. Felix fing sie auf, so gut er konnte. Odin, Athene und die Moiren stürzten sich auf den Bernstein. Plötzlich griffen sich alle an den Hals und sanken auf die Knie.

An Zoes Bein kribbelte es. Ein kleiner Skorpion krabbelte aus ihrer Hosentasche und ließ sich auf den Boden fallen. Er wuchs und verwandelte sich. Vor ihnen erschien Selket. Sie lächelte Zoe zu und rief: »Das reicht!« Die Götter rangen nach Luft und erhoben sich langsam.

»Fast zwei Tage lang«, fuhr Selket fort, »war ich immer in Zoes Nähe. In dieser Zeit bin ich zu dem Schluss gekommen, dass der Aitialith den Menschen gehört. Keiner von euch wird das Mädchen anrühren.« Odin und Athene wichen vom Bernstein zurück. Die Moiren folgten ihnen widerwillig. Hermes rieb sich die Hand. Nun wurde ihm klar, wer ihn bei dem Versuch, den Stein aus Zoes Tasche zu stehlen, gestochen hatte.

»Hol ihn dir, Zoe!«, ermutigte Selket sie. »Keiner wird es wagen, dich anzurühren.« Vorsichtig näherte sich Zoe dem leuchtenden Bernstein. Sie hatte ihn fast erreicht, da hob er vom Boden ab und entzündete sich. Eine helle Flamme erfüllte den Kokon mit einem würzigen Duft, verlor schnell an Kraft und erlosch. Zurück blieb das kleine Stück Fatum, eine Armlänge von Zoes Gesicht entfernt. Es berührte ihr Schicksalsgewebe und verschmolz damit. Dort, wo es eingefügt wurde, entstand ein Lauffeuer, das sich durch das Netz fraß und das Gewebe in Flammen aufgehen ließ.

»Nein!«, schrien die Moiren hysterisch. »Du weckst ihn auf.« Blitzschnell verwandelten sie sich in Spinnen und hetzten in das Netz. Überall zerrissen Fäden. Für einen kleinen Moment schien es, als löse sich das Fatum auf. Unzählige Spinnen hielten die Teile zusammen und webten in rasender Geschwindigkeit neue Fäden hinein. Masche um Masche schlossen sie die Wunden und allmählich kam das Netz zur Ruhe. Dann lief ein Zittern durch das Fatum. Es blähte sich auf. Das Fauchen zahlloser Spinnen verschmolz zu einem hohen Kreischen. In einer gewaltigen Explosion zerbarst das Geflecht. Zoe und Felix wurden zu Boden geschleudert.

Ein gewaltiger Dämon richtete sich zu seiner vollen Größe auf und gähnte. Die Götter wichen zurück und blickten entgeistert auf die leuchtende Gestalt aus silbernem Gespinst. Sie entsprang dem Strang im Boden, in dem auch das Fatum zusammengelaufen war. Seine Haare glichen lodernden Flammen. Daraus ragten zwei kurze, gebogene Hörner hervor. Unter der hohen Stirn glommen große, runde Augen. Die langen, spitzen Zähne in seinem riesigen Maul wurden von mächtigen Hauern eingerahmt. Der Dämon hob die massigen Arme und streckte sich ausgiebig. »Wie lange war ich weg?«, fragte er verschlafen und rieb sich die Augen. Die Moiren hatten wieder ihre menschliche Gestalt angenommen und knieten schweigend vor ihm.

»Warum antwortet ihr nicht?«, grölte der Dämon fröhlich. »Ihr seid doch sonst nicht aufs Maul gefallen?«

Zögernd blickte Lachesis auf und wisperte: »Lange!«

»Du musst schon etwas lauter sprechen!«, johlte er gut gelaunt und kratzte sich mit seinen langen Krallen am Rücken.

»Ziemlich lange«, antwortete Atropos.

»Warum seid ihr heute so zögerlich?«, polterte der Dämon vergnügt. »Wie lange ich geschlafen habe, will ich wissen.« Als die Moiren weiter schwiegen, murmelte er: »Dann sehe ich eben selbst nach.« Kleine Lichter schossen aus seinem Kopf und liefen durch das Gewebe. Die Moiren zogen die Köpfe ein und schlossen die Augen. Alle anderen starrten gebannt auf das funkelnde Schauspiel. Zoe und Felix standen zaghaft auf und gesellten sich zu Selket. Die Lichter wurden schwächer und die Augen des Dämons weiteten sich. »Zwei Millionen Jahre!«, brüllte er. »Warum habt ihr mich nicht geweckt?« Die Moiren duckten sich. Der Dämon verschränkte die Arme vor der Brust und wartete auf eine Antwort. Dabei wanderte sein Blick durch den Raum und fiel auf Zoe, Felix und die Götter. »Odin, Athene, Selket, Hermes und zwei Menschenkinder«, staunte er. »Was hat das zu bedeuten?«

»Wer ist das?«, fragte Odin, ohne den Dämon aus den Augen zu lassen.

»Das ist Nexus«, antwortete Klotho fast unhörbar.

»Und wer ist das?«, fragte Athene ungeduldig.

»Sagt es ihnen ruhig!«, forderte Nexus sie lauthals auf, gab die Antwort aber gleich selbst. »Ich bin euer Meister. Ihr verkörpert nur die Kausalität. Ich rechne das alles aus, was ihr als Schicksal verkauft.« Er beugte sich zu den Moiren hinunter, holte tief Luft und brüllte: »Wir hatten eine Vereinbarung!« Die Gewänder der Moiren flatterten im Wind seines Atems. Nexus richtete sich wieder auf, stemmte die Fäuste in die Hüften und fuhr etwas ruhiger fort: »Ihr durftet euch aufspielen, den Göttern und allen anderen Wesen vorgaukeln, die Macht über das Schicksal zu haben. Dafür wurde ich von dieser lästigen Fragerei verschont.« Wutentbrannt holte er aus und schlug mit der Faust auf den Boden, dass der Kokon wackelte. »War das nicht genug?« Nexus blickte sich um. »Und was zum Henker habt ihr mit meiner Höhle gemacht? Dieser ganze Spinnenkram kommt weg, das sag ich euch gleich!« Wutschnaubend deutete er auf Zoe und Felix. »Und was haben die beiden Menschenkinder hier verloren?« Eingeschüchtert versteckten sich Zoe und Felix hinter Selket und wagten es nicht, zu antworten. Sein glühender Blick ruhte auf Zoe, seine Stirn legte sich in Falten. »Eine Moira!«, staunte Nexus, streckte seine Hand aus und tastete das Gewebe um Zoe herum ab. Unauffällig musterte Zoe die Hand. Sie sah genauso aus wie das Fatum. Maschen waren in Maschen und wieder in Maschen gewebt. Als hätte Nexus ihre Gedanken erraten, bestätigte er: »Ja! Ich bin das Fatum, aber es ist kein unabänderliches Schicksal. Es ist das, was sich aus dem ergibt, was war. Ich rechne aus, was die Zukunft bringt. Alles in dieser Welt ist mir bekannt: der Lauf der Zeit, die Bewegung der Dinge und sogar die Gedanken der Menschen.«

»Weißt du, was mit mir passiert?«, fragte Zoe leise. »Verwandle ich mich endgültig in eine Spinne?«

»Nein!« Nexus lachte. »Du trägst das Erbe der Moiren in dir, ungewöhnlich viel, das gebe ich zu, aber grundsätzlich nicht unmöglich. Die Ambrosia hat deine Fähigkeit geweckt, im Fatum zu lesen. Die Spinnengestalt dient nur dazu, das Fatum zu betreten.« Er streckte ihr die Hand entgegen und rief: »Komm! Sieh dir die Zukunft an.«

Zoe hatte keine Angst mehr. Wie von allein nahm sie die Gestalt der weißen Vogelspinne an. Sie stieg auf Nexus' Hand und in das Netz. Durch jedes ihrer acht Beine strömten Bilder in sie hinein, die unterschiedlichen Strängen des Fatums entstammten. Sie vereinigten sich zu einem einzigen traumhaft-unwirklichen Ausblick auf die Zukunft.

Mitten im Stadtgarten tat sich ein riesiger Spalt auf, in dem die Schule versank. Tief unten in der Dunkelheit leuchtete Kaspar in einem hellen Grün, neben ihm Neidhard, der mit einer blauen Flamme brannte. Am Rand des Abgrunds stand Viola im geblümten Sommerkleid Hand in Hand mit Lukas. In ihrer Nähe ging alles Leben zugrunde, auch Miltraud. Sie wurde zu einer rostigen Statue und zerfiel zu rotem Sand, der in die Tiefe floss und Zoes Vater mit sich riss. Der größte Teil des Stadtgartens stürzte hinter ihm in den Schlund. Dann schloss sich der Spalt und hinterließ einen kleinen Park, kaum hundert Meter breit.

»Papa!«, rief Zoe und stemmte sich gegen den Sog, der sie weiter in die Zukunft zog. Sie versetzte ein Bein und Frau Wala erschien. Die Lehrerin wühlte in einem Berg aus rotem Sand, der die Schule unter sich begrub, und legte ihren Vater frei. Zoe versetzte wieder ein Bein. Janus öffnete ein Tor. Eine Flut von rotem Sand floss heraus und mittendrin Frau Wala.

Mit jedem Schritt wandelte sich der Ausblick. Mal tauchte ihr Vater auf, mal verlor sie ihn, immer war Frau Wala dabei und immer der rote Sand. Jedes Mal wenn sie sich bewegte, veränderte sich der Lauf der Dinge. Und langsam verstand sie: Es gab nicht nur einen Weg in die Zukunft, sondern viele.

Felix fragte sich, warum sie nicht schon längst darauf gekommen waren, dass Zoe eine Moira war. Schon Phemes Gerücht hatte darauf hingedeutet. Er mochte die Moiren zwar nicht, aber Zoe war schließlich ganz anders als diese dürren, bleichen Gestalten. Es sah sogar anders aus, wie seine Freundin als Spinne durch das Netz krabbelte. Ihre Beine schienen mit dem Fatum regelrecht zu verschmelzen, als wäre sie ein Teil davon, fast so, wie es bei Frau Memorete gewesen war.

Nach einer Weile löste sich Zoe aus dem Netz. »Warum das alles?«, fragte sie die Moiren. »Was hat der Aitialith geändert?« Die Moiren schwiegen.

»Es geht um die Ursachen«, überlegte Zoe laut, »und darum sie zu erkennen. Irgendetwas sollen die Menschen nicht herausfinden. Was ist es? Sollen wir nicht erfahren, wie alles zusammenhängt?«

Die Moiren zeigten keine Reaktion. Nexus dagegen leuchtete wie ein Feuerwerk. Durch sein Gewebe rasten Tausende Lichter.

»Ihr habt den Menschen ein Stück der Erkenntnis gestohlen!«, rief er. »Ihr hattet kein Recht dazu. Das hätte ich niemals zugelassen.« In seiner Hand bildete sich eine riesige, leuchtende Keule. Mit gewaltigem Gebrüll holte Nexus aus und ließ sie auf die Moiren heruntersausen. Im letzten Moment sprangen sie zur Seite. Die Keule krachte donnernd auf den Boden. Zoe und Felix wichen zurück an den Rand des Kokons. Wieder schwang Nexus die Keule und ließ sie abermals niedersausen. Knisternd durchdrang sie eine der Moiren, ein lang gezogener Schrei gellte durch den Kokon. Ächzend ging sie in die Knie. Spuren von Brandflecken durchzogen ihr weißes Gewand.

»Ihr habt im Schicksal der Menschen herumgepfuscht!«, brüllte Nexus wütend und hob die Keule erneut. In seiner anderen Hand entstand eine Peitsche, mit der er ebenfalls nach den Moiren schlug. Überall aus seinem Körper wuchsen Arme, bewaffnet mit Äxten, Hämmern und anderen Waffen. Eine Salve von Hieben prasselte auf die Moiren herunter. Kreischend rannten sie durch den Kokon und versuchten, den Schlägen auszuweichen.

Hals über Kopf flüchteten Odin und Athene aus dem Kokon. Die Raben folgten ihnen laut krächzend. Starr vor Schreck standen Zoe und Felix eng an die Kokonwand gepresst. Selket und Hermes packten die beiden und zogen sie zum Tunnel.

Am Ende des Tunnels stand die Sphinx hinter ihrem Pult und wunderte sich über den bebenden Kokon. »Was ist heute bloß los?«, fragte sie, erhielt aber keine Antwort. Stattdessen donnerte Odin: »Wo ist Loki?«

Die Sphinx verschränkte die Arme und drehte beleidigt den Kopf zur Seite.

»Bitte!«, drängte Odin etwas freundlicher.

»Er ist vor einer ganzen Weile herausgekommen, hat sein Rätsel gelöst und ich habe ihn in die Bibliothek entlassen«, antwortete die Sphinx verstimmt. Fluchend stapfte Odin an ihr vorbei und verschwand. Die Raben auf seiner Schulter winkten Zoe zaghaft zu.

»Wo ist er?«, fragte Felix verblüfft.

»Weg!«, schnappte die Sphinx.

»Ohne Rätsel?«

»Es gibt kein Rätsel, das Odin und seine Raben nicht lösen können. Ich habe es jahrtausendelang versucht und irgendwann aufgegeben.« Hämisch lächelte die Sphinx. »Im Gegensatz zu euch.« Sie blickte in die Runde, entschied sich für Athene und stellte ihr das Rätsel: »Du kennst es nicht und willst es trotzdem erreichen. Du gehst immer darauf zu, kannst aber niemals vorbei.«

»Das Ziel«, antwortete Athene.

»Daneben«, lachte die Sphinx schadenfroh, zog an einem Hebel und die Klappe öffnete sich. »Es ist die Zukunft.« Athene stieß einen wütenden Schrei aus und stürzte in den Schacht. Auf der Klappe klebte Neidhard, halb Mensch, halb Schnecke. Seine Arme und Beine bestanden aus einer weichen, beweglichen Masse und sein Körper war über und über mit Schleim bedeckt. Daran hafteten Schmutz und Spinnweben. Er richtete sich mühsam auf, sah Zoe hasserfüllt an und fiepte: »Das wirst du mir büßen.« Dann stürzte er direkt vor Hermes zu Boden und kroch langsam auf Zoe zu.

»Wenn ich bloß meinen Caduceus hätte«, fluchte Hermes. Felix griff in die Tasche und hielt ihm den Stift hin. »Tut mir leid«, entschuldigte er sich verlegen. »Vorhin war alles so hektisch.« Hermes nahm den Stift und drückte ihn an seine Brust.

»Er war die ganze Zeit so nah«, flüsterte er ergriffen. »Warum hat er mich nicht gerufen?«

»Mnemosyne hat gesagt, er würde dich nicht rufen, solange er bei mir ist.«

Zweifelnd schüttelte Hermes den Kopf. »Der Caduceus ist doch an mein Blut gebunden.« Nachdenklich sah er Felix an. »Du trägst mein Vermächtnis in dir?«, rief er erleichtert und lachte. »Ein kleiner Trickster.« Er klopfte Felix auf die Schulter und drückte ihm den Stift in die Hand. »Beruhige du ihn.«

Felix war so aufgeregt, dass er vergaß, was alles passieren konnte. Er berührte Neidhard mit dem Caduceus und wünschte sich, dass er friedlich sein sollte. Sofort spürte er, wie der Wunsch in das Metall und von dort in Neidhard hineinfloss. Sein schwabbeliger Körper erschlaffte und er blieb regungslos liegen.

»Er ist sehr erschöpft«, stellte Selket besorgt fest. »Ich denke, er wird erst einmal ein paar Stunden schlafen.« Sie kniete neben ihm nieder. »Es sieht so aus, als hätte er Ambrosia gegessen. Berührt ihn auf keinen Fall. Sein Schweiß könnte giftig sein.« Kopfschüttelnd stand sie auf und wandte sich an die Sphinx: »Ich werde mich um ihn kümmern. Dazu muss ich ein paar Dinge holen. So lange lasse ich ihn hier.« Angewidert blickte die Sphinx auf Neidhard hinunter, nickte kurz und zog an dem Hebel. Selket verschwand und in Felix wuchs die Hoffnung, ebenfalls ohne Rätsel aus dem Dilemma herauszukommen, doch die Sphinx wandte sich an Hermes: »Winkt es dir, dann nutze die Chance, denn es hat viele Launen. Schlägt es erst zu, dann ist es zu spät. Nimm es in die Hand und ändere es, doch bedenke: Du kannst es zwar teilen, aber es bleibt immer ganz.«

Hermes überlegte kurz und antwortete: »Das Schicksal.« Die Sphinx nickte und ließ ihn passieren. Einen Moment lang sah sie Zoe und Felix grübelnd an, dann gab sie auch ihnen ein Rätsel auf:

»Es hat acht Beine, aber keinen Schwanz,

es schwebt durch die Luft, hat aber keine Flügel,

es hat ein Maul, kann aber nicht kauen.«

Zoe traute ihren Ohren nicht. Das war viel zu leicht. Sie berieten sich leise, kamen jedoch immer wieder auf die gleiche Lösung. Schließlich beschlossen sie, es zu riskieren. Felix kniff die Augen zu und sagte: »Es müsste eine Spinne sein.«

»Na also«, meinte die Sphinx gutmütig. Sie zog ein weiteres Mal an dem Hebel. Während sie verblasste, glaubte Zoe, in ihrem Katzengesicht so etwas wie ein Lächeln gesehen zu haben. Der Kokon verschwand. Vor ihnen erschienen die korallenroten Regale der Bibliothek.

Frau Nona wippte ungeduldig mit dem Fuß. »War es das jetzt?«, fragte sie missmutig. »Die halbe Nacht ist das hier schon ein einziges Rein und Raus.«

»Selket muss noch Neidhard holen«, antwortete Felix artig. Dann fügte er mit ernster Miene hinzu: »Außerdem warten Fritz, Karl, Gustav und Emil auf ihr Rätsel. Die Sphinx sagt, Sie sollen auf jeden Fall warten, bis sie kommen.« Zoe kniff die Lippen ganz fest zusammen, um nicht laut herauszuplatzen. Das Gesicht der Parze wurde bleich vor Empörung. »Als ob ich nichts Besseres zu tun hätte«, wetterte sie, schob Zoe und Felix die Treppe hinunter, durch die Eingangshalle und aus der Bibliothek hinaus.

Die Tür fiel hinter ihnen zu, sie traten auf die Straße und atmeten tief durch. Die Luft war frisch und die Sonne ging bereits auf. Plötzlich griff eine Hand nach Zoes Schulter und riss sie herum. Arme umklammerten sie. Zoe erstarrte vor Schreck. Dann erkannte sie den vertrauten Geruch ihrer Mutter. Tränen schossen ihr in die Augen.

»Mama«, flüsterte sie leise.

»Du bist ja so dünn geworden!« Ihre Mutter drückte sie fest an sich.

»Wie kommst du denn hierher?«

»Felix hat mich angerufen«, flüsterte sie mit belegter Stimme. »Ich habe den ganzen Flughafen verrückt gemacht, alles in Bewegung gesetzt und jetzt bin ich hier.«

Felix nickte. »Bist du mir böse?«

»Warum sollte ich dir böse sein?«, schluchzte Zoe.

»Du wolltest doch nicht, dass wir sie anrufen«, murmelte er betreten.

»Aber jetzt bin ich froh«, schniefte sie.

Vita, Zoe und Felix machten sich auf dem Heimweg. Im Stadtgarten verabschiedete sich Felix, um zur Schule zu gehen.

»Du musst doch fürchterlich müde sein«, sagte Vita. »Willst du nicht lieber nach Hause?«

»Meine Mutter sucht sicher schon ihr Parfum. Es reicht, wenn ich das heute Nachmittag erklären muss.« Er gähnte herzhaft und rieb sich die Augen.

»Du hast doch überhaupt nix dabei«, rief Zoe ihm hinterher, aber Felix winkte ab: »Mir fällt schon was ein.«

Schlussendlich

Die Haustür stand sperrangelweit offen, das Fenster in Zoes Zimmer ebenfalls. Aus dem Flur strömte ihnen feuchtkalte Morgenluft entgegen. Bange blinzelte Zoe zu ihrer Mutter hoch. Diese blickte schweigend auf die zertrampelte Sportjacke zu ihren Füßen.

»Es tut mir leid!«, wisperte Zoe, hob die Jacke auf, schüttelte sie aus und hängte sie an die Garderobe. »Heute wollte ich aufräumen.«

»Mir tut es leid.« Vita zog Zoe an sich und umarmte sie fest. »Was bin ich für eine Mutter, dich so lange allein zu lassen.«

Zoe ließ sich in ihre Arme fallen und gähnte: »Ich hätte das schon geschafft, wenn bloß die blöden Götter nicht wären.«

»Du gehst jetzt erst einmal schlafen.« Vita begleitete Zoe zu ihrem Zimmer. Auf der Schwelle blieb sie stehen. »Was ist denn hier passiert?«

Zoe gähnte wieder.

»Egal. Leg dich in mein Bett.«

In Vitas Zimmer war es warm. Zoe zog ihren Pyjama an und schlüpfte unter die Daunendecke. Obwohl sie todmüde war, konnte sie nicht einschlafen. Die Moiren hatten den Menschen und den anderen Göttern nur vorgespielt, dass sie die Zukunft bestimmen, um sich Macht über sie zu verschaffen. In Wirklichkeit berechnete Nexus, was in der Zukunft passierte. Wenn sich aber alles aus dem ergab, was vorher geschah, stünde die Zukunft ebenfalls fest. Normalerweise hatte Zoe jedoch das Gefühl, dass sie sich frei entscheiden konnte. Warum irrte sie sich so sehr? Oder war der freie Wille ein Paradoxon, weder wahr noch falsch? Wie sollte sie sich vorstellen, dass sie einen freien Willen hatte und gleichzeitig keinen?

Irgendetwas zwischen frei und nicht frei? Gefangen in einem Käfig, der so groß war, dass man sich nicht daran störte?

»Wie einen Raum«, sagte Zoe vor sich hin. »So stell ich mir den freien Willen vor. Darin kann ich mich frei bewegen. Je mehr ich lerne oder verstehe oder über die Dinge nachdenke, umso größer wird er, bis ich die Wände nicht mehr sehe.« Zufrieden schlief sie ein.

Vita rief in der Schule an, um Zoe zu entschuldigen, dann räumte sie das Haus auf. Die benutzte Kleidung auf dem Badezimmerboden war kein ungewöhnlicher Anblick. Beherzt griff sie in den Kleiderhaufen, schrak aber sofort zurück. Zoes Sportsachen waren mit gärenden Tomatenstücken besudelt. Von einer ihrer Sweatjacken ging ein fauliger Geruch aus, die andere war mit Harz verklebt. In der Badewanne fand sie die Spülhandschuhe zusammen mit der Feuerzange. Im Zahnputzbecher steckte eine Blechschere.

In der Küche erkannte sie den vollen Umfang des Chaos. Die Haushaltswaren in den Schränken und Schubladen waren von einem feinen Gespinst umhüllt. Im Spülbecken und auf den Arbeitsflächen stapelte sich schmutziges Geschirr. Bekümmert ließ sich Vita auf den Stuhl fallen. Mit einem derartigen Tohuwabohu hatte sie nicht gerechnet. Was war hier nur vorgefallen? Nachdenklich verfolgte sie den Weg der Ameisenstraße vom Fenster über den Boden, das Tischbein hinauf bis zu den Überresten des Schokoladenkuchens.

Nachmittags kam Felix vorbei. Zoe traf ihn auf dem Weg zu den Mülltonnen. Nachdem er von der Schule heimgekommen war, hatte ihn seine Mutter ins Badezimmer gescheucht und vor dem leeren Spiegelschrank zur Rede gestellt. Als er versucht hatte, ihr zu erklären, was in den vergangenen Tagen passiert war, hatte sie sofort ihren Psychotherapeuten angerufen, um einen Termin für ihn zu vereinbaren. Da hatte er sich unbemerkt aus dem Haus geschlichen.

»Du siehst grausig aus«, sagte Zoe. »Geh doch heim!«

»War ich schon.«

Sie musterte sein müdes Gesicht. »Willst du eine Cola?«

Er nickte gähnend und folgte ihr ins Haus.

Zoes Mutter stellte ein Tablett mit frisch aufgebackenen Brötchen, Frikadellen, Möhren und Tomaten auf den Wohnzimmertisch. »Jetzt gibt es erst mal etwas zum Essen, ausnahmsweise im Wohnzimmer.« Zoe setzte sich aufs Sofa und fiel gierig über das Gemüse her. Felix machte es sich im Lesesessel bequem. »In der Schule war die Hölle los«, berichtete er, lehnte sich zurück und zog die Beine hoch. »Die Polizei hat den Park mit Spürhunden nach Neidhard durchsucht. Der kam nach der zweiten Stunde, als wäre nichts geschehen. Ich frag mich, was Selket mit ihm gemacht hat. Er hat alles vergessen!«

»Was gibt es denn zu vergessen?«, fragte Vita.

Zoe und Felix erzählten, was sie in den letzten Tagen erlebt hatten. Die Stunden im Physitop und bei Frau Memorete hielt Vita für lebendigen Unterricht, die Schule war schließlich bekannt für die Nutzung digitaler Medien. Die seltsamen Beobachtungen von sprechenden Raben, silbernen Fäden und dem Stift, der Streit schlichtete, schrieb sie Zoes und Felix' Fantasie zu. Abgesehen von Zoes Erkrankung brachte sie nichts aus der Ruhe, bis Zoe schilderte, wie sich Dr. Buthida als Schutzgöttin Selket offenbart und in einen Skorpion verwandelt hatte.

»Jetzt willst du mir einen Bären aufbinden!«, unterbrach Vita ihre Tochter. »Bleib bitte bei den Tatsachen.«

»Aber so war es!«, rief Zoe und berichtete, was sie von Selket über die Götter erfahren hatten.

»Es gibt keine Götter«, behauptete Vita.

»Das hab ich zuerst auch gedacht«, sagte Felix, »und dann hat dieser Stift alles in Gold verwandelt, das er berührt hat.«

»Zeig ihn mir mal!«

»Den habe ich Hermes zurückgegeben.«

Vita lachte: »Natürlich!«

»Wir lügen nicht!«, empörte sich Zoe. »Komm, Felix, zeig ihr deine Hand.«

Vita untersuchte Felix' Handfläche. Ein dickes goldenes Stück Haut saß locker in einer tiefen Narbe. Danach begutachtete sie den goldenen Modeschmuck und die verwandelte Unterhose. »Erzähl weiter«, bat sie und nahm sich vor, unvoreingenommen zuzuhören.

Zoes Geschichte stellte Vitas Vorstellungsvermögen auf eine harte Probe. Sie vertraute Zoe, wollte aber nicht wahrhaben, dass derart Unglaubliches in Portus geschah. Am schlimmsten war für Vita, dass sie ihre Tochter einer solchen Gefahr ausgesetzt hatte. Immer wieder sprang sie vom Sofa auf und lief aufgeregt durchs Zimmer. Die ganze Zeit über hielt sie eines der Sofakissen im Arm und drückte, zog und zupfte daran herum.

Zoe beendete ihre Schilderung und spürte, wie die Sorgen in ihrer Mutter arbeiteten. Minutenlang starrte sie wortlos vor sich hin. In der Stille wurden Felix' Augen schwer. Seine Augenlider waren schon halb geschlossen und sein Kopf nickte ab und zu nach vorn.

Vita strich das zerknautschte Kissen glatt und fragte so ruhig wie möglich: »Und wie geht es dir jetzt?« Felix war sofort wieder wach.

»Gut!«, antwortete Zoe. Sie fühlte sich zwar ein bisschen müde, aber sonst war von den Strapazen der vergangenen Tage nichts mehr zu spüren.

Vita blickte ihre Tochter prüfend an. »Du fühlst dich wieder ganz gesund?« Zoe nickte. »Okay! Ich will nicht, dass du glaubst, du hättest etwas falsch gemacht.« Diesen Ton kannte Zoe. Er kündigte unangenehme Nachrichten an.

»Das nächste Mal passt Hulda auf dich auf, wenn wir keine andere Lösung finden.«

»Ach Mama!«, rief Zoe. »So etwas passiert mir doch nie wieder.«

»Das kannst du gar nicht wissen.«

»Ich passe auf Zoe auf!«, schlug Felix vor. Vita konnte sich ein Lächeln nicht verkneifen. »Felix kann das nächste Mal hier wohnen«, lenkte sie ein. »Wenn seine Eltern es erlauben. Dann passt Hulda auf euch beide auf.«

»Deal!«, rief Felix, doch Zoe wollte nicht so schnell klein beigeben. »Aber ich muss nicht schon um sieben Uhr ins Bett.«

»Du gehst um neun ins Bett und um zehn machst du das Licht aus.«

Es klingelte an der Haustür. Vita öffnete. Vor der Tür stand der Bestatter aus der Rabenstraße. Sein langer schwarzer Mantel hatte einen altmodischen kurzen Schulterumhang. Auf dem Kopf trug er einen flachen Zylinder.

»Guten Abend Herr Origo«, begrüßte Vita ihn verwundert. »Wie kann ich ihnen helfen?«

»Ein Paket für ihre Tochter.« Er drückte Vita einen Pappkarton in die Hand. Zoe erkannte die Stimme sofort. Sie sprang auf, lief in den Flur und drängte sich an ihrer Mutter vorbei. Felix folgte ihr. Ein Mann in einem langen schwarzen Umhang stand vor der Tür. Eine große Kapuze verdeckte sein Gesicht.

»Mama!«, rief sie. »Das ist Janus!«

»Du hast es dir gemerkt, sehr gut.« Er drehte sich um und stieg die Stufen hinunter.

»Entschuldigen Sie bitte, Herr Origo!« Vita stellte den Karton im Flur ab, schob sich zwischen Zoe und Felix hindurch und stellte sich ihm in den Weg. »Könnten Sie mir einige Fragen beantworten?«

»Der Kodex verbietet es ...«

»Ist es schlimmer, als meine Tochter zu vergiften?«, unterbrach Vita ihn. Herr Origo nahm den Zylinder ab und verneigte sich leicht. »Verzeihen Sie bitte!«

Zoe und Felix beobachteten gespannt, wie Janus seine Kapuze abstreifte. Sein unbehaarter Schädel trug zwei kahle Gesichter. Aus den flachen Augenhöhlen starrten sie wimpernlose Augen an. Der lippenlose Mund am Hinterkopf tat sich auf und sprach: »Was maßt sie sich an?« Aber das hörte Vita nicht. Sie sah nur das glattrasierte Gesicht des Bestatters, der sagte: »Ich stehe stets zu Ihren Diensten.«

»Sind Sie ein Gott?« Vita kam sich lächerlich vor, eine solch absurde Frage zu stellen.

»Ich bin Janus«, antwortete Herr Origo, »Der Gott des Anfangs und des Endes.«

»Und was machen Sie hier? Sollten Sie nicht auf dem Olymp sein?«

Herr Origo schwieg, aber seine Janusgestalt antwortete: »Verstöße gegen den Kodex werden mit einer Verbannung in diese Welt bestraft.«

»Was?«, rief Felix. »Portus ist eine Strafkolonie?«

Vita wunderte sich, dass Zoe und Felix wie gebannt auf den glatzköpfigen Hinterkopf des Bestatters starrten. »Strafkolonie?«, wiederholte sie verständnislos.

»Hephaistos auch?«, fragte Felix.

»Der kleine Menschenfreund«, schnaubte Janus verächtlich, »ist schon so lange hier, dass er gar nicht mehr wegwill.« Er setzte seine Kapuze wieder auf, streckte beide Arme seitlich aus und beschrieb einen Bogen über sich. Seine Finger zeichneten ein leuchtendes Tor in die Luft, durch das er hindurchtrat.

Herr Origo verbeugte sich. »Wenn ich mich empfehlen darf.«

»Einen Moment! Ich habe noch so viele Fragen«, protestierte Vita, doch der Bestatter verblasste bereits.

»Wie kann er einfach verschwinden?«

»Er hat sich ein Tor gemalt«, sagte Zoe. »Du kannst das nur nicht sehen.« Auf dem Weg zurück ins Wohnzimmer erklärte Zoe ihrer Mutter, wie die Ambrosia wirkte.

Hugin und Munin glitten in einem weiten Bogen auf Zoes Fenster zu und prallten mit einem lauten Knall auf die Scheibe.

»Das sind garantiert die zwei Verräter«, sagte Felix.

»Ich geh schon«, brummte Zoe. Sie lief gemächlich in ihr Zimmer. Vom Flur aus hörte sie die Raben lauthals schimpfen:

»Das ist deine Schuld!«

»Du könntest ja mal ein bisschen mitdenken.«

Zoe öffnete das Fenster und kehrte ins Wohnzimmer zurück. Es dauerte eine Weile, bis die Raben bemerkten, dass das Fenster offen stand. Hugin flog hinein und wartete an der Zimmertür auf Munin, der seine Federn sortierte, doch der ließ sich Zeit.

»Du traust dich nicht«, lachte Hugin und hüpfte in den Flur Richtung Wohnzimmer.

Munin folge ihm und krächzte: »Stimmt ja gar nicht.«

Im Türrahmen blieb Hugin stehen. Munin schob ihn ins Wohnzimmer hinein, doch sein Bruder stemmte sich dagegen. Seine Krallen kratzten leise über das Parkett. »Wer traut sich jetzt nicht?«, flüsterte Munin.

Zoe und Felix taten so, als bemerkten sie die Raben nicht. Nur Vita sah ihnen dabei zu, wie sie sich langsam zu Zoe vorkämpften.

»Es tut mir leid«, krächzte Hugin, legte seinen Kopf schief und blinzelte Zoe an.

»Mir auch«, fügte Munin zerknirscht hinzu und rieb sich an ihrem Bein. Zoe sah die Raben streng an. Die beiden Vögel sahen so reumütig aus, dass sie nicht lange ernst bleiben konnte.

»Kommt schon hoch«, kicherte sie.

»Wir wollten das nicht«, versicherte Hugin und flatterte zu Zoe aufs Sofa. Munin ließ sich neben ihm nieder und stimmte ihm zu: »Wir mussten.«

»Ist ja schon gut«, beruhigte Zoe die beiden und streichelte ihr Gefieder. Im Flur maunzte es leise.

»Das Paket!« Vita holte den Pappkarton aus dem Flur und gab ihn Zoe. »Das ist wohl für dich.«

Zoe öffnete den Pappdeckel. Eine kleine schwarze Katze streckte ihre Schnauze heraus. Die Raben rückten verstohlen von Zoe weg.

»Wie süß!«, rief Zoe verzückt und kraulte das Kätzchen hinter den Ohren. »Die ist von Papa!« Sie nahm die Katze vorsichtig heraus.

»Glaubst du?« Vita untersuchte den Karton. »Kein Absender. Ich weiß nicht.«

»Ganz bestimmt.« Zoe hielt die Katze liebevoll im Arm. »Wie damals der Traumfänger.«

»Vielleicht«, seufzte Vita.

»Erzählst du mir was von Papa?«

Vita sah auf die Uhr. »Morgen!«

»Ach Mama!«

»Jetzt geht's ins Bett.«

»Nur kurz!«

»Ich bin auch schon ganz schön müde«, meinte Felix. Er brachte das Tablett in die Küche und verabschiedete sich.

Zoe stapfte mit der Katze im Arm aus dem Zimmer und murrte: »Immer morgen!« Vita schloss die Augen, lehnte sich zurück und seufzte: »Alles wieder beim Alten!«

»Von wegen!«, flüsterte Zoe. »Wozu bin ich eine Moira? Ich gehe einfach ins Fatum und finde heraus, wer mein Papa ist.«

»Eine Katze!«, krächzte Munin verächtlich und sprang von der Sofalehne. »Das ist widerlich. Was hat er sich dabei gedacht?« Die

Raben folgten Zoe ins Badezimmer, doch sie scheuchte die Vögel hinaus und schloss die Tür.

»Wahrscheinlich hat er sich gar nichts gedacht«, brummte Hugin. »Genauso wie du.« Er hüpfte in Zoes Zimmer und Munin folgte ihm.

»Fängst du schon wieder an, mit mir zu streiten?«

»Du streitest doch immer mit mir.«

»Du verdrehst immer alles.«

»Das stimmt nicht.«

»Tut es doch.«

»Quatsch!«

»Wohl!«

»Pah!«

Dank

Meiner Tochter Anna verdanke ich die Idee zu diesem Roman. Schon in der zweiten Klasse verlor sie die Freude an der Schule, also wollte ich ihr eine Geschichte erzählen, die zeigt, wie schön es ist zu lernen.

Ohne meinen Ehemann Georg hätte ich diesen Roman niemals fertiggestellt. Seine Begeisterung und Geduld gaben mir die Kraft, die Höhen und Tiefen dieses Projekts zu überstehen.

Meiner klugen Schwester Friederike Kögler und ihrer begabten Tochter Hermine danke ich für die Erstellung des Titelbilds und die lebhaften Diskussionen über Titel und Klappentext.

Meiner Lektorin Martina Leiber verdanke ich nicht nur einen besseren Stil, sondern auch den Mut, Überflüssiges zu löschen.

Auf der Zielgerade Ende 2019 gaben mir Gabriele Kraft und ihr Sohn Jan den nötig Schub für letzte Änderungen.

Die hoffentlich letzten Fehler hat Elke Hänsele entdeckt. Sie und ihr Neffe Marc Bürner hatten mir schon 2007 Mut zugesprochen.

Ich danke auch Karla Rakoschi, Ingrid Hammer, Yvonne Bliestle und ihrer Tochter Lara, Oliver Kleefoot und seinem Sohn Konstantin. Ich danke Gerold Dimaczek und Martin Heilmaier, der den witzigsten Fehler fand.

Zu guter Letzt danke ich meinem Vater Peter Wetzel, der wissen wollte, wie man sich den freien Willen vorzustellen hat.